BASTEI
LÜBBE
TASCHENBUCH

Weitere Titel von Caroline Vermalle

Denn das Glück ist eine Reise
Als das Leben überraschend zu Besuch kam
Und wenn es die Chance deines Lebens ist?

Titel in der Regel auch als Hörbuch und E-Book erhältlich

**Über die Autoren:**

Caroline Vermalle wurde 1973 in der nordfranzösischen Picardie geboren. Nach dem Studium der Filmwissenschaften in London drehte sie Dokumentarfilme für die BBC. 2008 erschien ihr Romandebüt *Denn das Glück ist eine Reise* – von der Presse hoch gelobt und ausgezeichnet mit dem *Prix Chronos de Littérature 2011* und dem *Nouveau Talent 2009*. Weitere Veröffentlichungen folgten.

Ryan von Ruben wurde 1974 in Johannesburg, Südafrika, geboren, wo er den Großteil seiner Kindheit verbrachte. Nach einem Architekturstudium in London und einer beruflichen Karriere als Innenarchitekt ließ er sich mit seiner Ehefrau Caroline Vermalle in der französischen Vendée nieder.

*Eine Blume für die Königin* ist Vermalles und von Rubens erstes gemeinsames Romanprojekt, nicht zuletzt inspiriert von Ryan von Rubens südafrikanischer Heimat.

Caroline Vermalle und
Ryan von Ruben

# EINE BLUME FÜR DIE KÖNIGIN

Historischer Roman

BASTEI LÜBBE
TASCHENBUCH

BASTEI LÜBBE TASCHENBUCH
Band 16 892

1. Auflage: Juli 2014

Dieser Titel ist auch als E-Book erschienen

MIX
Papier aus verantwortungsvollen Quellen
FSC® C014496

Originalausgabe


Umschlaggestaltung: Kirstin Osenau
Satz: Urban SatzKonzept, Düsseldorf
Gesetzt aus der Garamond
Druck und Verarbeitung: GGP Media GmbH, Pößneck
Printed in Germany
ISBN 978-3-404-16892-7

Für Heather und Russel

# 1. Kapitel

## 21. November 1805, Kanada

*»Wenn ich noch einen Nachruf schreiben muss, dann sterbe ich – das schwöre ich«, sagte Jack Grant und zog die Winkel seiner dunkelroten Lippen verdrießlich nach unten.*

*Die Reisekutsche rumpelte dahin, und das Pferdegespann reagierte schnaubend auf die Peitsche des Kutschers und unterbrach dadurch die bleiche Stille eines Novembermorgens auf der Straße von Montreal nach Pointe-Claire. Sowohl die Kutsche als auch die Pferde bildeten schwarze Tupfen in der unermesslichen Weite der weißen Landschaft unter einem stahlgrauen Himmel.*

*Der Kutscher, der sich tief in seinen dicken Mantel vergraben hatte, hielt Ausschau nach Schlaglöchern oder Anzeichen von Eis, während seine beiden Passagiere sich unter ihre Decken und dicken Schals verkrochen, denn das Innere der Kutsche bot nur wenig Schutz vor dem kanadischen Winter.*

*Jack heftete den Blick auf seinen Vater und versuchte, dessen Gemütslage auszuloten, während er sich fragte, mit wie viel Nachdruck er auf seinem Standpunkt beharren sollte.*

*»All diese erfüllten Leben! Da muss ich unwillkürlich daran denken, wie kurz mein eigener Nachruf sein wird, falls ich nicht bald etwas Sinnvolleres in Angriff nehme. Ich brauche eine eigene Kolumne, Vater.«*

*Der ältere Mann reagierte nicht, sondern las weiter in den Dokumenten, die auf seinem Schoß lagen. Ab und zu hielt er inne, um mit einem Bleistiftstumpf bedächtig Berechnungen auf den Rändern jeder Seite durchzuführen, während die Winterlandschaft an der Kutsche vorbeizog.*

*Als Jack schon glaubte, dass sein Vater ihn vielleicht gar nicht gehört hatte, nahm George Grant schließlich seine Brille ab, rieb sich die Nasenwurzel und blickte zu seinem Sohn hinüber. Er fand es bemerkenswert, wie wenig sie sich äußerlich ähnelten. George war klein und untersetzt und hatte einen kräftigen Brustkasten und breite Schultern. Sein Gesicht war zwar größtenteils von einem ordentlich gestutzten Bart bedeckt, aber man konnte sehen, dass seine Gesichtszüge deutlich vom Leben geprägt waren. Jack hingegen war groß und dünn, und sein Gesicht sah aus, als wäre es aus feinstem Kristall geschnitten, und zeigte noch keinerlei Spuren von Sorgen und auch keinen Bartwuchs. Während sein Vater fast vollkommen stillsitzen konnte, war er ständig in Bewegung, rutschte herum, zupfte an einem Rockaufschlag oder zog eine Manschette an seinem Ärmel zurecht. George kam es so vor, als würde alles an seinem Sohn vor Ungeduld vibrieren.*

*»Das haben wir doch schon mehrmals besprochen, Jack«, sagte er. »Du musst erst Erfahrungen sammeln und die Welt kennenlernen, bevor du sie beurteilen kannst. Man muss erst kriechen können, bevor man …«*

*»Aber wie soll ich Erfahrungen sammeln, wenn ich nur die Taten von Verstorbenen aufliste? Ich brauche etwas, an dem ich mich festbeißen kann, etwas Ernstzunehmendes!«, fiel Jack ihm ins Wort.*

*»… laufen lernt«, fuhr George in müdem Ton fort und ignorierte die Unterbrechung einfach. »Außerdem gibt es nicht viele Dinge, die ernster zu nehmen sind als das Verfassen passender Grabinschriften für die Verstorbenen. Das ist eine gute, sinnvolle Arbeit, Jack.«*

*»Sinnvoll?« Jack erstickte fast an dem Wort. »Tag für Tag*

*reduziere ich ganze Leben auf wenige Zeilen, und kaum jemand macht sich die Mühe, sie überhaupt zu lesen. Wo liegt da der Sinn? Mit einer Kolumne hingegen hätte ich die Freiheit, all diesen Heldentaten den Raum und die Bedeutung zuzumessen, die ihnen gebühren.«*

*»Im Leben geht es um mehr als um großartige Leistungen und Heldentaten, Jack.«*

*Ein plötzlicher Ruck beendete die Debatte und schleuderte beide Männer aus ihren Sitzen. Kisten voller Orangen und Gepäckstücke, die auf den Ablagen über ihren Köpfen verstaut waren, purzelten herunter und sorgten für eine vorübergehende Pause im Wortgefecht zwischen Vater und Sohn.*

*»Was war das denn?«, fragte Jack erschrocken.*

*George Grant klopfte an das Dach der Kutsche und unterbrach damit die gedämpfte Fluchtirade, die vom Kutschbock ins Innere der Kutsche drang. »Smithers!«*

*Der Kutscher zügelte die Pferde und hielt die Kutsche an, bevor er vom Bock sprang. »Ein Mann auf der Straße, Sir. Er hat sich direkt vor die Pferde geworfen!«*

*»Dort!«, rief Jack, der sich umgedreht hatte und aus dem Rückfenster zeigte. Ein paar Meter hinter ihnen taumelte neben der Straße eine schemenhafte Gestalt und wurde anschließend vom Nebel verschluckt.*

*»Sind die Pferde unversehrt?«, wollte George Grant wissen.*

*»Unversehrt genug, um uns nach Hause zu bringen, Sir.«*

*»Nun gut, dann lasst uns weiterfahren. Wir sind schon spät dran, und Mrs Grant wird nicht erfreut darüber sein.«*

*»Wollen wir ihm denn nicht helfen?«, protestierte Jack.*

*»Sei kein Narr, Jack. Schließlich könnte es sich um einen Straßenräuber handeln. Zudem verschlechtert sich das Wetter.« George Grant warf einen letzten Blick nach hinten in den*

*Nebel, bevor er die Angelegenheit mit den Worten »Auf geht's« beendete.*

*Doch bevor der Kutscher die Bremse lösen konnte, hatte Jack die Tür aufgerissen und war auf den vereisten Weg hinabgestiegen.*

*»Straßenräuber werfen sich nicht vor Pferdekutschen. Der Mann weiß eindeutig nicht mehr weiter, höchstwahrscheinlich ist er verletzt. Und jetzt willst du ihn sterben lassen?« Herausfordernd blickte er zu seinem Vater hoch, drehte sich um und marschierte die Straße entlang zu der Stelle, an der die Gestalt verschwunden war.*

*Die beiden Männer, die bei der Kutsche zurückblieben, sahen Jack nach, der bald in Nebel und Schnee verschwunden war. »Der Eissturm hat uns fast erreicht, Sir«, sagte der Kutscher trocken. Stumm blickte George zum Himmel, bevor er tief aufseufzte, sein Gewehr aus der Halterung hinten im Wagen nahm und in den Schnee hinunterstieg.*

*Inzwischen hatte Jack die Straße verlassen und stapfte durch kniehohen Schnee. Der Saum seines Überrocks war bereits durchnässt und schleifte hinter ihm her. Mit der ganzen Autorität seiner neunzehn Jahre rief er: »Hallo, Sir, sind Sie verletzt?«*

*Doch die rätselhafte Gestalt blieb verschwunden, verschluckt von der Kälte und dem Nebel. Das Gewieher der Kutschpferde, die nun ungeduldig wurden, weil sie die Nähe ihres Stalles spürten, wurde über den Schnee getragen. Es war das einzige Geräusch, das über dem Rauschen des aufkommenden Nordostwindes zu hören war. Jack hielt kurz inne, um zu verschnaufen, und setzte dann seinen Weg die Böschung hinunter fort. Mit jedem knirschenden Schritt schwand sein Eifer. Plötzlich blieb er stehen.*

*Mittlerweile hatte George ihn eingeholt und warf einen*

*Blick auf das, was Jack zum Stehenbleiben veranlasst hatte: Blutstropfen im Schnee.*

*Mit einem Nicken forderte George seinen Sohn zum Weitergehen auf. Nachdem Jack nun mit einem handfesten Beweis für die Existenz des Fremden konfrontiert worden war, wich sein selbstbewusstes Gehabe Furcht und Unsicherheit. Er zögerte.*

*Missbilligend presste George die Lippen zusammen, während er sich an seinem Sohn vorbeidrängte und den rot-grauen Fußabdrücken folgte, die sich weiter von der Straße entfernten und auf die Baumgrenze zuhielten.*

*Als er sich weiter vorarbeitete, tauchten allerlei seltsame Gegenstände auf, die im Schnee verstreut lagen: Beutel aus Sackleinen, Ziegenledertaschen, Holzschachteln in allen möglichen Größen, eine Schere, ein kleiner Spaten und etwas, was wie ein kleines Fernglas aussah, das auf einer Art Messingständer befestigt war. Doch am merkwürdigsten war ein verrosteter Vogelkäfig, in dem sich leuchtend gelbe Blumen befanden, die je vier rankenartige Blütenblätter besaßen.*

*Das Rauschen des Windes legte sich vorübergehend, und stattdessen war ein leises, rasselndes Geräusch zu hören, das aus einer Senke ganz in der Nähe drang. George Grant spannte den Hahn seines Gewehrs und lauschte aufmerksam, bevor er sich weiterwagte. Und dann sah er ihn.*

*In einem flachen Graben lag ein alter Mann. Sein Mantel und seine übrige Kleidung ließen auf einen gewissen Wohlstand schließen. Doch obwohl sie von Schnee und Blut durchnässt waren, konnte man deutlich erkennen, dass ihr Glanz schon lange verblasst war. Auf die Ellbogen des Mantels waren Flicken genäht, und die Holzabsätze seiner Stiefel waren abgelaufen. Das leise Geräusch seines schwachen, stoßweisen Atems hing kurz in der Luft, ehe es vom Nebel erstickt wurde.*

*»Sir, ist alles in Ordnung mit Ihnen?«, fragte George und suchte mit den Augen die Umgebung ab, bevor er sich wieder dem alten Mann zuwandte.*

*Doch abgesehen von dem mühsamen Rasseln seines Atems gab der alte Mann keinen Ton von sich. Seine Fingerspitzen, die schon ganz weiß waren und zu erfrieren begannen, umklammerten mehrere abgenutzte, ledergebundene Tagebücher. Sie wurden von einem Lederriemen zusammengehalten, der mit einem Schloss gesichert war.*

*»Vater, ist er ...?«*

*»Noch nicht, doch wir müssen uns beeilen. Hier, nimm das Gewehr. Und bring seine Sachen mit.«*

*George legte sich den alten Mann mit Leichtigkeit über die Schulter und machte sich auf den Rückweg zur Kutsche. Jack folgte ihm und sammelte unterwegs die verstreuten Besitztümer des Fremden ein.*

*»Smithers!«, rief George, als sie sich dem Wagen näherten.*

*Der Kutscher, der den Ruf durch die Windböen kaum hören konnte, zog die Bremse an, bevor er heruntersprang, um die Tür zu öffnen.*

*Sobald er den alten Mann auf Jacks Sitzbank gelegt hatte, zog George ihm den nassen und blutbefleckten Mantel aus und hüllte ihn in eine der Decken. Nachdem der Fremde versorgt war, stieg auch Jack in die Kutsche.*

*Während jetzt Hagelkörner auf das Dach prasselten, setzte sich die Kutsche in Bewegung und nahm allmählich an Fahrt auf. Das Knallen der Peitsche war über dem Wind, der sie nach Hause trieb, kaum noch zu vernehmen.*

## 2. Kapitel

*Mit seinen zwei Stockwerken war das Haus der Grants zwar nicht klein, jedoch auch nicht überwältigend geräumig. Es hatte ein Schindeldach, eine weiß gestrichene Holzverschalung und weiße Fensterrahmen. Damit war es ein gutes, wenn nicht sogar repräsentatives Beispiel für den georgianischen Stil, den wohlhabende Händler und Kaufleute bevorzugten, die sich für ein Leben in der ländlichen Umgebung von Montreal entschieden hatten.*

*In sämtlichen Räumen prasselten Feuer, und die warmen Farben von polierten Holztischen, Eichendielen, Velourstapeten und Polsterstühlen hätten kaum einen größeren Kontrast zu der eiskalten, einfarbigen Landschaft draußen vor den Fenstern bilden können.*

*Bedienstete eilten mit verhaltener Hast hin und her, fegten, staubten ab und verrückten alles, was nicht niet- und nagelfest war. Im Mittelpunkt der Betriebsamkeit bewegte sich Mary Grant wie das Auge des Sturms, hinterließ jedoch nicht Chaos und Zerstörung, sondern Ordnung und ein gesundes Maß an Präzision.*

*Sie trug ein tiefblaues Hauskleid, und ihr dunkles Haar war unter einer gestärkten Haube verborgen. Die langen kanadischen Winter hatten ihre Spuren in ihren einst zarten und feinen Gesichtszügen hinterlassen. Aber auch wenn sie nicht mehr über die jugendliche Schönheit verfügte, die so viele Blicke auf sich gezogen hatte, so war doch an ihre Stelle eine starke Persönlichkeit getreten, die kaum weniger Aufmerksamkeit erregte.*

*»Dieser Sturm sollte besser nicht mehr lange dauern, sonst werden sich unsere Gäste gezwungen sehen, zu Hause zu bleiben«, sagte sie und sah aus dem Fenster des Speisezimmers, während sie einen alten Spitzentischläufer ausrollte. Danach wandte sie sich an ihren Sohn: »Dies war nicht der richtige Zeitpunkt, um den barmherzigen Samariter zu spielen, Jack. Ganz und gar nicht der richtige Zeitpunkt.«*

*»Wann ist denn der richtige Zeitpunkt, Mutter?«, fragte Jack amüsiert. Er stand vor dem Feuer und wärmte sich.*

*»Jederzeit, nur nicht an Thanksgiving!«, konterte Mary, ehe sie sich wieder auf ihren Tisch konzentrierte und das polierte Silberbesteck überprüfte, das gerade aufgelegt wurde.*

*»So ist's recht!«, bemerkte Jack ironisch.*

*»George! George! Hast du herausgefunden, wer er ist?«, fragte Mary ihren Mann, der gerade mit einer ramponierten Kiste Orangen die Treppe hinaufstieg, die aus der Küche im Untergeschoss heraufführte.*

*»Es ist alles in Ordnung, kein Grund, sich Sorgen zu machen«, sagte er, wobei er erst Mary und danach demonstrativ Jack ansah. »Er ist kein Straßenräuber. Inzwischen ist er verbunden und ruht in der Nähe des Feuers. Jack, warum lässt du nicht deine Mutter in Ruhe und setzt dich zu ihm?«*

*»Nicht nötig«, erwiderte Jack. »Großmutter ist ja dort.«*

*»Oh, komm schon, Jack«, sagte Mary, die einen weiteren Streit zwischen Vater und Sohn verhindern wollte. »Du kannst mir hier nicht helfen, und außerdem solltest du ihm etwas Tee bringen. Vielleicht kommt er dann wieder zu Kräften.«*

*»Na schön«, antwortete Jack.*

*»Eine interessante Lektion für dich, Jack«, sagte George und legte seinem Sohn im Vorbeigehen leicht die Hand auf die Schulter.*

*»Und welche wäre das?«, erkundigte sich Jack mit belegter Stimme.*

*»Konsequenzen tragen.«*

*Jack schüttelte die Hand seines Vaters ab und verließ den Raum mit großen Schritten. Wie ein Korken in einer Flasche steckte sein Kopf zwischen seinen Schultern und hielt den Unwillen unter Verschluss, der sich einen Weg bahnen wollte.*

*Mary korrigierte die Gedecke und kontrollierte sorgfältig die Abstände zwischen den Besteckteilen. Ohne aufzublicken, erkundigte sie sich: »Wie schwer ist er denn verletzt?«*

*George zögerte und wägte seine Antwort bedächtig ab. »Ich weiß, wie viel dieser Abend dir bedeutet, aber den alten Jungen hat's böse erwischt. Außerdem ist das Wetter äußerst garstig. Doch du wirst bestimmt zurechtkommen, wie immer.« Er nahm eine Orange aus der Kiste und hielt sie ihr als Versöhnungsangebot hin.*

*Doch Mary verschränkte die Arme vor der Brust, und ihre Stimme wurde hart. »Mir tut es auch leid, George, aber schlechtes Wetter hin oder her, wir erwarten acht Gäste zum Essen. Vier davon bleiben über Nacht, das Personal nicht mitgerechnet. Wir haben einfach nicht genug Platz. Der Mann muss noch vor heute Abend fort sein.«*

*»Also gut.« George seufzte und legte die Orange zurück in die Kiste. Nach all den Jahren und unzähligen Thanksgiving-Festen hätte er es eigentlich besser wissen müssen. Um Mary Grant zu besänftigen, reichte eine exotische Frucht nicht aus, selbst wenn sie ein kleines Vermögen gekostet hatte.*

*»Ich meine es ernst, George. Lass nach dem Arzt schicken und bezahl dem Mann ein Zimmer im Gasthaus, wenn es nötig sein sollte, aber er kann nicht …«*

*»Ja, meine Liebe«, erwiderte George und wandte sich zur Treppe. »Heute Abend wird er nicht mehr hier sein, versprochen.«*

# 3. Kapitel

*Die flackernden Schatten des Feuers huschten über die niedrige Decke der Sommerküche. Es handelte sich um einen einstöckigen, kastenförmigen Anbau an das Haupthaus, der aus einem einzigen, rechteckigen Raum mit einem einfachen Kiefernholzboden und schlichten, weiß getünchten Wänden bestand. Die drei Schiebefenster an zwei Seiten, die ein Querlüften zuließen, um den Raum im Sommer zu kühlen, waren nun gegen die Kälte fest geschlossen. Die Ritzen zwischen den Fensterscheiben und den Rahmen hatte man mit grobem Stoff abgedichtet.*

*Die Sommerküche war jetzt für die Vorbereitungen des Thanksgiving-Dinners in Betrieb genommen worden; außerdem sollten dort die Dienstboten jener Gäste untergebracht werden, die über Nacht bleiben würden. Überdies war der Raum auch als vorübergehende Krankenstube bestens geeignet: Da sowohl im Steinofen als auch in der offenen Herdstelle Feuer brannten, war er schön warm. Und er lag abgeschieden genug, sodass der Haushalt bei seinen Vorbereitungen für die Abendveranstaltung nur minimale Beeinträchtigungen hinnehmen musste.*

*Der alte Mann, der in Decken gehüllt war und einen Kopfverband trug, saß in einem Schaukelstuhl vor dem Herd. Er hatte das Gesicht den Flammen zugewendet und genoss die Wärme – wie eine welkende Blume, die im Sonnenlicht badete. Sein Gesicht war von tiefen Furchen auf der Stirn durchzogen, und seine Mundwinkel hingen leicht nach unten. Zusammen* mit den Krähenfüßen, die von den Augen bis zu den Ohren reichten, ließ die Landkarte aus Falten in seinem Gesicht auf ein Leben schließen, in dem er genauso viel Zeit mit ernsthaften Gedanken wie mit freudigen Momenten verbracht hatte. Jedoch wurde Letzteres hauptsächlich durch die Augen und weniger durch das gesamte Gesicht übermittelt.

Seine Hände waren wettergegerbt, und ihre beachtliche Größe wurde etwas kaschiert durch das Alter und eine Arthritis, die sie auf Dauer zusammengekrümmt hatten. Seine Finger waren hellgelb verfärbt, weil er viele Jahre mit Gerbrinde hantiert hatte, doch sie bewegten sich mit einer Präzision und Geschicklichkeit, die nur leicht durch die altersbedingten Beschwerden beeinträchtigt wurden. Seine Augen waren hellgrün, als wären sie durch die jahrelange Einwirkung derselben Umwelteinflüsse ausgewaschen worden, die auch sein Gesicht und seine Hände in Mitleidenschaft gezogen hatten.

Sein Blick huschte vorsichtig zwischen dem Feuer und der Gestalt hin und her, die schweigend in einer Ecke des Raumes saß. Auf einem harten Stuhl mit einer hohen Rückenlehne saß Mary Grants Mutter vor einem der Fenster und stickte. Ihr Gesicht lag im Schatten ihrer Haube.

»Guten Tag«, hatte der alte Mann zur Begrüßung gesagt, doch die alte Frau schien ihn nicht gehört zu haben. Ohne aufzusehen, konzentrierte sie sich weiterhin auf die Arbeit in ihrem Schoß, wobei ihre Finger behände der Spitze der Nadel auswichen, die einen leuchtend orangefarbenen Seidenfaden hinter sich herzog.

»Großmama ist nicht taub, sie hat nur einfach nichts mehr zu sagen«, erklärte Robert Grant, Jacks neunjähriger Bruder, der auf den Knien neben dem Feuer hockte und die Hände im Schoß gefaltet hielt. »Das sagt Mutter jedenfalls immer. – Stimmt es, dass Sie beinahe tot waren und mein Bruder Sie *dann gerettet hat?«, wechselte er das Thema, während er die Gegenstände musterte, die Jack aus dem Schnee aufgesammelt hatte und die jetzt auf dem Boden neben dem alten Mann ordentlich aufgereiht lagen.*

*»O ja«, antwortete der alte Mann, löste den Blick von der Gestalt in dem Stuhl und sah den Jungen mit einem Ausdruck echter Verlegenheit an. »Dein Bruder hat einen alten Esel vor sich selbst gerettet. Was für ein couragierter junger Mann er ist … genau wie dein Vater. Oh, welche Unannehmlichkeiten meine Anwesenheit deiner Familie bereiten muss.«*

*Die alte Frau hob weder den Blick von ihrer Handarbeit, noch protestierte sie, als er den Versuch unternahm aufzustehen. Doch der Schaukelstuhl, die zahlreichen Decken und sein Kräftemangel verbündeten sich gegen ihn und zwangen ihn, sein Vorhaben aufzugeben. Durch die Anstrengung bekam er einen Hustenanfall, und er ließ seinen bandagierten Kopf wieder an die hohe Lehne des Stuhls sinken.*

*»Junger Mann, wäre es zu viel verlangt, dich zu bitten … Mein Mantel …«*

*Robert tat ihm den Gefallen, sprang auf und lief quer durch den Raum zu dem Ständer neben dem Herd, auf dem man das Kleidungsstück zum Trocknen aufgehängt hatte. Nervös tastete der alte Mann mit seinen wunden, roten Händen das Futter ab, fand aber nicht, wonach er suchte.*

*»Hmm.« Sein Blick huschte von dem Mantel zum Boden neben seinem Stuhl. »Offenbar habe ich meine Brille verloren. Egal … Hast du ein in Leder gebundenes Tagebuch gesehen? – Ich hatte es bei mir, aber anscheinend ist es ebenfalls …« Mit einem Anflug von Panik suchte er mit zusammengekniffenen Augen den Fußboden und schließlich den ganzen Raum ab.*

*Ohne Zögern steuerte Robert auf den zerfetzten Stoffbeutel zu, der zu Füßen des Schaukelstuhls lag, und zog die ledergebundenen Tagebücher heraus. »Ist es das, wonach Sie suchen? Mein Vater hat erzählt, dass Sie die Bücher in den Händen hielten, als sie Sie gefunden haben. Sie wollten sie nicht loslassen.«*

*Der alte Mann griff unter die Decken und zog einen kleinen Schlüssel an einer Kette hervor. Er schob ihn in das Messingschloss am Riemen des Tagebuchs, der den Inhalt des Bündels zusammenhielt, und öffnete es. Nachdem er den Riemen gelöst hatte, konnte man erkennen, dass es sich nicht, wie es zuerst den Anschein gehabt hatte, um mehrere Bücher handelte, die lose zusammengebunden waren, sondern um einen einzigen dicken Band. Die Ledereinbände der Tagebücher waren zusammengenäht worden. Die kleinen Unterschiede in der Größe, der Papierart und in dem Abnutzungsgrad ließen darauf schließen, dass die Sammlung im Laufe der Zeit schrittweise erweitert worden war.*

*Jetzt schlug der Mann das Tagebuch hinten auf und blätterte die letzten Seiten zurück, die vollkommen leer waren. Schließlich stieß er auf fleckige, zerknitterte Blätter, die mit Anmerkungen versehene, minutiöse anatomische Zeichnungen von Pflanzen und Blüten enthielten, die jeweils ein vollständiges Exemplar darstellten.*

*Robert beugte sich vor, um besser sehen zu können, trat jedoch nicht näher, sondern hielt respektvoll Abstand. »Wissen Sie, ich kann schon Bücher lesen, in denen sich keine Bilder befinden.«*

*Der alte Mann verzog das runzelige Gesicht zu einem Lächeln. Als er fast genau in der Mitte des ersten Buches der Sammlung angelangt war, sah Robert, dass dort eine Seite fehlte. Auf der Seite, die dem zerrissenen Rest gegenüberlag, war statt einer richtigen Zeichnung nur eine Art rostfarbenes*

*Wasserzeichen zu sehen, das den groben Umriss einer vogelähnlichen Gestalt zeigte.*

*»Was ist das?«, wollte Robert wissen.*

*»Bitte lassen Sie sich nicht durch meinen Bruder stören, Sir«, mischte sich Jack ein, ohne von der Anrichte aufzublicken, die an der dem Feuer gegenüberliegenden Wand stand und auf der er gerade einen Tee zubereitet hatte. »Wie fühlen Sie sich? Haben Sie all Ihre Sachen?« Jack stellte ein Tablett auf einem großen Tisch mitten im Raum ab und schenkte in die erste von mehreren Porzellantassen Tee ein.*

*»Oh, es scheint alles in Ordnung zu sein, danke.«*

*»Robert, sei so nett und bring das deiner Großmutter.« Robert stand widerstrebend auf, nahm die zerbrechliche Tasse mit der Untertasse und stellte sie auf einem kleinen Tisch neben seiner Großmutter ab. Die alte Dame reagierte nicht, sondern fuhr mit ihrer Handarbeit fort, als wäre sie ganz in die Einzelheiten des Musters versunken, das allmählich in dem Rahmen entstand.*

*»Darf ich Ihnen vielleicht ein wenig Tee und Gebäck anbieten?«, fragte Jack, während er Tee in einen verbeulten Blechbecher goss, den er von einem Haken an der Wand genommen hatte.*

*»Vielen Dank, sehr gern«, antwortete der alte Mann. »Leider habe ich mich noch gar nicht vorgestellt. Mein Name ist Francis Masson, und ich stehe für immer in Ihrer Schuld, Sir.« Erneut versuchte er, sich zu erheben, um Jack die Hand zu schütteln, doch ihm fehlte die Kraft dazu. Mit einem entschuldigenden Lächeln sank er wieder in den Stuhl zurück.*

*Die Tasse und die Untertasse der alten Dame fielen klirrend zu Boden. Robert eilte herbei und hob die Porzellanscherben auf, während Jack sich alle Mühe gab, den Vorfall zu ignorieren. »Jack Grant. Ich freue mich, Ihre Bekanntschaft zu machen,*

*Mr Masson.« Statt ihm die Hand zu schütteln, reichte Jack ihm den Tee. Der Gast schloss die Hände um den Becher und wärmte sich die Finger.*

*»Geht es dir gut, Großmutter?«, erkundigte sich Jack laut und deutlich.*

*Doch sie schien ihn nicht gehört zu haben, und nachdem Robert den verschütteten Tee mit einem Tuch aufgewischt hatte, richtete Jack seine Aufmerksamkeit wieder auf den alten Mann. »Wenn ich mir die Frage gestatten darf, Mr Masson, was hatten Sie bei solch einem Wetter auf dieser gottverlassenen Straße zu suchen?«*

*»Gott hat diese Straße nicht verlassen, denn Er hat Sie auf meinen Pfad geführt, Mr Grant.« Der alte Mann schloss die Augen, hob den Becher an seine Nase und atmete den Duft des Tees ein. »Ich habe nach Pflanzen gesucht, nach Zauberhasel, um genau zu sein.« Vorsichtig nippte er mit geschlossenen Augen an seinem Tee. »Oh, der ist köstlich. Ceylon, nicht wahr?«*

*»Es tut mir leid, ich kenne mich mit Tee nicht besonders gut aus, Mr Masson, ich bin eher für Kaffee zu haben.« Jack sah zu, wie der alte Mann seinen Tee trank: Bei jedem Schluck schloss er die Augen und atmete tief ein, bevor er vorsichtig und mit Bedacht schluckte.*

*»Nun, Ihre Familie sorgt sich doch sicherlich um Sie, nicht wahr?«, fuhr Jack fort. »Der Sturm ist inzwischen fast vorüber. Sobald es sicher ist, wird Smithers Sie nach Hause fahren. Wo wohnen Sie denn?«*

*»Meine Familie? O nein, ich … ich lebe allein. Eigentlich wollte ich nach England segeln, allerdings hat sich das Auslaufen des Schiffes durch den Wetterumschwung verzögert. Daher bin ich auf die Idee gekommen, noch einen letzten Streifzug zu unternehmen.«*

*In diesem Moment fielen ein paar Wintersonnenstrahlen durch die nach Süden zeigenden Fenster und deuteten das Ende des Sturmes an. Robert stand auf, ging zum Fenster und sah hinaus. Der Garten war in eine Welt aus Kristallen und Eiszapfen verwandelt worden, die in der zaghaften Sonne glitzerten und funkelten.*

*»Dieser Eissturm war nicht ohne, stimmt's?«, meinte der alte Mann. »Ich habe zum ersten Mal einen miterlebt. Dieses Klima, die Kälte … Ich fürchte, daran werde ich mich nie gewöhnen.«*

*»Kommen Sie nicht aus dieser Gegend?«*

*»Aus England. Na ja, ursprünglich aus Schottland. Doch Seine Majestät der König hat mich vor einigen Jahren hier hergeschickt.«*

*»Tatsächlich?«, fragte Jack, und sein überraschter Ton verriet seine Skepsis. »Und in welcher Eigenschaft, wenn ich fragen darf?«*

*»Ich bin … ich war … sein Gärtner. Man könnte wohl sagen, dass ich hergekommen bin, um zu suchen. Sie sind so unglaublich, diese Blumen. Und diese Kälte ist viel schlimmer, als ich erwartet habe. Inzwischen habe ich mich so an die Hitze gewöhnt …« Seine Stimme wurde leiser und verstummte schließlich, während er in seinen Träumereien versank.*

*»Mein geografisches Wissen ist nicht so gut, wie es eigentlich sein sollte«, sagte Jack, dessen Geduld allmählich nachließ. »Dennoch erinnere ich mich nicht daran, dass England ein besonders warmes Klima hätte, und Schottland schon gar nicht.«*

*»Das stimmt.« Der Mann trank den letzten Rest Tee aus dem Blechbecher. »Aber wissen Sie, meistens habe ich Pflanzen in Afrika gesammelt.«*

*»In Afrika?«, stieß Robert mit leuchtenden Augen hervor. »Haben Sie Löwen gesehen? Haben Sie einen erlegt?«*

*»Also wirklich, Robert!«, rügte Jack verächtlich.*

*»Der Löwe hat mich beinahe umgebracht!«, rief der Fremde aus. »Ich versichere dir, junger Mann, dass ich nie wieder einem Löwen gegenüberstehen möchte.«*

*»Kannst du das glauben, Jack?«, fragte Robert aufgeregt. »Wie groß war er? Und wie haben Sie ihn getötet? Haben Sie ein Gewehr oder einen Speer benutzt?« Robert hüpfte auf und ab, lief quer durch den Raum und hielt ein eingebildetes Gewehr im Anschlag, wobei er schussähnliche Geräusche von sich gab.*

*»Also wirklich, Robert!«, unterbrach Jack, blickte seinen Bruder streng an und nahm dieselbe Haltung und denselben Ton an, die er schon so viele Male bei seinem Vater beobachtet hatte. »Ich bin sicher, dass Mr Masson zu erschöpft ist, um Geschichten zu erzählen. Lass ihn in Ruhe!«*

*»Das macht mir überhaupt keine Umstände, Mr Grant, wirklich nicht«, versicherte ihm der alte Mann, bevor er sich zu Robert umwandte und mit gedämpfter, verschwörerischer Stimme sagte: »In Afrika gibt es auch Nilpferde. Weißt du, was das ist?* Hippopotamus amphibius *…«*

*Robert lauschte mit offenem Mund, als der Mann zu einer detaillierten Beschreibung des Vierbeiners ansetzte. Jack hingegen verließ die Sommerküche, ging durch den Empfangssalon, durchquerte die Haupthalle und betrat den Speiseraum. Dort fand er seine Mutter vor, die gerade letzte Hand an den Festtagstisch legte. Sie trat einen Schritt zurück und erlaubte sich ein zufriedenes, kleines Lächeln, während sie ihr Werk begutachtete.*

*»Hübscher Tisch, Mutter. Ich würde sagen, das ist bislang dein schönster.«*

*»Danke, Jack. Aber ich dachte, du würdest nach deinem Gast sehen?«*

*»Nun, wenn du Lust hast, dir Märchen über Löwen und Nilpferde anzuhören, nur zu. Ich bin sicher, dass Mr Francis Masson, Diener des Königs von England, sie dir nur zu gern erzählen würde.« Flehend sah Jack seine Mutter an. »Ich habe getan, worum du mich gebeten hast, und mich um ihn gekümmert. Aber mehr kann ich nicht ertragen. Wo ist Smithers? Ist er schon startbereit?«*

*»Du kannst ihn jetzt nicht hinausschicken, Jack. Die Straßen sind noch vereist, es ist zu gefährlich«, sagte sein Vater, der gerade im Hausrock hereingeschlendert kam, das Hauptbuch in der Hand. »Übrigens, dieses Gerede über Löwen hört sich an, als wäre es genau das Richtige für unsere Zeitungsleser. Vielleicht holst du die Geschichte aus ihm heraus, bevor unsere Gäste eintreffen, was meinst du? Du hast doch gesagt, dass du es leid bist, Nachrufe zu schreiben.«*

*»Fantasiegeschichten über wilde Tiere sind nicht gerade das, was mir vorschwebte«, entgegnete Jack.*

*»Also wirklich, Jack, ich bin sicher, du übertreibst«, meinte Mary Grant und beendete damit das Wortgefecht zwischen Vater und Sohn. »Löwen, hier in Kanada? Der arme Mann muss wirklich etwas abbekommen haben. Vielleicht sollte ich selbst mal nach ihm sehen?« Sie ließ ein letztes Mal ihren Blick über den Tisch schweifen und ging mit Jack im Schlepptau zur Sommerküche.*

* * *

*Trotz der chaotischen Umstände an diesem Nachmittag musste Mary bei dem Anblick, der sich ihr beim Betreten der wohlig warmen Sommerküche bot, unwillkürlich lächeln: Robert saß mit großen Augen wie gebannt auf einer alten Holztruhe, die er herbeigezerrt hatte, damit er sich dem alten Mann gegenübersetzen konnte. Der Besucher wiederum, auf dessen Schoß das abgenutzte Lederbuch lag, hatte die Decken abgeschüttelt und beschrieb mit einer Energie und einer Lebhaftigkeit, die seinen geschwächten Zustand Lügen straften, unglaubliche Szenen.*

*»... und wenn du glaubst, dass sie ein Bad nehmen, nimm dich in Acht, denn sie laufen unter Wasser genauso schnell wie an Land! Oh, und dann sind da noch die Giftpfeile ... Doch warte, ich muss mit dem Anfang beginnen. Mal überlegen, es war im Jahr 1772. Ach du meine Güte, ist das wirklich schon dreiunddreißig Jahre her? Es stimmt, nicht wahr? Wie schnell doch die Zeit vergeht.«*

*Masson hatte nicht gehört, dass sie hereingekommen waren. Jack blieb neben seiner Mutter an der Tür stehen und unterdrückte theatralisch ein Gähnen. Mit einem stummen Nicken und einem Stirnrunzeln forderte sie ihn auf, einzutreten. Zögernd gehorchte er.*

*Zufrieden, dass der alte Mann nicht wie ein Verrückter durchs Haus rannte und ihre sorgfältig durchgeführten Vorbereitungen durcheinanderbrachte, warf Mary einen letzten Blick durch den Raum, bevor sie sich zurückzog und leise die Tür hinter sich zumachte.*

*Masson hob den Kopf, als er hörte, wie die Tür geschlossen wurde, und warf der alten Frau, die sich immer noch in ihrer eigenen Welt zu befinden schien, einen Blick zu. Nach einer kurzen Pause wandte er sich wieder Robert zu, lächelte wehmütig und begann mit seiner Erzählung.*

*»Es war an einem heißen Sommertag in London – ich erinnere mich daran, als wäre es gestern gewesen. Alles begann mit einem Missverständnis.«*

# 4. Kapitel

Mai 1772, London

Es gab keine Möglichkeit, der Sonne zu entrinnen, die erbarmungslos auf Ian Boulton und James Simmons herunterbrannte. Die beiden Männer standen am Ende des Crane Court, einer schmalen Sackgasse, die von der Fleet Street abzweigte. Dort befand sich der Sitz der Royal Society. Vor den Männern stand ein kleiner Tisch, den man neben den Haupteingang gestellt hatte, um das Kommen und Gehen der berühmten Mitglieder der Wissenschaftsgesellschaft nicht zu behindern. An dem gusseisernen Gitter hinter ihnen hing ein kleines Schild, auf dem mithilfe einer Schablone säuberlich in schwarzer Schrift die Worte *Botanische Expedition* geschrieben worden waren.

»Bestimmt herrscht viel Verkehr«, sagte Simmons und blinzelte mit zusammengekniffenen Augen unter seinem Dreispitz hervor in die Sonne. »Sie werden schon noch kommen.«

»Es ist bereits fünfundzwanzig Minuten nach zehn«, beklagte sich Boulton und ließ den Deckel seiner Uhr wieder zuschnappen, bevor er sie in die Tasche zurückschob und ein Taschentuch hervorzog. »Hatten Sie nicht geschrieben, um zehn Uhr am Südeingang? Zeigen Sie mir diese Anzeige noch einmal.« Er zerrte an seiner gestärkten Halsbinde und wischte sich über die Stirn. Während er die Zeitung betrachtete, die Simmons hastig auf dem Tisch ausbreitete, achtete er darauf, dass seine Perücke nicht verrutschte. Die Anzeige war mit Bleistift eingekreist, und während Boulton sie zum siebten Mal an diesem Vormittag durchlas, konnte er sich nicht vorstellen, wie sie es noch deutlicher hätten ausdrücken sollen, dass sich alle Bewerber am 1. Mai spätestens um zehn Uhr am Südeingang der Royal Society einzufinden hatten. Die Anzeige endete mit den Worten: »Nach diesem Zeitpunkt werden keine Bewerbungen mehr angenommen. Sämtliche Anfragen sind an Mr Boulton, Sekretär von Sir Joseph Banks, zu richten.«

Boulton schnaubte frustriert, nachdem er den Text zu Ende gelesen hatte. »Ist es denn überhaupt offensichtlich, dass das hier der Südeingang ist?«, fragte er in besorgtem Ton. »Vielleicht hätten Sie ein größeres Schild aufhängen sollen.«

»Das Schild wurde nach Ihren Vorgaben gefertigt, Sir. Und wenn ich mir die Bemerkung erlauben darf: Käme ein Gentleman, der nicht in der Lage ist, den Südeingang zu finden, denn überhaupt in Betracht? Schließlich sollte jemand, der sich um den Posten eines Pflanzenforschers bewirbt, Norden von Süden unterscheiden können.« Simmons grinste über seinen eigenen Scherz, während er die Zeitung wieder zusammenfaltete.

»Und darf ich Sie darauf aufmerksam machen, Simmons, dass Ihre Aufgabe als mein Assistent darin besteht, mich zu unterstützen? Sie können sich sicher sein, dass Sir Joseph sehr wohl in der Lage wäre, uns vor die Tür zu setzen, sollten wir mit leeren Händen zurückkehren. Dabei spielt es nicht die geringste Rolle, ob es sich nun um Süden oder um Norden handelt!«

In der Ferne schlugen die Bow-Glocken zur halben Stunde. Boulton fluchte leise und beobachtete hilflos, wie die Fußgänger, die in der Fleet Street unterwegs waren, allesamt an der Abzweigung zum Crane Court vorbeigingen, ohne auch nur das geringste Interesse zu zeigen. Immer hektischer tupfte er sich die Stirn ab, bis seine Perücke herunterzurutschen drohte.

»Nun denn, das war's dann wohl, Simmons. Sie haben nicht zufällig einen Verwandten, der über die erforderlichen Qualifikationen verfügt, oder?« Boultons Ton klang fast schon hysterisch.

»Leider sind meine Leute allesamt in den Kolonien, Sir, wohingegen die Familie meiner Frau«, er schnaubte verächtlich, »bemerkenswerte Navigationsfähigkeiten bewiesen hat, um den Weg in mein Haus aufzuspüren, während sie jetzt anscheinend nicht mehr in der Lage sind, den Rückweg zu finden.«

Boulton starrte zu seinem kleinen Assistenten hinab und verstand nicht, wie dieser verdammte Mann den Ernst der Lage derart verkennen konnte. »Was schlagen Sie vor, was ich ihm erzählen soll? Hmm? Und was ist mit der Admiralität? Und dem König? O mein Gott!« Mittlerweile schwitzte Boulton so heftig und war so aufgelöst, dass Simmons nicht mehr unterscheiden konnte, ob ihm Schweißtropfen oder Tränen die Wangen hinunterliefen.

»Warten Sie einen Augenblick, Sir.« Simmons sah an Boulton vorbei auf einen Mann, der sich ihnen näherte. »Vielleicht hat uns das Glück doch noch nicht verlassen.«

Boulton folgte Simmons Blick und sah, wie ein Mann von der Fleet Street in den Crane Court einbog. Er trug einen ramponierten Holzkasten von der Größe einer Hutschachtel unter dem Arm.

Die grünen Augen des Mannes funkelten und standen im Widerspruch zu seinem ernsten Gesicht, das nicht jünger als dreißig Jahre wirkte. Er war kräftig gebaut und zupfte und zerrte beim Gehen an seiner sauberen und gepflegten Kleidung herum, als wäre sie ihm nicht richtig bequem. Die Sachen erweckten den Anschein, neu oder nur für eine spezielle Gelegenheit gekauft worden zu sein. Obwohl er glatt rasiert war, trug er sein Haar lang. Offenbar war es von derselben Sonne, die auch seine Haut gebräunt hatte, zu einem helleren Braunton gebleicht worden. Augenscheinlich in Eile hatte er es zu einem Pferdeschwanz gebunden, der unter einem Dreispitz hervorlugte, welcher im Gegensatz zum Rest seiner Kleidung abgenutzt und verschlissen wirkte.

Der junge Mann war groß und streckte die Brust heraus, jedoch nicht auf eine wichtigtuerische oder aggressive Weise. Seine aufrechte Haltung ließ lediglich auf eine gewisse Sicherheit und Zielstrebigkeit schließen, die – in Verbindung mit seiner Größe und seiner Statur – anderen die unterschwellige Botschaft übermittelte, dass es besser wäre, Platz zu machen, statt ihm den Weg zu versperren oder ihn zu behindern.

Doch Boulton war nicht in der Stimmung für solche Feinheiten. Er griff Simmons am Ellbogen und eilte mit ihm zusammen geradewegs auf den Mann zu. Als dieser das Paar auf sich zukommen sah, witterte er eine Konfrontation und zog den Holzkasten instinktiv mit dem linken Arm an die Brust, um den rechten frei zu haben. Dann wechselte er nach rechts, um ihnen aus dem Weg zu gehen, doch auch die beiden anderen Männer änderten ihren Kurs. Als ein Zusammenstoß fast unvermeidbar zu sein schien, schenkte Boulton dem Mann das überzeugendste Lächeln, zu dem er fähig war, breitete die Arme weit aus und blockierte so die Straße. »Wir dachten schon, Sie würden niemals kommen! Bitte beeilen Sie sich, Sir Joseph wartet schon.«

Der Mann ließ seinen Kasten sinken und fragte mit einem leichten Lowland-Akzent: »Sir Joseph Banks? Er wartet auf *mich?*«

»Allerdings«, antwortete Boulton eilig, und sein Lächeln wurde noch breiter, obwohl das kaum möglich schien. »Er ist gerade mit Vertretern der Admiralität zusammen und entscheidet darüber, wer an der Expedition teilnehmen wird. Wir müssen uns beeilen.«

»Ich fürchte, es handelt sich um ein Missverständnis«, sagte der Mann nachdrücklich. »Ich bin hier, um Samen und ein Musterexemplar der *Paeonia albiflora* auszuliefern.« Boulton warf Simmons einen Blick zu, doch der zuckte lediglich mit den Schultern.

»Aus China«, fügte der Mann hinzu und hielt den Kasten hoch. »Sie sind für Mr Solander von Mr Aiton.«

»Samen?«, fragte Boulton, der zwischen Verwirrung und Enttäuschung schwankte.

»Ja, Samen. Mein Name ist Francis Masson. Ich bin Gärtner im Dienste seiner Majestät des Königs in seinen Gärten in Kew.«

»Samen«, wiederholte Boulton ausdruckslos. »Also ... kein Forscher.« Sein Blick schweifte ab.

Doch auf Simmons' schlauem Gesicht breitete sich allmählich ein Lächeln aus. »Haben Sie Gärtner gesagt, Sir?«

»Ein einfacher Gärtner, um genau zu sein. Ich ...«, setzte Masson an.

Doch Simmons schnitt ihm mit einem Anflug von Erregung in der Stimme das Wort ab. »Sie verfügen doch bestimmt über hervorragende Kenntnisse von Blumen und Pflanzen, oder?«

Simmons warf Boulton einen kurzen Seitenblick zu, der daraufhin sofort begeistert nickte. Da streckte Simmons die Arme aus, legte Masson die Hände auf die breiten Schultern, auch wenn er kaum hinaufreichte, und sah dem größeren Mann fest in die Augen. »Mr Masson, Sir, ich gehe davon aus, dass Sie sich guter Gesundheit erfreuen?«, fragte er und klopfte ihm dabei kräftig auf die Schulter, als wollte er dies überprüfen.

»Ja, schon«, antwortete Masson, während er versuchte, den erstaunlich festen Griff des kleinen Mannes abzuschütteln. »Allerdings fürchte ich, dass ich schon spät dran bin, und Mr Aiton wäre äußerst verärgert ...«

»Können Sie Nord und Süd unterscheiden?«

»Selbstverständlich. Doch wenn Sie jetzt bitte zur Seite treten würden«, erwiderte Masson, der allmählich die Geduld verlor.

»Dann, Sir, sind Sie genau der Mann, den wir suchen! Ist es nicht so, Mr Boulton?«

Boulton musterte Masson gründlich und drehte sich wieder zu Simmons hin. Langsam wich seine besorgte Miene einem Lächeln. Überrascht von der Gewissheit, die er auf einmal verspürte, konnte er nur ein einziges Wort hervorbringen:

»Absolut.«

# 5. Kapitel

Da sie keine Zeit mehr zu verlieren hatten, zerrten Simmons und Boulton den immer noch protestierenden Masson durch die Eingangstür und führten ihn vertäfelte, nach Tabak und alten Büchern riechende Gänge entlang.

Sir Christopher Wren, Samuel Pepys, der Earl of Halifax, Isaac Newton – kein einziger von ihnen lächelte. Vielmehr blickten sie freudlos unter wallenden Perücken hervor, für die Nachwelt auf Leinwänden festgehalten, welche die Wände der Korridore säumten, die die drei Männer nun entlanghasteten. Nach Auffassung der Royal Society verdienten diese Männer einen Platz in der ersten Reihe der aufgeklärten Welt. Masson konnte sich des Gefühls nicht erwehren, dass die Herren mit ihren starren Blicken eine unverhüllte Verachtung ausdrückten, während er an ihnen vorbeigezerrt wurde.

Allerdings war Boulton nicht in der Stimmung, eine Führung zu veranstalten oder die Geister der Verstorbenen zu beschwichtigen. Auch um die noch lebenden Mitglieder der Royal Society machte er sich wenig Gedanken, die entweder zu langsam gingen oder in bedeutungsvolle Grübeleien versunken waren und nun von dem Trio, das die Räume von Sir Joseph im ersten Stock schleunigst erreichen wollte, einfach zur Seite geschoben wurden.

»Blumen sind das neue Gold, Mr Masson«, keuchte Boulton, während seine mit silbernen Schließen versehenen Schuhe laut auf die soliden Eichenstufen einhämmerten. »Wissenschaftler wollen sie genau untersuchen, Händler wollen mit ihnen Geschäfte machen, und kein herrschaftliches Anwesen gilt als vollständig ohne eine eigene Sammlung exotischer Pflanzen. Wir brauchen kühne Männer, die nach diesen Kostbarkeiten suchen. Sir Joseph wird Ihnen Ihre mutige Entscheidung, sich freiwillig zu melden, großzügig belohnen.«

Oben auf der Treppe versuchte Boulton mit der wenigen Luft, die er noch in der Lunge hatte, Masson auf sein Vorstellungsgespräch vorzubereiten. »Also denken Sie daran«, keuchte er, »Sir Joseph ist auch nur ein Mensch wie wir anderen alle auch. Er atmet die gleiche Luft und liebt einen guten Scherz wie alle anderen. Also beantworten Sie einfach seine Fragen. Solange Sie nicht schwafeln, stottern oder zaudern, ist alles in Ordnung. Es gibt nicht den geringsten Grund, nervös zu sein. Ist das klar, Mr MacMasterton?«

»Er heißt Masson, Sir, Francis Masson«, berichtigte Simmons ihn, während Boulton bereits zum zweiten Mal an die große Eichentür geklopft hatte.

Als er ein knappes, gebelltes »Herein!« von drinnen vernahm, zog Boulton seine Weste zurecht, lockerte die Halsbinde, rief schweigend den Himmel um Beistand an und öffnete die zweiflügelige Tür.

»Nein, warten Sie«, flüsterte Masson eindringlich und versuchte, Boulton am Arm festzuhalten, doch es war schon zu spät.

Die geöffnete Tür gab den Blick in ein großes, lichtdurchflutetes Arbeitszimmer frei. Die Schiebefenster an beiden Seiten standen offen und sorgten dafür, dass jeder Luftzug eingefangen wurde, um den Raum zu kühlen. Damit die zahlreichen Papierstapel, die im ganzen Raum verteilt waren, nicht durcheinander gerieten, waren Fossilien von Krustentieren, ausgestopfte Tiere, vielfarbige Kristalle und zahlreiche seltsame und wunderliche Gegenstände als Briefbeschwerer zweckentfremdet worden.

Mitten im Raum stand Sir Joseph Banks: Naturforscher, Forschungsreisender, Ritter des Königreichs und im Alter von dreißig Jahren schon zu Lebzeiten eine Legende.

Masson hatte schon mehrfach gehört, dass Menschen, wenn sie eine bedeutende Persönlichkeit trafen, oftmals enttäuscht oder überrascht waren, weil die betreffende Person nicht so großartig wirkte wie der Ruf, der ihr vorauseilte. Banks allerdings enttäuschte Massons Erwartungen nicht.

Nachdem Banks erfahren hatte, dass die *HMS Endeavour* rund um die Welt segeln würde, um den Lauf der Venus zu beobachten, hatte er sich sein ererbtes Vermögen und sämtliche Beziehungen seiner Familie zunutze gemacht, um einen Platz auf dem Schiff zu ergattern. Als der Marineminister sich ihm in den Weg gestellt hatte, hatte er die Admiralität umgangen und sich stattdessen die Genehmigung der Regierung für seine Teilnahme gesichert. Außerdem hatte er eine Summe zu der Expedition beigesteuert, die mehr als doppelt so hoch war wie der Beitrag des Königs und hundertmal so hoch wie das Jahresgehalt des Kapitäns des Schiffes, Kapitän James Cook.

Cook, der jetzt schräg hinter Banks stand, sah aus wie jemand, der gerade eine Komödie verfolgte, aber nicht laut lachen durfte. Er war fast zwei Jahrzehnte älter als Banks und trug die Uniform eines Kapitäns der königlichen Marine.

Es war Cook gewesen, der das Schiff während der dreijährigen Weltumseglung kommandiert hatte, doch bei ihrer triumphalen Rückkehr im vorangegangenen Sommer war es Banks gelungen, den Kurs durch die widrigen Winde der öffentlichen Meinung zu halten und Anspruch auf den Titel des Expeditionshelden anzumelden.

Banks hatte den angesehenen Botaniker Daniel Solander mit auf die Reise genommen, und gemeinsam war es ihnen geglückt, über dreitausend Pflanzenarten zu finden und mit nach

Hause zu bringen. Die meisten davon waren zuvor noch nicht wissenschaftlich erfasst worden. Banks' Erfolg hatte England an die Spitze der botanischen Forschung katapultiert und außerdem die Bedeutung der Gärten in Kew immens gesteigert und viel zu der dortigen Arbeit beigetragen. Auch wenn William Aiton offiziell der Direktor der Gärten war, so galt es doch als offenes Geheimnis, dass Banks seine neue Freundschaft zum König genutzt hatte, um Kew von einem königlichen Lustgarten in eine botanische Sammlung zu verwandeln. Wenn Banks nicht gewesen wäre, hätte Masson wahrscheinlich immer noch Buchsbaumhecken zurechtgestutzt, statt an der Katalogisierung der umfassendsten Pflanzensammlung der Welt mitzuwirken.

Zwar waren sie beide groß und im selben Alter, doch während Massons Gesichtszüge eher grob und unkultiviert wirkten, sah Banks bemerkenswert gut aus. Massons Gesellschaftsschicht und Erziehung hatten ihn eine reflexartige Unterwürfigkeit und Ehrerbietung gelehrt, die Banks nicht besaß, am allerwenigsten gegenüber Lord Sandwich, der ihm jetzt gegenüberstand. Der korpulente Marineminister, der sich ständig Stirn und Oberlippe mit einem Seidentaschentuch abtupfte, beugte sich über die zahlreichen technischen Zeichnungen und Pläne, die auf dem Tisch zwischen ihnen ausgebreitet waren.

Boulton räusperte sich. »Lord Sandwich, Sir Joseph, Kapitän Cook, darf ich vorstellen ...«

»Ah, Mr Boulton!«, unterbrach ihn Banks. »Sie kommen wie gerufen! Das muss unser Mann sein.« Banks richtete sich auf und sprach Masson direkt an. »Sagen Sie, Sir, Sie reisen mit wenig Gepäck?«

Fragend blickte Masson in Boultons Richtung, doch der rundliche Assistent schloss einfach nur die Augen und schwitzte weiter vor sich hin.

»Nun?«, wiederholte Banks. »Wenn Sie eine ziemlich lange und anstrengende Seereise unternehmen, würden Sie dann sparsam packen?«

Ein ironisches Lächeln huschte über Cooks Gesicht, während der alte Lord entweder taub war oder sich nicht zu einer Reaktion hinreißen lassen wollte. Vielmehr brütete er weiterhin über den Unterlagen, die vor ihm lagen.

»Ich … Vermutlich wäre ich bestrebt, sparsam zu packen, Sir«, antwortete Masson schließlich.

»Ausgezeichnet«, rief Banks so laut, dass der alte Lord neben ihm zusammenzuckte.

Also doch nicht taub, dachte Masson.

»Glückwunsch, Sie haben die Stelle!«, brüllte Banks, bevor er mit übertrieben feierlicher Stimme fortfuhr: »Eine gründliche Überprüfung hat ergeben, dass Sie die außerordentlich anspruchsvollen Auswahlkriterien offiziell erfüllen, welche die Admiralität festgelegt hat.«

Der alte Lord hatte sein Vergrößerungsglas mit gequältem Blick sinken lassen, wohingegen Cook die Hand unters Kinn legte und sichtlich gegen einen Lachanfall ankämpfte.

»Auf der Grundlage Ihrer Fähigkeit, mit sehr wenig Gepäck zu reisen«, führte Banks ungerührt weiter aus, »werden Sie an dieser äußerst wichtigen Entdeckungsreise teilnehmen und mit Kapitän Cook zum Kap der Guten Hoffnung segeln. Sie werden, was für mich beträchtliche Kosten nach sich ziehen wird, einige Jahre in der niederländischen Kolonie in der Kapregion verbringen und unzivilisierte und bis dato unkartierte Gebiete erkunden. Sie werden Tausende von Pflanzenarten identifizieren und sammeln, die die Wissenschaft noch nie gesehen hat, und damit die Pracht und die Bedeutung des Botanischen Gartens unseres Königs in Kew steigern. Neben Ihrem Beitrag, den Neid der weltweiten Wissenschaft auf uns zu ziehen, wird Ihre Arbeit der Krone mit Sicherheit neue Einkünfte bescheren, und das zu einer Zeit, in der sie so dringend benötigt werden.«

»Verzeihung, Sir, aber haben Sie Kap der Guten Hoffnung gesagt?«, fragte Masson mit einem Anflug von Panik in der Stimme, als Banks eine Atempause einlegte.

»Das reicht jetzt, Sir Joseph«, stieß der alte Lord hervor, wobei seine einstudierte, verärgerte Miene allmählich von etwas wesentlich Finstererem abgelöst wurde.

»Mr Boulton«, fuhr Banks ungerührt fort und ignorierte damit sowohl Masson als auch Lord Sandwich, »hat Sie zweifellos wegen Ihrer fundierten Kenntnisse im Bereich der Naturwissenschaften, Ihrer hervorragenden Leistungen als Botaniker und Ihrer nachweislichen Erfahrungen in der Forschung im Ausland ausgewählt. Das sind die Maßstäbe, auf denen sich mein Ruf gründet.« Erneut nahm Masson Blickkontakt zu Boulton auf und suchte nach einer Bestätigung, dass es sich um eine Art Scherz handelte. Doch er sah lediglich, dass Boulton offensichtlich einer Ohnmacht nahe war.

»Dem Marineministerium jedoch wird all das bedeutungslos erscheinen im Vergleich zu der ungewöhnlichsten aller Begabungen, die mir ihrer Meinung nach so sehr fehlt: die Fähigkeit, mit wenig Gepäck zu reisen!«

»Also wirklich, Sir Joseph«, grollte der alte Lord und knüpfte an der Stelle an, an der man ihn unterbrochen hatte: »Es handelt sich um eine Expedition der Marine, die für die Krone beträchtliche Kosten und ein großes Risiko mit sich bringt. Sie sind immer unsere erste Wahl als Expeditionsleiter gewesen, insbesondere vor dem Hintergrund Ihres letzten Erfolgs, doch wir können uns Sie einfach nicht leisten. Wir sind bereit, die notwendigen Änderungen am Schiff vorzunehmen, um einen angemessenen Platz für Werkzeug, Ausrüstung und Bedienstete zu schaffen, allerdings nicht, wenn dafür ein zusätzliches Oberdeck gebaut werden soll!«

»Wenn wir die Welt mit nach Hause bringen sollen, können wir sie nicht im Lagerraum des Schreiners unterbringen, Mylord. Doch vermutlich müssten Sie ein Mann der Wissenschaft sein, um das zu verstehen«, erwiderte Banks vernichtend.

»Ein persönliches Orchester, bestehend aus vier Musikern mit Platz für Gepäck und Instrumente«, las Lord Sandwich aus den Unterlagen vor, die auf dem Tisch lagen. »Stauraum und Futter für ein Dutzend Jagdhunde?«

Er hielt inne und warf das Papier auf den Tisch. »Man muss kein Mann der Wissenschaft sein, um zu erkennen, dass Sie nicht die Welt nach Hause bringen wollen, sondern vielmehr die Welt mit auf Ihre Reise zu nehmen wünschen!«

»Bei der Probefahrt ist das Schiff beinahe gekentert, Joseph«, warf Cook mit freundlicher Nachsicht ein.

»Und wie oft sind wir mit der *Endeavour* mitten auf dem Ozean beinahe gekentert?«, konterte Banks, einerseits stolz auf die Leistung, andererseits empört.

»Ja, allerdings war das mitten in einem Taifun auf einem der tiefsten Meere der Welt, nicht an einem schönen Sommertag bei einer leichten Brise auf der Themse, zudem noch bei Ebbe.«

»Sie wissen, dass die Expedition ohnehin schon mit genügend Problemen zu kämpfen hat«, fuhr Lord Sandwich in einem Ton fort, der darauf schließen ließ, dass er die Angelegenheit bald zu einem Ende zu bringen wünschte. »Hoffen wir bloß, dass wir im nächsten Monat planmäßig auslaufen können. Ich bin sicher, dass Mr Forster und sein Sohn in Ihrer Abwesenheit hervorragende Arbeit leisten werden.«

Banks stieß einen letzten, verärgerten Seufzer aus und gab sich geschlagen, als Lord Sandwich unerbittlich blieb.

»Nichtsdestotrotz bin ich in Anerkennung Ihrer bisherigen Dienste und Leistungen sehr gern bereit, die Schiffsreise zum Kap für …?« Lord Sandwich hing in der Luft, als er Masson zum ersten Mal musterte.

»Francis Masson, zu Euren Diensten, Mylord«, antwortete Masson, der noch immer fassungslos war.

»Genau. Nun, ich denke, damit ist meine Aufgabe hier erledigt, und ich wünsche allen einen guten Tag. Sir Joseph, Kapitän Cook.« Damit nahm Lord Sandwich seinen Gehstock und seinen Hut und verließ den Raum.

Kapitulierend ging Banks zum Fenster und beobachtete, wie Lord Sandwichs Kutsche aus dem Crane Court fuhr und in die Fleet Street einbog. Das Klappern der Hufe und die Anfeuerungsrufe des Kutschers waren in der düsteren Stille des Raumes deutlich zu hören. Banks' Miene brachte Masson dazu, sich zu fragen, ob dieser die Kutsche nicht mit bloßer Willenskraft explodieren lassen konnte. Und er kam zu dem Schluss, dass jetzt nicht der richtige Zeitpunkt war, die Dinge klarzustellen, auch wenn ihm sehr daran gelegen war.

»Mr Boulton«, sagte Banks schließlich und richtete seine Wut auf seinen korpulenten Assistenten, »würde es Ihnen etwas ausmachen, mich darüber aufzuklären, auf welcher Grundlage Sie Mr Masson ausgewählt haben?«

»Durch ein Ausschlussverfahren, Sir.«

»Zweifelsohne. Doch auf welcher *Grundlage* haben Sie die anderen ausgeschlossen?«

»Auf der Grundlage, dass sie den Weg zum Vorstellungsgespräch nicht gefunden haben, Sir.« Boultons Gesicht hatte mittlerweile die gleiche Farbe wie seine Halsbinde angenommen. Banks' einzige sichtbare Reaktion bestand darin, eine Augenbraue hochzuziehen, während Cook leise lachend den Kopf schüttelte.

Banks drehte sich um, ging auf Masson zu und musterte ihn prüfend, als wolle er ihn wissenschaftlich klassifizieren. Nachdem er zweimal um ihn herumspaziert war, sah er Masson direkt ins Gesicht und fragte: »Können Sie eine Pflanze zerlegen und ihre Samen sammeln?«

»Mit Verlaub, Sir«, setzte Masson an und hielt dann inne, weil Boulton heftig hustete. Als Masson sich umdrehte, erkannte er einen Ausdruck blinder Panik in Boultons Gesicht, woraufhin seine Entschlossenheit ins Wanken geriet. Als er sich wieder umwandte, stellte er fest, dass Banks ihn erwartungsvoll ansah.

»Ja, Sir, das kann ich.«

»Sind Sie mit den Methoden von Linné vertraut?«

»Ja, Sir.«

»Haben Sie schon viele Reisen unternommen?«

»Meint Ihr innerhalb der britischen Inseln oder außerhalb?«

»Natürlich außerhalb.«

»Nicht viele, Sir. Um genau zu sein, gar keine.«

»Gar keine …«, wiederholte Banks und drehte sich zu Boulton um, der sich auf eine Schimpftirade einstellte.

Schweigen senkte sich über den Raum, als Banks tief ein- und wieder langsam ausatmete.

»Hattest du denn so viel mehr Erfahrung, als du an Bord der *Endeavour* gegangen bist, Joseph?«, unterbrach Cook das Verhör.

»Nein, vermutlich nicht«, räumte Banks ein und drehte sich zu seinem Freund um, während er bei der Erinnerung lächelte.

»Also gut, Mr Masson. Anscheinend haben Sie das Glück gehabt, sich um eine Position zu bewerben, die sonst niemand haben will. Deshalb werden Sie in Ermangelung einer geeigneten Alternative reisen.«

Erleichtert seufzte Boulton auf und blickte in stiller Dankbarkeit Richtung Decke. Simmons, der sich hinter Boultons Rücken versteckt hatte, um sich vor drohendem Unheil zu schützen, grinste breit und gab Masson mit in die Höhe gerecktem Daumen ein aufmunterndes Zeichen.

»Aber, Sir«, protestierte Masson.

»Nein, Mr Masson, bitte danken Sie mir nicht«, sagte Banks. Er begann, das Zimmer nach etwas zu durchsuchen, wobei er Papierstapel durchblätterte und Schubladen öffnete und wieder schloss, bis er schließlich fand, wonach er Ausschau gehalten hatte.

»Sie werden Gelegenheit haben, Ihren Auftrag ausführlich mit Mr Boulton zu besprechen. Doch es gibt noch eine weitere Angelegenheit, die von herausragender Bedeutung ist.« Mit einem zerknitterten und fleckigen Bogen Pergament in der Hand ging er auf Masson zu. Darauf war mit Bleistift ein Umriss gezeichnet, der flüchtig mit leuchtenden Wasserfarben ausgemalt worden war. »Das hier«, fuhr Banks fort, »ist etwas, das Sie unbedingt finden und mitbringen müssen.«

»Ist das ein Vogel, Sir?«

»Nein, kein Vogel. Eine Blume. Entschuldigen Sie die grobe Zeichnung. Mein Zeichner starb, als wir das Kap erreichten, und ich war von Malaria geplagt, als ich die Blume sah. Ich war sicher, dass ich die Samen gesammelt und ein Exemplar der Pflanze für mein Herbarium gepresst hatte, doch als ich nach England zurückkehrte, stellte ich fest, dass sowohl die Samen als auch die Pflanze selbst auf unerklärliche Weise verschwunden waren. Alles, was ich noch besaß, war diese Skizze.« Auf einmal wirkte er abgelenkt, während er die Zeichnung in seiner Hand betrachtete, und schien in einen Tagtraum versunken. »Wie bei einer Dame, der man flüchtig in der Nacht begegnet, ist es auch hier durchaus möglich, dass ich sie mir nur eingebildet habe.«

Masson wollte den günstigen Moment nutzen, um die Dinge richtigzustellen, doch die einfache Skizze faszinierte ihn. Die exotische Schönheit der Blume ließ ihn die Grobheit der Zeichnung vergessen, zog ihn in ihren Bann und beraubte ihn der Gelegenheit, das Wort zu ergreifen.

»Sie können die Zeichnung behalten, doch passen Sie gut darauf auf, da ich keine weitere besitze. Ich habe sie dem König gezeigt, der sehr angetan war. Er ließ mich schwören, dass die Pflanze, sollte sie wiedergefunden werden, nach England gebracht und nach der Königin benannt wird. In der Annahme, bald wieder selbst ans Kap zu reisen, gab ich ihm mein Wort, dass ich sie wiederfinden würde. Allerdings«, Banks lächelte ironisch, »hat die Admiralität offenbar andere Vorstellungen, weshalb es jetzt Ihnen obliegt, dafür zu sorgen, dass ich mein Versprechen halten kann.« Banks hielt kurz inne, um seine Worte wirken zu lassen, bevor er weitersprach: »Es geht hier nicht nur um Schöntuerei, Mr Masson. Uns läuft die Zeit davon. Die Welt mag zwar schrumpfen, doch die Welt der Wissenschaft ist im Wesentlichen noch nicht aufgeteilt. Wenn wir uns unseren rechtmäßigen Platz an der Spitze der Entdeckungen erobern wollen, müssen wir jetzt handeln. Statt einer einzigen brauchten wir zwanzig Expeditionen. Doch für Expeditionen benötigt man Schiffe, Männer und Geld. Nur der König besitzt ausreichend Einfluss, um das zu verwirklichen, und deshalb wagen wir es nicht, ihn zu enttäuschen. Allerdings sind Samen und gepresste Pflanzenmuster nicht genug. Sie müssen die Blume finden und mitbringen, und zwar lebend. Ich kann es nicht riskieren, sie ein zweites Mal zu verlieren.«

Als Masson sich im Raum umsah, stellte er fest, dass alle Anwesenden ihn in Erwartung seiner Antwort gespannt anblickten. Der Ledergriff des Holzkastens, den er immer noch in der linken Hand trug, war inzwischen ganz glitschig vor Schweiß, und der Kasten fühlte sich plötzlich sehr schwer an. Während er den Blick von Gesicht zu Gesicht wandern ließ, wurde ihm eines klar: Er war mit dem Wissen allein, dass all das ein Riesenirrtum war. Er war nicht der Mann, den sie brauchten, und er konnte es sich nicht leisten, noch länger zu zögern.

»Sir«, antwortete Masson langsam, aber entschlossen und mit nur geringfügig zitternder Stimme. »Ich schätze das Vertrauen sehr, das Sie in mich setzen, doch ich fürchte, dass hier ein Missverständnis vorliegt.«

Er hörte, wie Boulton hinter ihm nach Luft rang.

»Ein Missverständnis?«, fragte Banks.

»Jawohl, Sir. Wissen Sie, ich kam heute Morgen auf Anweisung von Mr Aiton hierher, um diese Muster an Mr Solander auszuliefern.« Masson hob den Kasten hoch, als würde er einer Jury ein Beweisstück präsentieren.

Auf Banks verwirrtem Gesicht breitete sich langsam Erkenntnis aus, die schließlich eiserner Entschlossenheit wich, während er von Masson zu dem Kasten und dann wieder zu Masson blickte. »Es tut mir leid, Mr Masson, doch ich kann nicht erkennen, worauf Sie hinauswollen.«

»Ich will darauf hinaus, Sir, dass ich mich nicht für die Expedition beworben habe. Ich möchte nur den Anweisungen Folge leisten, die Mr Aiton mir gegeben hat, und danach zu meinen Pflichten in Kew zurückkehren.«

Das nachfolgende Schweigen war tief und bedrückend. Masson wagte nicht, sich umzudrehen, doch er war sicher, dass Boulton und Simmons die Luft anhielten. Cook lächelte nicht mehr und ging zu einem weiter entfernten Fenster, um nicht länger ein unmittelbarer Zeuge der Verhandlungen zu sein.

Banks presste die Lippen zu einem dünnen Lächeln zusammen, seine Augen jedoch blieben teuflisch kalt. »Ich denke, Sie werden feststellen, Mr Masson, dass sich Ihre Pflichten soeben geändert haben. Sicherlich habe ich Sie missverstanden, oder beabsichtigen Sie etwa, die Erledigung eines von Ihrem König erteilten Auftrags abzulehnen?«

Masson wurde plötzlich klar, dass er in dem Moment, in dem er über die Schwelle von Banks' Tür getreten war, jede Aussicht verloren hatte, zu seinem Leben in Kew zurückzukehren.

»Nein, Sir. Selbstverständlich nicht.«

»Schön. Ich freue mich darauf, von Ihren Fortschritten zu hören.«

»Sicher, Sir. Ich werde alles daransetzen, um weder Sie noch den König zu enttäuschen.«

»Etwas anderes hätte ich auch nicht erwartet«, erwiderte Banks ohne den Anflug eines Lächelns.

# 6. Kapitel

Juni 1772, Sussex Downs

Im Gästezimmer des Cottages seiner Mutter saß Masson allein am Fußende des Bettes und lächelte über die Ironie von Banks' Ansinnen. Er würde tatsächlich mit wenig Gepäck reisen, doch nicht, weil er es musste, sondern weil er gar keine andere Wahl hatte.

Sein Gepäck, das er von seiner Unterkunft in Kew mitgebracht hatte, bestand aus einem einzigen Lederkoffer, den er an einem Riemen über der Schulter trug. Auf den abgewetzten Deckel, an dem sich zwei Messingschnallen befanden, waren seine Initialen geprägt, inzwischen fleckig und verblasst. In dem Koffer befanden sich seine Toilettenartikel, zwei Sätze Arbeitskleidung und seine Sonntagskleidung, die aus seinem besten Hemd, einer Weste und einem Paar Kniehosen bestand. Neben der Kleidung, die er gerade trug, stellte dies seine gesamte Garderobe dar. Abgesehen von den neuen Schuhen, die er am Morgen von seiner Mutter bekommen hatte und die schon jetzt derart drückten, dass er spüren konnte, wie sich Blasen bildeten, war fast jedes Stück geflickt oder ausgebessert worden.

Da ihm sämtliche Werkzeuge sowie das gesamte Botanisierzubehör gestellt wurden, packte er nur noch seine größten Schätze ein: eine kleine Mahagonikassette und ein Klappmesser. In der Kassette befanden sich Wasserfarben, Pinsel, Rohrfedern und ein kleiner Vorrat an Eisentinte. Die kleine, robuste Kassette war – wie seine Kleidung – schon unzählige Male repariert worden.

Er trug immer ein kleines Klappmesser mit sich, als ständige Erinnerung und wegen seiner Zweckmäßigkeit. Sein Vater hatte es ihm gegeben, bevor er sich der Besatzung der *Fame* anschloss, einem Schiff, das dem großen britischen Freibeuter Fortunatus Wright gehört hatte.

Masson erinnerte sich an das Gefühl des Verlustes und der Freude, als sein Vater ihm als fünfjährigen Jungen von den französischen Schiffen erzählt hatte, die er versenken würde, und von den Schätzen, die er als seinen Anteil mit nach Hause bringen wollte.

Doch sein Vater kehrte nicht zurück. Er kam auf hoher See ums Leben, und statt der Schätze bestand Massons einziges Erbe darin, vaterlos und bettelarm zurückzubleiben. Nie vergaß er das Loch, das in sein junges Herz gerissen wurde, als er begriff, dass all die Geschichten über Schätze und Abenteuer nichts weiter gewesen waren als ein Vorspiel zu einer tiefgehenden, lähmenden Traurigkeit.

Er fand Trost in Dingen, auf die er sich verlassen konnte. Freundschaften suchte er nicht, und sie fehlten ihm auch nicht, denn er war zu dem Schluss gekommen, dass Menschen einen im Stich lassen konnten, gerade wenn man sie am meisten brauchte. Stattdessen suchte er Zuflucht in seinen Zeichnungen und Pflanzen.

Kurz nach seiner Ankunft in Hollingbourne war Masson zur Arbeit in die Gärten des nahegelegenen Leeds Castle geschickt worden. Er war ein ernster Junge, und anders als die anderen Burschen suchte er nicht nach Ausreden, um sich zu verdrücken und im Wald Piraten oder Soldaten zu spielen. Er arbeitete gut und wurde später zum leitenden Gärtner persönlich in die Lehre gegeben.

Die Felder und Wälder zwischen dem Cottage und dem Schloss, die Masson sechsmal pro Woche jeden Tag durchquerte, dienten ihm als Klassenraum. Seine angeborene Wissbegierde ließ ihn Fragen über die Blumen und Pflanzen stellen, die er sah, sowie über die Erde, die sie ernährte, und die Insekten, die zu ihrer Vermehrung beitrugen. An dem einen Tag, an dem er nicht beim Schloss arbeitete, besuchte er die Sonntagsschule der Kirchengemeinde, wo er Rechnen und Latein lernte.

Sein Meister war zwar streng und faul, aber nicht dumm, und so erkannte er schnell die Vorzüge eines Lehrjungen, an den er die Arbeit delegieren konnte. Schon bald war Masson in der Lage, sämtliche Werke in der Büchersammlung seines Meisters zu lesen; außerdem konnte er jede Pflanze auf dem Schlossgelände erkennen und darüber Auskunft geben. Er wurde zu den Gärtnereien geschickt, um Verhandlungen über den Kauf von Pflanzen und Bäumen zu führen, und nach kurzer Zeit war jedem klar, dass Masson nur dem Namen nach der Lehrling war.

Bald kam dem Meister zu Ohren, dass der junge Masson die Wertschätzung und das Vertrauen vieler genoss, und darüber war er nicht erfreut. Als Massons einundzwanzigster Geburtstag näher rückte, neigte sich auch seine Lehrzeit dem Ende zu. Danach stand es ihm frei, auf eigene Verantwortung zu handeln. Nachdem er seine Fähigkeiten und sein Wissen so deutlich unter Beweis gestellt hatte, wer konnte da wissen, wohin ein derartig frühreifes Talent noch führen würde?

In einem als großzügiger Edelmut getarnten Akt, der jedoch in Wahrheit seinem Selbsterhaltungstrieb entsprang, verfasste der Meister ein Empfehlungsschreiben an William Aiton, den Direktor der Königlichen Gärten von Kew, der ebenfalls Schotte war. Der Meister versicherte, es gebe niemanden, der besser für die Position des untergeordneten Gärtners geeignet sei als der junge Masson.

Kew war mindestens eine Tagesreise mit der Postkutsche entfernt. Zwar schreckte Masson davor zurück, seine Mutter allein zu lassen, doch das Gehalt war anständig und schloss freie Kost und Logis mit ein. Das bedeutete, dass er den Großteil seines Verdienstes nach Hause schicken konnte. Außerdem stellte sein Meister im Leeds Castle sicher, dass es kaum vernünftige Alternativen gab, weshalb Masson keine große Wahl hatte und das Angebot in Kew annahm. Also verließ er sein Elternhaus und arbeitete während der folgenden neun Jahre in den Gärten des Königs.

Die Arbeit gefiel ihm gut: Seine Stelle war sicher, und sein Leben war klar strukturiert. Er musste nichts weiter tun, als hart zu arbeiten und sich gut mit Mr Aiton zu stellen, um sich auf eine solide, wenn auch eher unspektakuläre Karriere freuen zu können.

Und dennoch befand er sich nun in dem Haus, in dem er aufgewachsen war, und packte seine wenigen Besitztümer zusammen, weil sich sein Leben auf einen Schlag grundlegend verändert hatte. In knapp einem Monat würde er ein Schiff besteigen – und das, obwohl er sich geschworen hatte, so etwas nie zu tun – und zu einem noch absurderen Abenteuer aufbrechen als jenes, das seinen Vater das Leben gekostet hatte.

Ein energisches Klopfen an der Tür holte Masson ruckartig in die Gegenwart zurück. Seine Mutter öffnete die Tür und platzte in den Raum, ohne seine Antwort abzuwarten.

»Bist du fertig, Francis? Wir dürfen sie nicht zu lange warten lassen.«

Masson versteckte die Kassette mit seinen Zeichenutensilien unter seinem Jackett, bevor er sich umdrehte und sie anlächelte. Sie würde sein Zeichnen als sinnlose Zeitverschwendung betrachten. Er konnte sie regelrecht sagen hören: »Wenn es kein Beruf ist, wozu soll es dann gut sein?«

»Ich komme gleich runter«, antwortete er.

»Es ist wichtig, Francis, du wirst mich doch nicht enttäuschen, nicht wahr?«

Ohne seine Antwort abzuwarten, drehte sie sich um und ließ die Tür halb offen, als sie die Treppe hinunterstieg. Von unten konnte Francis hören, wie die höfliche, etwas gezwungen klingende Konversation wieder aufgenommen wurde.

Masson atmete tief ein, bevor er den Deckel der Kiste zuklappte, die seine Sammlung an botanischen Büchern enthielt. Sie waren das einzig Wertvolle unter seinen Habseligkeiten und würden seiner Mutter eine nicht unbeträchtliche Summe einbringen, falls ihm etwas zustoßen sollte. »Wenigstens würde sie nicht vor dem Nichts stehen«, dachte er, während er das Schloss versperrte und die Kiste unter sein Bett schob.

Ohne einen Blick zurückzuwerfen, verließ er das Zimmer und ging die Treppe hinunter. Seine Schritte hallten laut auf den Eichenstufen wider. Vor dem Spiegel, der am Fuße der Treppe an der Wand hing, blieb er kurz stehen, um sein Aussehen zu überprüfen. Was ihn nun hinter der Wohnzimmertür erwartete, war von allen Geschehnissen innerhalb der letzten Wochen vielleicht das am wenigsten Willkommene. Allerdings war es unvermeidbar, und er hatte sich bereits damit abgefunden, diese Entwicklung zusammen mit allen anderen Dingen hinnehmen zu müssen.

Als er eintrat, sah er seine Mutter auf einem unbequemen Stuhl mit harter Lehne sitzen. Ihr gegenüber hatte Mrs Everidge, die Frau eines Papierhändlers aus der nahegelegenen Stadt Maidenhead, Platz genommen und fächelte sich Luft zu. Neben ihr befand sich ihre zwanzigjährige Tochter Constance, die jedoch kaum aufsah. Sie war ein ansehnliches Mädchen mit kastanienbraunem Haar und roten Wangen. Obwohl sie ein wenig schüchtern war, besaß sie ein freundliches Lächeln und war völlig ohne Falsch.

»Guten Tag, Mrs Everidge, ich freue mich sehr, dass Sie nach Hollingbourne kommen konnten, um uns zu besuchen«, begrüßte Francis die ältere Dame freundlich, bevor er sich an ihre Tochter wandte und sich verlegen verbeugte. »Hallo, Constance.«

Constance hob den Blick und lächelte, bevor sie tief errötete und wieder auf die Fugen zwischen den Dielen starrte.

»Hallo, Francis.«

Nachdem er seine Begrüßungsworte vorgebracht hatte, wurde Masson nervös und zerbrach sich den Kopf darüber, was er noch sagen konnte, als Mrs Everidge ihn rettete. »Ihre Mutter hat mir gerade von Ihrer bevorstehenden Reise erzählt«, bemerkte sie und fächelte sich weiter Luft zu. »Es klingt außergewöhnlich. Hat man Ihnen gesagt, wie lange Sie fort sein werden?«

»Das Schiff braucht bis zum Kap drei Monate, aber Francis hat mir gesagt, dass er nur wenige Wochen brauchen wird, um seine Arbeit zu vollenden. Mit ein wenig Glück und günstigem Wind ist er Weihnachten vielleicht schon wieder zurück«, antwortete Mrs Masson anstelle ihres Sohnes und setzte ihr überzeugendstes Lächeln auf. »Ist es nicht so, Francis?«

Francis wusste, dass ihre Schätzung höchst optimistisch war, und er bedauerte, ihr so viel erzählt zu haben; doch in Wahrheit war er froh, dass sie für ihn eine Verbindung suchte – so hatte er einen weiteren Grund, baldmöglichst zurückzukehren.

»Das scheint mir ein sehr weiter Weg für eine so kurze Zeitspanne zu sein«, entgegnete Mrs Everidge, ohne Francis' Erwiderung abzuwarten. »Aber es ist ja wohl nicht so, dass Sie in den Krieg ziehen oder sonst etwas Gefährliches unternehmen, nicht wahr, Mr Masson?«

Masson wollte gerade antworten, als plötzlich jemand an seinem Ärmel zupfte. »Mr Masson, wissen Sie, was Kapitän Cook und Mr Banks gegessen haben, als sie festsaßen, nachdem ihr Schiff auf ein Riff gelaufen ist und beinahe gesunken wäre?« Masson blickte nach unten und entdeckte Trudy, Constances jüngere Schwester. Mit ihren zehn Jahren war sie das genaue Gegenteil ihrer Schwester und legte nicht den Hauch von Schüchternheit an den Tag.

»Oh, Francis«, sagte seine Mutter in dem Versuch, Trudy einfach nicht zu beachten, »warum zeigst du Mrs Everidge nicht den Brief, den du von Sir Joseph bekommen hast? Oh! Wie dumm von mir, ich habe ihn doch hier.« Mrs Masson stand auf, nahm die Familienbibel vom Kaminsims, schlug sie etwas zu feierlich auf und zog das Schreiben heraus. »Unterzeichnet und versiegelt von Sir Joseph Banks persönlich!«, sagte Mrs Masson mit gedämpfter, ehrfürchtiger Stimme, als sie Mrs Everidge das Dokument reichte.

»Einen rohen Geier!«, flüsterte Trudy so laut, dass jeder sie verstehen konnte. »Er war schon einen ganzen Tag lang tot! Finden Sie das nicht entsetzlich?«

»Was für eine schöne Handschrift, nicht wahr, Mrs Everidge?«, warf Mrs Masson ein, um die Aufmerksamkeit der anderen Frau von dem kleinen Mädchen abzulenken. Sie fürchtete, Trudy könne alles verderben.

»Trudy, das reicht jetzt«, sagte Mrs Everidge und richtete ihr Augenmerk auf den Brief. *»Dreihundert Pfund und fünf Morgen Land bei Ihrer Rückkehr.* Du meine Güte, wer hätte gedacht, dass sich mit Gartenarbeit so viel verdienen lässt?«

Mrs Masson schaffte es kaum, ihren Triumph zu verbergen, als sie das Dokument nahm, es sorgfältig faltete und in die Bibel legte, um sie anschließend an ihren angestammten Platz auf dem Kaminsims zurückzustellen.

»Constance, freust du dich denn nicht für Mr Masson?«, fragte Mrs Everidge.

»Doch, natürlich. Es ist wunderbar«, antwortete Constance, ohne den Blick vom Fußboden zu heben.

»Ich habe es immer gewusst«, sagte Mrs Masson eifrig. »Eine Mutter spürt so etwas. Oh, ich hatte auch so meine Zweifel, natürlich. Ich meine, woher hätte ich wissen sollen, dass mit Blumen und Bäumen so viel zu verdienen ist? Als wir noch unsere Farm in Schottland hatten, baute man Pflanzen an, um sie zu essen, und nicht, um sie anzusehen. Doch heutzutage ist offenbar das ganze Land verrückt nach Gärten – vor allem die Oberschicht. Wussten Sie, dass sie heute auf allen großen Landsitzen amerikanische Bäume pflanzen? Wissen Sie auch, warum? Wegen der Farben! Ist das zu fassen? Abertausende von Pfund werden ausgegeben, um den Boden aufzureißen und Bäume zu pflanzen, nur um im Herbst unter gelb und rot verfärbten statt grünen Bäumen entlangreiten zu können! Welchen Aufwand diese Menschen betreiben, um mit ein paar exotischen Blüten zu prahlen, die ohne diese beheizten Treibhäuser keine Minute überleben würden! Wenn Sie mich fragen, ist all das eine reine Verschwendung von gutem Ackerland, aber mich fragt ja niemand, nicht wahr?« Mrs Masson legte eine Atempause ein und sah ihren Sohn an. »Wenn es allerdings bedeutet, dass sie bereit sind, Francis um die halbe Welt zu schicken, um ihre Launen und Wünsche zu befriedigen, wie können wir das dann in Frage stellen?«

Trudy nutzte das Stocken der Unterhaltung. »Mr Masson«, sagte sie und zupfte erneut an Massons Ärmel. »Wissen Sie, was die Eingeborenen angeblich essen? Etwas, das noch schrecklicher ist als tote Geier!«

Masson blickte auf das kleine Mädchen hinunter, deren leuchtend blaue Augen vor Schrecken weit aufgerissen waren.

»Sie essen Seeleute! Sie stecken sie in einen großen Kessel, und …«

»O Trudy, so sei doch endlich still«, seufzte Mrs Everidge müde.

»Um Himmels willen, hör auf damit!«, rief Constance, die offenbar den Tränen nahe war. »Genug von diesen … lächerlichen … Erfindungen!«

»Aber es ist wahr! Ich schwöre, dass es wahr ist, ich habe in Papas Zeitung darüber gelesen!«, widersprach Trudy und versteckte sich hinter Masson.

Mrs Everidge wandte sich an Mrs Masson, um sich zu entschuldigen und eine Erklärung zu liefern. »Ihr Vater ermuntert sie zu lesen. Ich habe ihm gleich gesagt, dass das nur zu Schwierigkeiten führen wird.«

»Francis«, sagte Mrs Masson jetzt und wechselte einen vielsagenden Blick mit Constance, »warum zeigst du Constance nicht das Stück Land, das du ausgewählt hast? Außerdem gibt es bestimmt noch einige Dinge, die ihr vor deiner Abreise besprechen wollt.«

»O ja, in der Tat sehr wichtige Dinge«, wiederholte Mrs Everidge und warf ihrer Tochter einen ebenso bedeutungsvollen Blick zu.

Masson nahm Constances Hand, die sie ihm sittsam gereicht hatte, führte das Mädchen aus dem Haus und schloss die Haustür hinter ihnen. Während sie den Pfad entlanggingen, der vom Cottage zur Straße führte, wurde Constance offenbar noch nervöser.

»All das kommt so plötzlich und unerwartet, nicht wahr?«, fragte sie vorsichtig.

Masson lächelte bloß, als sie ihren Weg in dem Bewusstsein fortsetzten, dass jeder ihrer Schritte von mindestens zwei Augenpaaren im Haus genau beobachtet wurde.

»Hier geht es entlang«, erklärte Francis und überquerte mit ihr den Weg, der über den Hügel zum Leeds Castle führte. »Momentan gibt es da noch nicht viel zu sehen, doch ich glaube, dass es mit ein wenig Arbeit recht hübsch werden kann.«

In den nächsten Minuten wurde das Schweigen nur durch das Knirschen des Kieses unter ihren Schuhen unterbrochen. Schließlich blieben sie neben einer Weidefläche von stattlicher Größe stehen.

Constance blickte zu ihm auf und wartete auf seine nächsten Worte, während er auf die große Wiese voller wilder Orchideen, Wiesensalbei, Büschelglockenblumen und Wiesenwachtelweizen starrte. Etwas zurückgesetzt von der Straße befand sich ein kleines Wäldchen aus Buchen, Hainbuchen, Eiben, Eschen und sogar Esskastanienbäumen.

»Ich denke darüber nach, eine Gärtnerei aufzubauen«, erklärte er und brach damit zu guter Letzt das Schweigen. »Das Treibhaus soll dorthin kommen.« Er wies auf den Rand des Feldes, doch Constance folgte seinem Blick nicht, sondern betrachtete weiterhin sein Gesicht. »Und da drüben sollen die Setzlinge ihren Platz bekommen: Kalmien, Rhododendren und Magnolien. Eine Buchsbaumhecke wird sie vor dem Wind schützen. Ich kenne noch viele Gärtner auf den nahegelegenen Landgütern; sie werden bestimmt kommen.«

Erneut folgte ein Schweigen, doch diesmal wurde es von Constance gebrochen. »Unsere Freunde, die Richardsons, haben eine Eiche gepflanzt, als ihr Sohn zur Welt kam.«

»Eine Eiche?«, wiederholte Masson. »Ich weiß nicht, ob es einen Markt für Eichen gibt.«

Constance wandte sich ab, um die Tränen zu verbergen, die allmählich ihre Augen füllten.

Als Masson seinen Patzer bemerkte, versuchte er, die Scharte auszuwetzen. »Natürlich wäre eine Eiche genau das Richtige, um im Vorgarten des neuen Cottages ein wenig Schatten zu spenden. – Nun, wir werden sicherlich mehr Platz brauchen, und es gibt hier mehr als genug Land.«

»O Francis«, sagte sie und umfasste seinen Arm mit beiden Händen, »meinst du das ernst? Meinst du das wirklich ernst?«

Masson warf einen Blick zum Haus zurück und sah den Umriss der beiden älteren Frauen, die hinter der Fensterscheibe standen. Auch ohne ihre Mienen zu erkennen, wusste er, was von ihm erwartet wurde. Als er sich zu Constance umdrehte, legte er seine Hände auf ihre und antwortete: »Ja, ich meine es ernst.«

»Dann werde ich auf dich warten.« Constance seufzte vor Erleichterung, während aus Tränen des Kummers Freudentränen wurden. Sie vergrub den Kopf an seiner Brust, dann riss sie sich los und lief eilig zum Haus, um ihrer Mutter die gute Nachricht zu überbringen. Masson stellte sich vor, wie die beiden älteren Frauen, die immer noch am Wohnzimmerfenster standen, einander dazu gratulierten, ihre Aufgabe gut erledigt zu haben.

Während Masson zusah, wie Constance den Pfad entlanghüpfte und ihre Freude kaum verbergen konnte, wurde ihm bewusst, dass für seine Rückkehr nach England bereits alles in die Wege geleitet war: Wohlstand, eine Ehefrau und hoffentlich eine Familie. Er musste jetzt nur noch lebend zurückkehren.

Doch als Trudys unschuldige Fragen sich mit dem Ausdruck in Constances Augen vermischten, als sie von der Eiche gesprochen hatte, beschleunigte sich sein Puls, und Angst ergriff Besitz von ihm.

In der Hoffnung, dass seine Miene seine Zweifel nicht verraten hatte, wandte er sich vom Haus ab und schloss die Augen, um die beruhigende Wirkung der kühlen Brise in seinem Gesicht zu spüren. Aus der Tiefe seines Gedächtnisses hörte er, wie seine Mutter ihren Lieblingsspruch so klar und deutlich aussprach, als hätte sie ihn von der Türschwelle des Cottages aus gerufen. »Du wirst mich doch nicht enttäuschen, nicht wahr, Francis?«

Nachdem er lange tief durchgeatmet hatte, versuchte er, seine Nackenmuskeln zu entspannen und sich ein Lächeln abzuquälen. Schließlich setzte er langsam einen Fuß vor den anderen und schaffte es nach und nach, einigermaßen schwungvoll zum Haus zurückzukehren.

Als er näher kam, konnte er schon das zufriedene Gegacker der Frauen hören, die zusammenstanden und sich in dem Erfolg sonnten, den sie geplant und vorbereitet hatten. Kurz vor Erreichen der Türschwelle blieb Masson stehen, warf einen letzten Blick auf das Land und versuchte das Bild der Gärtnerei heraufzubeschwören, das er Constance beschrieben hatte. Doch noch bevor die Szene vor seinen Augen erstehen konnte, ergriff Trudy seine Hand, und er ließ sich von ihr ins Haus und mitten in die allgemeine Freude hineinziehen.

# 7. Kapitel

## 13. Juli 1772, Plymouth

Während über dem Hafen von Plymouth der Tag anbrach, konkurrierten die Schreie der gefräßigen Möwen mit den Rufen der ungeduldigen Seeleute und den Flüchen der erschöpften Hafenarbeiter. Die Besatzung der *Resolution* wollte unbedingt bei Ebbe auslaufen, doch die Hafenarbeiter hatten schon die ganze Nacht hindurch das Schiff beladen und ließen sich nicht drängen.

»Nun, Mr Masson«, platzte Simmons heraus, der Massons Stimmung erahnte und sich selbst kein schlimmeres Schicksal vorstellen konnte, als drei Monate an Bord eines umgebauten Küstenkohlenschiffes zu verbringen, dessen Besatzung aus rund hundert der ungehobeltsten Männer bestand, die er je zu Gesicht bekommen hatte. »Ich bin überzeugt, dass Ihre Reise zum Kap ein großer Erfolg wird. Wir setzen unser ganzes Vertrauen in Sie! Ist es nicht so, Sir?«, sagte er, an Boulton gewandt.

»Es ist nicht das Kap, das Mr Massons Mut auf die Probe stellen wird, Simmons, sondern seine Rückkehr nach England als erfolgreicher Abenteurer!«, stellte Boulton richtig, bevor er ein wenig müde hinzufügte: »All dieser Ruhm und das Vermögen können einen Mann schon verändern.«

Plötzlich brach an dem ohnehin schon lauten Kai ein regelrechter Tumult aus, als eine Kutsche in voller Fahrt heranraste und Männer und Frachtgut in alle Richtungen auseinanderstieben ließ. Begleitet wurde das Ganze von saftigen Flüchen, die die salzige Luft erfüllten. Masson sah Joseph Banks' Kopf aus dem Seitenfenster herausragen – er beschimpfte die langsameren Fußgänger. Als er schließlich Masson erblickte, rief er: »Masson, warten Sie!«

Vor den drei Männern verlangsamte die Kutsche ihr Tempo, als der Kutscher heftig an den Zügeln riss. Noch ehe das Gefährt vollständig zum Stehen gekommen war, machte Banks sich schon voller Ungeduld am Türriegel zu schaffen. Als die Tür aufflog, wurde Simmons von ihr getroffen und um ein Haar ohnmächtig geschlagen. Masson warf einen Blick in die offene Kutsche und sah Stapel von Unterlagen, die um Banks herum verstreut waren. Der Mann sah aus, als käme er geradewegs vom Frühstückstisch, denn er trug noch einen blauen Seidenmorgenmantel sowie Pantoffeln anstelle von Schuhen. Er wirkte sorgenvoll und verdrießlich; offenbar suchte er unter den Bergen von Papier etwas, das ihm abhandengekommen war.

»Die Lage hat sich geändert«, sprudelte er hervor und bedeutete Masson mit einer Handbewegung, zu ihm in die Kutsche zu steigen.

Während Masson sich nach einer Sitzgelegenheit umsah, wagte er zu hoffen, dass Banks möglicherweise gekommen war, um ihn über die Absage der Reise zu informieren. Doch noch bevor er darüber nachdenken konnte, mit welchen Worten er seiner Mutter die ganze Sache erklären würde, knallte Simmons die Kutschentür zu, sodass Masson ins Taumeln geriet und gegenüber von Banks auf der Sitzbank landete.

»Lord Sandwich und ich haben uns gestern Abend unterhalten, Masson«, erläuterte Banks, ohne aufzublicken, »und Sie wissen ja, dass ich ihn für einen Mann von herausragendem wissenschaftlichen Verstand halte.«

»Sir?«, stammelte Masson, der sich bloß daran erinnern konnte, dass sich die beiden am liebsten gegenseitig an die

Kehle gegangen wären, als er sie zuletzt zusammen erlebt hatte.

Banks, der immer noch nach etwas suchte, gab Masson ein Zeichen, sich von seinem Sitz zu erheben. Dann rief er: »Aha!« Er nahm ein Dokument, auf dem Masson gesessen hatte, und schlug es in seinem Schoß auf. Es handelte sich um eine Landkarte der Kapregion.

»Wie ich schon sagte, ich habe mich gestern Abend mit Lord Sandwich unterhalten, und wir sind uns vollkommen einig.«

»Ja, Sir«, sagte Masson und wartete auf die Neuigkeit, die ihn in sein sicheres und behütetes Leben im behaglichen Schoß von Kew Garden zurücksenden würde.

»Hier. Die niederländische Kolonie ist hier: Kapstadt. Und hier, etwa einen Tagesritt entfernt, liegt die False Bay. Können Sie sie erkennen?« Banks' Zeigefinger tippte auf den gezackten Umriss einer tiefen Bucht an der Spitze des afrikanischen Kontinents. »Die Suche nach der Blume für die Königin ist natürlich Ihre Hauptaufgabe, aber ich würde Sie bitten, dass Sie sich zunächst einmal ein Bild dieser Region machen, und zwar sobald Sie eingetroffen sind. Das sollte nicht lange dauern; einen Tag, höchstens zwei.«

Es dauerte einen Herzschlag lang, bis Masson begriff, dass er doch nicht entlassen wurde. »Wie Sie wünschen, Sir«, antwortete er und versuchte, sich die Enttäuschung nicht anmerken zu lassen.

»False Bay«, wiederholte Banks, als wollte er sichergehen, dass Masson ihn auch wirklich verstanden hatte, »vor allem die Umgebung von Muyssenberg und Simon's Town. *Dorthin* müssen Sie umgehend reisen und ohne Verzögerung die Gegend erkunden.

Dort gibt es unzählige Pflanzenarten, die noch beschrieben werden müssen, und Sie werden mir über alles Bericht erstatten, was für die Weiterentwicklung der Naturwissenschaften nützlich ist. Natürlich hinsichtlich der Pflanzenwelt, aber auch hinsichtlich der Geografie, Wetterlage, Tierwelt, Hydrologie. Hydrologie ist sehr wichtig – Sie wissen schon: Wasserstellen, Wasserläufe und so weiter. Und vergessen Sie nicht, menschliche Besiedlung, Lager, Straßen und dergleichen zu vermerken. Unsere Landkarten sind ein wenig veraltet, und wir möchten doch nicht den Standort der königlichen Blume an der falschen Stelle angeben, nicht wahr?«

»Nein, Sir.«

»Natürlich werden Sie Ihr eigenes Tagebuch führen«, fuhr Banks fort, »doch Sie sollten Kopien von Ihren Notizen anfertigen und sie mir persönlich per Brief zukommen lassen. Es ist außerordentlich wichtig, dass sonst niemand den Inhalt zu sehen bekommt, und Sie müssen sicherstellen, dass die Briefe ausschließlich auf britischen Schiffen befördert werden.«

Boultons Gesicht erschien im offenen Fenster. »Verzeihung, Sir, aber ich glaube, dass Kapitän Cook jetzt auslaufen möchte. Ich soll Ihnen ausrichten, dass Zeit und Gezeiten auf niemanden warten, nicht einmal auf Sir Joseph Banks.«

Banks nickte grinsend. Als Masson aufstand, um die Kutsche zu verlassen, blieb er kurz an der Tür stehen: »Glauben Sie, dass die Blume für die Königin dort zu finden ist?« Als er keine Antwort erhielt, vermutete er, dass Banks, der immer noch die Landkarte betrachtete, schon wieder in die vielen Angelegenheiten vertieft war, die seinen Lebensalltag auszumachen schienen, und so wiederholte er seine Frage. »Die Blume, Sir. Glauben Sie ...«

Doch noch bevor er die Frage beenden konnte, hatte Banks aufgeblickt und mit einem mehr als deutlichen Anflug von Ungeduld erwidert: »Daran hege ich nicht den geringsten

Zweifel, Masson. Viel Glück und eine gute Reise. Ich freue mich schon auf Ihren ersten Bericht. Nehmen Sie die Landkarte mit, und auch diese da.« Banks gab Masson die Karte und deutete auf einige große Bücher von Miller, die den Titel *Des Gärtners Wörterbuch* trugen und neben ihm auf dem Sitz lagen.

»Danke, Sir, aber ich glaube, sie passen nicht in mein Gepäck.« Der Scherz entging Banks, und er wollte protestieren, doch Masson fuhr fort: »Außerdem kenne ich die Werke alle auswendig, Sir. Diese dort und auch die sieben vorhergehenden Ausgaben.«

Banks' Reaktion bestand nur aus einem dünnen, humorlosen Lächeln, während er gegen die Decke der Kutsche klopfte, um den Fahrer zur Weiterfahrt aufzufordern.

Masson stieg aus und sah zu, wie die Kutsche vom Kai rollte. Dann drehte er sich zu Simmons und Boulton um, um sich von den beiden zu verabschieden. Sie hatten neben dem offenen Fenster gestanden und jedes Wort mitgehört.

Trotz ihrer Mitverantwortung an Massons misslicher Lage erfüllte ihn der feste Händedruck der beiden Männer mit Zuversicht. Falls die Dinge nicht gut laufen sollten, hatte er vielleicht zumindest jemanden auf seiner Seite. Nach dem Abschied stieg Masson den Laufsteg hinauf, lehnte sich an die Reling und winkte zum Abschied, während das Schiff ablegte.

»False Bay?«, fragte Simmons, der immer noch winkte. »Ist das nicht der Küstenstrich, an dem die königliche Marine plant, ...«

»In der Tat«, antwortete Boulton. »Doch ich bin sicher, dass Sir Joseph und Lord Sandwich wissen, was am besten ist. Solange Mr Masson glaubt, dass er die Blume für die Königin sucht, müsste alles in Ordnung sein.«

»Selbstverständlich«, erwiderte Simmons. »Allerdings drängt

sich mir der Gedanke auf, dass wir ihn sozusagen auf direktem Wege in die Höhle des Löwen schicken.«

Ohne ein weiteres Wort zu verlieren, lächelten und winkten Simmons und Boulton weiter, bis die *Resolution* nicht mehr zu sehen war.

## 8. Kapitel

### August 1772, 14. Grad nördlicher Breite, 24. Grad westlicher Länge (vor der Küste der Kapverdischen Inseln)

»Fangt diesen Affen!«

Masson blieb an seinem Schreibtisch sitzen. Er spitzte gerade seine Rohrfeder und wusste nicht, ob er richtig gehört hatte.

Die *Resolution* schaukelte sanft hin und her, und ihre Takelage ächzte im Einklang mit dem Stöhnen der Ladung aus Bauholz, während das Schiff seinen Ankerplatz vor den Kapverden verließ. Als Masson keine weiteren Schreie mehr von Deck hörte, runzelte er die Stirn und zerknüllte den nächsten missglückten Entwurf eines Briefes an Constance. An der Seite des Tisches war ein Hanfbeutel befestigt, der ihm als Papierkorb diente, und er versuchte, das Papierknäuel hineinzuwerfen. Doch er verfehlte den Beutel, und so wuchs die Sammlung von Papierknäueln auf dem gekalkten Fußboden weiter an.

In seinen Briefen an Constance beschrieb er die tägliche Routine auf dem Schiff. Er faselte über das Essen und versicherte ihr, dass es nicht so schlimm sei wie befürchtet. Er schrieb über den Sauberkeitswahn des Kapitäns und dass nichts seiner Aufmerksamkeit entging. Er schilderte seine Kabine, deren Decke so niedrig war, dass er nicht einmal aufrecht darin stehen konnte. Allerdings besaß sie ein Bullauge, sodass er wenigstens frische Luft bekam und einen Blick auf den Himmel erhaschen konnte. Er berichtete sogar von den belanglosen Disputen der Offiziere bei Tisch und von der Tatsache, dass manche der Tischgenossen seine Anwesenheit am Tisch des Kapitäns übelnahmen und sich fragten, warum er nicht mit den einfachen Seeleuten oder den Marinesoldaten aß.

Es schien ihm, als würde er endlos schreiben und trotzdem nichts sagen. Jedoch waren ihm eine Reihe von Zeichnungen und Skizzen gelungen, die zeigten, wie sein neuer Garten aussehen sollte. Jeden Baum und Strauch hatte er sorgfältig gezeichnet, jeden Pflanzbereich sorgfältig ausgemessen. Warum nur, fragte er sich, war es so viel schwieriger, an Constance zu schreiben, als seinen imaginären Garten darzustellen?

Entschlossen, mit einigen Worten zumindest die Sorgen zu zerstreuen, die Constance sicherlich empfand, tauchte er seine Rohrfeder erneut in das Tintenglas und legte sich eine frische Seite Papier zurecht.

Gerade als Masson den Brief mit Wachs versiegelt hatte, klopfte es an seine Kabinentür. Als er aufstand, um den Riegel zurückzuschieben, stieß er sich zum x-ten Mal den Kopf. In der Türöffnung stand die rundliche Gestalt von Reinhold Forster, dem Wissenschaftler des Schiffes.

Forster reiste zusammen mit seinem Sohn Georg, der offenbar intelligent und anständig war. Der ältere Mann jedoch war das genaue Gegenteil seines gutmütigen Sohnes. Er war derart herablassend, verletzend und überheblich, dass er sich mit seiner unangenehmen Art bereits den Ruf des unbeliebtesten Mannes an Bord erworben hatte. Seine ruppige Persönlichkeit wurde noch verstärkt durch einen ausgeprägten Körpergeruch, der sogar noch auf dem Deck der einfachen Matrosen auffiel. Zwar hatte Kapitän Cook die Anweisung erteilt, dass sich alle an Bord regelmäßig mit kaltem Wasser zu waschen hatten, aber Forster war der Meinung, sich darüber hinwegsetzen zu dürfen – wie auch über viele andere Vorschriften auf dem Schiff. Masson versuchte stets, einen großen Bogen um ihn zu machen, aber jetzt gab es kein Entkommen.

»Mr Masson.« Forster war mehr als vierzig Zentimeter kleiner als Masson und hatte den Kopf zurückgelegt, damit er den größeren Mann dennoch von oben herab betrachten konnte. »Haben Sie vielleicht kurz Zeit für mich?«

Ohne Massons Antwort abzuwarten, drängte Forster sich sofort in die Kabine. Da diese kaum groß genug für Masson allein war, ganz zu schweigen von einem Besucher mit einem üppigen Leibesumfang wie Forster, trat Masson hinaus auf die Schwelle, sodass er mit einem Fuß in der Kabine und dem anderen in der Messe der Kadetten zu stehen kam. Dadurch rettete er sich davor, erdrückt zu werden, und zugleich blieb seiner Nase das volle Ausmaß des Gestanks erspart. Dieser war so intensiv, dass eine Verfärbung der Luft Masson nicht überrascht hätte. Forster sah sich um und musterte unverhohlen Massons Habseligkeiten – scheinbar hatte er es nicht eilig, sein Anliegen mitzuteilen. Stattdessen betrachtete er Massons Schreibtisch und studierte die Zeichnungen von Massons Garten mit wissenschaftlichem Interesse. Doch als er den Brief mit dem frischen Siegel entdeckte, verweilte sein Blick unangemessen lange darauf.

»Wo liegt das Problem, Mr Forster?«, fragte Masson.

Forster ließ seinen Blick noch einen Moment länger auf dem Brief ruhen, bevor er aufsah und antwortete: »Würde es Ihnen etwas ausmachen, mir mitzuteilen, was genau Sie eigentlich hier *tun*, Mr Masson? Abgesehen davon natürlich, dass Sie Zeichnungen von Gärten anfertigen und Briefe an junge Damen in England schreiben?«

»Ich habe den Auftrag, Blumen für die Gärten des Königs in Kew zu sammeln«, erwiderte Masson und verschränkte die Arme vor der Brust.

Ein raubtierhaftes Leuchten flackerte in Forsters wachsamen Augen auf. »Wirklich? Das Letzte, was ich gehört habe, war, dass Lord Sandwich seine Meinung geändert hat. Er hat mir eindeutig zu verstehen gegeben, dass weder Sir Joseph noch einer seiner Bediensteten an dieser Expedition teilnehmen sollten. Und doch sind Sie hier.«

»Nun ja«, entgegnete Masson unbehaglich, »ich kann nicht für Lord Sandwich sprechen, allerdings waren meine Anweisungen von Sir Joseph sehr klar und eindeutig – ich soll zur False Bay reisen und die Umgebung erkunden, während ich nach einer ganz bestimmten Blume Ausschau halte.«

»False Bay, sagen Sie?« Nachdem er sich ein letztes Mal umgesehen hatte, schien Forster das Interesse zu verlieren und schob sich an Masson vorbei aus der Kabine zurück in die Kadettenmesse. Mit einem herablassenden Grinsen sagte er: »Das erklärt es wohl. Also dann, viel Glück mit Ihrer Blume, und verzeihen Sie, dass ich Ihre kostbare Zeit in Anspruch genommen habe. Vermutlich hätte ich es besser wissen müssen, als den Verdacht zu hegen, dass ein einfacher Gärtner mit einer Aufgabe von wissenschaftlicher Bedeutung betraut sein könnte.«

Masson war zu erleichtert, dass Forster wieder ging, als dass er auf den Gedanken gekommen wäre, die spöttische Bemerkung zu kontern. Doch leider blieb Forster plötzlich stehen und drehte sich noch einmal zu Masson um.

»Eines noch«, sagte er, als wäre ihm nachträglich noch etwas eingefallen. »Ich bin auf den Kapverden an Land gegangen, um einige Beobachtungen anzustellen, und habe ein fantastisches Exemplar mitgebracht, das ich sehr gern in Ihrer Kabine unterbringen würde. Es wäre nur bis Kapstadt, damit der Kapitän es nicht vor Augen hat. Danach kann ich Vorkehrungen für seine Weiterreise treffen. Sie können es als Ihren kleinen Beitrag für die Wissenschaft auf dieser Reise betrachten, neben Ihrer wichtigen und so außerordentlich geheimen Arbeit am Kap.«

Noch bevor Masson zu einer Erwiderung auch nur den Mund öffnen konnte, drehte Forster sich um und verließ die Kadettenmesse mit den Worten: »Großartig. Ich wusste, dass ich auf Sie zählen kann.«

Während Masson zusah, wie der unangenehme Mensch davonwatschelte, versuchte er das Risiko abzuschätzen, jemanden wie Forster zu verärgern. Andererseits, was konnte so schlimm daran sein, den Platz unter seiner Schlafkoje für eine Versteinerung oder ein anderes altes Artefakt zur Verfügung zu stellen? Masson konnte sich beim besten Willen nicht erklären, warum der Kapitän etwas dagegen einzuwenden haben sollte.

Kurz darauf erschien der junge Forster vor Massons Kabine. Er sah verlegen und kleinlaut aus und rechnete zweifelsohne damit, dass Masson ablehnen würde. In den Händen hielt er einen Beutel mittlerer Größe, dessen Inhalt sich deutlich mehr bewegte, als irgendein antikes Relikt oder eine Versteinerung es vermocht hätten. »Es tut mir leid, Mr Masson«, sagte er und blickte zu Boden. »Wenn Sie es vorziehen, nicht in diese Sache verwickelt zu werden, dann sagen Sie es einfach. Ich kann sicher eine andere Lösung finden.«

»Absoluter Blödsinn!«, brüllte sein Vater mit donnernder Stimme hinter ihm, schnappte sich den Beutel, drängte sich an Masson vorbei und schleuderte ihn unter Massons Bett. »Mr Masson kennt seine Pflichten gegenüber der Wissenschaft, außerdem weiß er um seinen Platz in der Ordnung der Dinge. Selbstverständlich wird er unserer Bitte nachkommen.«

Damit kam Forster wieder aus der Kabine und schlug die Tür hinter sich zu, sodass jetzt alle drei Männer draußen standen. Beinahe sofort drang ein heftiges Krachen aus der Kammer, das darauf schließen ließ, dass sich das Wesen – was auch immer sich in dem Beutel befunden haben mochte – befreit hatte und nicht eben erfreut war.

»Was zum Teufel…?«, setzte Masson an und machte Anstalten, die Tür wieder zu öffnen.

»Aber, aber, Mr Masson.« Der ältere Forster stellte sich ihm in den Weg und legte den Kopf wieder so stark in den Nacken, dass Masson in seine Nasenlöcher blicken konnte. »Machen Sie sich keine Sorgen. Wie ich schon sagte, betrachten Sie das Ganze einfach als Ihren kleinen Beitrag. Sie wollen doch nicht, dass ich Sir Joseph den Eindruck vermittele, Sie stünden der wirklichen Wissenschaft im Wege, oder?«

Jetzt war aus der Kabine lautes Getöse zu hören, und die Tür vibrierte, als würde ein schwerer Gegenstand dagegengeschlagen. Die drei Männer vor der Tür traten unwillkürlich einen Schritt zurück. Der Unmut war eindeutig blinder Wut gewichen.

Doch das war nichts gegen den Zorn Kapitän Cooks, der jetzt mit einigen seiner jüngeren Offiziere im Schlepptau in die Kadettenmesse gestürmt kam. Seine Miene war äußerst grimmig.

»Mr Forster! Man hat mir zu verstehen gegeben, dass Sie entgegen meinen Anordnungen ein Lebewesen auf das Schiff gebracht haben, ist das richtig?«

Ein sehr lauter, dumpfer Schlag von der anderen Seite der Kabinentür, auf den ein hohes Kreischen folgte, enthob Forster der Antwort.

»Mr Masson, würden Sie mir bitte erklären, was sich in Ihrer Kabine befindet?«, fragte Cook und musterte die Tür, gegen die immer noch von innen geschlagen wurde. Sie schien kurz davor, aus den Angeln zu springen.

Masson blickte von dem nervösen, schwitzenden Reinhold Forster zu Kapitän Cook. Er war hin- und hergerissen zwischen zwei gleichermaßen schrecklichen Übeln: Entweder würde sein Name gegenüber Sir Joseph Banks schlechtgemacht werden, oder er würde den berüchtigten Jähzorn des Kapitäns zu spüren bekommen. Er brauchte nicht lange, um zu der Entscheidung zu gelangen, dass die gegenwärtige Gefahr deutlich überwog. »Ich bin mir nicht ganz sicher, Kapitän. Mr Forster fragte mich, ob ich ein wenig Platz unter meiner Koje für eines seiner Exemplare zur Verfügung stellen könne. Ich muss gestehen, dass ich keine Gelegenheit hatte, vorher einen Blick darauf zu werfen ...« Ein lautes Klirren und schrille Schreie unterbrachen Massons Erklärung. Alle Blicke richteten sich nun auf Reinhold Forster.

Der räusperte sich, und mit aller Herablassung, zu der er fähig war, antwortete er: »Sind wir nicht berechtigt, Musterexemplare zu sammeln, Kapitän?«

Cooks Miene wurde so finster, dass Masson dachte, er würde jeden Moment explodieren. Mit enormer Anstrengung riss er sich zusammen, drehte sich zu Masson um und sagte sehr langsam und überlegt in drohendem Ton: »Mr Masson, da das hier Ihre Kabine ist, würde ich normalerweise Sie und nur Sie für deren Inhalt verantwortlich machen. Allerdings habe ich das Gefühl, dies wäre unter den gegebenen Umständen ungerecht.« Er warf Forster einen vernichtenden Blick zu. »Mr Forster, würden Sie dieses Tier bitte sofort wieder einfangen und es zum Vorderdeck bringen, wo Lieutenant Clerke die gesamte Besatzung des Schiffs versammeln wird, damit ich ein paar Dinge klarstellen kann.«

So rasch, wie er aufgetaucht war, machte Kapitän Cook auf

dem Absatz kehrt und ließ die drei Männer vor der Tür stehen. Im Hintergrund war zu hören, wie die Offiziere ihre Befehle schrien.

* * *

Die versammelten Männer hatten in der Mitte des Decks neben dem Ankerspill Platz gelassen. Dort befanden sich jetzt Forster und Masson und sahen zum Kapitän auf, der hinter dem Steuerrad auf dem Achterdeck stand und finster auf sie hinunterstarrte. Forster hatte das Tier – einen Affen – eingefangen. Er befand sich nun wieder in dem Beutel, der von seiner Hand hing. Bei dem Versuch, sich der Gefangennahme zu widersetzen, hatte das Tier Forsters Perücke ergriffen, sodass der Wissenschaftler jetzt völlig zerkratzt und zerzaust war. Sein kahler, schwitzender Schädel schimmerte im Sonnenschein.

Cook begann seine Standpauke. »Manche der älteren Männer unter euch erinnern sich vielleicht noch an die Zeiten, in denen sich ein Schiff glücklich schätzen konnte, wenn beim Erreichen des Hafens nur die Hälfte der Besatzung gestorben war oder an irgendeiner gefürchteten Krankheit litt. Glücklicherweise ist es inzwischen so, dass die Schiffe der Königlichen Marine weniger Männer durch Krankheiten verlieren als jede andere Kriegsflotte auf der Welt. Doch dafür müssen Decks geschrubbt sowie Kleidung und Körper gewaschen werden. Wenn es um Hygiene geht, ist gnadenlose Disziplin erforderlich.« An dieser Stelle zeigte Cook auf den zappelnden Beutel. »Uns drohen schon genügend Gefahren durch die Widrigkeiten des Wetters, auch ohne dass wir selbst noch unnötige Risiken schaffen. Ich erwarte, dass ein Befehl peinlich genau befolgt wird. Falls irgendjemand meine Entschlossenheit anzweifelt, stelle ich sie gern unter Beweis, indem ich hier und heute ein Zeichen setze.« Cook sah Forster an. »Mr Forster, könnten Sie uns bitte raten, was aus wissenschaftlicher Sicht die beste Vorgehensweise wäre, um jegliche Ansteckungsgefahr zu beseitigen?«

Forster, der ziemlich unglücklich aussah, starrte auf die Planken unter seinen Füßen und murmelte eine Antwort.

»Ich fürchte, ich habe Sie nicht verstanden. Mr Forster. Würden Sie Ihre Worte bitte im Interesse aller wiederholen, deren Leben heute in Gefahr gebracht wurde?«

»Über Bord werfen!«, schrie Forster.

»Mr Masson, wenn Sie so freundlich wären?«, sagte Cook. Daraufhin drehte sich Masson zu Forster um und streckte die Hand nach dem Beutel aus.

»Lassen Sie sich ruhig Zeit, Mr Forster«, sagte Cook mit einem Blick, der genau das Gegenteil ausdrückte.

Wie ein kleines Kind, das gestohlene Süßigkeiten zurückgeben muss, überließ Forster mit sichtbarem Zögern Masson den Beutel. Masson ging zur Reling und warf ihn unter den Blicken der gesamten Besatzung über Bord in die Wellen.

Die Mannschaft applaudierte, als der Sack mit einem dumpfen Klatschen auf der Wasseroberfläche aufschlug. Während alle die Wellen beobachteten, trieb auf einmal Forsters Perücke an die Oberfläche, was für schallendes Gelächter sorgte, ehe sie im schäumenden Kielwasser des Schiffs verschwand. Masson empfand beinahe so etwas wie Mitleid mit Forster, der so gedemütigt worden war, bis er entdeckte, dass dieser nicht wie der Rest der Besatzung den Hals reckte, um ein letztes Zeichen des Affen zu erspähen, sondern stattdessen voller Hass Masson anstarrte.

* * *

Masson kehrte in seine Kabine zurück, um den Schaden zu beseitigen, der dort angerichtet worden war. Die meisten seiner Zeichnungen, das Bettzeug und alles Übrige, was er nicht weggeschlossen hatte, war entweder durch Kot verschmutzt oder in Stücke gerissen worden. Die nächsten Stunden verbrachte er damit, gegen seinen Brechreiz ankämpfend die Kabine zu schrubben. Als er fertig war, vermutete er, dass die Kammer noch nie sauberer gewesen war. Allerdings war er selbst nun von oben bis unten mit Schmutz bedeckt.

Verschwitzt, dreckig und mit Kalk überzogen stand Masson erschöpft an der Tür, um sein Werk zu begutachten, bevor er seine verbleibenden Habseligkeiten wieder an ihren angestammten Platz räumte. Er war noch nicht ganz fertig, als Kapitän Cook in Begleitung eines Mannes auftauchte, den Masson bisher noch nicht gesehen hatte. Er war sehr jung, und seine Kleidung ließ darauf schließen, dass er wohlhabend war. Er trug einen brandneuen Hut und Schuhe mit Silberschnallen; seine übrige Kleidung wirkte maßgeschneidert und fast ein wenig geckenhaft. Makellose Strümpfe, rehbraune Kniehosen mit feiner, grüner Stickerei und ein gestärktes Hemd ließen den Neuankömmling aussehen, als käme er gerade aus der Kirche. Anders als der Rest der Männer an Bord trug er eine dunkelblaue, bis oben zugeknöpfte Weste und einen schweren Übermantel, was Masson in Anbetracht der brütenden Hitze draußen seltsam fand.

»Mr Masson, das ist Mr Burnette, ein Botaniker, den Sir Joseph geschickt hat. Er sollte bei den Kapverden zu uns stoßen. Mr Burnette wusste nicht, dass Sir Joseph nicht mit uns segelt, hat aber dennoch beschlossen, an Bord zu bleiben. In Anbetracht der heutigen Ereignisse habe ich entschieden, ihm für den Rest der Passage zum Kap Ihre Kabine zur Verfügung zu stellen. Sie werden stattdessen eine Hängematte bei der Mannschaft bekommen.«

Cook drehte sich um und überließ die beiden sich selbst. Sie musterten sich voller Unbehagen.

»Ich muss mich wohl bei Ihnen bedanken, Mr Masson«, sagte Burnette und streckte ihm eine behandschuhte Hand entgegen.

»Oh, danken Sie nicht mir, Mr Burnette«, murmelte Masson, schlang sich den Trageriemen seines Koffers um die Schulter und stürmte hinaus. »Danken Sie diesem verfluchten Affen.«

# 9. Kapitel

21. November 1805, Kanada

*Der alte Mann unterbrach seine Erzählung und atmete den Duft des Tees ein, den Robert ihm erneut in den verbeulten Blechbecher eingeschenkt hatte.*

*Die alte Dame, deren Gesicht nach wie vor teilweise von ihrer Haube beschattet wurde, saß reglos da und hatte den Kopf auf die Brust sinken lassen. Masson hätte vermutet, dass sie schliefe, wenn sie nicht hin und wieder die Teetasse zu den Lippen geführt hätte, um winzige Schlucke daraus zu trinken.*

*Robert sah auf und flüsterte seinem Bruder zu: »Hoffentlich kommen wir bald zu den Löwen.« Doch Jack hatte heimlich etwas in ein kleines Heft geschrieben und war zu vertieft in seine Notizen, um Roberts Bemerkung Beachtung zu schenken.*

*»Ich habe mitbekommen, dass Sie bei der* Gazette *arbeiten, Mr Grant«, sagte der alte Mann freundlich, »und ich sehe, dass Sie sich Notizen machen. Haben Sie eine Kolumne?«*

*»Nein«, erwiderte Jack kleinlaut, weil er sich ertappt fühlte. »Noch nicht. Ich schreibe bloß Nachrufe.« Jack hatte schnell und unüberlegt geantwortet.*

*»Ich verstehe. Nun, ich fühle mich sehr geschmeichelt, dass Sie mich dessen für würdig halten. Aber hoffentlich ist meine Zeit noch nicht gekommen.«*

*»Oh, aber Sie sind nicht … Ich meine, ich habe nicht …« Vor Verlegenheit schoss Jack das Blut ins Gesicht. »Was ich sagen wollte, Mr Masson, ist, dass ich momentan noch Nachrufe verfasse, allerdings darüber nachdenke, Kolumnen zu*

*schreiben. In dieser prägenden Zeit unserer jungen Landesgeschichte würde ich gern etwas über die inspirierenden Taten bedeutender Männer schreiben, in der Hoffnung, dass wir dadurch ebenfalls zu großen Taten angeregt werden.«*

*»Das ist ein edler Wunsch, auf jeden Fall.«*

*»Ich muss gestehen, dass ich, als Sie Sir Joseph Banks und Kapitän Cook erwähnten, dachte, vielleicht Material für einen Einstieg zu finden. Schließlich ist es nicht alltäglich, aus erster Hand von Männern dieses Kalibers zu hören. Hätten Sie etwas dagegen, wenn ich mir Notizen machte? – Natürlich würde nichts davon ohne Ihre Einwilligung veröffentlicht werden.«*

*Der alte Mann musterte seine Zuhörer, bevor er mit einem Lächeln erwiderte: »Ich habe nichts dagegen, falls sonst niemand Einwände erhebt.« Er wartete kurz, ob jemand etwas einzuwenden hätte, doch Robert krümmte sich nur vor Ungeduld, und die alte Lady hielt sich weiterhin an ihrer Teetasse fest. Sie hatte die Augen geschlossen und schien nichts von der Unterhaltung mitzubekommen.*

*»Also gut, Mr Grant. Sie dürfen weiterschreiben. Ich hoffe nur, dass Ihr Stift nicht zur Neige geht, ehe Sie gefunden haben, wonach auch immer Sie Ausschau halten.«*

# 10. Kapitel

»Dann sind Sie also Botaniker?« Die Worte wurden wie ein Vorwurf über den Tisch geschleudert. Obwohl ihre Bedeutung an sich harmlos war, waren es der Sprecher und sein Ton, die alle rund um den Tisch verstummen ließen, bis nur noch das Klatschen der Wellen gegen den Schiffsrumpf und das Kratzen von Besteck auf Porzellantellern zu hören war.

Trotz der scharfen Zurechtweisung durfte Reinhold Forster wieder am Tisch des Kapitäns essen. Bislang hatte er den ganzen Abend lang noch kein Wort gesprochen, und in Anbetracht seiner sonst üblichen Streitlust waren die anderen mehr als erleichtert darüber gewesen. Die Konversation rund um den Tisch war zwanglos und leicht dahingeplätschert, und das Essen war hervorragend, nachdem die Vorräte auf den Kapverden aufgefüllt worden waren.

Doch nun hing die Frage düster über dem Tisch, und Burnette, der sich bisher bemüht hatte, jeglicher Unterhaltung aus dem Weg zu gehen, stand auf einmal im Mittelpunkt der Aufmerksamkeit.

»Ja, das bin ich«, erwiderte Burnette steif. Seine Stimme klang noch jünger, als seine ohnehin schon jugendlichen Gesichtszüge vermuten ließen. Trotz des hohen Tons war seine Antwort angesichts Forsters Unhöflichkeit jedoch unerschrocken und voller Selbstvertrauen. Die Aussprache deutete auf eine Zugehörigkeit zum niederen Adel hin.

»Haben Sie irgendwelche beruflichen Qualifikationen? Gibt es Veröffentlichungen? Oder haben Sie sich Sir Josephs

Gunst lediglich dadurch erworben, dass Sie mit derselben Meute jagen?«, setzte Forster dem jungen Mann zu. Dann wandte er sich zu seinem Sohn um und stieß ihn mit dem Ellbogen an. »Georg hier begleitet mich seit seinem zehnten Lebensjahr auf all meinen Expeditionen. Ich wette, dass er schon neue Pflanzenarten entdeckt hat, als Sie noch an der Brust Ihrer Amme hingen. Komm, Georg, erzähl ihnen von dem Bericht über Russland, den du im Alter von dreizehn Jahren veröffentlicht hast.«

Der jüngere Forster, der neben seinem Vater saß, zuckte peinlich berührt zusammen. »Bitte, Vater, das war doch nur eine Übersetzung.«

»Es stimmt«, sagte Burnette und rettete damit den jüngeren Forster, der den mitleidigen Blicken zu entkommen versuchte, die ihn von allen Seiten trafen, »dass Sir Joseph und ich viele Male zusammen auf der Jagd waren. Allerdings habe ich alles, was ich weiß, von den Gärtnern gelernt, die auf dem Anwesen meiner Eltern arbeiten, und natürlich auch durch Sir Josephs freundliche Anleitung und Unterstützung. Es ist erstaunlich, was man alles lernen kann, wenn man das Glück hat, von Männern umgeben zu sein, die Wissen als etwas betrachten, das geteilt werden sollte, statt es als Keule zu nutzen, um andere zu tyrannisieren und schlechtzumachen.«

»Nun«, sagte Forster und warf Masson, der neben Burnette saß und es bislang geschafft hatte, sich im Hintergrund zu halten, einen verschlagenen Blick zu. »Vielleicht könnte Mr Masson als unser hier anwesender Gärtner Sie ja unter seine Fittiche nehmen, während der Rest von uns sich der eigentlichen wissenschaftlichen Arbeit widmet.«

»Ich versichere Ihnen, dass ich keinen Unterricht benötige, Mr Forster«, erwiderte Burnette scharf. »Ich besitze ein Herbarium mit mehreren tausend Exemplaren und habe Hunderte nicht klassifizierte Pflanzen bestimmt, von denen viele Teil von Mr Josephs Sammlung von der *Endeavour* sind. Aber vielleicht sind Sie ja der Meinung, dass ein hohes Alter und ein bequemer Sitzplatz in einer der Bibliotheken der Royal Society erstrebenswertere Qualifikationen sind?«

Die Speisenden hatten bis dahin wie Zuschauer bei einem Wettkampf zugesehen und abgewartet, wie sich der Neuankömmling gegenüber dem alten Hasen behaupten würde. Jetzt lachten sie hörbar in ihre Weinkelche hinein, während Forster zusammenzuckte und seine buschigen Augenbrauen angesichts der Unverfrorenheit der Beleidigung gewaltig zu zucken begannen.

»Meine Herren, bitte«, mischte sich Kapitän Cook ein und beendete das Rededuell, bevor es sich weiter zuspitzen konnte. »Heute ist bereits ein guter Mann über Bord gegangen, und ich werde nicht zulassen, dass ein Duell unsere Anzahl weiter verringert.«

Obwohl einige der Anwesenden den Gedanken augenscheinlich durchaus reizvoll fanden, dass jemand mit einem Säbel oder einer Pistole auf Forster losgehen könnte, verstummten das Glucksen und das Gelächter schnell, als alle an das Schicksal des Schiffszimmerers erinnert wurden, der am Nachmittag von Bord gefallen war. Bevor das Schiff beidrehen konnte, um ihn aus dem Wasser zu ziehen, war er von einem Schwarm Haie verschlungen worden. Die Tiere waren ständige Begleiter des Schiffes und hatten bis dahin die Abfälle und Speisereste ergattert, die ins Meer geworfen wurden.

Als Pfannkuchen zur Nachspeise serviert wurden, bat Burnette den Kapitän, sich zurückziehen zu dürfen, und führte als Entschuldigung mangelnde Seetüchtigkeit an.

Forster rührte die gezuckerten Leckerbissen, die vor ihm standen, nicht an. Stattdessen beobachtete er hasserfüllt, wie der junge Botaniker den Raum verließ. Masson saß nun einsam und allein am Ende des Tisches. Während er aß und von seinem Wein trank und hoffte, dass das Mahl bald zu Ende gehen würde, dachte er darüber nach, ob er ebenfalls die Stärke aufbringen würde, einfach davonzugehen.

Reinhold Forster sah sich streitlustig um, bis sein Blick schließlich auf Masson fiel. Dieser spürte den Blick des älteren Mannes und wappnete sich innerlich gegen die Worte, die mit Sicherheit gleich kommen würden. Er beschäftigte sich intensiv mit seinem Pfannkuchen und versuchte, sich hinter seinem Glas zu verstecken, indem er einen langen Schluck von dem französischen Wein trank. Dabei dachte er, dass der Wein unnatürlich süß schmeckte.

Als Forster schließlich den Mund aufmachen wollte, wurde er von einem erstickten Stöhnen unterbrochen, das einem der jungen Offiziere entwich, der unvermittelt von heftiger Übelkeit erfasst wurde. Und noch bevor Forster reagieren konnte, wurde er selbst von qualvollen Magenkrämpfen überfallen. In dem folgenden Chaos beobachtete er voller Entsetzen, wie sich fast sämtliche Personen am Tisch des Kapitäns vor Schmerz krümmten und zu würgen begannen.

Diejenigen, die dazu in der Lage waren, rannten hinaus an Deck, um sich über die Reling zu übergeben, während die anderen, zu denen auch Masson gehörte, geschwächt zu Boden fielen und teilweise sogar das Bewusstsein verloren.

## 11. Kapitel

»Meine Herren, geben Sie ein Gebot für unser nächstes Objekt ab, einen schönen Satz Meißel. So scharf wie die Zunge meiner Frau, doch glücklicherweise nicht so oft benutzt!«

Während Masson zitternd vor Fieber in seiner Hängematte lag, hörte er laute Rufe, Gebote, Triumphgeheul und enttäuschtes Fluchen. Nach dem Tod des Schiffszimmerers hatte der Kapitän angeordnet, dass all seine Habseligkeiten, die nicht persönlicher Natur waren, versteigert werden sollten. Der Erlös würde den Verwandten des Mannes zugutekommen.

Die meisten anderen hatten sich beinahe sofort wieder von ihrem Anfall erholt; Masson war der Einzige, der noch immer unter den Auswirkungen der rätselhaften Krankheit litt, die solches Unheil am Tisch des Kapitäns angerichtet hatte. Der Übelkeit waren bei ihm krampfartige Koliken gefolgt, außerdem Schwellungen und Entzündungen des Zahnfleischs sowie heftige Gelenkschmerzen. Trotz der Bemühungen des Schiffsarztes, zu denen die Anwendung von Zugpflastern, Tabakeinläufen, Aderlass und reichliche Mengen an Laudanum gehörten, verbesserte sich Massons Zustand nicht.

Der Lärm der Auktion vermischte sich mit seinem Fieberschlaf, und Masson fiel in einen Albtraum, in dem er die jämmerlichen Hilfeschreie eines Mannes hörte. Das Schiff wirkte völlig verlassen und lag absolut ruhig, so als herrsche vollkommene Windstille. Masson kämpfte gegen ein Gefühl wachsender Panik an, als er die Treppen zum Oberdeck hinaufstolperte, das ebenfalls menschenleer war.

Abgesehen von den schrecklichen Schreien, die noch lauter und hysterischer geworden waren, war das einzige Geräusch an Bord das Flattern der Flagge, obwohl die Segel schlaff in der Takelage hingen und es kein Anzeichen für Wind gab. Masson taumelte über das leere Deck und blickte gerade in dem Augenblick über die Reling, als der Zimmerer im aufgepeitschten, rosa schäumenden Wasser unter die Oberfläche gezogen wurde. Während sein Kopf zwischen den Wellen verschwand, hörte Masson durch das heftige Klatschen der Haikörper hindurch seine letzten Worte: »Die Blume! Die Blume!«

In seinem Traum erinnerte Masson sich mit Entsetzen daran, dass er die Zeichnung von der Blume für die Königin in seiner Kabine versteckt hatte, aber er wusste nicht mehr, ob er sie vor Burnettes Einzug herausgeholt hatte.

Krank vom Anblick des Zimmerers und voller Panik bei dem Gedanken, er könnte die einzige Zeichnung der Blume verloren haben, schwankte er über das Deck zur Treppe.

Wie aus dem Nichts frischte der Wind auf, und das Schiff schlingerte hin und her. Der Himmel wurde dunkel, und dicke Regentropfen prasselten so schnell und machtvoll herunter, dass Masson völlig durchnässt war, noch ehe er den kurzen Weg bis zur Treppe zurückgelegt hatte.

Er kämpfte gegen das Stampfen und Rollen des Schiffes an, das jetzt gegen ihn zu arbeiten schien, und schaffte es schließlich bis zum Niedergang. Die letzten Stufen fiel er hinunter und schleppte sich über das Unterdeck bis zur Tür seiner ehemaligen Kabine. Immer noch war keine Menschenseele zu sehen. Mit letzter Kraft zog er sich hoch, lehnte sich mit seinem ganzen Gewicht gegen die Tür und stieß sie auf.

Das Bullauge war geöffnet, und ein Sonnenstrahl brach durch die Sturmwolken und blendete ihn. Gleichzeitig stampfte das

Schiff mit einem Mal so heftig, dass er das Gleichgewicht verlor, stürzte und mit dem Kopf auf dem Boden aufschlug.

Da er nicht in der Lage war, sich zu erheben, rollte sich Masson auf den Rücken. Er schaffte es, die Augen aufzuschlagen, und war sich auf einmal sicher, dass sein Albtraum sich in Wahnsinn verwandelt hatte. Die Erscheinung, die er vor sich sah, war einfach zu überirdisch: Auf der Bettkante saß ein Engel, um dessen Kopf das Sonnenlicht, das durch das Fenster fiel, einen Heiligenschein gelegt hatte. Der Engel blickte auf die Zeichnung der Blume hinunter, die er in seinen zarten Händen hielt.

Masson wollte etwas rufen, doch wegen seines geschwollenen Mundes konnte er keine Worte formen. Sein Gaumen und seine Kehle schienen aneinanderzukleben. Während er sich noch abmühte, erschien ein sanftes, trauriges Lächeln auf dem Gesicht des Engels, bevor er die Zeichnung zusammenfaltete und in Massons Brusttasche verstaute. Als sich die Dunkelheit wieder über ihn senkte, hörte Masson aus den fiebrigen Tiefen seiner Seele Banks' Worte, die er bei ihrem ersten Treffen geäußert hatte:

»Wie bei einer Dame, der man flüchtig in der Nacht begegnet, ist es auch hier durchaus möglich, dass ich sie mir nur eingebildet habe.«

## 12. Kapitel

Oktober 1772, Tafelbucht

»Tafelbucht!«, ertönten die Rufe überall auf dem Schiff, als Masson schließlich erwachte. Das Fieber war verschwunden.

Er schloss die Augen und versuchte, sich die Einzelheiten des Traums ins Gedächtnis zu rufen, aber nichts davon ergab einen Sinn. Als ihm die Zeichnung der Blume für die Königin einfiel, griff er reflexartig in seine Brusttasche, wo er das Papier vorfand – heil und unversehrt.

Fast die gesamte Strecke zwischen den Kapverden und Kapstadt hatte er unter den Folgen einer akuten Bleivergiftung gelitten. Man hatte herausgefunden, dass der Schiffskoch ein Paket Bleipulver mit Mehl verwechselt und das gesamte Paket in den Pfannkuchenteig gegeben hatte. Masson hatte das Pech gehabt, die obersten Pfannkuchen des Stapels zu erhalten, die als letzte gebacken worden waren. Da das schwerere Bleipulver auf den Boden des Teigs gesunken war, hatte er jene Pfannkuchen gegessen, die das meiste Blei enthalten hatten. Es war ein Versehen gewesen, doch die lange Leidenszeit und die beengten Verhältnisse unter Deck hatten Massons Entschlossenheit, seine Aufgabe unverzüglich zu erledigen und so bald wie möglich nach Hause zurückzukehren, noch verstärkt. Nachdem er durch die Unachtsamkeit eines Schiffskochs fast sein Leben verloren hatte, brauchte er keinen weiteren Beweis mehr für seine Überzeugung – die er im Übrigen auch vorher schon gehegt hatte –, dass dieses sogenannte Abenteuerleben nur etwas für Narren oder Tollkühne war.

Zum ersten Mal seit Wochen ging er wieder an Deck, und

die frische Luft und der kräftige Wind, der ihm um die Nase wehte, ließen ihn erbleichen. Er schloss die Augen, um die Wärme der Sonne zu genießen, und als er sie wieder aufschlug, war er fassungslos angesichts der Schönheit dessen, was vor ihm lag.

Gebieterisch erhob sich der Tafelberg in der Ferne und ließ die Stadt zu seinen Füßen winzig erscheinen. Flankiert von dem Devil's Peak auf der einen und dem Lion's Head auf der anderen Seite reckten sich die Hügel wie muskulöse Arme, die das Schiff in der Sicherheit der Tafelbucht zu umarmen schienen. Der berühmte flache Gipfelbereich wurde von etwas beschattet, das die Einheimischen Tischtuch nannten. Es handelte sich um eine Wolkenschicht, die über die Sandsteinklippen nach unten zog und sich nach und nach auflöste, während sie sich den Gebäuden näherte, die sich an den Fuß des Berges schmiegten.

Neben der Festung, die das Küstenvorland beherrschte, führte ein einzelner Kai weit ins blaue Wasser hinaus. Hinter ihm lag eine kleine Stadt. Sie bestand aus einer Ansammlung hauptsächlich einstöckiger Gebäude, die schachbrettartig angeordnet waren. In der Mitte ragte ein Kirchturm heraus.

Doch selbst wenn die Stadt die zehnfache Größe gehabt hätte, das Gotteshaus von einer Provinzkirche in eine gewaltige Kathedrale verwandelt worden und die Mauern der Festung so gebaut gewesen wären, dass sie mit Europas größten Burgen hätten konkurrieren können, so hätte doch all das kümmerlich gewirkt im Vergleich zu der Großartigkeit des dahinter liegenden Berges.

Masson bewunderte die gepflegte Ordnung der Gebäude, die so weit von ihrem europäischen Ursprung entfernt waren. Er hatte nicht gewusst, was ihn erwartete, doch hatte er auf keinen Fall mit einer Stadt gerechnet, die sich so nahtlos in ihre

Umgebung einfügte, dass sie – abgesehen von der bescheidenen Festung an der Uferseite – keine riesigen Mauern, Zinnen oder anderen Schutz benötigte.

Masson wurde aus seiner Verzückung gerissen, als sich einige Männer um die Kanonen versammelten und zur Begrüßung die traditionellen zwölf Salutschüsse abgaben. Kurz darauf sah er Rauch von den Kanonen der Festung aufsteigen, noch bevor er die Antwort hörte.

Nachdem das Schiff vor Anker gegangen war, wimmelte es im Wasser in Sekundenschnelle von Jollen und Ruderbooten, die darauf warteten, Ladung und Passagiere an Land zu bringen. Außerdem kamen zahlreiche Händler herbeigerudert, die ihre Waren an den Mann bringen und die Geldbörsen der Seeleute plündern wollten, bevor diese sie in den Bordellen und Bierstuben an Land leerten.

Der Lärm war ohrenbetäubend. Die Matrosen schrien in der Takelage, und die Händler rangelten um die besten Positionen, um als Erste am Schiff zu sein. Als Masson schon fürchtete, dass sie überrannt werden würden, senkte sich eine feierliche Stille über die Menge. Fast gleichzeitig zogen sich alle Boote von der *Resolution* zurück und öffneten einen Korridor, sodass ein einzelnes Langboot zum Schiff gelangen konnte.

Im Gegensatz zu den heruntergekommenen anderen Gefährten war das Langboot in tadellosem Zustand. Es wurde von indonesischen Sklaven gerudert, die weiße Hosen und spitze, geflochtene Hüte trugen. Am Heck des Bootes flatterte eine Flagge in Rot, Weiß und Orange in der Brise, in deren Mitte in Schwarz das Firmenzeichen VOC[1] der Niederländischen Ostindien-Kompanie prangte.

1 VOC = Vereenigde Oostindische Compagnie, Anm. d. Übers.

Nachdem das Boot längsseits gegangen und vertäut worden war, wurde eine Strickleiter hinuntergelassen, um den Hafenkapitän und den Arzt der Ostindien-Kompanie an Bord zu lassen. Sie würden das Schiff auf Schmuggelware hin überprüfen und sicherstellen, dass es auf dem Schiff keine Krankheit gab, die sich in der Kolonie ausbreiten könnte. Überrascht sah Masson, dass sich ein dritter Mann zu den beiden gesellte, was eigentlich gegen die Regeln der VOC verstieß, dass niemand ein neu angekommenes Schiff betreten oder verlassen durfte, bevor die Kontrollen abgeschlossen waren.

Der Mann war ungefähr in Massons Alter und von durchschnittlicher Größe und Statur. Er hatte eine unansehnliche, gelbliche Narbe im Gesicht, die von seinem linken Ohr bis zum Kinn reichte. Er trug Zivilkleidung, während seine Begleiter in Uniformen aus weißen Hosen und dunkelblauen Jacken mit Goldtressen steckten, deren Qualität und Stil Masson eher in einem der wohlhabenderen Bezirke Londons erwartet hätte als in einer Kolonie am anderen Ende der Welt. Im Gegensatz zu seinen beiden Begleitern, die die Haltung von Männern zur Schau trugen, die eine ernsthafte Arbeit zu erledigen haben, wirkte er wie ein Mann, der gerade einen frühmorgendlichen Ausflug unternahm.

Kapitän Cook begegnete ihm mit steifer Förmlichkeit, die im krassen Widerspruch zu der heiteren Ungezwungenheit des anderen Mannes stand. Als der eine Flasche aus seiner Jacke zog und sie als Geschenk überreichte, war Cook offenbar ein wenig milder gestimmt. Die beiden verschwanden in Richtung der Kapitänskajüte und überließen den Hafenkapitän und den Arzt ihrer Arbeit.

Als die Vertreter der Ostindien-Kompanie wenige Minuten später von Bord gingen, wurde ein Signal gegeben, dass alles in Ordnung war. Daraufhin fiel die kleine Flottille über das Schiff her wie eine Schar hungriger Möwen und bahnte sich mit Brüllen und Schreien ihren Weg zu den Taschen der Seeleute.

Direkt unter Masson befand sich ein kleines Ruderboot, dem es scheinbar entgegen allen Erwartungen gelungen war, das Schiff zu erreichen. Allerdings bezweifelte Masson sehr, dass es auch den Rückweg schaffen würde, vor allem in Anbetracht des heruntergekommenen Aussehens des Ruderers, der jetzt mit sonnenverbranntem, faltigem Gesicht zu ihm aufsah und ihm ein zahnloses Grinsen schenkte. »Schildkrötenblut, *Mynheer? Vir die slange?*«

Als Masson ihn nur irritiert ansah, versuchte der Mann es noch einmal, wobei das gerissene Grinsen keinen Augenblick von seinem Gesicht verschwand, während er einen kleinen Beutel hochhielt. »Wenn Ihr etwas wollt, *Mynheer?* Sehr günstig!«

Als der Händler erkannte, dass Masson immer noch nicht verstand, machte er ein Geräusch mit der Zunge, das vermutlich ein Zischen gewesen wäre, wenn der Mann noch Zähne besessen hätte. Masson lächelte, schüttelte aber den Kopf und machte eine Handbewegung, mit der er das Verhandlungsangebot für die Ware, was auch immer es sein mochte, höflich ablehnte. Als der Händler merkte, dass die Sache aussichtslos war, gab er auf und ließ seine Tirade auf einen anderen Seemann los.

Masson flüchtete vor der Kakophonie an Deck und begab sich nach unten, um seine Sachen zu holen. Vor Burnettes Kabine blieb er in der Hoffnung stehen, ihn dazu überreden zu können, die Kosten für die Überfahrt zum Kai mit ihm zu teilen, doch der junge Botaniker war bereits fort.

Unsicher, wie er empfangen werden würde, fasste sich Masson ein Herz, um Abschied vom Kapitän zu nehmen. Nachdem er den Marinesoldaten begrüßt hatte, der vor der

Empfangskabine des Kapitäns Wache stand, klopfte Masson schnell an und trat ein, als er dazu aufgefordert wurde.

»Ah, Mr Masson«, sagte Cook, »Sie verlassen uns jetzt. Hoffentlich fühlen Sie sich gesund genug, um Ihre Arbeit zu beginnen.« Soweit Masson erkennen konnte, war seine Besorgnis echt, und falls Cook wegen des Vorfalls mit dem Affen noch verstimmt war, so verbarg er es.

Masson nickte bejahend, als plötzlich der Mann mit der Narbe, der mit dem Hafenkapitän an Bord gekommen war, aus dem Schatten trat. »Um welche Arbeit handelt es sich denn, Kapitän Cook? Kann ich vielleicht in irgendeiner Form behilflich sein?«

Cook stellte die Herren einander vor. »Mr Schelling, das ist Mr Francis Masson. Er wurde von Sir Joseph zum Kap geschickt, um Blumen für die Königlichen Gärten in Kew zu sammeln. Hier am Kap kann es sehr nützlich sein, Mr Schelling zu kennen, Mr Masson.«

Die beiden Männer schüttelten einander die Hände. Schellings Miene schien aufzuleuchten, als Banks' Name fiel. »Sagen Sie mal, Mr Masson, haben Sie heute Abend Zeit?«

»Nun, ich habe gehofft, ich könnte gleich mit meiner Arbeit beginnen ...«

»Großartig!«, rief Schelling aus, ohne das Ende des Satzes abzuwarten. »Ohne Zweifel hat Sir Joseph Sie wegen Ihrer guten Arbeitsmoral ausgewählt, doch ich bin sicher, dass selbst er Ihnen ein wenig Ablenkung nicht versagen würde. Die Reise war bestimmt lang und anstrengend. Die Kompanie veranstaltet zu Ehren von Kapitän Cooks Ankunft eine kleine Feier, und obwohl nur VOC-Angestellte und freie niederländische Bürger von hohem Ansehen eingeladen sind, würde ich mich sehr freuen, wenn Sie als mein persönlicher Gast ebenfalls kommen würden.«

Masson war sich nicht sicher, was er von Schellings unaufgeforderter Großzügigkeit halten sollte, doch sah er keinen Grund für eine Ablehnung. »Danke, Mr Schelling, ich weiß Ihre Einladung sehr zu schätzen.«

»Nichts zu danken, Mr Masson, nichts zu danken. Und falls ich etwas für Sie tun kann, solange Sie hier sind, dann sagen Sie mir einfach Bescheid. Haben Sie bereits eine Unterkunft?«

»Sir Joseph hat mir nur ein bescheidenes Taschengeld gewährt, aber ich finde sicherlich etwas. Ich benötige lediglich eine kleine Unterkunft, die sauber und ruhig ist, damit ich meine Sammlung unterbringen und meiner Arbeit nachgehen kann.«

Schelling strich sich geistesabwesend über die Narbe, während er Masson abschätzend musterte. »Sie werden feststellen, dass hier am Kap selbst die einfachen Dinge des Lebens mehr kosten können, als Sie erwarten würden. Ich fürchte, das ist der Preis dafür, dass wir unter dem Schutz der VOC leben. Wenn sie nicht wären, wer weiß, was dann aus der Dunkelheit hervorkriechen würde, um uns zu verschlingen. Als Gegenleistung haben sie ein Monopol auf alles. Nun ja, auf fast alles.« Schelling zwinkerte wissend und zog eine Karte aus seiner Westentasche, auf die er eine Adresse schrieb, bevor er sie Masson überreichte.

»Wenn Sie zu dieser Adresse gehen und sagen, dass ich Sie geschickt habe, wird man Ihnen bestimmt das Gefühl geben, willkommen zu sein.«

Als Masson die Karte entgegennehmen wollte, hielt Schelling sie noch fest. »Falls es nicht so sein sollte, lassen Sie es mich wissen.« Mit einem ironischen Lächeln ließ er die Karte los. Masson drehte sie hin und her und registrierte dabei die Dicke der teuer wirkenden Karte und den Aufdruck »John Schelling« in großen, schwarzen, fetten Buchstaben. »Die Karte wird

Ihnen auch Einlass zu dem Fest gewähren. Sie müssen sie einfach am Tor der Kompanie-Gärten vorzeigen, jederzeit nach sechs Uhr.«

Das nachfolgende Schweigen verstand Masson als Wink für seinen Aufbruch. Nachdem er Kapitän Cook gedankt und Schellings schlaffe Hand geschüttelt hatte, trat er hinaus aufs Deck und bestieg schließlich eine der wartenden Barkassen. Sie war bereits voll besetzt mit Seeleuten, die sich auf den langersehnten Landgang freuten.

Als die dunkelhäutigen Ruderer ablegten, begannen die Matrosen ein unzüchtiges Lied zu schmettern. Masson stimmte nicht mit ein, sondern setzte sich mit dem Rücken zur *Resolution* neben seinen Koffer und beobachtete, wie das Boot langsam in die Umarmung der Berge gezogen wurde.

## 13. Kapitel

Nachdem sich Masson von dem Zollbeamten auf dem Kai eine Wegbeschreibung hatte geben lassen, überquerte er den Marktplatz und stieg den Hügel hinauf in Richtung Tafelberg, bis er den Stadtrand erreichte und die Adresse fand, die Schelling ihm gegeben hatte.

Er überprüfte noch einmal die Karte, um sich zu vergewissern, dass er die Adresse richtig gelesen hatte, und ging den schmalen Pfad entlang, der auf beiden Seiten von einem hübschen Garten gesäumt wurde. Der Weg führte zur Haustür eines gedrungenen, einstöckigen Hauses, dessen Wände weiß gekalkt waren.

Masson stieg die Stufen zur Veranda hinauf, auf der eine bequem wirkende Bank mit einem Messingspucknapf auf jeder Seite stand. Das Haus lag abseits der Straße und außerdem am Stadtrand, weshalb es hier sehr ruhig war. Masson hielt es für einen Glücksfall und dankte Schelling im Geiste, dass er ihn an diesen Ort geschickt hatte.

Schließlich zog er an der Schnur, worauf eine kleine Messingglocke läutete, die über einem ordentlichen, handgeschriebenen Schild mit der Aufschrift *»Begrafenisondernemer«* hing.

Als niemand auftauchte, nahm er auf der Bank Platz und wartete. Dabei fächelte er sich in der Nachmittagshitze Luft zu und hoffte, dass er bald etwas zu essen bekommen würde.

Nach geraumer Zeit hörte er den hohlen Klang von Schritten auf einem Holzfußboden, die sich der Tür näherten und schließlich anhielten. Masson fühlte mehr als er sah, wie jemand hinausspähte. Erschrocken zuckte er zusammen, als mindestens drei schwere Riegel zurückgeschoben wurden, bevor sich die Tür ächzend öffnete. Ein alter Mann mit runzeligem Gesicht musterte Masson mit sichtlich verärgerter Miene abschätzig. Er war in den Sechzigern und trug eine schwarze Hose und ein weißes Hemd unter einer Schürze, die mit Sägemehl bedeckt war.

»Guten Tag«, grüßte Masson freundlich, »mein Name ist Francis Masson. Ich bin heute Morgen aus England eingetroffen.«

Sofort zog sich der alte Mann hinter die Schwelle zurück und ließ die Tür nur einen Spaltbreit offen. »Sind Sie krank oder kommen Sie wegen eines Kameraden?«, fragte er mit starkem Akzent. Seine Stimme klang rau, als hätte jahrzehntelanger Konsum von billigem Tabak und Alkohol seine Spuren hinterlassen, wohingegen seine helle Haut und das blonde Haar zu einem ungesunden Gelbton ausgeblichen waren.

»Wegen eines Kameraden?«, fragte Masson. »Nein. Ich hatte gehofft, etwas für mich selbst zu finden, wenn möglich, noch für heute.«

»*Hemel!* Sie müssen krank sein. Wie haben Sie es überhaupt vom Schiff heruntergeschafft, ohne von den Ärzten der Kompanie entdeckt zu werden? Als das zum letzten Mal passierte, haben wir die Hälfte der Bevölkerung verloren! Außerdem ersticken wir momentan in Arbeit. Wir hätten frühestens nächste Woche Zeit für Sie. Glauben Sie, dass Sie noch so lange durchhalten können?«

»Durchhalten?«, fragte Masson, der sich allmählich fragte, ob sie sich womöglich gründlich missverstanden hatten. »Falls Sie nichts für mich haben, könnten Sie mir dann vielleicht jemand anderen nennen?«

»Warten Sie einen Moment, warum die Eile? Es macht doch

keinen Unterschied, ob es heute passiert oder erst in einer Woche. Was ist schon eine Woche bezogen auf das große Ganze, nicht wahr?«

»Ich verstehe nicht, vielleicht hat Mr Schelling sich geirrt …«

In einem Nebel aus Sägemehl sprang die Tür auf, und der alte Mann schlurfte über die Schwelle. Er spähte über Massons Schulter in beide Richtungen. »Schelling hat Sie geschickt?«, fragte er flüsternd.

»Ja«, erwiderte Masson und streckte ihm die Karte hin. Die wässrigen Augen des alten Mannes lasen die schwarzen Buchstaben, während seine bleichen Gesichtszüge noch käsiger wurden.

»Ich habe ihm gesagt, dass ich eine Unterkunft suche, und daraufhin hat er mir Ihre Adresse gegeben. Doch wenn Sie kein Zimmer frei haben, finde ich sicherlich woanders etwas.«

Masson machte Anstalten zu gehen, als er plötzlich spürte, wie eine skelettartige Hand ihn mit überraschender Kraft am Ellbogen festhielt.

»Bitte, *Mynheer*. Wir haben tatsächlich einen Raum, den wir vermieten, aber ich muss dazu sagen, dass es nicht so viele Interessenten gibt. Daher bin ich natürlich davon ausgegangen, dass Sie wegen einer Beerdigung gekommen sind.«

»Wegen einer Beerdigung?«, fragte Masson ungläubig.

»Nun ja. Haben Sie das Schild nicht gesehen?« Der alte Mann wies auf das Schild unter der Klingel. »*Begrafenisondernemer* – Bestatter. Das bin ich. Eigentlich mein Vater, doch er befindet sich gerade auf dem Land, um sich um die Beerdigung des Landdrosten von Swellendam zu kümmern, der vor Kurzem verstorben ist, möge Gott seiner Seele gnädig sein. Meistens fertige ich bloß die Särge. Paul deHout, zu Ihren Diensten«, sagte er und schüttelte Masson die Hand. »Wenn Sie mir folgen wollen, zeige ich Ihnen Ihr Zimmer.« Der alte Mann bückte sich, um nach Massons Koffer zu greifen. Doch Masson, den die Vorstellung eines vorzeitigen Ablebens nicht wenig erschreckt hatte, beabsichtigte nicht, das Schicksal herauszufordern, indem er unter dem Dach eines Bestatters Quartier nahm. Daher hielt er den Koffer fest in der Hand und suchte nach einem geschickten Ausweg.

»Sollten wir uns nicht erst über die Miete einig werden?«, fragte er.

»Miete?«

»Ich will mich nicht aufdrängen, und da mir nur ein geringes Budget zur Verfügung steht, könnte ich nicht viel zahlen.«

Der alte Mann lachte leise und wedelte mit der Hand, als wolle er eine Fliege verscheuchen. »Wenn wir ein oder zwei Särge zur Seite schieben, wird der Raum Ihnen gute Dienste leisten. Außerdem möchte ich einen Freund von Mr Schelling nur ungern abweisen. Die Unterkunft kostet nichts, und was Ihre Mahlzeiten angeht, so werden Sie in der Stadt viele Gasthäuser finden, die Ihre Bedürfnisse befriedigen werden, welche Wünsche auch immer Sie haben.« Der alte Mann zwinkerte ihm zu. »Sogar Mr Schelling würde mir da zustimmen.«

Masson fielen keine weiteren Ausreden mehr ein. »Ich stehe nun wohl in Mr Schellings Schuld.«

Der alte Herr sah Masson augenzwinkernd an. »Damit sind Sie nicht allein, junger Mann.«

Er machte die Tür hinter sich zu und schloss sie mit einem großen Schlüssel ab, den er in der Schürzentasche gehabt hatte. Dann führte er Masson seitlich um das Haus herum. »Der Abort ist neben der Werkstatt und dem Lagerraum. Das hier ist Ihr Zimmer.« Der Niederländer nahm einen anderen Schlüssel aus seiner Schürze und schloss eine schwere Tür aus Holzplanken auf, die mit Eisenbeschlägen versehen war.

Durch die Türöffnung sah Masson einen kleinen, kahlen Raum mit einem quadratischen Fenster in einer Wand, die mehr als einen halben Meter dick war. Das Fenster ging auf den Garten hinter dem Haus hinaus. Im Zimmer befanden sich ein Einzelbett mit einer Federkernmatratze sowie in einer Ecke ein Waschtisch. Außerdem waren ein halbes Dutzend Särge an einer Wand aufgestapelt.

»Nun, dann lasse ich Sie mal allein. Machen Sie sich keine Gedanken wegen der Särge, die werden noch heute Nachmittag abgeholt. In den letzten Tagen war viel los, aber so ist das, wenn ein Sklave Amok läuft und einen ganzen Haushalt umbringt. Am Ende waren zehn Männer nötig, um ihn zu erwischen. Wahrscheinlich wird er morgen aufgehängt, falls Sie das interessiert.«

Plötzlich verstand Masson den Sinn der stabilen Türen und Schlösser. Der Sargtischler spuckte aus und fuhr fort, die Ereignisse zu beschreiben, die zu der hohen Auftragsauslastung geführt hatten. »Außerdem war da natürlich noch die junge Dame, die in den Kompanie-Gärten spazieren ging und von einer Schlange gebissen wurde. Nehmen Sie sich bloß in Acht vor diesen Biestern; ich empfehle Schlangenstein oder Schildkrötenblut.« Masson erinnerte sich an den Händler vor der *Resolution* und fragte sich, ob er ihn wohl wiederfinden würde.

»Und dann haben wir auch noch Mr und Mrs Wouters verloren, die auf dem Rückweg von der Kirche von einem Rudel Hyänen getötet wurden. Allerdings waren sie schon ein wenig betagt, sodass sie nicht viel Widerstand leisten konnten, nicht wie dieser große, stramme Viljoen-Junge, der bei der Überquerung eines Flusses in ein Nilpferd-Loch fiel und anschließend eine Lungenentzündung bekam. Er kämpfte wochenlang ...«

»Nochmals vielen Dank, Mr deHout«, sagte Masson, der sich mit der Tatsache abgefunden hatte, dass es keine plausible Ausrede gab, die Unterkunft abzulehnen. Jetzt hegte er nur noch den Wunsch, die Sache möglichst schnell über die Bühne zu bringen. »Der Raum genügt vollauf, doch die Reise war ziemlich lang, wie Sie sich sicher vorstellen können, und daher würde ich mich gern etwas ausruhen, bevor ich später die Stadt erkunde.«

Der Bestatter verstand den Hinweis und überreichte Masson den Schlüssel. »Ja, natürlich. Sie können kommen und gehen, wie es Ihnen beliebt. Die Haustür ist normalerweise abgeschlossen und verriegelt wegen der Paviane und der vereinzelten Verbrecher, die sich schon mal im Wald auf der anderen Straßenseite verstecken. Aber Sie dürften keine Probleme bekommen, solange Sie Ihre Tür abschließen.«

Als Masson die Tür schließen wollte, stellte der alte Mann eine letzte Frage: »Wenn ich fragen darf, Mr Masson, was führt Sie ans Kap?«

»Blumen. Ich bin hier, um Blumen zu sammeln.«

Der alte Mann zögerte kurz, zog seinen Tabaksbeutel hervor und stopfte sich seine Tonpfeife. »Nun, seien Sie vorsichtig, Mr Masson. Glauben Sie mir, hier können selbst Blumen einen Menschen umbringen.«

# 14. Kapitel

Masson spürte, wie die Wärme der Nachmittagssonne allmählich nachließ und einer kühlen Brise wich, die vom Berg herunterwehte, während er den Bereich der Stadt erkundete, der zwischen seinem Quartier und dem Haus des Gouverneurs lag.

Die Hauptstraße war gepflastert und auf beiden Seiten von Gebäuden mit großen Türen und Fenstern gesäumt. Die Fassaden waren mit leuchtend weißem Kalkmörtel verputzt und nahmen allmählich einen warmen Goldton an, weil die Sonne ihren Zenit lange überschritten hatte und sich jetzt dem Untergang hinter dem Signal Hill zuneigte. Die Hausdächer waren größtenteils flach und mit Stroh oder Schilf statt mit Ziegeln gedeckt, um vor den stürmischen Winterwinden zu schützen, die aus Südost hereinbliesen.

Als Masson sich der Hauptstraße näherte, überquerte er einen großen Kanal, der Wasser von den Bergen durch die Stadt zum Kai leitete, wo es dazu diente, die Frischwasservorräte der Schiffe aufzufüllen. Außer von dem Pflaster profitierte die Hauptstraße zusätzlich von zahlreichen Eichen, die, auch wenn sie nicht groß waren, Schutz vor den stechenden Strahlen der Sommersonne boten.

Masson hatte inzwischen den Überblick verloren, wie viele Menschenrassen er bereits gesehen und wie viele verschiedene Sprachen er schon gehört hatte. Bescheiden geschmückte Sänften wurden von dunkelhäutigen Männern getragen, die barfuß die gepflasterten Straßen entlangtrabten. Die gepuderten

Insassen fächelten sich Luft zu oder hielten sich Taschentücher vor Mund und Nase, um sich vor den fauligen Gerüchen der Straße zu schützen.

Nachdem Masson die Kirche passiert hatte, deren Turm er bereits am Morgen von der *Resolution* aus gesehen hatte, bog er um eine Ecke und spazierte hügelaufwärts, vorbei an den hohen, fensterlosen Mauern der Sklavenunterkunft, bevor er zum ersten Mal die Gärten der Kompanie erblickte.

Die Gärten waren das Agrarland der Kompanie, und sie lagen näher am Hafen als alle anderen Farmen der freien Bürger. Sie dienten der Züchtung und dem Anbau von Feldfrüchten für die Versorgung der Schiffe, die hier anlegten. Die erstklassige Lage und das Handelsmonopol der Kompanie stellten sicher, dass es immer einen Markt für die Erzeugnisse gab.

Die offizielle Residenz des Gouverneurs lag hinter den Mauern der Festung direkt an der Küste, wurde jedoch nur selten genutzt. Im Laufe der Jahre hatte man ein kleines, bescheidenes Gebäude, das neben den Gärten für die Unterbringung von Gerätschaften errichtet worden war, erweitert und ausgebaut. Mittlerweile wurde es für sämtliche offiziellen Staatsangelegenheiten genutzt. Die durch die Gärten führenden Wege boten den Stadtbewohnern einen ruhigen Ort der Erholung, waren allerdings auch der sichtbarste Ausdruck der Macht der Kompanie in der Kolonie. Die Verwalter führten eifrig Patrouillen in den Gärten durch. Sie trugen kleine Peitschen namens *Sjamboks* bei sich. Die Peitschen wurden aus Flusspferdhaut gefertigt und stellten sicher, dass ein empfindliches Bußgeld von allen eingetrieben wurde, die beim Stehlen erwischt wurden oder verbotenerweise in versteckten Ecken bettelten.

Wie die Stadt waren auch die Gärten in einem ordentlichen Gittermuster angelegt. Die Flächen zwischen den Wegen waren mit einem breiten Spektrum an Nutzpflanzen und Bäumen bepflanzt. Zudem wurden auf diesen Beeten heimische Pflanzen kultiviert. Ein breiter, gepflasterter Weg neben der Längsachse der Gärten bildete das Rückgrat und verband das weite, offene Wasser der Bucht mit dem eindrucksvollen, oben abgeflachten Berg am oberen Ende der Anlage.

Einheimische Kastanienbäume waren links und rechts des Rückgrats gepflanzt worden, während die kleineren Querwege von Lorbeerbäumen, Myrte und kleinen Eichen gesäumt wurden, die in Heckenform geschnitten waren, um die Beete vor den starken Winden zu schützen.

Ganz anders als in der Stadt, wo Masson zu seiner Verblüffung Menschen unzähliger Rassen und Hautfarben angetroffen hatte, war auf den ordentlichen Wegen der Gärten hauptsächlich eine Hautfarbe vertreten.

Frauen, die sich niemals außerhalb ihrer Sänften hätten sehen lassen, geschweige denn zusammen mit den afrikanischen, malaiischen oder indischen Sklaven die Straßen der Stadt benutzt hätten, schlenderten vergnügt zwischen Pflanzen und Blumen herum, die genau wie die Sklaven aus allen Ecken des Kompanie-Imperiums hierher gebracht worden waren, um für größere Gewinne zu sorgen.

Masson begab sich zum Haupttor und wurde eingelassen, nachdem er Schellings Karte vorgezeigt hatte. Als er unter einem riesigen Kastanienbaum hindurchging und den Hauptweg zum Haus des Gouverneurs einschlug, vermischten sich Geräusche höflichen Geplauders und die Musik des Streichquartetts mit den Rufen einheimischer Tiere, die man gefangen und in einer Menagerie am oberen Ende der Gärten untergebracht hatte.

Unwillkürlich kategorisierte er die Pflanzen mit geschultem Blick und verglich sie mit jenen zu Hause in England. Anders als in Kew handelte es sich bei diesem Garten ebenso um eine

Plantage wie um einen Lustgarten oder eine botanische Sammlung. Zierpflanzen wie Gardenien, Heidekraut oder blühende Lilien fanden sich neben Nutzpflanzen wie Kohlköpfen, Kopfsalat, Feigen und Äpfeln wieder, ohne dass man sich Gedanken über die Ästhetik gemacht hätte.

Als Masson gerade eine leuchtend bunte Blüte begutachtete, die in einer Traube von sternförmigen, hülsenähnlichen Früchten saß, registrierte er, dass die Musik aufhörte und von unterhalb der Veranda des Gouverneurshauses leiser, höflicher Beifall gespendet wurde. Er drehte sich um und eilte zum Haus, als der Gouverneur, Baron Joachim van Plettenberg, gerade zur Ansprache an die kleine Zuschauermenge ansetzte. Neben dem Gouverneur stand Kapitän Cook, der so aussah, wie Masson sich fühlte: wie ein Mann, der diese Angelegenheit so schnell wie möglich hinter sich bringen wollte, damit er zu dem zurückkehren konnte, was er kannte.

»Als Gouverneur der Kapkolonie und im Namen der Niederländischen Ostindien-Kompanie möchte ich einmal mehr Kapitän Cook in unserem guten alten Kapstadt willkommen heißen. In der Vergangenheit hatten England und die Republik der Vereinigten Niederlande ihre Differenzen. In Europa hätte man es vielleicht als Krieg bezeichnet, doch hier in Afrika … nennen wir es Gezänk.«

Während das Publikum höflich lachte, fuhr der Gouverneur fort: »Aber ich habe aus verlässlicher Quelle erfahren, dass Kapitän Cook wieder nach Süden segeln wird, um den Gefahren zu trotzen und ein für alle Mal einen Schlussstrich unter den Mythos einer *Terra Australis* zu ziehen. Wir wünschen ihm viel Glück, und bis dahin habe ich ihn während seines Kurzaufenthalts hier unserer großzügigsten Gastfreundschaft versichert.«

Masson war überrascht, als er hörte, wie der Zweck von

Cooks Mission so offen mitgeteilt wurde. Selbst nach drei Monaten auf See auf Cooks Schiff hatte er dieses Ziel nicht gekannt. Trotz des Jubels der Zuhörer, die »Bravo!« und »Hört, hört!« riefen, verfinsterte sich Kapitän Cooks Miene beträchtlich. Jetzt sah er nicht mehr wie ein Mann aus, der wieder auf See sein wollte, sondern wie jemand, der kurz davor stand, einen Mord zu begehen. Der Gouverneur jedoch schien den Stimmungsumschwung seines Gastes nicht zu bemerken und setzte seine Rede ungerührt fort.

»Wir bedauern, dass Sir Joseph Banks, der angesehenste Botaniker Englands, ihn nicht, wie erwartet, auf dieser Reise begleiten konnte. Doch erfreulicherweise ...«

Masson straffte plötzlich die Schultern, und sein Mund wurde trocken, als ihm aufging, dass der Gouverneur möglicherweise vorhatte, seinen Namen zu erwähnen.

»... haben die Nutzpflanzen unserer Kolonie nicht auf die Ankunft englischer Experten gewartet, um zu gedeihen.«

Masson sank in sich zusammen, erleichtert und enttäuscht zugleich, während sich die Gäste darüber amüsierten, wie der Gouverneur gegen die Engländer stichelte.

»Die reiche Ernte, die das von uns kultivierte Land in unserer Kolonie Jahr für Jahr abwirft, steht im scharfen Gegensatz zu der Unfruchtbarkeit des riesigen Landes, das sie umgibt ...«

Während Massons Aufmerksamkeit von der Rede abschweifte, musste er zweimal hinsehen, als sein Blick auf etwas fiel, was ihm gänzlich unpassend vorkam: Auf halbem Wege zur Menagerie lag in der Nähe des Hauptweges bäuchlings ein Mann in einem Beet. Seine Beine ragten über einen der Querwege, sodass dieser vollkommen versperrt war. Sein Kopf und seine Schultern steckten in einem Busch der gleichen Blumen, die Masson unmittelbar vor Beginn der Ansprache des

Gouverneurs bemerkt hatte. Ein Verwalter der Gärten, der gerade mit seinem Sjambok in der Hand seine Runde drehte, stieg einfach über die Beine des Mannes hinweg, ignorierte ihn dabei vollkommen und setzte seinen Rundgang fort. Im Hintergrund sprach van Plettenberg weiter: »Unsere Gärten versorgen die Schiffsbesatzungen der Niederländischen Ostindien-Kompanie mehr als reichlich mit Früchten verschiedenster Art ...«

Masson achtete nicht mehr auf die einstudierten Zeilen, sondern wandte sich an die Person direkt neben ihm, ein Berg von einem Mann mit grauen Augen, rabenschwarzem Vollbart und einem flachen Hut. Er deutete auf die Beine, die auf den Schotterweg ragten, und fragte mit gedämpfter Stimme: »Verzeihung, Sir, aber sollte sich nicht jemand um diesen Herrn kümmern? Offenbar geht es ihm gar nicht gut.«

Der Mann drehte sich leicht verstimmt zu Masson hin, blickte schließlich in die angegebene Richtung und schnaubte: »Nicht nötig«, sagte er mit starkem Akzent. »Wenn man sich um ihn kümmert, wird es nur schlimmer, das können Sie mir glauben.«

»Was fehlt ihm denn?«, wollte Masson wissen.

»Wer weiß?«, erwiderte der Niederländer. »Das ist *Doktor* Carl Thunberg.« Nachdem er die beiden Silben des Arzttitels förmlich ausgespuckt hatte, als handelte es sich um Gift, das er aus einer Schlangenbisswunde gesaugt hatte, hielt er kurz inne. »Allerdings weiß er wohl nicht, was gut für ihn ist – obwohl er Arzt ist.«

Der Niederländer schien sich selbst zu überprüfen, bevor er fortfuhr: »Er arbeitet für die Kompanie – behauptet, er wäre eine Art Wundarzt.« Er schaffte es allerdings nicht, die Feindseligkeit, die er gegenüber dem Mann in den Büschen empfand, ganz zu unterdrücken, und feuerte noch einen letzten Kommentar ab, bevor er sich wieder der Ansprache des Gouverneurs widmete: »Er ist noch nicht mal Holländer – er ist Schwede!«

Auch Masson richtete seine Aufmerksamkeit wieder auf die Veranda, wo van Plettenbergs Rede sich schließlich dem Ende zuneigte. »… ein lebender Beweis, dass die Erde Herren und Sklaven braucht und dass sie unvorstellbare Erträge hervorbringt, wenn sie von intelligenten Menschen bestellt wird, die sich an weise und unveränderliche Gesetze halten. Amen.«

Die Zuhörer erwiderten im Chor »Amen« und gingen bereits auseinander, als der Gouverneur sie noch einmal eilig zurückrief. »Meine Damen und Herren, ich darf Ihnen noch mitteilen, dass uns heute Abend ein erstklassiger Oolong-Tee von der Produktionsstätte der Kompanie in Kanton in China serviert wird; dazu gibt es Zucker aus Indonesien!«

Das Publikum seufzte einstimmig auf: »Aaah …«

Als die Musik wieder zu spielen begann, schüttelte Cook dem Gouverneur die Hand und verabschiedete sich. Er gestikulierte ungehalten in Richtung seiner wartenden Offiziere, die so entsetzt wirkten, wie Cook wütend war.

Scheinbar wie aus dem Nichts tauchte Schelling an Massons Seite auf und begrüßte ihn mit demselben schlaffen Händedruck und verschlagenen Lächeln wie zuvor. »Mr Masson, ich freue mich sehr, dass Sie kommen konnten. Offenbar haben Sie Mr Willmer bereits kennengelernt. Mr Willmer«, richtete Schelling das Wort an den großen Niederländer, »das ist Sir Josephs Mann, Mr Masson. Er wurde hergeschickt, um Blumen für die Königlichen Gärten in Kew zu sammeln.«

»Dann sind Sie also einer der englischen Experten, von denen der Gouverneur gesprochen hat?«, fragte Willmer mit einem listigen Augenzwinkern. »Ist es ein gutes Geschäft?«

»Das hängt vermutlich davon ab, was man findet, Sir.«

»Verzeiht Mr Willmer seinen Pragmatismus, Mr Masson«, warf Schelling ein, »er ist weder Wissenschaftler noch Sammler, sondern eher ein Händler.«

»Oh, ich verstehe. Worauf sind Sie denn spezialisiert, Mr Willmer?«, fragte Masson.

»Ich sammle und verkaufe ebenfalls Gottes Kreaturen, Mr Masson, wenn sie auch nicht so hübsch wie Blumen sind, wie ich gestehen muss. Dafür ist mein Geschäft mit Sicherheit viel einträglicher.«

»Sie handeln also mit Tieren?«, meinte Masson, als nichts mehr kam.

»Mit Sklaven, Mr Masson«, mischte Schelling sich wieder ein. »Sie können alle Blumen finden, die Ihnen gefallen, aber sie pflücken sich nicht von selbst.«

Bevor Masson antworten konnte, schlenderte Reinhold Forster auf das Trio zu. Er hatte den Kopf unnatürlich weit in den Nacken gelegt, doch er gab sich umsonst Mühe, auf den baumlangen Niederländer herabzusehen.

»Sieh an, sieh an! Offenbar verfügen Sie über ein besonderes Talent, sich an Orte zu schmuggeln, die über Ihrem Stand sind, Mr Masson. Wussten Sie, meine Herren«, fragte er Schelling und Willmer und entblößte dabei seine Zähne, welche der Rotwein, der seine Worte undeutlich werden ließ, dunkelrot gefärbt hatte. »Wussten Sie, dass – während wir vom König den Auftrag erhalten haben, die Horizonte unserer Welt zu erweitern und das Verständnis des Menschen für die Naturwissenschaften zu fördern – Mr Masson hier auf eine sehr geheime Mission geschickt wurde und in den Blumenbeeten am Kap herumgraben soll?«

Schelling drehte sich mit einem fragenden Blick zu Masson um. »Eine geheime Mission? Sie sollten vorsichtig sein,

Mr Masson. In diesem Teil der Welt sind Geheimnisse nicht gern gesehen – sie bringen einen fast immer in Schwierigkeiten.«

Masson fühlte sich in die Enge getrieben und war durch das Interesse, das Schelling zeigte, verunsichert. »Ich versichere Ihnen, Mr Schelling, an meinem Auftrag hier ist nichts Geheimes. Manche mögen ihn vielleicht unbedeutend und belanglos finden«, sagte er und warf Forster einen bitteren Blick zu, »doch Sir Joseph hat mich damit beauftragt, eine bestimmte Blume zu finden, die der König gern nach der Königin benennen möchte.«

»Wir schätzen uns glücklich, den heutigen Abend in so angesehener Gesellschaft zu verbringen, meinen Sie nicht auch, Mr Willmer?«, sagte Schelling überschwänglich. »Mr Forster ist mit der Aufgabe betraut, den Herrschaftsbereich des Königs zu erweitern, während Mr Masson den Auftrag hat, den Schlüssel zur Liebe der Königin zu finden.« Masson spürte denselben abschätzenden Blick auf sich ruhen, mit dem Schelling ihn bereits in Cooks Kabine an Bord der *Resolution* taxiert hatte, nur dass er diesmal berechnender wirkte. »Wenn ich wetten müsste, wüsste ich jedenfalls, auf welches Pferd ich setzen würde.«

Bevor Masson den Augenblick auskosten konnte, stürmte Kapitän Cook mit einem seiner Offiziere im Schlepptau auf die Gruppe zu. Sofort fragte er sich, ob er womöglich wieder etwas angestellt hatte, das den Zorn des Kapitäns erregte, doch es war nicht Masson, auf den Cook jetzt losging. »Mr Forster«, zischte Cook, »kann ich kurz mit Ihnen sprechen, Sir.«

Forster wandte den Kopf dem Kapitän zu. Sogar in seinem alkoholisierten Zustand musste ihm klar sein, dass er in Schwierigkeiten steckte. Doch widerstrebte es ihm hier auf dem festen Land und in weniger rauer Gesellschaft noch mehr, sich herumkommandieren zu lassen. »Ich weiß nicht, Kapitän, ich unterhalte mich gerade so gut. Anscheinend hütet unser Mr Masson hier ein richtiges Geheimnis.«

»Wenn man das doch nur auch von Ihnen behaupten könnte«, stieß Cook zwischen zusammengebissenen Zähnen hervor. »Nun, Mr Forster, ich muss darauf bestehen.« Masson sah, wie Forsters Blick von Cooks wütender Miene zu der Hand seines Offiziers wanderte, die entschlossen auf dem Griff seines Säbels ruhte.

»Gut, ich glaube, ich kann einen Moment erübrigen. Bitte entschuldigen Sie mich, meine Herren.«

Cooks Offizier packte Forster am Ellbogen und führte ihn außer Hörweite in Richtung der Menagerie. Schelling und Willmer blickten ihnen interessiert hinterher.

»Mr Masson«, sagte Cook, der eine unterdrückte Wut ausstrahlte wie ein vor Hitze glühender Ofen, »würden Sie wohl an einem weiteren kleinen Gespräch mit Mr Forster teilnehmen? Diesmal ziehe ich es allerdings vor, keine weiteren Zuhörer zu haben.«

Masson entschuldigte sich und folgte Cook, der auf die Menagerie zusteuerte. Die Schreie der Tiere in den Käfigen erschallten über den Gärten, über die sich allmählich das Zwielicht der Abenddämmerung herabsenkte.

# 15. Kapitel

»Trifft es zu, Mr Forster, dass Sie derjenige gewesen sind, der Ziel und Zweck unserer Expedition mit dem Gouverneur erörtert hat, obwohl überdeutlich erklärt wurde, wie wichtig die Geheimhaltung bis nach unserer Abreise vom Kap ist?« Cooks Gesicht war im nachlassenden Licht nicht mehr gut zu erkennen, doch sein drohender Ton war unmissverständlich.

»Ich ... ich könnte vielleicht beiläufig etwas erwähnt haben, aber nur als Möglichkeit. Als er mich dann direkt fragte, konnte ich schlecht lügen, nicht wahr? Das wäre höchst ungehörig gewesen!«

»Ungehörig?« Cooks Stimme klang nicht mehr nur bedrohlich, sondern mordlustig. »Ich sag Ihnen mal, was ungehörig ist. Sie haben das Vertrauen der Königlichen Marine missbraucht, der Sie Ihre Anwesenheit hier in erster Linie zu verdanken haben. Ungehörig ist außerdem, dass die Mannschaft mit Sicherheit in Massen desertieren wird, wenn sie von der Nachricht erfährt! Sie werden versuchen, mit dem nächstbesten Schiff nach Hause zu gelangen.«

»Gewiss wollen Sie mich nicht für die Feigheit Ihrer Seeleute verantwortlich machen, nicht wahr, Herr Kapitän?«

Cook packte Forster an den Rockaufschlägen und stieß ihn so heftig von sich, dass er das Gleichgewicht verlor und auf seinem Hinterteil im Dreck landete. Er schrie entrüstet auf, als Cook sich auf ihn stürzte und ihn bei der Gurgel packte. »Machen Sie die Sache nicht noch schlimmer, Forster. Meine

Mannschaft und ich haben mehr als genug von Ihnen und Ihrem prahlerischen Auftreten. Sie sollten sich glücklich schätzen, dass ich Sie nur an Land setze, statt Sie mitten in der Südsee nach England zurückschwimmen zu lassen.«

Cook trat zurück und wischte sich die Hände an seinem Taschentuch ab. »Ich werde Mr Masson eine Ausfertigung meines Berichts geben, damit er ihn mit dem nächsten verfügbaren Schiff nach England an die Admiralität schicken kann.«

Forster starrte Cook fassungslos an. »Das können Sie nicht tun! Ich bin der leitende Wissenschaftler!«, schrie er.

»Sie werden feststellen, dass ich als Kapitän und Leiter der Expedition das sehr wohl tun kann. Ihr Sohn scheint mir sehr qualifiziert zu sein, außerdem ist er wohlgelitten bei meinen Leuten. Daher kann er gern an Bord bleiben – es sei denn, Sie ziehen es vor, nicht nur Ihre, sondern auch seine Karriere zu ruinieren?«

Forster schwieg, sodass Cook fortfahren konnte: »Dann wäre das also geklärt. Ich habe bereits veranlasst, dass Ihre Habe von Bord des Schiffes gebracht wird. Sie können die Sachen innerhalb einer Stunde am Zollhaus abholen.«

»Aber ich besitze keinen Kreditbrief. Was schlagen Sie vor, wie ich meine Passage nach England bezahlen soll?«, fragte Forster flehend.

»Angesichts Ihrer guten Beziehungen wird Ihnen schon etwas einfallen. Vielleicht können Sie Ihren neuen Freund, den Gouverneur, um ein Darlehen bitten? Eines kann ich Ihnen jedoch versichern: Wenn Sie auch nur einen Fuß auf mein Schiff setzen, lasse ich Sie erschießen.«

Damit wandte Cook sich Masson zu und nahm ihn beiseite. »Eigentlich hatte ich gehofft, noch eine Weile hierbleiben zu können. Nachdem nun allerdings unser Reiseziel bekannt ist, müssen wir uns beeilen. Daher werden wir schon morgen mit der Flut auslaufen. Ich lasse den Bericht heute Abend zu Ihrer Unterkunft bringen, und ich setze darauf, dass Sie ihn dem Kapitän des nächsten Schiffes übergeben, das heimfährt.«

»Sehr wohl, Kapitän. Selbstverständlich«, antwortete Masson.

Als Masson und Cook sich die Hände schüttelten und Abschied voneinander nahmen, erklang ein wildes Geheul aus den Gehegen der Menagerie, das sich erst steigerte, um dann schlagartig abzubrechen. Nachdem Cook und sein Offizier verschwunden waren, blieb Masson mit Forster zurück, der aufstand und sich den Schmutz von der Kleidung klopfte. Vergeblich versuchte er dabei, den Anschein von Würde zu wahren.

»Nun, Masson«, sagte Forster, richtete sich auf und warf den Kopf zurück. Der alte, herablassende Ton war schon wieder in seiner Stimme zu hören. »Sie haben gesehen, was passiert ist. Er hat mich tätlich angegriffen! Ich werde einen Protestbrief an Lord Sandwich schreiben, und ich erwarte von Ihnen, dass Sie mir den Rücken stärken.«

»Wie bitte?«, fragte Masson entgeistert.

»Selbst ein Mann mit Ihrem Hintergrund dürfte ermessen können, was für einen Skandal dieses unbedeutende Missverständnis hervorrufen würde, ganz zu schweigen von dem Schaden, den die Wissenschaft und sogar Sir Josephs Ruf erleiden würden, wenn Sie in irgendeiner Form in die Sache verwickelt wären. Selbstverständlich werde ich Sie für Ihre Unterstützung entschädigen ...«

»Ein Mann mit meinem Hintergrund? Entschädigen?« Masson war fassungslos.

»Nun kommen Sie, Masson, es gibt keinen Grund, so empfindlich zu sein. Ich weiß sehr wohl, wie knapp bemessen der Betrag ist, den Sir Joseph Ihnen zur Verfügung gestellt hat. Ich bin nicht unvermögend, und ganz bestimmt könnte ich Ihr Leben und das Ihrer Familie zu Hause wesentlich angenehmer gestalten, wenn Sie diesen Bericht einfach verlegen würden. Diese Dinge gehen ohnehin ständig verloren – Schiffe geraten in Stürme oder werden von Piraten überfallen. Wahrscheinlich würden Sie nichts tun, was nicht auch durch das Schicksal geschehen könnte.«

Masson lag eine Erwiderung auf der Zunge, doch dann hielt er inne, weil ihm klar wurde, dass es keinen Zweck hatte. Stattdessen drehte er sich um und ging zurück zum Fest.

»Wagen Sie es nicht, sich von mir zu entfernen, Masson! Ich bin ein Mitglied der Royal Society. Ich verlange, dass Sie Ihre Pflicht als Diener der Wissenschaft erfüllen! Masson!«

Doch Masson setzte seinen Weg einfach fort, und allmählich gingen Forsters Rufe in den nächtlichen Geräuschen aus den Gärten, der Musik vom Haus des Gouverneurs und dem unheimlichen, kreischenden Lachen aus der Menagerie unter.

## 16. Kapitel

21. November 1805, Kanada

*»Forster hatte noch Glück«, sagte der alte Mann mit einem schiefen Grinsen. »Als Kapitän Cook davonstürmte, hörte ich ihn sagen, dass er, wenn nicht so viele Zeugen anwesend gewesen wären, den Wissenschaftler an die Kreaturen verfüttert hätte, die diese elenden Geräusche von sich gaben.*

*Doch ich glaube, in Wahrheit war er froh, eine Ausrede für seinen Abgang gehabt zu haben. Der Gedanke war abschreckend, dass selbst im Anwesen des Gouverneurs, das von Pracht und Eleganz umgeben war, ständig und überall tierische Grausamkeit lauerte – gerade eben außer Sichtweite.«*

*»Ich weiß, was Sie meinen«, flüsterte Robert verschwörerisch.*

*Der alte Mann beugte sich mit einem fragenden Ausdruck in seinem zerknitterten Gesicht dichter zu dem Jungen vor. »Wirklich?«*

*»Aber ja. Als ich klein war, haben wir oft Großmama und Großpapa besucht. Sie hatten ein riesengroßes Haus, ich hatte sogar ein eigenes Schlafzimmer. Aber sie haben immer zu mir gesagt, dass ich nicht allein hinaus in den Garten gehen darf. Wegen der wilden Tiere im Wald!«*

*Der alte Mann warf einen Blick auf Roberts Großmutter und stellte fest, dass sie ihre Handarbeit während der Schilderungen ihres Enkels nicht einen Moment unterbrochen hatte.*

*»Einmal hat Großpapa erzählt, dass Großmama ihm das Leben gerettet hat, als sie einen Bären erschoss, der im Garten*

*herumlief. Doch Großmama sagt, er hat das bloß erfunden, um uns Kinder davon abzuhalten, allein rauszugehen.«*

*»Nun ja, manchmal ist es vermutlich gut, vor etwas Angst zu haben«, sagte der alte Mann. »Furcht kann einem das Leben retten.«*

*»Furcht kann einen auch davon abhalten zu leben«, wandte Jack ein und warf sich in die Brust, als wolle er gleich eine wohl vorbereitete Rede halten.*

*»Hast du das auch gedacht, als du Mr Masson im Schnee gefolgt bist?«, fragte George Grant, der wie aus dem Nichts im Türrahmen aufgetaucht war.*

*Jack wollte schon antworten, doch dann schluckte er seine Erwiderung errötend hinunter.*

*»Dann hat Großpapa seine Lektion also nicht gelernt, denn eines Tages ist er allein auf die Jagd gegangen und wurde von einem Bären getötet. Seitdem lebt Großmama bei uns, und ich muss mir ein Zimmer mit Jack teilen. Allerdings macht mir das nichts aus, denn Jack sagt, dass ich den Raum bald für mich allein haben werde ...« Robert wurde von seinem älteren Bruder unterbrochen, der sich laut räusperte und dem Jüngeren gleichzeitig einen kräftigen Stoß mit der Fußspitze verpasste. Der Tritt war schmerzhaft genug, um den Jungen zusammenzucken zu lassen, aber so gut versteckt ausgeführt, dass niemand etwas zu bemerken schien – mit Ausnahme des alten Mannes, der alles mitbekommen hatte.*

*»Also, Mr Masson«, sagte Jack und sah demonstrativ seine Notizen durch, »Sie erzählten gerade von der Feier im Hause des Gouverneurs?«*

*Mr Masson lächelte vergnügt angesichts der harmlosen Verschwörung. »Das stimmt, wo war ich noch mal stehengeblieben?«*

# 17. Kapitel

Als Masson sich wieder zu den Gästen gesellte, sah er, dass Schelling und Willmer in ein Gespräch vertieft waren. Doch bevor er nahe genug herangekommen war, um hören zu können, worum es ging, ließ ihn ein Rascheln in den Büschen zu seiner Linken zusammenzucken. Statt eines wilden Tieres tauchten allerdings nur Kopf und Schultern eines Mannes aus dem Blattwerk auf. Ein breites und selbstzufriedenes Grinsen lag auf seinem Gesicht.

Es handelte sich um denselben Mann, der Masson schon zuvor aufgefallen war. Obwohl er jetzt mit Erleichterung feststellte, dass der seltsame Gast nicht verletzt oder unpässlich war, fragte er sich unwillkürlich, ob er den vorangegangenen Wortwechsel zwischen Forster und Cook mitbekommen hatte.

Der Fremde war einige Jahre jünger als Masson und hatte klare, blaue Augen, die nicht bloß Informationen sammelten, sondern höchst fasziniert jedes einzelne Ding, auf das ihr Blick fiel, in Augenschein nahmen. Das Samtband, mit dem er sein blondes Haar zu einem Pferdeschwanz zusammengebunden hatte, stellte das einzige kapriziöse Detail an seiner Kleidung dar, die praktisch und gut verarbeitet war – teuer, aber nicht protzig. Er strahlte ein Selbstvertrauen aus, das ungewöhnlich für sein Alter war, doch trotz seines sicheren Auftretens wirkte er nicht überheblich. Er stand auf, und obgleich er nur durchschnittlich groß war, ließen seine Haltung und sein Gebaren ihn rund fünfzehn Zentimeter größer wirken. Mit langen, zierlichen Fingern zog er eine Bürste aus der Tasche und entfernte mit schwungvollen Bewegungen den Schmutz und die Blätter von seiner Kleidung. Danach säuberte er seinen Hut, den er sodann sorgfältig auf seinem Kopf zurechtrückte, bevor er die Bürste wieder einsteckte. Schließlich straffte er die Schultern und schritt mit einer sternförmigen Frucht auf der ausgestreckten Handfläche auf Massons Gruppe zu.

»Guten Abend, Dr. Thunberg. Hoffentlich haben wir Sie nicht bei Ihrem Nickerchen gestört«, sagte Schelling mit mehr als nur einem Anflug von Bosheit.

»Mr Schelling, als Amateurbotaniker bin ich der Meinung, dass man die geschlechtliche Fortpflanzung am besten studiert, indem man sich Zeit nimmt, sich hinlegt und sich der Aufgabe voll und ganz widmet.« Er hielt kurz inne und lächelte, bevor er fortfuhr: »Wenn ich natürlich so beschäftigt wäre wie Sie, könnte ich vielleicht nur einen kurzen Moment erübrigen. Aber wo bliebe dann das Vergnügen?«

Schellings Lächeln war wie fortgewischt, während Thunberg weiterredete. »Nehmen wir beispielsweise diese *Mesembryanthemum cordifolium*. Sie ist wirklich unglaublich. Die Einheimischen nennen sie die *Rose von Jericho*. Sie kann Monate, sogar Jahre, in der Wüste überdauern. Dabei verschließt sie sich vor den Elementen und der Welt und hütet ihre Geheimnisse sicher in ihrem Inneren. Doch mit einem einzigen Tropfen Wasser ...« – er tauchte einen Finger in Willmers Teetasse und ließ einen Tropfen der Flüssigkeit auf das sternenförmige Hüllblatt fallen; fast augenblicklich entfaltete sich die Pflanze und enthüllte in ihrem Zentrum leuchtend gelbe Samen, die die Frucht wie eine kleine Sonne wirken ließen – »... kann man sie dazu bringen, sich zu öffnen und all das zu zeigen, was in ihr steckt.«

Thunberg zwinkerte Masson zu und ließ die geöffnete

Frucht in Willmers Teetasse fallen, ehe er ohne ein weiteres Wort auf das Haus zu schlenderte. Willmer machte Anstalten, ihm zu folgen, doch Schelling hielt ihn zurück.

»Nun, Mr Masson«, fragte Schelling in dem Versuch, durch einen Themenwechsel die Aufmerksamkeit von Thunbergs Auftritt wegzulenken, »haben Sie irgendeine Vorstellung davon, wo Sie Ihre Blume finden könnten?«

»Man hat mir gesagt, ich solle mich in der Umgebung von Muyssenberg an der Küste der False Bay umsehen«, antwortete Masson.

Willmer und Schelling wechselten einen Blick, bevor Willmer verächtlich schnaubte: »Viel Glück dabei. Ausländer dürfen nicht einmal in die Nähe dieser Bucht.«

»Warum nicht?«, wollte Masson wissen. Das war jetzt schon das zweite Mal, dass sein Wunsch, sich zur False Bay zu begeben, eine unerwartete Reaktion hervorgerufen hatte.

»Mr Willmer hat recht«, meinte Schelling in leicht gedämpftem Ton. »Es gibt in der Tat einen Erlass, der es Ausländern untersagt, sich zu nahe an die Küste der False Bay zu begeben. Wenn Sie allerdings mit mir zusammen sind, gelten Sie nicht als Ausländer. Sie werden feststellen, dass die Dinge hier allesamt so funktionieren.« Schelling trank einen weiteren Schluck Tee, während er Masson Zeit ließ, die Information sacken zu lassen.

Doch Masson war nicht überzeugt. »Ich bin Ihnen dankbar für Ihre Freundlichkeit, Mr Schelling, aber ich möchte Ihnen nicht lästig fallen. Ich stehe unter erheblichem Zeitdruck und bin davon ausgegangen, allein zu reisen.«

Schelling lachte. »Sie müssen noch viel lernen, Mr Masson. Mit zu großer Hast erreicht man hier nicht viel, und ein Mann allein kann in Afrika nicht überleben. Allerdings verstehe ich Ihren Wunsch, Seine Majestät nicht warten zu lassen. Und daher bin ich mehr als bereit, Ihnen meine nicht unerhebliche Sach- und Ortskenntnis zur Verfügung zu stellen. Gewiss wollen Sie mir die Gelegenheit nicht verwehren, zum Vergnügen unseres Königs beizutragen, nicht wahr?«

Abermals unterbreitete Schelling Masson ein Angebot, das er unmöglich ablehnen konnte. Falls die False Bay tatsächlich nicht allgemein zugänglich war, wäre es wahrscheinlich kostspielig und zeitaufwendig, die Zustimmung der Behörden einzuholen. Dagegen wurde ihm alles, was er brauchte, von Schelling auf einem Silbertablett serviert. Vielleicht könnte er es auf diese Weise tatsächlich schaffen, rechtzeitig zu Weihnachten wieder zu Hause zu sein.

Also nickte er zustimmend, und Schelling strahlte, bevor sein Blick erneut Thunberg suchte, der inzwischen in eine Unterhaltung mit dem Gouverneur vertieft war. »Dann ist es also beschlossene Sache«, erklärte er, ohne die Szene auf der Veranda aus den Augen zu lassen. »Mr Willmer und ich werden Sie morgen bei Sonnenaufgang abholen und Sie zur False Bay begleiten, damit Sie Ihre Blume suchen können.«

Masson registrierte, dass Willmer, der immer noch die Teetasse hielt, in der die sternförmige Frucht schwamm, ebenfalls in Thunbergs Richtung starrte.

Schelling lächelte und fragte boshaft: »Noch ein wenig Tee, Mr Willmer?«

# 18. Kapitel

Als Masson auf der Veranda des Bestattungsunternehmens stand, stellte er fest, dass sein Blick wie magisch von dem Berg angezogen wurde, der die ganze Stadt überragte.

Das hiesige Licht war überaus strahlend im Vergleich zu dem, das er von zu Hause gewöhnt war. Er war überzeugt, dass er selbst aus dieser Entfernung einzelne Blätter sowie gelbe und orangefarbene Blüten der zahlreichen Aloe-Arten und die leuchtend roten Blumen erkennen konnte, die sich an die Sandsteinklippen schmiegten. Es war, als wäre sein Blick klarer und die Welt besäße schärfere Konturen.

Von Forster hatte er nichts mehr gesehen und gehört, aber ein Bote war hier gewesen und hatte im Auftrag von Kapitän Cook den angekündigten Bericht abgeliefert. In einer kurzen Begleitnotiz bedankte sich Cook bei Masson und wünschte ihm einen erfolgreichen Aufenthalt in der Kapregion.

Statt den Bericht einfach in sein Zimmer zu legen, verstaute er ihn zusammen mit Banks Skizze im hinteren Einband des Tagebuchs, das Constance ihm als Abschiedsgeschenk überreicht hatte. Nachdem er die Dokumente auf diese Weise gut versteckt hatte, packte er das Tagebuch zusammen mit seiner Sammelausrüstung für die Reise zur False Bay in eine Tasche.

Masson hörte einen sich nähernden Hufschlag und trat vor das Haus. Er erblickte Willmer, der nun zu Pferde saß und ein zweites, gesatteltes Pferd ohne Reiter mit sich führte. Der Niederländer zügelte sein Tier und lüftete grüßend seinen Hut.

Masson erwiderte den Gruß und blickte suchend die Straße auf und ab, doch Schelling war nirgendwo zu entdecken. Schließlich nahm er sein Gepäck und näherte sich Willmer. Mit zusammengekniffenen Augen sah er zu dem Reiter auf, hinter dem der leuchtend blaue Himmel strahlte.

»Wird Mr Schelling später zu uns stoßen?«, fragte er.

»Mr Schelling muss sich kurzfristig um eine andere wichtige Angelegenheit kümmern. Deshalb bat er mich, Sie zu begleiten und Ihnen als Führer zu dienen, wenn Sie damit einverstanden sind.«

Als er Massons Zögern bemerkte, fügte Willmer hinzu: »Der Ritt dauert ungefähr einen halben Tag, und da es heute sehr warm zu werden verspricht, sollten wir zügig aufbrechen.«

Masson musterte den Himmel und bemerkte die Wolken, die allmählich am Horizont aufzogen. Willmer folgte seinem Blick und schüttelte mit einem schiefen Lächeln den Kopf. »Lassen Sie sich nicht von diesen Wolken täuschen, Mr Masson. Der Berg kann einem so manchen Streich spielen, und Mr Schelling würde es mir nicht verzeihen, wenn Sie mit einem Hitzschlag im Krankenhaus landen würden. Wahrscheinlich würden Sie es mit einer wesentlich schlimmeren Erkrankung wieder verlassen!«

Masson schwang sich mühelos auf das Pferd, nachdem Willmer ihm die Zügel gereicht und grinsend erklärt hatte: »Denken Sie daran, Mr Masson, das ist ein Pferd vom Kap, es versteht nur Niederländisch.«

»Ich spreche kein Niederländisch«, erwiderte Masson mit einem besorgten Stirnrunzeln.

»Dann haben Sie das Glück auf Ihrer Seite«, antwortete Willmer. »›Stopp‹ hört sich in beiden Sprachen gleich an.« Er kicherte, trat seinem Pferd kurz in die Seiten und trabte los. Masson folgte dicht dahinter.

Als die beiden Reiter sich dem Stadtrand näherten, trafen sie auf eine eng gepflanzte Reihe von Bäumen mit dicken Ästen, deren Blätter mit weißen Blüten überzogen waren. *»Brabejum stellatifolium!«*, rief Masson aus. »Ich habe noch nie so große davon gesehen! Aber warum haben sie so viele gepflanzt? Ich dachte, die Bittermandeln wären giftig?«

»Das sind sie auch. Jan van Riebeeck, der Gründer von Kapstadt, hat diese Hecke vor über einem Jahrhundert gesetzt, um die Hottentotten fernzuhalten, als die Kolonie besiedelt wurde.«

»Hottentotten?«, fragte Masson.

»Die Eingeborenen, Mr Masson. Wenn wir in diesem Teil der Welt mit einer Sache gesegnet sind«, erklärte Willmer trocken, »dann ist es eine Überfülle an Eingeborenen. Es ist uns fast gelungen, sie von unserer Türschwelle zu verdrängen, und dennoch hat der Gouverneur in seiner unendlichen Weisheit verfügt, dass wir keinen einzigen von ihnen versklaven dürfen.«

»Aber in der Stadt habe ich welche gesehen«, sagte Masson verwirrt. Er erinnerte sich gut an die barfüßigen Gestalten, die hinter den Sänften und Wagen hergegangen waren. Sie waren mit Tierfellen, Perlen und primitiven Geräten ausgestattet gewesen.

»Abgesehen von den Sklaven, die von portugiesischen Sklavenhändlern gefangen oder von den fernöstlichen Kolonien der Kompanie hergebracht wurden, sind sie freie Menschen, Mr Masson, und zwar alle.« Ein durchtriebenes Grinsen huschte über sein Gesicht, als er hinzufügte: »Allerdings könnte man sagen, dass ihre Liebe zu Cannabis oder Tabak fast die gleiche Wirkung erzielt wie Ketten. Es handelt sich nicht um Sklaverei, wie ich sie kenne, aber man muss sich eben anpassen, nicht wahr?«

»Befürchten Sie nicht, dass sie rebellieren könnten?«, erkundigte sich Masson.

»Wissen Sie, wie sie uns nennen?«, fragte Willmer. Als Masson den Kopf schüttelte, fuhr er fort: »*Umlungu*. Das ist der weiße Schaum, der zurückbleibt, nachdem eine Welle sich am Ufer gebrochen hat. In ihren Augen sind wir nicht einmal *Umuntu* oder ›Männer‹, aber zu unserem Glück gibt es hier fast so viele verschiedene Stämme wie Länder in Europa: Khoi, Khoikhoi, Khoisan und Xhosa. Und genau wie wir sind sie viel zu sehr damit beschäftigt, sich zu streiten, um dem bisschen Schaum, der an den Strand gespült wird, viel Aufmerksamkeit zu schenken. Bis jetzt jedenfalls noch nicht, und solange das so bleibt, sind sie für uns einfach nur ein Haufen Hottentotten.«

»Also funktioniert diese Hecke und hält sie fern?«, fragte Masson.

Aber Willmer lachte bloß. »Ich sehe, Sie sind ein Idealist. Ich dagegen bin ein pragmatischer Mensch, der an praktische Lösungen glaubt. Daher würde ich es mal so ausdrücken: Seit Mr van Riebeecks Zeiten haben wir einige Fortschritte erzielt.«

Willmer deutete auf eine Reihe von Metallkäfigen, die an den kräftigsten Ästen eines der größten Bäume in der Umgebung baumelten. In den Käfigen befanden sich die verwesenden Überreste von Menschenleichen. Als Willmer Massons schockierten Gesichtsausdruck sah, lächelte er.

»Sehen Sie, Mr Masson, hier am Kap glauben wir an einfache Gerechtigkeit. Wenn ein Sklave gegen seinen Herrn rebelliert oder ein freier Mann die Hand gegen seinen Arbeitgeber erhebt, geht man auf eine Art und Weise mit ihm um, die allen anderen eindrucksvoll ins Gedächtnis ruft, wohin sie gehören und wozu sie hier sind.«

»Und wozu genau sind *wir* hier, Mr Willmer?«, fragte Masson und kämpfte gegen den Brechreiz an, als der Gestank der verwesenden Leichen in seine Nase drang.

»Natürlich, um ihnen die Zivilisation zu bringen, Mr Masson.« Wieder lächelte Willmer und schüttelte den Kopf angesichts Massons ungläubiger Miene. »Damit nette, freundliche Männer und Frauen sich häuslich niederlassen, Gärten anlegen und Blumen züchten können, ohne Angst haben zu müssen, in ihren Betten ermordet zu werden.«

Kurz darauf führte der Pfad durch eine Baumreihe und wurde von einem Tor blockiert. Zwei Männer kletterten von einem offenen Wagen, auf dem sie offensichtlich gedöst hatten, und gaben sich große Mühe, eine stramme Haltung anzunehmen.

»Bürgerwachdienst. Lassen Sie sich nicht durch ihr Aussehen täuschen, sie könnten einem Spatzen aus fünfzig Schritt Entfernung ein Auge ausschießen.« Willmer stieg vom Pferd, marschierte auf die Männer zu, begrüßte sie auf Niederländisch, lachte herzlich und klopfte einem der beiden auf die Schulter. Mit einer Geste in Massons Richtung nahm Willmer einen Beutel aus Seehundfell von seinem Gürtel und bot ihn den Männern an, die dankbar zugriffen.

Nach weiterem Gelächter und Schulterklopfen kehrte Willmer zu seinem Pferd zurück. »Alles in Ordnung. Es gab Berichte über eine Bande marodierender Hottentotten, aber wir dürften eigentlich keine Probleme bekommen.«

Die beiden Männer setzten ihren Weg in Richtung Osten fort, der sie schließlich um den Fuß des Tafelberges herum nach Norden führte. Die Vegetation war anders als alles, was Masson bisher gekannt hatte. Zwar erkannte er viele einzelne Pflanzen, doch sie alle zusammen zu erleben war eine faszinierende Erfahrung.

Während ihres weiteren Ritts stieg ihnen erneut ein stechender Verwesungsgeruch in die Nase. Masson sah sich um und hielt nach weiteren Metallkäfigen Ausschau, die er für die Quelle des Gestanks hielt. Er konnte keine ausmachen, aber als sein Blick auf etwas im Gebüsch einige Meter neben ihnen fiel, zügelte er sein Pferd und sprang ohne ein Wort aus dem Sattel.

»Was ist denn, Mr Masson? Haben Sie die Blume entdeckt?«, fragte Willmer.

Masson antwortete nicht, sondern zog das Klappmesser seines Vaters aus der Tasche. Zielstrebig steuerte er auf einen Busch neben dem Pfad zu. Doch noch bevor er zwei Schritte getan hatte, hörte er das klickende Geräusch, mit dem ein Gewehr gespannt wird, gefolgt von Willmers ruhiger, aber bestimmter Stimme: »Schildkrötenblut.«

## 19. Kapitel

Masson schloss die Augen, als er den Schuss hörte, und wartete darauf, dass die Bleikugel seinen Körper durchdrang.

Da nichts dergleichen geschah, schlug er schließlich die Augen wieder auf und sah durch die Pulverdampfwolke, wie Willmer das Gesicht verzog. Der Geruch nach Kordit und Schwefel vermischte sich mit dem Gestank verbrannten Fleisches, und Masson fragte sich verwirrt, warum er keinen Schmerz empfand.

Willmer stieg aus dem Sattel, schritt an Masson vorbei, bückte sich hinter einen Strauch und hob den kopflosen Körper einer Schlange auf, die ungefähr so lang wie Massons Arm war.

»Schildkrötenblut«, wiederholte er.

»Wie bitte?«, fragte Masson verständnislos.

»Wenn so ein Mistding Sie erwischt«, erklärte der Niederländer, »rettet Sie auch kein Schildkrötenblut vor einem sehr langsamen und schmerzhaften Tod. Mein Gewehr jedoch ...« Er lächelte und zuckte mit den Schultern. »Sie sollten wirklich vorsichtiger sein, Mr Masson. Mr Schelling liegt viel daran, dass Sie die False Bay unbeschadet erreichen. Aber vielleicht haben Sie Ihre Blume ja schon entdeckt?«

Masson blickte an sich hinunter und bemerkte, dass er noch immer das Messer in der Hand hielt.

»Oh, ja. Ich meine, nein – nicht *die* Blume. Es ist etwas anderes, etwas, das ich noch nie gesehen habe.«

Er drehte sich um und unternahm ein paar zaghafte Schritte

in den Busch, als rechnete er damit, noch mehr tote Kreaturen zu finden. Eine Rosette aus fleischigen Blättern wuchs auf einem Stein und stützte eine Blüte von beträchtlicher Größe, die von zahlreichen Fliegen umschwärmt wurde.

»Wie heißt sie?«, wollte Willmer wissen, während Masson angewidert die Nase rümpfte.

»Ich weiß es nicht«, antwortete der, »sie wurde noch nicht benannt. Aber sie sieht aus wie ein Seestern, der aus dem Meer geklettert ist, finden Sie nicht?«

»Ja, und sie riecht auch so. Und, welchen Namen werden Sie ihr geben?«

»Wer, ich? O nein, ich bin nicht berechtigt, Pflanzen zu benennen«, erklärte Masson und schnitt die Blüte sorgfältig ab. »Ich kann sie nur in Übereinstimmung mit Linnés Prinzipien einordnen, und dann werde ich die Skizzen und ein Musterexemplar nach Kew schicken. Entweder wird Mr Aiton der Blume einen Namen geben, oder er leitet sie an Dr. Linné in Schweden weiter.«

»Sie meinen, die Pflanzen müssen den ganzen langen Weg nach Europa zurücklegen, nur damit jemand, der noch nie hier gewesen ist, uns sagen kann, wie sie heißen sollen?«

Masson zuckte mit den Schultern und lächelte, während er sein Musterexemplar einpackte. Schließlich klappte er sein Messer wieder zu und verstaute es in seiner Tasche. »Das ist Wissenschaft.«

»Nun, solange Sie dafür sorgen, dass die Wissenschaft Rückenwind bekommt!«, rief Willmer und gab seinem Pferd die Sporen.

Auch Masson schwang sich wieder auf sein Pferd und folgte ihm. Bald erreichten sie einen Pfad, der sich um den Berg herumwand, und schließlich schlugen sie den Weg nach Süden zur False Bay ein.

Die Wolken, die Masson am Morgen aufgefallen waren, hatten sich nicht verdichtet, sondern waren von der herunterbrennenden Mittagssonne aufgelöst worden. Inzwischen passierten die beiden Männer die patchworkartigen Farmen und Weinberge von Constantia. Die Reetdach-Häuser mit ihren aufwendigen, weißen Giebeln schmiegten sich an die Flanken des Berges und thronten majestätisch über den Armeen von Sklaven, die das Land bestellten. Die Arbeiter banden die jungen Weinreben an Holzstützen und sorgten für gerade Weinstockreihen, oder sie schnitten Pflanzen ab, die nicht angewachsen waren, und ersetzten sie durch neue.

Die beiden Reiter hielten unter einem gewaltigen Milkwood-Baum, um eine Mittagsrast einzulegen. Während die Pferde grasen durften, aßen die Männer von den Vorräten, die Willmer aus seinen Satteltaschen hervorzauberte: Äpfel, Räucherfleisch und steinharte Kekse, die sie mit einem süßen, rostfarbenen Tee hinunterspülten, den Willmer aus den Blättern eines einheimischen Strauches braute, der überall an den Berghängen wuchs.

Nachdem sie ihren Tee ausgetrunken hatten, lehnte sich Willmer bequem an einen Baumstamm, um eine kleine Siesta zu halten. Zwar wäre Masson lieber sofort weitergeritten, doch der Niederländer hatte ihm erklärt, dass nur Dummköpfe und Sklaven in der Mittagshitze arbeiteten.

Während sein Führer schlummerte, schlug Masson sein Tagebuch auf und las erneut die Worte, die Constance auf die erste Seite geschrieben hatte: »Mr Massons botanische Reisen ans Kap der Guten Hoffnung.« Dann schickte er sich an, die ersten Seiten mit Zeichnungen zu füllen, die seine Vorstellungen von der Blume der Königin wiedergaben. Jede Zeichnung versah er mit Anmerkungen und Fragen, die die Teile der Blume betrafen, welche auf Banks' ursprünglicher Skizze entweder fehlten oder undeutlich waren.

Da Willmer noch immer vor sich hin schnarchte, nahm Masson Banks' Skizze und Cooks Bericht aus ihrem Versteck im hinteren Einband des Tagebuchs. Er kam nicht umhin zu bemerken, dass sowohl die Blüte für die Königin als auch diejenige, die er soeben gefunden hatte, über scharfe Kanten und spitze Winkel verfügten und ausgesprochen lebhaft gefärbt waren. Sie waren wunderschön und wirkten gleichzeitig doch auch kraftvoll und feurig, und er fragte sich, ob dieses Zusammentreffen von Schönheit und Stärke eine grundlegende Kombination war, die das Überleben in einer derart gefährlichen Umgebung sicherte.

Als er die Pflanze vor sich auf den Boden legte, hielt er wegen des Gestanks die Luft an. Gerade als er sich anschickte, sie zu zeichnen, erwachte Willmer und erhob sich.

Sie brachen auf und passierten die östliche Rückseite des Berges, wo Masson sogleich eine Veränderung der Vegetation wahrnahm. Die bewaldeten Hänge, die den Westen dominiert hatten, gingen in ein wildes, vielfältiges Heideland über, das aus zahlreichen kleinen, blühenden Sträuchern und Büschen bestand, zwischen denen Gras wuchs.

Willmer erzählte ihm, dass der niederländische Name dafür *fynbosch* lautete, was so viel wie »zierlicher Wald« bedeutete. Erneut war Masson bezaubert von dem Gesamtanblick und stellte überrascht fest, dass er beinahe alle Pflanzen kannte.

Nach einer Weile nahmen sie den Abstieg zur Küstenebene in Angriff, die die False Bay säumte. Bald wurde das Heideland von goldenen Dünen abgelöst, die von einem Teppich aus verschiedenen Grüntönen bedeckt waren. Dazwischen blitzte eine überwältigende Vielfalt bunter Blüten auf, so weit das Auge reichte.

»Ist das nicht fantastisch? Ich wette, so etwas gibt es in England nicht, was?«, rief Willmer aus, nachdem sie stehen geblieben waren und die Aussicht auf den farbenprächtigen Blumenteppich genossen, der sich vor ihnen ausbreitete.

»Nein, das gibt es dort tatsächlich nicht«, bestätigte Masson und stieg ab, um die Pflanzen aus der Nähe zu betrachten. Er war sich sicher, die Schatzkammer gefunden zu haben, die Banks ihm angekündigt hatte.

Doch seine Begeisterung schlug in brennende Enttäuschung um, als er begriff, dass es auch hier nur sehr wenige Pflanzenarten gab, die er noch nicht kannte, obgleich die Blumen in ihrer Vielfalt und Üppigkeit faszinierend und prachtvoll waren. Es gab nichts Neues.

»Was ist denn das da?«, fragte Masson und zeigte auf ein Zeltlager und grob gezimmerte Holzhütten, die sich in ungefähr eineinhalb Kilometer Entfernung befanden.

»Das ist das Militärlager von Muyssenberg. Sie sind damit beschäftigt, eine Festungsanlage zu bauen, um den sogenannten Hintereingang von Kapstadt zu schützen. Einstweilen gibt es erst einmal nur ein Lager. Wir können uns nicht weiter nähern. Falls sie uns hier entdecken würden, hätten wir ihnen einiges zu erklären. Es wäre also besser, wenn wir am Ufer entlang Richtung Osten weiterritten.«

Als Masson nach Osten spähte, konnte er nur eine einzige Abweichung von ihrer derzeitigen Umgebung sehen: ein Wäldchen am Ostende der Bucht.

»Man hat mir gesagt, dass es hier unermesslich viele neue Blumen geben würde. Doch seit wir von den Bergen herabgestiegen sind, habe ich keine einzige Art gesehen, die nicht bereits benannt oder gesammelt wurde.« Masson hielt inne, weil er sich unschlüssig war, wie er fortfahren sollte. Die Schatten wurden bereits länger, und die Sonne sank schnell auf den großen Berg zu, der jetzt westlich von ihnen lag. Sie ritten an Pfützen mit Brackwasser vorüber, in denen Flamingos auf der

Suche nach Nahrung herumwateten. Während Masson sich sorgte, ob er Banks' Anweisungen möglicherweise missverstanden hatte, musste er unwillkürlich darüber nachdenken, wie weit er gereist und wie wunderschön diese Landschaft war. Eine leichte Brise wehte kühlend vom Ozean herein, und da es fast keine Anzeichen für menschliche Besiedlungen gab, fühlte Masson sich in ein echtes Paradies versetzt, in dem sogar eine Sanddüne ein Kaleidoskop an Farben bot. Die Zeit schien sich jedem Versuch zu widersetzen, sie zu messen. Nur die Fußspuren der rotschnabeligen Austernfischer, die am Rand der ans Ufer schwappenden Wellen hin und her hüpften, zeugten davon, dass sie überhaupt verging.

Zum ersten Mal, seit er an der südlichsten Spitze der Welt gelandet war, dachte Masson an seinen Vater und den Ausdruck in seinen Augen, als er sehnsüchtig von den fernen Ländern erzählt hatte, die er bereisen wollte.

Willmer vertrieb ihnen die Zeit, indem er das Signalsystem erläuterte, mit dem die Siedler in den Kolonien vor drohenden Angriffen gewarnt wurden. Dabei nannte er auch die Namen der Hügel in der Ferne, auf denen sich die Signalstationen befanden. Geduldig wartete er, während Masson alles, was er hörte, in seinem Tagebuch notierte und sogar Blicke über die Schulter warf, um Ungenauigkeiten in den Karten und Zeichnungen zu korrigieren, die er auf dem Weg bereits angefertigt hatte.

Als Willmer erklärte, dass es ein bisschen weiter im Landesinneren parallel zur Küste einen Weg gab, der Kapstadt mit dem östlichen Hinterland verband, wollte Masson wissen, ob die Straße sicher sei, oder – wie in England – von Straßenräubern heimgesucht werde. Doch Willmer lachte nur leise und erwiderte: »Dort im Land würden keine Straßenräuber überleben.«

Für den Rest des Tages folgten sie der Küstenlinie, bis sie schließlich das Wäldchen erreichten, das Masson bereits von Weitem entdeckt hatte. Nachdem sie jetzt dicht herangekommen waren, erkannte er auf der anderen Seite des Waldes in der Nähe des Ostrandes der Bucht ein kleines Dorf. Es bestand aus baufälligen Hütten, die hauptsächlich aus an den nahegelegenen Strand gespültem Treibgut erbaut worden waren. Die gewaltigen Sandsteinkämme der Hottentot-Holland-Berge wirkten wie Zinnen, die die Bucht vor Winterwinden und der Wildnis des östlichen Hinterlandes schützten. Sie waren so angeordnet, dass die Küstenlinie einen Bogen nach Süden und dann wieder nach Westen schlagen musste. Dadurch wurde das Ostende der Bucht von einer Wand aus hoch aufragenden Felsen begrenzt.

Masson schlug vor, im Dorf nachzufragen, ob jemand die gesuchte Blume kannte. Doch Willmer wies den Vorschlag sofort mit den Worten zurück: »In dieser Lasterhöhle werden Sie keine Blumen finden.«

Als Masson die Siedlung betrachtete, die stolz auf das Meer hinausblickte, konnte er nichts Auffälliges entdecken. »So schlimm kann es doch nicht sein.«

»Verzeihen Sie, Mr Masson, aber Sie kennen die Sklaven nicht so gut wie ich. In dem Dorf halten sie sich an ihre eigenen Sitten und Gebräuche und üben ihre eigene Religion aus, beziehungsweise das, was sie für eine Religion halten.«

»Haben Sie Angst, dass sie die ehrbaren Bürger von Kapstadt verderben könnten?«, wollte Masson wissen und dachte dabei an die baumelnden Metallkäfige.

Willmer zuckte nur mit den Schultern. »Wussten Sie, dass jedes Jahr neue Samen aus Holland hergeschickt werden, weil das Gemüse, das hier gezogen wird, nach und nach degeneriert, bis es schließlich keinen Ertrag mehr bringt? Sie verstehen doch sicher, dass Pflanzen der helfenden Hand eines Gärtners bedürfen, um zu gedeihen; und wenn die Saat schwach ist, braucht sie umso mehr Unterstützung.«

Willmer merkte, dass seine Argumentation Masson nicht überzeugte, also fuhr er fort: »Ich weiß, dass Sie als Engländer die Sklaverei nicht billigen. Hier in der Kapregion will die VOC keinen Ärger mit den ortsansässigen Stämmen heraufbeschwören, weshalb es verboten ist, Angehörige dieser Stämme als Sklaven zu nehmen. Wir können nur mit Sklaven arbeiten, die aus den fernöstlichen Kolonien hergebracht wurden oder mit jenen, die von portugiesischen Schiffen gefangen genommen wurden. Da es aus diesem Grund nie genug Sklaven gibt und es so schwierig ist, sie zu ersetzen, werden sie hier besser behandelt als überall sonst. Ein Sklave ist nicht frei, doch er wird gut ernährt und gekleidet. Wenn er krank wird, kümmert man sich um ihn und hilft ihm. Damit die Investition sich lohnt, muss ein Sklave stark und gesund sein und ein langes, nutzbringendes Leben führen. Kann man das Gleiche auch von den Soldaten und Seeleuten behaupten, die wie die Fliegen im Krankenhaus der Kompanie sterben? Am Ende ihrer Tage bleibt so wenig übrig, dass ihre weltlichen Güter gerade eben ausreichen, um den Leinensack zu bezahlen, in dem sie beerdigt werden.«

»Wenigstens sterben sie als freie Menschen«, erwiderte Masson, doch die Frömmigkeit seines Tons überzeugte nicht einmal ihn selbst.

»Ja, das tun sie. Und trotz der Tatsache, dass man sich so gut um die Sklaven kümmert, werden diese jede noch so kleine Chance nutzen, einem die Kehle durchzuschneiden, wenn sie glauben, damit ihre Freiheit zu erlangen. Wo bitte bleibt denn da die Logik?«

Nachdenklich betrachtete Masson das Dorf und stellte sich

all die Sklaven vor, die möglicherweise erpicht darauf waren, ihm die Kehle durchzuschneiden. Er fragte sich, ob sie der Siedlung nicht vielleicht doch zu nahe gekommen waren.

Willmer erriet seine Gedanken und lachte. »Sorgen Sie sich nicht, Mr Masson, solange Sie mit mir zusammen sind, befinden Sie sich in Sicherheit.«

»Ein Mann allein kann in Afrika nicht überleben?«, meinte Masson und unternahm keinen Versuch, den Sarkasmus in seiner Stimme zu verbergen.

»Ganz genau«, erwiderte Willmer grinsend.

Nachdem sie beinahe die gesamte Länge der Bucht entlanggeritten waren, hatte Masson immer noch keine Spur von der Blume für die Königin oder der botanischen Schatzkammer entdeckt, die Banks ihm in Aussicht gestellt hatte. Enttäuscht und verwirrt hatte er keine andere Wahl, als Willmers Vorschlag zuzustimmen, einen Übernachtungsstopp einzulegen. Also sammelte Masson, der ständig an Schlangen und blutrünstige Sklaven denken musste, Feuerholz, während Willmer das Lager vorbereitete und sich um das Abendessen kümmerte.

Nach dem Essen ließ Masson sich vorsichtig auf seiner rauen Decke nieder. Sein Hinterteil war nach dem langen Ritt wund und schmerzte. Nachdem er seine Notizen über den Verlauf des Tages durchgesehen hatte, fielen ihm Banks' Anweisungen wieder ein, und er hielt die genaue Route fest und kennzeichnete auch Landmarken, an denen sie vorübergekommen waren. Außerdem markierte er die Lage und die ungefähre Größe des Camps bei Muyssenberg sowie des Sklavendorfes auf der Landkarte. Als Letztes benannte er die Lage und Namen der Signalstationen, von denen Willmer ihm berichtet hatte.

Während er schrieb, fiel ihm auf, dass er außer den Brackwasserpfützen mit den Flamingos keine weiteren Wasservorkommen und ganz bestimmt kein Frischwasser gesehen hatte.

Masson war so beschäftigt, dass er nicht bemerkte, wie der Abend in die Nacht übergegangen war und er nun im Licht des größten und hellsten Mondes arbeitete, den er je erlebt hatte. Als sich eine dicke Wolke vor den Mond schob, senkte sich auf einmal tiefste Dunkelheit über sie.

Aus einiger Entfernung, die sich jedoch nicht genauer abschätzen ließ, erklang ein mittlerweile vertrautes Bellen, das an Gelächter erinnerte. »Ich habe dieses Geräusch schon gestern in den Gärten gehört. Was ist es denn?«, fragte Masson.

Willmer trank einen Schluck Tee und leckte sich die Lippen. »Haben Sie die Tiere nicht gesehen?«

Masson schüttelte den Kopf.

»Auch gut. Sie heißen Hyänen, aber sie könnten genauso gut der Teufel selbst sein. Ein arabischer Händler war einmal eine Zeitlang in der Kapregion. Er hat mir erzählt, dass die Menschen in seiner Heimat glauben, es wären Werwölfe, die auf der Suche nach gefallenen Kriegern die Erde durchstreifen. Sie wären außerdem überzeugt davon, dass die Hyänen nur die Tapferen angriffen und ihre Opfer mit ihren Blicken oder ihrem Geruch hypnotisieren.

In Wahrheit sind sie noch viel schlimmer, denn wenn sie es nur auf die Tapferen abgesehen hätten, müsste sich die Hälfte der Farmer hier keine Sorgen machen!«, sagte Willmer mit einem Grinsen. Doch sein Lächeln verschwand, während er ins Feuer blickte und sinnierte: »Wenn man zum ersten Mal eine Hyäne sieht, denkt man sich noch nicht viel dabei. Sie besitzt einen kleinen Kopf auf einem dicken Hals und hat einen merkwürdig unausgewogenen Gang, weil ihre Vorderbeine deutlich länger und kräftiger sind als ihre Hinterbeine. Außerdem hat sie dieses affenartige Lachen, das lächerlich klingt, wenn man es mit Löwengebrüll vergleicht, das einem das Blut in den Adern gefrieren lässt.

Aber lassen Sie sich nicht täuschen. Wenn ich zwischen einem Rudel dieser Dämonen und einem Löwen wählen sollte, würde ich mich in jedem Fall für den Löwen entscheiden. Hyänen verstecken sich tagsüber und gehen nachts auf die Jagd. Ich weiß nichts von einer hypnotischen Wirkung, allerdings kann ich bestätigen, dass sie einen fürchterlichen Geruch hinterlassen – ein wenig wie kochender Talg. Jedenfalls können sie in der Gruppe alles und jeden töten. Ihre Hinterbeine mögen zwar schwach und kraftlos sein, dafür sind ihre Kiefer stärker als die eines Löwen.«

Willmer trank den Rest seines Tees aus und sprach weiter, während das Summen der Insekten und die Geräusche einer Vielzahl unsichtbarer Kreaturen das Regiment übernahmen. »Sie müssen stets Folgendes im Hinterkopf behalten: In Afrika gibt es jede Menge lärmende Tiere, die hauptsächlich nachts aktiv sind. Selbst eine Maus kann sich wie ein verdammter Elefant anhören.« Willmer streckte sich auf seiner Decke aus und breitete seine Jacke über die Brust. »Der beste Rat ist, den Lärm einfach zu ignorieren und sich nicht zu bewegen. Irgendwann gewöhnen Sie sich daran. Alle tun das.«

Masson zuckte zusammen, als ein Zweig knackte und in der verlöschenden Glut des Feuers zischte. Als Willmer bald darauf zu schnarchen begann, beschloss Masson, dass er nach seiner Rückkehr nach Kapstadt schlafen würde. Er hatte keine Schwierigkeiten mehr mit der Vorstellung, in einem Raum voller Särge zu übernachten. Ob es nun an dem anstrengenden Tag im Sattel oder dem gleichmäßigen Rauschen der Brandung lag, jedenfalls schlug sein Bemühen, wach zu bleiben, fehl. Langsam aber sicher wurde er in einen tiefen Schlaf gelullt.

* * *

Die nächtlichen Geräusche waren verklungen, und ein frischer Wind war aus Südosten aufgekommen. Er trug Sand aus den Dünen mit sich und verstärkte das Tosen der Brandung, sodass Masson beim Aufwachen glaubte, das steigende Wasser würde ihn gleich verschlucken.

Als er aufsprang und seine Decke von sich warf, schmerzte sein gesamter Körper und erinnerte ihn an die ungewohnten Anstrengungen des Vortags. Nachdem er sich den Schlaf und den Sand aus den Augen gerieben hatte und ins helle Tageslicht blinzelte, stellte er mit großer Erleichterung fest, dass sich die Wasserlinie doch nicht in seine Richtung bewegt hatte.

Allerdings stand die Sonne schon hoch am Himmel. Masson spürte, dass seine Lippen aufgesprungen waren und sich seine Gesichtshaut wegen eines beginnenden Sonnenbrandes spannte. Verwundert sah er sich nach Willmer um, während er sich gleichzeitig fragte, warum dieser ihn so lange hatte schlafen lassen.

Doch er fand ihn nicht. Die einzigen Anzeichen für Willmers Anwesenheit waren der versengte Boden, wo das Feuer schon lange nicht mehr brannte, und der niedergedrückte Grasfleck, wo Willmer leise schnarchend geschlafen hatte.

Doch nicht nur Willmer war verschwunden. Auch die beiden Pferde waren fort und mit ihnen Massons Tasche mit seinem Tagebuch und der Kassette, in der er seine Zeichenutensilien aufbewahrte. Abgesehen von der Kleidung, die er am Leib trug, und dem Taschenmesser seines Vaters in seiner Hosentasche waren ihm nur der Leinenbeutel mit der stinkenden Blume darin und ein einziger Trinkschlauch geblieben.

Masson lief ein paar Schritte am Strand entlang in der Hoffnung, im Sand Spuren zu entdecken oder einen anderen Hinweis darauf, welche Richtung Willmer eingeschlagen hatte.

Doch schnell verlor er den Mut und kehrte um, weil er auf nichts gestoßen war.

Während er zum Lager zurücktrottete, verfluchte er den Tag, an dem er seinen Fuß auf die *Resolution* gesetzt hatte. Dabei gingen ihm pausenlos Schellings Worte durch den Kopf: »Ein Mann allein kann in Afrika nicht überleben.«

# 20. Kapitel

Masson überprüfte den Wasserschlauch. Zum Glück war er voll.

Nur mit einem kleinen Messer bewaffnet und mit weniger als einem Tagesvorrat an Wasser ausgestattet, befand sich Masson nun zwischen dem Sklavendorf, vor dem sich sogar Willmer gefürchtet hatte, und dem Camp bei Muyssenberg, das für Ausländer verboten war.

Die Blume wuchs nicht in der False Bay, und es gab auch keine anderen bis dato unentdeckten Pflanzen dort. Banks hatte ihn bewusst irregeleitet, das stand fest. Aber warum nur?

Falls sein Tagebuch den niederländischen Behörden in die Hände fiel, würden sie darin nicht nur auf Zeichnungen von Blumen stoßen, sondern auch auf eine sorgfältig skizzierte Landkarte mit Einzelheiten über die niederländischen Militäranlagen und die Signalsysteme. Er hatte sein Zeichentalent aus Angst vor Spott immer vor anderen verborgen, und jetzt wand er sich angesichts der Ironie des Schicksals: Wenn man seine Aufzeichnungen entdeckte, wären es ausgerechnet die Qualität und die Detailgenauigkeit seiner Zeichnungen, die ihm zum Verhängnis werden konnten. Im Grunde genommen hätte Banks – ohne es zu wissen – keinen besseren Mann zur Erledigung des Auftrags schicken können, und wenn das Tagebuch als Beweis vorlag, konnte niemand daran zweifeln, dass Masson einen Spionageauftrag ausführte. Wenn man hier schon abtrünnige Sklavenarbeiter in Stahlkäfigen im Wind schwingen ließ, wollte Masson gar nicht erst an das Schicksal denken, das einen enttarnten Spion erwartete.

Allein schon durch seine Anwesenheit hier ohne Begleitung und ohne Genehmigung lief er Gefahr, verhaftet zu werden. Mit Ausnahme des Bestatters, den Schelling eindeutig in der Hand hatte, und den beiden Wachposten, die Willmer offenbar ergeben waren, hatte niemand mitbekommen, wie er aufgebrochen war. Also gab es auch niemanden, der seine Aussage bestätigen konnte. Und wie lautete seine Aussage überhaupt? Dass er in einem Gebiet, in dem alle Pflanzen bereits bekannt waren, auf Blumenjagd gegangen und dabei ganz zufällig in die Nähe der geheimsten Militäranlage der ganzen Kolonie geraten war? Mit solch einer Behauptung hätte sogar er selbst sich aufgeknüpft.

Ärgerlicherweise hätte er das Ganze durch ein wenig Nachdenken verhindern können, wenn er es nicht so eilig gehabt hätte, wieder nach Hause zu gelangen. Er hätte Schellings Beweggründe hinterfragen sollen, und darüber hinaus hätte ihn Willmers Bereitwilligkeit stutzig machen müssen, ihm so viele Informationen zu geben.

Aber nun blieb ihm keine andere Wahl, als auf eigene Faust zu Fuß nach Kapstadt zurückzukehren. Sollte ihm das gelingen, würde er eine Vereinbarung mit Schelling treffen oder eine Passage auf einem Schiff nach England buchen müssen. Er bezweifelte, dass er die Blume würde finden können, doch er erinnerte sich noch gut an alle Details, die er in sein Tagebuch gezeichnet hatte. Vielleicht waren diese der Admiralität ja so viel wert, dass er wenigstens seine Stelle in Kew behalten konnte. Zwar erwarteten ihn in dem Fall weder Land noch Baumschule, und es war ungewiss, was Constances Mutter dazu sagen würde. Aber wenigstens würde er dann noch leben, und das wäre, wie er befand, doch ein ziemlich gutes Ergebnis angesichts seiner momentanen Lage.

Da er es nicht riskieren wollte, in Sichtweite des Dorfes oder des Militärcamps an der Küste entlangzuwandern, beschloss er, sich ins Landesinnere zu schlagen. Dabei hoffte er, auf den Fahrweg zu stoßen, der laut Willmer das Dorf mit Kapstadt verband.

Während er sich anschickte, die Dünen zu durchqueren, versuchte er sich mit dem Wissen bei Laune zu halten, dass er nichts weiter tun musste, als auf seinen Wasserschlauch aufzupassen und jeden Kontakt mit Hyänen, giftigen Schlangen, marodierenden Hottentotten, mörderischen Sklaven oder Wachposten, die einem Spatzen aus fünfzig Schritt Entfernung ein Auge ausschießen konnten, zu vermeiden. Zwar war er kein hartgesottener Forschungsreisender, doch lange Märsche über Land waren ihm nicht fremd. Daher würde es ihm vermutlich auch keine Probleme bereiten, Kapstadt bis zum folgenden Abend zu erreichen.

Nicht die geringsten Probleme.

# 21. Kapitel

Masson trug seine zusammengerollte Decke unter dem Arm und hatte sich den Wasserschlauch über die Schulter geworfen. Schon bald stellte er fest, wie mühselig und anstrengend es war, durch die Dünen zu stapfen. Der zunehmende, kühle Südostwind schien unter dem wolkenlosen Himmel ein wenig Erleichterung zu bringen, doch in Wahrheit milderte er nur das stechende Brennen der Sonnenstrahlen ab, die von den Dünen und den Brackwasserpfützen reflektiert wurden.

Masson nutzte die schmalen Pfade, die kreuz und quer durch die Wildnis verliefen und – den Fußspuren und Hinterlassenschaften nach zu urteilen – durch das Kommen und Gehen kleiner Tiere entstanden waren. Er konnte nur hoffen, dass sich die größeren Tiere nicht in der Nähe herumtrieben.

Nachdem er fast den ganzen Vormittag unter der sengenden Sonne gegen die Windböen angekämpft hatte, erreichte er schließlich eine kleine Gruppe von Milkwood-Bäumen am Rande eines Salzsees, in dem Dutzende Flamingos wateten und mit ihren Schnäbeln im Wasser nach Algen und Krustentieren stocherten.

Während der Vormittagsstunden hatte Masson versucht, sich selbst davon zu überzeugen, dass alles gut werden würde, sobald er den Fahrweg erreichte. Doch je länger er wanderte, ohne auf ihn zu treffen, desto mehr nahm seine Zuversicht ab. Er fragte sich, warum Willmer ihm überhaupt Wasser dagelassen hatte, wenn er ihn eigentlich sterben lassen wollte.

Müde und erschöpft ließ sich Masson zu einer Rast nieder.

Er lehnte sich mit dem Rücken an einen der Bäume und beobachtete die lässig ausschreitenden rosafarbenen Vögel, bis ihm irgendwann die Augen zufielen. Der Wind ließ nach, doch plötzlich schreckte ihn ein lautes Knacken unter den Bäumen auf. Hektisch griff er nach seinem Messer und klappte es ungeschickt auf, damit er sich wenigstens verteidigen konnte.

Langsam erhob er sich und reckte den Hals, um zwischen den Bäumen hindurchzusehen, doch er konnte nichts Auffälliges entdecken. Nur das Knarren der Äste und das leise Rascheln der Blätter waren zu hören. Als er sich wieder zu Boden sinken ließ, musste er unwillkürlich lächeln, denn ihm fiel wieder ein, was Willmer gesagt hatte: Sogar eine Maus konnte sich hier wie ein Elefant anhören.

Nach all der Aufregung und zudem durch den Marsch durch die Dünen ermüdet, wurde er von Erschöpfung übermannt. Der Baumschatten bot ihm Schutz vor der Sonne, ließ jedoch auch die Wärme nicht durch. Daher musste sich Masson in seine Decke hüllen, um den kühlen Wind von sich abzuhalten. Schon bald lullten ihn das friedliche Hin- und Herschreiten der Flamingos und das sanfte Rascheln des Blattwerks in den Schlaf, nach dem sich sein Körper so dringend sehnte. Er schloss die Augen und nahm sich vor, der Müdigkeit nur ganz kurz nachzugeben. Sobald er sich ausgeruht hatte, würde er seine Anstrengungen verdoppeln.

Doch nach einiger Zeit, die ihm wie der Bruchteil einer Sekunde vorkam, aber genauso gut auch Stunden gedauert haben konnte, erwachte er von dem erneuten Knacken eines Astes, das diesmal jedoch wesentlich lauter ausfiel. Das war eindeutig keine Maus.

Masson griff nach seinem Messer und versuchte aufzuspringen, verhedderte sich dabei jedoch in seiner Decke und den freiliegenden Baumwurzeln, verlor das Gleichgewicht und stürzte mit dem Gesicht voran zu Boden. Dutzende aufgeschreckter Flamingos ergriffen die Flucht.

Er spuckte den Dreck aus, der ihm in den Mund geraten war, stand auf und reckte sein Messer in die Höhe. Als auch der letzte aufgeschreckte Flamingo aus dem Wasser geflohen war, trat eine Gestalt aus dem Wald. Sie beugte sich vornüber und umklammerte ihren Bauch, sodass Masson den Eindruck gewann, sie litte unter starken Schmerzen. Doch als die Person näher kam, konnte Masson ihre verzerrten Gesichtszüge erkennen und stellte fassungslos fest, dass er Dr. Carl Thunberg gegenüberstand. Sein Erstaunen wich schnell der Verärgerung, als er begriff, dass Thunberg sich nicht vor Schmerzen, sondern vor Lachen krümmte. Es war ein tiefes, unbändiges, hysterisches Lachen.

Thunberg deutete auf Massons Messer und keuchte: »Ich ergebe mich! Ich ergebe mich!« Dann gelang es ihm endlich, seinen Lachanfall unter Kontrolle zu bringen. Seine Brust hob und senkte sich immer noch, doch auf seinem gut aussehenden Gesicht erschien jetzt ein breites Lächeln. In einer Hand trug er ein Gewehr und in der anderen einen kleinen Sack. Er streckte beide Arme nach Masson aus und rief: »Seht die große Macht Englands!« Erneut wurde er von einem Lachanfall ergriffen, der nur allmählich wieder abflaute.

Francis behielt seine Kampfhaltung bei und warf einen Blick unter die Bäume, während er Thunberg vorsichtig umkreiste, als wollte er den verrückten Doktor zwischen sich und dem Wald wissen.

»Was tun Sie hier?«, fauchte er. »Und ... was haben Sie mit Mr Willmer gemacht?«

Thunberg lehnte sein Gewehr an einen Baum, um sich mit einem karierten Taschentuch die Tränen aus dem Gesicht zu wischen. Fragend sah er Masson an. »Was ich mit Mr Willmer ...? Meinen Sie das ernst?« Wieder bekam Thunberg einen Lachkrampf, während er das Taschentuch einsteckte und dann tief durchatmete. »Eine bessere Frage wäre, was man mit Leuten wie Mr Willmer tun sollte.«

Thunberg warf Masson den Beutel zu, der ihn vorsichtig mit seiner freien Hand auffing. »Es ist keine Schlange darin, bloß Mittagessen. Ich dachte mir, Sie könnten nach Ihrem Morgenspaziergang in den Dünen vielleicht hungrig sein. Sie haben doch nichts dagegen, wenn ich mich zu Ihnen geselle, oder?«

Thunberg verschwand kurz im Wald und kehrte mit einem zweiten, größeren Beutel zurück. Nachdem er sich hingesetzt hatte, leerte er den Inhalt auf Massons verwaister Decke aus und sortierte Äpfel, Brot, Wurst, Weintrauben und Kekse. Schließlich hielt er inne und sah zu Masson auf. »Sie sollten etwas essen, Sie sehen nicht gut aus.«

Als Masson zögerte, bestand Thunberg darauf, dass er aß. »Kommen Sie, kommen Sie, so schlimm ist das alles nicht, Mr Masson«, sagte er, als hätte er seine Gedanken gelesen. »Trinken Sie wenigstens etwas.«

Masson lehnte ab. Er hatte noch ein wenig Wasser im Schlauch, und wenn Thunberg hier war, konnte die Straße auch nicht fern sein. »Woher wussten Sie, dass ich hier bin?«, fragte er.

»Ich befand mich auf dem Heimweg, nachdem ich Medikamente ins Sklavendorf gebracht hatte, und sah Willmer allein in Richtung Stadt reiten. Er führte ein reiterloses Pferd am Zügel. Also erkundigte ich mich bei einigen vorüberkommenden Einheimischen, die mir etwas von einem Verrückten erzählten, der durch die Dünen stapfe. Natürlich habe ich mir gedacht, dass es sich um Sie handeln musste.«

»Aber ich habe niemanden gesehen«, meinte Masson empört.

»Selbstverständlich nicht«, erwiderte Thunberg süffisant. »Sie werden sich daran gewöhnen.«

»Danke, Dr. Thunberg, aber ich breche jetzt am besten wieder auf.«

»Nun«, sagte Thunberg, »wie Sie meinen. Doch Sie sollten an die Banden entflohener Krimineller, wilde Tiere, marodierende Khoikhoi und hier und dort auch einen entlaufenen Sklaven denken, dann wird Ihnen vielleicht klar, dass es sich lohnt, Hilfe anzunehmen, wenn sie einem angeboten wird.«

»Verzeihen Sie, Herr Doktor, aber genau solche Worte haben mich in diese missliche Lage gebracht.«

Thunberg warf ihm einen Blick zu, als wäre er körperlich verletzt worden. »Ich bin zutiefst gekränkt, Mr Masson. Wenn ein Mann der Wissenschaft einem anderen in einer Notlage nicht helfen darf, ohne dass seine Motive in Frage gestellt werden, haben wir tatsächlich einen traurigen Zustand erreicht. Im Übrigen ist Schelling aus einem ganz anderen Holz geschnitzt als ich.«

Als sich der Wind leicht drehte, rümpfte er angewidert die Nase. »Zum Beispiel bezweifle ich, dass Schelling den Unterschied zwischen dem Duft einer Rose und dem Geruch der Aasblume benennen könnte, mit der Sie offenbar geschlafen haben. Allerdings kann ich Ihnen versichern, dass dieser Mann einen Blick für einen möglichen Gewinn hat wie ein Raubvogel für eine verletzte Taube. Haben Sie wirklich geglaubt, Männer wie er oder dieser Rohling Willmer würden Ihnen einen ganzen Tag schenken, wenn für sie nichts dabei heraussprünge?«

»Meine einzige Sorge galt dem Aufspüren der Blume, damit ich diesen Ort so schnell wie möglich wieder verlassen und nach England zurückkehren kann, wo ich hingehöre.«

Thunberg stopfte sich den Mund voll Brot und Wurst und

spülte das Ganze mit einem Schluck Rotwein herunter, bevor er fortfuhr: »Jeder Botaniker, der mehr als eine Woche hier verbracht hat, würde Ihnen sagen, dass es in der False Bay nichts mehr gibt, das nicht bereits mit dem Schiff nach Europa befördert wurde. Die einzige Absicht, die irgendjemand hier verfolgen könnte, ist das Stehlen von Ladung, die nach einem Schiffsbruch an die Küste geschwemmt wurde; die einzige Absicht, die ein *Engländer* haben könnte, wäre die Erkundung der niederländischen Befestigungsanlagen. Eine Blume für die Königin von England? Noch nie in meinem Leben habe ich solch eine abenteuerliche Geschichte gehört!«

Masson warf Thunberg einen kurzen Blick zu und lenkte ein, indem er einen tiefen Zug von dem angebotenen Wein nahm. »Allmählich sehe ich das auch so.« Er trank einen weiteren Schluck und zögerte. »Allerdings ...«

»Allerdings was?«, hakte Thunberg nach und warf sich eine weitere Traube in den Mund.

»Allerdings hat Banks mir von der Blume erzählt, lange bevor er auf die False Bay zu sprechen kam.«

Thunbergs Hand schwebte mit einer Traube zwischen den schlanken, gepflegten Fingern in der Luft. Plötzlich war sein Interesse erwacht. »Ich vermute, er hat Ihnen irgendeine Beschreibung gegeben?«

»Ja, eine grobe Skizze, die so anders ist als alles, was ich je gesehen habe, dass ich die Blume auf jeden Fall erkennen würde.«

»Haben Sie sie bei sich – die Skizze, meine ich?«, fragte Thunberg wie beiläufig.

»Nein. Willmer hat sie mitgenommen – zusammen mit meinem Tagebuch, in dem sich auch die Ergebnisse meiner Erkundungen in der False Bay und Kapitän Cooks Bericht über die Ausschiffung von Reinhold Forster befinden.«

Thunberg traute seinen Ohren nicht. »Sprechen Sie von den Erkundungsergebnissen, die Ihnen Ihren eigenen, privaten Käfig mit Blick auf die Bucht von Van Riebeecks Hecke aus bescheren werden, und von eben dem Bericht, für dessen Vernichtung Forster wahrscheinlich ein Vermögen zahlen würde?«

Masson nickte.

Thunberg lächelte traurig. »Nun, diesmal ist Schelling offenbar tatsächlich auf eine Goldader gestoßen. Er wird nicht nur die Belohnung für die Auslieferung eines Spions einheimsen und Forsters Reputation retten, sondern befindet sich zudem auf halbem Wege zu einer hübschen Versicherung für seinen Ruhestand.«

Es mochte am Wein oder an der Sonne liegen, jedenfalls schmerzte Massons Kopf auf einmal heftig, und er konnte seine Enttäuschung nicht länger für sich behalten. »Aber hier geht es doch nicht um Wein oder Tabak oder Baumwolle, sondern nur um eine Blume!«, rief er aus.

»Nur um eine Blume?«, fragte Thunberg. »Können Sie mir irgendeine andere Blume nennen, die direkt zum *Herzen des Königs von England* führt?«

Masson schwieg, doch Thunberg fuhr lebhaft fort: »Es ist allgemein bekannt, auch wenn nur wenig darüber gesprochen wird, dass ein anderer Wind durch die Kapregion weht, und dieser Wind hat einen besonderen englischen Geruch. Die Machthaber von heute könnten schon morgen ausgegrenzt sein. Jedermann, der hier eine Rolle spielt, hält Ausschau nach Möglichkeiten, um Einfluss bei den Engländern und ihrer Ostindien-Kompanie zu gewinnen – und Schelling spielt da eine größere Rolle als die meisten anderen. Die niederländischen Schiffe handeln direkt mit der Kompanie, doch um den ganzen Rest kümmert sich Schelling. Wenn ein englischer Kapitän frisches Obst braucht, um dem Skorbut vorzubeugen, es aber kein Obst gibt, so wird Schelling dennoch welches auftreiben. Wenn ein Portugiese einen kleinen Überschuss an Wein hat, den die Kompanie ihm nicht abnehmen will, findet Schelling eine Lösung. Wenn ein junger Mann ein Abenteuer sucht oder eine Frau ...«

Masson errötete. »Ich muss Sie darauf aufmerksam machen, Sir, dass ich verlobt bin!«

»Und ich gratuliere Ihnen und der zweifellos reizenden zukünftigen Mrs Masson von Herzen. Ich will darauf hinaus, dass Schelling im Falle einer Wachablösung sichergehen will, etwas in der Hinterhand zu haben wie beispielsweise ein kleines, vom König persönlich unterzeichnetes Dankesschreiben.«

»Aber wie will er die Gunst des Königs gewinnen, wenn er einen englischen Spion ausliefert?«

»Oh, an diesem Punkt kommt Willmer ins Spiel. Schelling wird seine Belohnung erhalten, ohne sich die Hände schmutzig zu machen. Lassen Sie mich raten – war es Willmer, der Ihnen einen ausführlichen Bericht über die Verteidigungsanlagen der Kapregion geliefert hat?«

Masson schwieg eine Weile, dann sagte er: »Vielen Dank, Dr. Thunberg, all das klingt äußerst faszinierend. Aber wenn Sie mir einfach nur den Weg zur Straße zeigen könnten, damit ich nach Kapstadt zurückkehren kann, wäre ich Ihnen sehr verbunden.«

Thunberg neigte den Kopf zum Beweis, dass er nicht gekränkt war. »Natürlich. Ich verstehe.« Daraufhin räusperte er sich und hielt sich den Hut vor die Brust, bevor er den Flamingos, die sich wieder versammelt hatten, zubrüllte: »Falls es hier jemanden gibt, der bereit ist, die Haut eines schottischen Gärtners zu retten, so möge er bitte vortreten!«

Nach einer Kunstpause schenkte Thunberg Masson ein

gewinnendes und nicht unbedingt unfreundliches Lächeln. »Es steht Ihnen frei, einen anderen auszuwählen, ich nehme es nicht persönlich. Oder wird Ihr zuverlässiger Degen Sie vielleicht retten?«

Masson kehrte Thunberg den Rücken zu und versuchte, seine Gedanken zu ordnen.

»Diese Sache mit der Rose von Jericho auf der Tee-Party – was ist da zwischen Ihnen, Schelling und Willmer?«

Thunberg musterte Masson aufmerksam, bevor er in einen Apfel biss und ihm zwischen zwei Bissen erklärte: »Als ich am Kap eintraf, wurde mir schnell klar, dass Willmer und Schelling einen ansehnlichen Gewinn mit Arzneimitteln erzielen, die von ausländischen Schiffen in die Kolonien importiert und zur Behandlung der Sklaven eingesetzt werden. Ich bin höflich an sie herangetreten und habe sie darauf hingewiesen, dass die Folge dieser Profitmacherei letztlich eine schlechtere Versorgung der Sklaven mit Arzneimitteln nach sich zieht. Sie erwiderten nur, dass die Dinge in der Kapregion eben auf diese Weise funktionieren und ich in meinem eigenen Interesse gut daran täte, nicht irgendetwas aufzurühren.«

Masson gab sich Mühe, den Eindruck zu erwecken, als interessiere er sich für Thunbergs Schilderung, aber gleichzeitig ging er langsam um die Bäume herum.

»Da ich nicht zusehen wollte, wie dic Menschen wegen der Profitgier von Willmer und Schelling starben, brachte ich den Gouverneur dazu, einen Bereich der Gärten dem Anbau von Arzneimittelpflanzen zuzuweisen, damit wir uns selbst versorgen können. Das hatte einen beträchtlichen Zuwachs kostenloser Arzneimittel für die Sklaven zur Folge. Man hätte glauben können, dass das die Herren Willmer und Schelling sehr glücklich machen würde. Nun, offenbar war das nicht der Fall.«

Thunberg sammelte die Reste des Mittagessens ein und fragte unschuldig: »Nur aus reiner Neugier: Warum erzählen Sie mir nicht etwas über diese Blume?«

Als Thunberg aufblickte, stellte er fest, dass Masson sich das Gewehr geschnappt hatte und den Lauf jetzt auf ihn gerichtet hielt.

»Vielen Dank für das Mittagessen, Doktor, aber in dieser Stadt scheint es schrecklich viele Botaniker zu geben. Ich habe mich einmal zum Narren gemacht, aber das passiert mir kein zweites Mal.« Vorsichtig ging Masson rückwärts auf die Bäume zu. »Wenn Sie mir jetzt Ihr Pferd zur Verfügung stellen, mache ich mich gleich auf den Weg. Selbstverständlich werde ich es an einem Ort zurücklassen, an dem Sie es wiederfinden können. Ich bin möglicherweise ein Spion, aber ganz bestimmt kein Dieb.«

»Genau aus diesem Grunde sollten Sie die Waffe zur Seite legen«, sagte Thunberg in einem deutlich ernsteren Ton.

Ein großer Afrikaner in ordentlicher Kleidung, jedoch ohne Schuhe, trat hinter den Bäumen hervor und richtete sein Gewehr auf Massons Kopf.

Thunberg lächelte. »Wie pflegt Mr Schelling immer so schön zu sagen: ›Ein Mann allein kann in Afrika nicht überleben.‹ Mr Masson, darf ich bekannt machen, das ist Eulaeus. Eulaeus, das ist Mr Masson.«

Masson sah sich nach einer Fluchtmöglichkeit um, aber da er keine entdeckte, fand er sich notgedrungen mit dem Scheitern seines Plans ab. Er gab Thunberg die Waffe zurück und warf einen Blick auf Eulaeus. Er rechnete mit einer triumphierenden oder erleichterten Miene, doch stattdessen wirkte der Afrikaner angstvoll.

Er senkte das Gewehr nicht, während seine Blicke zwischen den beiden Europäern und den Bäumen hin und her huschten. Irgendetwas stimmte nicht.

»Eulaeus«, fragte Thunberg langsam, »was ist denn los?«

Als Antwort traten zwei Niederländer aus dem Wäldchen hervor, beide mit ihren Gewehren im Anschlag. Masson erkannte sie wieder, es waren dieselben Männer, die das Tor an van Riebeecks Hecke bewacht hatten. Hinter ihnen stand Willmer mit gezückter Pistole.

»Legen Sie Ihre verdammten Waffen weg! Sie sind alle verhaftet!«

Thunberg und Eulaeus ließen ihre Gewehre fallen.

»Dr. Thunberg! Ich hatte gehofft, einen einzelnen Verräter zur Strecke zu bringen, doch jetzt sind wir offenbar auf eine ganze Bande gestoßen.«

»Machen Sie sich nicht lächerlich, Willmer, Sie sehen doch, dass wir gerade selbst dabei waren, diesen Mann zu ergreifen.«

»Ist es das, was ich hier vor mir habe? Ich sehe lediglich einen Xhosa mit Ihrem Gewehr, einen Spion und einen Doktor, der anscheinend vergessen hat, auf welcher Seite er stehen sollte.«

»Kommen Sie, Willmer, wir können sicherlich zu einer Einigung gelangen. Ich gebe zu, dass meine Taktik etwas unkonventionell war, aber sie war trotzdem wirkungsvoll. Ich hatte ihn genau dort, wo ich ihn haben wollte! Warum also teilen wir uns nicht die Belohnung?«

»O nein, Dr. Thunberg, das Einzige, was Sie sich teilen werden, ist eine Zelle im Kerker der Festung, und zwar mit Ihrem neuen Freund hier. Ich hoffe allerdings, dass Sie nicht krank werden, denn ich habe gehört, dass der Gouverneur die Arzneimittel, die in den Kompanie-Gärten angebaut werden, für zu wertvoll befunden hat, um sie an Verbrecher zu verschwenden, weshalb sie nur Arbeitern und Sklaven zugutekommen sollen. Ist es nicht das, was ihr Intellektuellen Ironie des Schicksals nennt?«

»Im Namen des Königs von England verlange ich, dass Sie uns freilassen und mir das zurückgeben, was mir gestohlen wurde«, forderte Masson.

»Ihr König wird Ihnen hier nicht helfen können, Mr Masson, und was Ihre Besitztümer angeht, so sind sie inzwischen wohl zu dem geworden, was man gemeinhin als ›Beweismittel‹ bezeichnet.«

Masson schäumte vor Wut, doch Willmer grinste bloß.

»Ihr Tagebuch bietet einen äußerst interessanten Lesestoff, der Gouverneur wird mit Sicherheit fasziniert davon sein. Und er hat bestimmt nichts dagegen, wenn Mr Schelling und ich ein oder zwei Dinge für uns behalten, die in keinem Zusammenhang mit der Sicherheit der Kolonie stehen.«

Willmer und seine Begleiter lachten hämisch, als sie die drei Männer durch den Wald zu einem wartenden Karren führten, der von zwei Ochsen gezogen wurde. Thunbergs und Eulaeus' Pferde waren bereits am Wagen angebunden worden.

Während sie gefesselt und auf den Karren befördert wurden, sah sich Masson in hilfloser Verzweiflung nach einer Fluchtmöglichkeit um und verfluchte die Tatsache, dass er so dicht an der Fahrstraße gewesen war. Hätte er doch bloß keine Rast eingelegt!

Einer der Niederländer ließ seinen *Sjambok* über den Rücken der Ochsen knallen, und der Karren rumpelte mit einem Ruck los. Willmer lenkte sein Pferd neben den Karren und zog zum Abschied den Hut.

»Gestatten Sie mir, Sie in der Obhut meiner beiden kompetenten Gefährten zurückzulassen, während ich vorausreite, um Mr Schelling von unserem Glück zu berichten. Ich habe das Gefühl, dass er äußerst zufrieden sein wird. Genießen Sie die Fahrt, meine Herren!«

## 22. Kapitel

Der nach oben hin offene Karren ratterte und rumpelte über den staubigen Weg in Richtung Kapstadt. Masson und Thunberg waren beide an Hand- und Fußgelenken gefesselt, während Eulaeus hinter dem Fuhrwerk herlaufen musste. Seine Handgelenke waren ebenfalls gefesselt.

Einer der beiden Niederländer hielt sein Gewehr im Schoß und hatte ein wachsames Auge auf die Gefangenen, während der andere Mann das Ochsengespann lenkte und hin und wieder mit seinem *Sjambok* antrieb.

Masson versuchte es mit Erklärungen. »Sir, ich bin ein Gärtner, der vom König von England hierher geschickt wurde. Wenn Sie mich zu meiner Unterkunft bringen, kann ich Ihnen meine Empfehlungsschreiben zeigen.«

Der Mann, der die Ochsen antrieb, drehte sich um und sagte mit starkem Akzent auf Englisch: »Sie verschwenden nur Ihre Zeit. Hauptmann Willmer hat uns Ihr Notizbuch gezeigt. ›Mr Massons botanische Reisen ans Kap der Guten Hoffnung‹, nicht wahr?« Die beiden Männer lachten, und Masson starrte auf den staubigen Holzboden des Karrens, während ihm das Blut in das ohnehin schon sonnenverbrannte Gesicht schoss.

»Ihr verdammten Engländer versucht immer wieder, eine Landkarte der False Bay zu erstellen, damit ihr eines Tages mit euren Schiffen dort landen könnt«, sagte der eine Mann. »Wir sind zwar nur einfache Farmer, aber wir erkennen einen Spion, wenn wir einem begegnen. Sie sind nicht der Erste, wissen Sie.

Auch wenn ihr immer einfallsreicher werdet, das gebe ich zu.«

Der Wind ließ nach, und die Sonne sank allmählich, während der Karren weiterrumpelte und die Ebene hinter sich ließ. Der Weg stieg nun an, als sie sich dem Fuß des Tafelbergs näherten. Masson beobachtete, wie der Kopf des einen Wachmanns nach vorn sank, während er, eingelullt durch das rhythmische Schwanken des Fuhrwerks und die Spätnachmittagshitze, gegen den Schlaf ankämpfte.

Eulaeus trabte in stoischem Schweigen hinter dem Karren her und ließ gelegentlich den Blick über den Horizont hinter ihnen schweifen, als suche er in der Weite der Sandebene etwas.

Verstohlen musterte Thunberg die vor sich hin nickenden Soldaten.

»Schade, dass Sie Ihren Degen nicht mitgebracht haben, Mr Masson«, sagte Thunberg mit einer klaren Aufforderung in den Augen.

Francis spürte das Gewicht des Klappmessers in seiner Tasche, aber er wusste nicht, wie er darankommen sollte. Schließlich hatte man ihm die Hände hinter dem Rücken zusammengebunden.

»Dort, wohin Sie jetzt unterwegs sind, würden Sie mehr als einen Degen brauchen«, spottete der Wachmann. Seine Stimme klang schläfrig, und bald döste er wieder vor sich hin.

Doch als das Fuhrwerk unsanft in eine Spurrille holperte und der Mann abgelenkt war, weil er das Gleichgewicht halten musste, presste Thunberg sich gegen Masson. Es gelang ihm, mit seinen gefesselten Händen Massons Tasche zu erreichen und das kleine Messer zu greifen. Rasch verbarg er es hinter seinem Rücken, klappte geschickt die Klinge heraus und machte sich daran, seine Fesseln zu bearbeiten.

Schließlich beugte sich Thunberg zu Masson hin und flüsterte ihm ins Ohr: »Eine letzte Sache noch, Mr Masson: Lange bevor ich mich als Arzt bezeichnet habe, war ich Botaniker. Im Falle meines Todes muss meine Pflanzensammlung an Carl von Linné in Uppsala geschickt werden. Sagen Sie ihm bitte, dass ich in ihm einen Vater gesehen habe. Und suchen Sie etwas Hübsches für meine Grabinschrift aus – ich war immer schon der Meinung, dass sich Ihre schottischen Dichter sehr gut auf düstere Melancholie verstehen.«

Noch bevor Masson protestieren konnte, sprang Thunberg auf und stürzte sich mit dem kleinen Messer auf den einen Wachmann. Der reagierte erst spät und ließ sein Gewehr fallen, aber es gelang ihm, den Arm mit dem Messer festzuhalten, als Thunberg – behindert durch die Fußfesseln – gegen ihn fiel.

Der Wagen ruckte heftig, als der andere Mann die Ochsen zum Stehen brachte. Thunberg und der Wachmann fielen zu Boden und kämpften um das Messer. Masson bereitete sich darauf vor, sich auf den zweiten Wachmann zu stürzen, der es mit Mühe geschafft hatte, die Ochsen unter Kontrolle zu bringen. Doch genau in dem Moment, als dieser seinem Partner zu Hilfe kommen wollte, flog etwas mit einem pfeifenden Geräusch an Massons Ohr vorbei und bohrte sich mit einem scheußlichen, dumpfen Aufprall in die Holzplanken. Der Speer, der ihn so knapp verfehlt hatte, besaß eine rund fünfzehn Zentimeter lange, sich verjüngende Eisenspitze. Sie war mit Lederriemen an einem leicht gebogenen Schaft befestigt, der eine Länge von rund einem Meter achtzig besaß. Bevor Masson feststellen konnte, woher der Speer gekommen war, wurde er von Eulaeus gepackt und ohne ein Wort unter den Wagen gezerrt.

Im Schutz des Karrens hörte Masson einen erstickten Schrei und sah den Mann, der das Gespann gelenkt hatte, direkt neben sich zu Boden stürzen. Seine Kehle war von einem weiteren Speer durchbohrt worden.

Der andere Wachmann, der noch kurz zuvor in das Handgemenge mit Thunberg verwickelt gewesen war, hatte sich losgerissen und sein Gewehr aufgehoben. Er feuerte einen Schuss ab. Das Schießpulver zischte und spritzte, bevor das Donnern der Explosion folgte. Sofort schickte er sich an, das Gewehr erneut zu laden, doch bevor er das Pulver einfüllen konnte, wurde er ebenfalls niedergestreckt. Ein kurzer Knüppel mit einem knollenförmigen Ende, der wie das Gelenk eines Oberschenkelknochens aussah, wurde ihm zum Verhängnis. Die Waffe flog von irgendwo aus dem Busch durch die Luft.

Thunberg krabbelte auf allen vieren durch den Staub zu Masson und Eulaeus unter den Karren. Hektisch durchschnitt er mit dem Messer, das er auch weiterhin umklammert hielt, seine Fußfesseln, bevor er sich um seine Gefährten kümmerte. Während er Eulaeus befreite, sah er ihn fragend an, doch der Schwarze runzelte bloß die Stirn und schüttelte den Kopf. Wer auch immer hinter dem Angriff stecken mochte – Freunde von ihm waren es jedenfalls nicht.

Abgesehen von den Schreien der Niederländer und dem Krachen der Flinte war der ganze Zwischenfall nahezu geräuschlos vonstattengegangen, wie Masson jetzt verblüfft feststellte. Aber seine Verwunderung schlug schnell in Schrecken um, als er spürte, wie ihre unsichtbaren Feinde näher rückten, auch wenn er nichts hören konnte. Im Nu waren sie umringt. Aus seinem Blickwinkel unter dem Wagen konnte Masson nur die untere Hälfte der Gestalten sehen, die sie umzingelten.

Die Beine der Neuankömmlinge waren von den Fußknöcheln bis zu den Knien mit Tierfellen umkleidet, während ein Lappen aus Kalbsfell die Geschlechtsteile der Männer bedeckte. Ihre Hinterteile waren unter Schafsfellen verborgen.

Der sichtbare Teil ihrer Oberschenkel und der untere Bereich ihrer Oberkörper waren vollständig mit einem ockerfarbenen Fett eingerieben, das einen starken Geruch ausströmte und Massons aufsteigende Übelkeit noch zusätzlich verstärkte.

Die Stille wurde von gedämpften Schnalzlauten und Worten in einer Sprache unterbrochen, die Masson noch nie gehört hatte. Als sich einer der Angreifer ins Gras kniete, um unter den Karren zu spähen, sah Masson, dass er zahlreiche Eisen-, Messing- und Lederringe um die Arme und Ketten mit bunten Glasperlen um den Hals und um die Taille trug. Außerdem hatte er sich ein Leopardenfell wie einen Umhang umgelegt. Er war verletzt und drückte eine Hand gegen eine blutende Wunde an seiner Seite, während er den Männern mit Gesten bedeutete, aus ihrem Versteck hervorzukommen.

Noch bevor Eulaeus unter dem Wagen herausgekrochen war, rief er die Männer flehend und bittend an. Immer wieder deutete er auf Thunberg, der ruhig und gelassen aussah, als wäre all das Teil einer gewöhnlichen Landpartie.

Der Mann musterte Eulaeus eindringlich, zuckte zusammen und gab sich schließlich mit den Erklärungen zufrieden. Er drehte sich zu seinen Männern um und rief einen Befehl, woraufhin sich alle ein wenig zu entspannen schienen.

»Was geht hier vor?«, wollte Masson wissen.

»Das sind Khoikhoi, weiter aus dem Inland«, antwortete Thunberg. »Wahrscheinlich wollten sie nur die Ochsen und die Gewehre haben, aber der Niederländer hat den Stammesführer getroffen, und es geht ihm ziemlich schlecht. Die gute Nachricht ist, dass Eulaeus ihnen erzählt hat, dass ich Arzt bin und ihn heilen kann.«

»Aber hatten Sie mir nicht gerade erst gesagt, dass Sie Botaniker sind? Was stimmt denn nun?«

»Schwer zu sagen«, erwiderte Thunberg kühl. »Mein Fachgebiet sind Heilpflanzen, und mein Studium habe ich in Paris absolviert, wo ich mich auf Gynäkologie spezialisiert habe.«

Masson fluchte, weil die Verzweiflung ihn übermannte.

»Sie müssen sich keine Sorgen machen. Diese Männer sind keine Kannibalen, also werden Sie nicht auf der Speisekarte für heute Abend landen. Und im Gegensatz zu unseren Freunden in der Garnison von Kapstadt werden sie uns schnell töten.«

»Oh, jetzt bin ich aber erleichtert«, erwiderte Masson trocken.

Die Sonne schickte sich an, hinter dem Berg zu ihrer Linken unterzugehen. Ohne ein weiteres Wort wurden die drei Gefangenen vom Weg geschoben und gestoßen und nach Norden in den Busch geführt. Der starke Tau, der sich auf dem Gras bildete, durchnässte Massons Schuhe und Strümpfe, während sich die Schatten der Bäume und Sträucher wie lange, dunkle Klauen über das Buschland legten, das hier Veld genannt wurde.

Sie marschierten stundenlang durch den Busch und folgten wortlos den Ochsen, die die Führung übernommen hatten. Gerade als Masson glaubte, dass dieser Nachtmarsch niemals enden würde, trug ihm der Wind den schwachen Geruch eines Holzfeuers zu. Die Stammesangehörigen begannen sich zu unterhalten, und Massons Herz schlug schneller, als er begriff, dass sie ihr Ziel erreicht hatten.

Sie traten aus dem Busch auf eine Lichtung hinaus, auf der sich das einfache Lager des Stammes befand. Doch die Begrüßungen und Jubelrufe der Ankömmlinge und jener, die zurückgeblieben waren, verstummten abrupt und wurden von fassungslosem Schweigen abgelöst, als der Stammesführer zusammenbrach und bewusstlos zu Boden sank.

# 23. Kapitel

Zu Massons Erleichterung war tatsächlich kein brodelnder Kessel zu entdecken. Auch das kleine Feuer, das mitten auf der Lichtung prasselte und knisterte, war wohl kaum groß genug, um sie bei lebendigem Leib zu rösten.

Während Thunberg und Eulaeus sich um den Stammesführer kümmerten, saß Masson gefesselt neben einer Einzäunung aus Dornenzweigen, in der man die Ochsen für die Nacht untergebracht hatte. Er bemerkte, dass die Khoikhoi-Männer, die sich in der Hocke über die Flammen hinweg unterhielten, ihre Speere griffbereit hatten.

Gelegentlich überprüfte der ein oder andere Mann Massons Fesseln. Er musste ihre Sprache nicht verstehen, um zu begreifen, dass die Männer rund um das Feuer nicht glücklich waren. Ihre Körpersprache und ihre eiskalten Blicke zeigten Masson mehr als deutlich, dass die Gefangenen in ernsthaften Schwierigkeiten steckten, falls Thunberg kein Wunder vollbrachte.

Plötzlich stieß der Stammesführer einen lauten Schmerzensschrei aus. Am Rande der Lichtung, verborgen hinter einigen Ästen, hatte Thunberg seinen Operationssaal eingerichtet. Die Khoikhoi waren äußerst aufgeregt und schienen sich zu streiten. Manche wollten der Sache offenbar ein Ende setzen und wurden von anderen zurückgehalten, doch schließlich sah es so aus, als würden die Befürworter der Operation die Oberhand gewinnen.

Als Eulaeus langsam in den Kreis trat, verstummten die Männer und warteten darauf, was er ihnen mitzuteilen hatte.

Eulaeus blickte jedem Einzelnen ins Gesicht, bevor er zu reden begann. Er hatte erst wenige Worte geäußert, als die Männer alle gleichzeitig aufschrien und sich an Eulaeus vorbeidrängten, um zu ihrem Stammesführer zu eilen.

Thunberg kam näher und ließ sich neben Masson fallen. Er wirkte erschöpft.

»Nun?«, fragte Masson.

»Oh, er wird auf jeden Fall sterben«, antwortete Thunberg.

Das letzte bisschen Farbe wich aus Massons Gesicht, und er ließ niedergeschlagen den Kopf hängen.

Doch dann breitete sich ein spitzbübisches Grinsen auf Thunbergs Gesicht aus. »Ich sagte, er wird auf jeden Fall sterben – allerdings nicht heute.«

Als Masson aufsah, humpelte der Khoikhoi-Stammesführer gerade auf das Feuer zu, links und rechts flankiert von seinen Kameraden. Bald schon band man Masson los, und alle drei Gefangenen wurden ans wärmende Feuer geführt, wo man ihnen einen Trinkschlauch reichte. Außerdem gab es eine übel riechende Brühe, die in umgedrehten Schildkrötenpanzern gereicht wurde.

Als Masson gerade zögernd einen Schluck aus dem Trinkschlauch nehmen wollte, zuckte er angesichts des Geruchs, der aus der Öffnung drang, angewidert zurück. »Wollen sie uns vergiften? Ich dachte, Sie hätten den Stammesführer gerettet?«

Thunberg nahm Masson den Trinkschlauch aus der Hand, trank einen kräftigen Schluck und reichte das Getränk an Eulaeus weiter, bevor er erklärte: »In Nordschweden trinken wir Sauermilch, die man mehrere Monate reifen lässt. Im Vergleich dazu schmeckt das hier wie Qualitätswein.« Thunberg grinste, als Masson die Nase rümpfte. »Sie sollten die Brühe probieren. Ich glaube, sie wurde aus Iriswurzeln mit einer Prise Ixia gekocht.«

»Danke; ich glaube, mir ist der Appetit vergangen«, entgegnete Masson. Er hatte das Gefühl, als hätte er seit Tagen keine anständige Mahlzeit mehr zu sich genommen, und so wie die Dinge sich derzeit entwickelten, würde er vielleicht auch keine Gelegenheit zum Essen mehr haben.

»Wie Sie meinen. Aber Sie verpassen eine echte afrikanische Erfahrung.«

»Mein Bedarf danach ist für heute gedeckt.«

Thunberg nickte und machte es sich vor dem Feuer bequem. »Vermutlich haben Sie recht. Aber sagen Sie mal, Mr Masson, warum sind Sie überhaupt hierhergekommen?«

»Das wissen Sie doch. Um diese Blume zu finden – jedenfalls habe ich das bisher geglaubt«, antwortete Masson, der immer noch unter Banks' Täuschung litt.

»Ja, aber warum haben Sie sich für diese Reise *entschieden?*«

»Entschieden?«, wiederholte Masson und ließ sich die Frage durch den Kopf gehen. »Eigentlich habe ich mich nicht aktiv dafür entschieden, sondern ich habe bloß zugestimmt. Aber wenn ich es mir recht überlege, so habe ich auch nicht zugestimmt – ich habe nur nicht widersprochen. Man hat mich aufgefordert zu reisen, also habe ich es getan. Jetzt bin ich hier und kann es kaum erwarten, nach Hause zurückzukehren.«

Thunberg spürte Massons abwehrende Haltung und wechselte das Thema. Er deutete auf die Männer, die sich am Feuer unterhielten. »Sie stammen auch nicht von hier. Ich vermute, dass es sich nur um einen Aufklärungstrupp handelt. Wahrscheinlich sollen sie sich die Kolonie ansehen und den Stammesführern im Osten ihre Einschätzung mitteilen.«

»Warum?«

»Warum wohl? Um sich auf einen Krieg vorzubereiten.«

Überrascht zog Masson die Augenbrauen hoch. Niemand hatte bisher die Möglichkeit eines Kriegsausbruchs erwähnt.

Thunberg fuhr fort: »Die Ostgrenze ist der Kompanie schon seit Jahren ein Dorn im Auge. Die Gesellschaft ist nicht daran interessiert, die gesamte Kapregion zu kolonialisieren. Man will nur so viel davon, dass die Kolonie sich selbst versorgen und einen anständigen Gewinn durch die anlegenden Schiffe erzielen kann.

Das Hauptproblem liegt darin, dass es in vielen Gegenden nicht genug Wasser und Weideland gibt. Es sind Streitigkeiten mit den Stämmen ausgebrochen, und obwohl man sich auf eine Grenze verständigt hat, hält sich niemand daran. Der Gouverneur weigert sich, die Kosten für die Entsendung von Soldaten zur Verteidigung der Grenze zu übernehmen – vor allem, weil die Siedler, die davon profitieren würden, der Kompanie zu wenig Gewinn einbringen. Daher fühlen sich die Siedler als Prellbock zwischen Kapstadt und den gefährlichen Horden von Schwarzen, die im Landesinnern lauern. Falls die Stämme ihre jeweiligen Meinungsverschiedenheiten beilegen und sich auf einen gemeinsamen Feind einigen sollten, wäre ein Krieg unausweichlich.«

Masson fiel auf, dass Eulaeus während Thunbergs langer Erklärung kein Wort geäußert, sondern nur an seiner Brühe genippt hatte. Er sprach nie mit den anderen Männern, außer wenn Thunberg ihn dazu aufforderte. Masson fand das seltsam. Jetzt drehte er sich wieder zu Thunberg um und wollte wissen: »Sie haben doch vorhin gesagt, dass diese Männer aus einer Gegend stammen, die nicht weit von Eulaeus' Stamm entfernt liegt. Ich dachte, es sei nicht erlaubt, Einheimische zu versklaven.«

Thunberg schüttelte den Kopf und lächelte reumütig. »Das stimmt, aber Eulaeus ist auch kein Sklave. Er ist ein Krieger vom Stamm der Xhosa.«

Masson konnte seine Vorstellung von einem Furcht erregenden Krieger nicht mit dem fügsamen Mann mit der leisen Stimme in Einklang bringen, der da so ruhig neben ihm saß. »Offiziell ist er ein freier Schwarzer, aber inoffiziell könnte man ihn als Beteiligten wider Willen bezeichnen.«

Eulaeus schien die Unterhaltung nicht mitzuverfolgen. Thunberg fuhr fort: »Er stammt von jenseits der Grenze. Als er mit den Ältesten seines Stammes in Konflikt geriet, verbannten sie ihn. Kurz darauf wurde er von Willmer aufgelesen, der ihm ein Dach über dem Kopf und einen vollen Magen versprach. Er musste bloß ein Kreuz auf ein Blatt Papier setzen.

Natürlich stellte sich später heraus, dass es sich bei dem Papier um einen Arbeitsvertrag handelte. Als Gegenleistung dafür, dass Willmer ihn nach Kapstadt gebracht hat, muss Eulaeus ihm eine bestimmte Summe zahlen, und zwar zehn Jahre lang jede Woche, sonst droht ihm Gefängnis. Jetzt arbeitet er für den Landdrosten in Stellenbosch, der darüber hinaus auch den Posten des örtlichen Friedensrichters innehat. Der Landdrost ist ein feiner Mensch und zufällig mein Vermieter. Angesichts Eulaeus' hervorragender Kenntnisse des Landes hat der Landdrost befürwortet, dass mich der Schwarze auf all meinen Reisen ins Landesinnere begleiten darf. Obwohl Eulaeus es nicht ausspricht, glaube ich, dass er es genießt, im Freien und außerhalb der Stadt zu sein. Er ist ein guter Mann, er spricht nur nicht viel.«

Während Masson Thunberg zuhörte, hatte er einen Zweig aufgehoben und damit gedankenverloren auf dem Boden herumgekritzelt. Dabei ließ er die Ereignisse der vergangenen Tage Revue passieren. Ohne groß darauf zu achten, was er gezeichnet hatte, blickte er auf und bemerkte, dass einige Khoikhoi eine beträchtliche Menge an wilden Bittermandeln gesammelt hatten und sie offenbar zum Essen servieren wollten.

Sofort ließ Masson den Zweig fallen und sprang auf. Er rief

den Stammesangehörigen zu, die Mandeln nicht zu essen, und tat so, als würde er würgen und stellte pantomimisch einen Sterbenden dar. Aber die Khoikhoi sahen ihn nur an und lachten über den *umlungu*, der offenbar zu viel Sonne abbekommen hatte.

Verzweifelt wandte sich Masson an Thunberg und flehte ihn an: »Um Himmels willen, erklären Sie ihnen, dass diese Mandeln giftig sind. Sie dürfen sie nicht essen!«

Sämtliche Gespräche verstummten, als Thunberg etwas zu Eulaeus sagte, der wiederum für die Khoikhoi dolmetschte. Daraufhin lachten diese wieder und schüttelten den Kopf, bevor sie sich erneut der Zubereitung der Mandeln widmeten.

Masson wusste weder ein noch aus, bis er begriff, dass die Männer die Mandeln zuvor in einem der Töpfe vom Karren der Niederländer gekocht hatten, ehe sie sie nun über der Glut des Feuers rösteten.

Als die Nüsse fertig waren, wurden sie verteilt und gegessen. Dabei tat Thunberg so, als würde er ersticken und sterben, was die Khoikhoi außerordentlich amüsierte. Masson nahm seinen Anteil entgegen und setzte sich neben Thunberg.

»Lassen Sie mich raten«, sagte er und betrachtete die dampfenden Früchte vor sich. »Sobald man sie gekocht und geröstet hat, sind diese Mandeln nicht mehr giftig und können gut gegessen werden?«

Thunberg erwiderte: »Nun, ich würde nicht behaupten, dass sie gut sind, aber sie stillen den Hunger. Sie dürfen auch nicht vergessen, dass diese Mandeln seit Jahrhunderten ein Grundnahrungsmittel für die Menschen hier darstellen. Sie können überhaupt nicht verstehen, warum wir eine riesige Hecke aus diesen Bäumen rund um unsere Stadt pflanzen, ohne die Früchte zu essen.«

Masson probierte eine Mandel. Sie schmeckte bitter und war

trocken, schien aber nicht todbringend zu sein. Als er sich eine zweite in den Mund steckte, rief einer der Khoikhoi ihnen etwas zu und zeigte auf das Bild, das Masson in den Sand gezeichnet hatte.

Thunberg übermittelte Eulaeus' Übersetzung: »Er sagt, sie heißt *Isigude* und ist abgesehen von ihrem Nektar nicht besonders nützlich.«

Masson streckte die Handflächen zum Himmel und bat den Mann schweigend um Hilfe. »Weiß er, wo sie wächst?«

Thunberg hörte auf zu lachen und reckte den Hals, um die Skizze zu betrachten, die von den Khoikhoi verdeckt wurde. »Das ist sie, nicht wahr?«

»Fragen Sie ihn einfach!«, drängte Masson.

Thunberg wandte sich an Eulaeus, der die Frage an den Stammesangehörigen weitergab. Der Mann antwortete mit einer langatmigen Erklärung. Als er geendet hatte, konnte Masson sich nicht mehr beherrschen. »Und, was hat er gesagt?«

Eulaeus sprach nur wenige kurze Sätze zu Thunberg, und Thunbergs Version fiel noch kürzer aus. »Er sagt, dass die Blume weit im Osten zu finden ist, sogar noch jenseits der von der Kolonie am weitesten entfernten Siedlungen, an einem Ort namens Two Rivers.«

»Ist das wirklich alles?«, hakte Masson ungläubig nach.

»Mehr oder weniger«, bestätigte Thunberg.

»Könnten Sie uns nach Two Rivers bringen?«, fragte Masson Thunberg.

»Ich bin schon mal in der Richtung unterwegs gewesen, aber noch nie so weit.« Thunberg warf Masson einen forschenden Blick zu. »Aber Willmer zeigt dem Gouverneur wahrscheinlich in eben diesem Augenblick Ihr Tagebuch. Ihre einzige Chance besteht darin, nach Kapstadt zurückzureisen. Ich kenne den Gouverneur, und wenn ich ihm unsere Sicht der Dinge darlegen kann, schickt er Sie mit etwas Glück vielleicht nach England zurück. Das ist es doch, was Sie wollen, oder?«

»Es war Glück oder besser gesagt ein Zufall, der mich in Banks' Arbeitszimmer stolpern ließ, wo alles begann. Und es war ein Zufall, dem ich die Bleivergiftung verdanke, die mich an Bord der *Resolution* beinahe das Leben gekostet hat. Gern übernehme ich die Verantwortung für die Fehlentscheidung, Schelling vertraut zu haben, aber ich werde nicht den Fehler begehen, mein Schicksal ein weiteres Mal in die grausamen Hände des Zufalls beziehungsweise des Glücks zu legen.«

»Aber welche Wahl haben Sie? Um die Blume zu finden, müssten wir uns jenseits der Ostgrenze begeben, wo bisher nur wenige Europäer gewesen sind, und die waren bestimmt nicht zivilisiert.«

Doch Masson ließ sich nicht von seinem Vorhaben abbringen. »Sie haben doch selbst gesagt, dass es sich um das Abenteuerlichste handelt, wovon Sie je gehört haben. Niemand will mir glauben. Nun, meine einzige Chance besteht darin, alles zu beweisen. Wenn ich nach Hause will, muss ich diese Blume finden und mitbringen.«

Thunberg sah die Entschlossenheit in Massons Blick, dennoch unternahm er noch einen letzten Versuch, ihn umzustimmen. »Wir würden Ochsen und Vorräte für die Reise benötigen, die Monate dauern könnte. Selbst wenn die Niederländer nicht Jagd auf uns machen würden, bräuchten wir allein für die Vorbereitungen Wochen.«

»Nun denn«, erwiderte Masson, »dann haben wir wohl keine Zeit zu verlieren.«

# 24. Kapitel

Nachdem es Thunberg und Eulaeus gelungen war, die Rückgabe ihrer Pferde auszuhandeln, stiegen die drei Männer auf und verabschiedeten sich von den Khoikhoi. Sie kehrten Kapstadt den Rücken zu und ritten in Richtung Osten.

Masson saß abwechselnd entweder mit Eulaeus oder mit Thunberg zusammen auf einem Pferd, um die Tiere so wenig wie möglich zu ermüden. Als sie so durch die Nacht trabten, schoben sich immer wieder Wolken vor den abnehmenden Mond. Unberührte Wildnis ging in übersichtlich angeordnete Weinberge und Felder über. Als der Tag heraufdämmerte, konnten die Männer den Schatten eines Kirchturmes und die etwas mehr als dreißig Häuser erkennen, aus denen das Dorf Stellenbosch bestand.

Das Trio umging den östlichen Ortsrand und mied die gepflasterten Hauptstraßen, damit das Pferdegetrappel die Einwohner nicht aus dem Schlaf riss.

Als der Himmel im Osten allmählich heller wurde, erreichten sie einen stattlichen Bauernhof in niederländischem Stil mit weiß getünchten Wänden und aufwändigen Giebeln. Die drei Männer stiegen ab und übergaben Eulaeus die schwitzenden Pferde. Er brachte sie zu den Ställen, während Masson und Thunberg leise und schweigend zum Haupteingang des Hauses schritten.

Doch als sie sich der Tür näherten, wechselte Thunberg plötzlich die Richtung, schlich auf Zehenspitzen zur Rückseite des Hauses und blieb schließlich unter einem der großen Fenster stehen, die auf den Hof zeigten.

»Was machen wir hier?«, flüsterte Masson, der gedacht hatte, sie würden Thunbergs Unterkunft aufsuchen, um sich mit Vorräten einzudecken. Von einem Einbruch war nicht die Rede gewesen.

Aber Thunberg hielt den Finger an die Lippen, öffnete den lackierten Fensterladen und schob das Fenster gerade so weit in die Höhe, dass die Männer hineinklettern konnten.

Als sie sich im Haus befanden, wagte Masson nicht, sich zu bewegen, aus Furcht, in der Dunkelheit etwas umzustoßen. Beinahe geräuschlos suchte Thunberg sich seinen Weg durch die Finsternis. Kurz darauf zündete er eine Öllampe an, die den Raum in ein schwaches Licht tauchte.

Das Zimmer war nahezu quadratisch. Masson sah einen bodentiefen Standspiegel neben einem reich verzierten Kleiderschrank auf der einen Seite eines Bettes, auf der anderen Seite befanden sich ein Schreibpult sowie ein Waschtisch. Es gab nur eine Tür, die vermutlich auf die Diele in der Nähe des Haupteingangs führte. Thunberg schlüpfte aus seinen Schuhen und bedeutete Masson, seinem Beispiel zu folgen.

»Ich möchte meinen Gastgeber nicht stören. Wir werden seine Unterstützung benötigen, deshalb sollten wir ihn nicht verärgern, wenn es sich vermeiden lässt«, flüsterte Thunberg.

Er zog eine Ledertasche unter dem Bett hervor, in die er verschiedene Ausrüstungsgegenstände legte. Die meisten holte er aus einer Holztruhe am Fußende des Bettes, auf deren Deckel in goldenen Buchstaben die Initialen CPT geprägt waren.

Während Thunberg packte, sah Masson sich in dem spärlich dekorierten Zimmer um. Er entdeckte lediglich einige Zeichnungen von ein- und derselben Pflanze, einer wunderbaren Gardenienart, die er noch nicht kannte. Die Bilder waren sorgfältig gerahmt und hingen an der Wand, wo Masson Familienportraits oder ein Kreuz erwartet hätte.

Eine lebende Version der Blume mit wunderschönen weißen Blüten stand auf einem Tisch neben dem Bett. »Ach, Sie haben mein Juwel entdeckt«, flüsterte Thunberg, der gerade Hemden und Hosen aus dem Schrank nahm. »Ich bin in Paarl darauf gestoßen. Es ist unglaublich schwierig, die Pflanze zum Blühen zu bringen, aber wenn man es geschafft hat, war es jede Mühe wert.«

Neben der Blume lag eine große, in Leder gebundene Ausgabe von Carl von Linnés *Systema Naturae*. Das Werk war zu selten und zu teuer für einen Mann mit Massons bescheidenen Mitteln. Daher war er gezwungen gewesen, es in der Bücherei von Kew zu lesen, aber nichtsdestotrotz kannte er beinahe alle Seiten auswendig. Als er nun den Buchdeckel aufschlug, entdeckte er gegenüber der vertrauten ersten Seite eine handgeschriebene Widmung für Thunberg auf Lateinisch. Sie war von Carl von Linné persönlich unterzeichnet.

Nun ließ Masson seinen Blick über Thunbergs Schreibpult zu einem Stapel ledergebundener Tagebücher wandern, die seinem eigenen Tagebuch, das ihm gestohlen worden war, sehr ähnlich sahen. Offenbar waren sie unbenutzt. Bei dem Anblick musste Masson unwillkürlich an Constance denken und fragte sich, ob Thunberg ebenfalls jemanden zurückgelassen hatte.

»Nur keine Hemmungen – nehmen Sie sich eins davon, oder nehmen Sie sie alle«, sagte Thunberg mit einer wegwerfenden Handbewegung. »Dort, wo wir hinwollen, werden Sie jede Menge Seiten brauchen, und ich habe noch genügend von diesen Notizbüchern. Aber würde es Ihnen im Gegenzug etwas ausmachen, aus der Vorratskammer ein kleines Fass Branntwein und ein wenig Gebäck zu holen? Erste Tür rechts, dann der Raum ganz am Ende. Es ist das mittlere Regal.«

»Glauben Sie wirklich, dass uns der Branntwein schneller nach Two Rivers bringen wird?«, protestierte Masson.

Thunberg hob einige große, leere Gläser hoch und erklärte mit übertriebener Geduld: »Der Branntwein, mein lieber Masson, ist für die Konservierung von Insekten oder Amphibien bestimmt, die wir unterwegs möglicherweise entdecken. Wie es aussieht, werden wir in unberührte Gegenden vorstoßen, und ich habe vor, mehr als nur Ihre Blume zu sammeln.«

»Natürlich«, erwiderte Masson verlegen. »Also, erste Tür rechts, dann der Raum ganz am Ende, mittleres Regal, richtig?«

»Und vergessen Sie das Gebäck nicht!«

»Zweifellos eine geniale Methode, um sich vor Malaria zu schützen, oder?«

»Machen Sie sich nicht lächerlich. Dort, wo wir hinreisen, gibt es keine Malaria. Nein, ich habe einfach seit Stunden nichts Anständiges mehr gegessen!«

Masson wandte sich zum Gehen. Als er die Hand auf den Türknauf legte, flüsterte Thunberg: »Masson! Passen Sie auf, dass Sie den alten Pieterszoon nicht aufwecken, wenn Sie in die Vorratskammer gehen. Denken Sie daran, wir brauchen seine Unterstützung!«

Masson öffnete die Tür und tastete sich durch die geräumige Eingangsdiele. Dann öffnete er die erste Tür rechts, die in ein langgestrecktes Esszimmer führte. Als er sich durch den Raum bewegte, hielt er sich an den Stühlen fest, weil er fürchtete, auf den glatt polierten Dielenbrettern auszurutschen. Langsam schob er sich zum Ende des Zimmers hin, wo er laut Thunberg die Tür zur Vorratskammer finden würde.

Als er näher kam, glaubte er seltsame Geräusche aus dem angrenzenden Raum zu hören. Er legte das Ohr an die Tür und vernahm nun ein rhythmisches Quietschen, gefolgt von inbrünstigem Stöhnen.

Plötzlich öffnete sich die Tür, und ein Lichtschein fiel in den

Speiseraum. Eine vollbusige Schwarze, die nichts als ein Nachthemd trug, das, weil es von hinten angeleuchtet wurde, vollkommen durchsichtig war, stand im Türrahmen und starrte Masson an. Dieser war so verwirrt und schockiert, dass er einfach nur zurückstarrte.

»Ich bitte um Verzeihung, gnädige Frau«, begann er schließlich, als er wieder zu Sinnen kam. Doch sie schlug sich die Hände vor den Mund und kreischte so schrill und laut, dass Masson fürchtete, die Wachen könnten sie bis nach Kapstadt hören.

Masson versuchte, sie zu beruhigen, doch er machte die Sache nur noch schlimmer. Sie drehte sich um und flüchtete in den Raum, aus dem sie gekommen war. Masson folgte ihr dicht auf den Fersen in dem hartnäckigen Versuch, sich zu entschuldigen und um Verzeihung zu bitten. Doch nachdem er die Türschwelle erreicht hatte, verharrte er wie angewurzelt und musterte völlig verblüfft das Bild, das sich ihm bot: Der gesamte Raum war mit Tausenden von gepressten oder getrockneten Pflanzen angefüllt, vom polierten Boden bis hin zu den Holzbalken, die das Dach trugen. Jeder verfügbare Platz, der nicht von den Pflanzen in Anspruch genommen wurde, war mit Fachbüchern, Probengläsern mit Blumenzwiebeln oder Wurzeln oder mit Holzkommoden belegt, deren Schubladen sauber beschriftet waren. Diese unglaubliche naturwissenschaftliche Sammlung erinnerte Masson an Banks' Arbeitszimmer. Doch während jenes eher wie ein Museum wirkte, war dies hier eine Forschungsstätte.

Die Schreie der Frau verstummten schließlich, während sie vergeblich versuchte, sich hinter der spindeldürren Gestalt eines runzligen, alten Mannes zu verstecken, der in einem Rollstuhl saß. Er trug nichts außer einem Flanellnachthemd und einem großen, flachen Hut.

Als Masson das Paar entdeckte, wurde er von einer tiefen Verlegenheit erfasst. Ganz egal, wohin er schaute – sein Blick wurde unwiderstehlich von dem Bild angezogen, das der alte Mann und seine vollbusige Geliebte boten. Um sich nicht noch weiter in Verlegenheit zu bringen, drehte er sich schließlich um und wollte gehen, doch die anklagende Stimme des alten Mannes hielt ihn auf. »Wer sind Sie?«, donnerte er mit einer Stimme, die seine Jahre Lügen strafte, während er auf Massons Füße in den Strumpfsocken zeigte. »Und warum schleichen Sie hier herum?«

»Ich bitte um Verzeihung, Sir. Ich bin ein Gast von Mr Thunberg«, antwortete Masson, löste seinen Blick von den Regalen und Mustern und konzentrierte sich wieder auf die beiden Menschen hinter dem großen Holzschreibtisch. »Wir bereiten uns auf eine botanische Expedition vor, und ich habe gerade nach der Vorratskammer gesucht. Es tut mir außerordentlich leid, dass ich Ihre ... die Dame erschreckt habe.«

»Thunberg, was? Nun, das erklärt alles!« Der alte Mann drehte sich zu seiner Begleiterin um, tätschelte ihr tröstend die Hand und redete in einer Sprache, die Masson nicht kannte, beruhigend auf sie ein. Schließlich eilte die Frau an Masson vorbei, warf ihm einen missbilligenden Blick zu und verschwand in der Dunkelheit.

Masson blieb voller Unbehagen stehen, während der Mann seinen Rollstuhl näher manövrierte und erst anhielt, als er sich beinahe unmittelbar unter Massons Kinn befand.

Nachdem er Masson von Kopf bis Fuß gemustert und nichts gefunden hatte, was einen weiteren Kommentar verdiente, knurrte er geringschätzig und folgte der Frau. Auf dem Weg öffnete er beiläufig die Tür zur Vorratskammer und sagte, ohne sich umzusehen: »Nehmen Sie sich, was Sie brauchen, aber lassen Sie die Finger von meinem Branntwein!«

Just in diesem Moment tauchte Thunberg am anderen Ende des Speiseraumes auf und begrüßte den alten Mann mit einem schiefen Grinsen, als wäre es gerade Teezeit und nicht fast fünf Uhr morgens. »Seien Sie gegrüßt, mein lieber Hendrik. Muss ich aus dem Geschrei schließen, dass Sie meinen Rat ignoriert haben, sich nicht zu sehr anzustrengen? Haben Sie Hannah wieder rund um den Esstisch gejagt?«

»Hauen Sie ab, Thunberg. Sie kennen den Grund verdammt gut. Es ist schon schlimm genug, dass Sie mein Arbeitszimmer mit Ihrem Hexenwerk belagern, aber jetzt mischen Ihre Komplizen auch noch mit! Was zum Teufel haben Sie beiden eigentlich vor? Warum schleichen Sie mitten in der Nacht hier herum? Das ist meine Aufgabe!« Erschöpft schüttelte er den Kopf. »Gestern Abend bin ich schon gestört worden, als dieser Teufel Schelling hereinschneite, und jetzt auch noch Sie zwei. Ich bin in die Kolonien gekommen, um ein ruhiges Leben zu führen. Wäre ich auf solche Aufregung erpicht gewesen, hätte ich auch in Amsterdam bleiben können!«

Bei der Erwähnung des Namens Schelling zuckte Masson zusammen.

»Schelling?«, hakte Thunberg nach.

»Ja, er hat an meine Tür geklopft und eine Erlaubnis für sich und seine Leute verlangt, in den Osten des Landes zu reisen. Er hat etwas von einem Ort namens Two Rivers gefaselt; außerdem hatte er es ziemlich eilig.«

Masson warf Thunberg einen Blick zu. »Woher zum Teufel wusste er, wohin er ziehen muss?«

»Er hat sich nicht hingesetzt, um mir seine Lebensgeschichte zu erzählen«, fuhr Pieterszoon fort. »Ich weiß nur, dass er zwei Fuhrwerke und mehr als genug Pferde dabeihatte, um sie zu ziehen. Pferde, ich bitte Sie! Wer zum Teufel nimmt Pferde mit in dieses Land? Ochsen mögen zwar langsam sein, doch jeder weiß, dass sie die einzig wahre Lösung sind! Wie kommt es, dass ihr jungen Burschen immer so in Eile seid? Sei's drum. Jedenfalls hatte er auch noch etwa ein Dutzend Sklaven, einen Engländer und diesen anderen Mistkerl dabei, diesen Willmer.«

»Ich bin überrascht, dass Sie sie nicht zum Abendessen eingeladen haben«, äußerte Thunberg sarkastisch.

Sein Vermieter bebte regelrecht vor Entrüstung. »Oh, und er hat darauf bestanden, dass ich einen Vertrag zwischen ihm und jemandem namens Forster beglaubige. Ich habe ihn gefragt, warum er nicht während der Amtsstunden kommt wie alle anderen auch, aber er meinte nur, er sei in Eile und es würde sich für mich lohnen, wenn ich ihm entgegenkäme.«

Pieterszoon schien kurz vor einer Explosion zu stehen. »Können Sie sich die Frechheit dieses kleinen Kriechers vorstellen? Mir, dem Landdrosten, Schmiergeld anzubieten? Lieber Himmel, ist das denn die Möglichkeit?«

»Also haben Sie ihn vermutlich aufgefordert, später wiederzukommen?« Thunbergs Frage war rein rhetorisch.

»Seien Sie nicht albern, Thunberg. Wenn er mit Geld um sich werfen will, warum sollte ich ihn dann davon abhalten? Ich habe meinen Hut aufgesetzt, seine Erlaubnis unterschrieben, seinen Vertrag beglaubigt, und weg war er.«

»Erinnern Sie sich an den Namen des Engländers, der ihn begleitet hat?«, wollte Masson wissen, der immer noch vor der Vorratskammer stand.

»Selbstverständlich. Es war ein zierlicher junger Mann namens Burnette. Meiner Meinung nach wird er dort draußen keine fünf Minuten überleben.«

»Sind Sie sich sicher?«, fragte Masson ungläubig.

»Hören Sie, mein Junge, ich mag zwar bestechlich sein, aber ich bin nicht senil. Ich weiß immer noch, wer wer und was was ist!«

Thunberg schaltete sich ein. »Schelling hat sich einen Partner gesucht. Selbst wenn er die Blume fände, würde er jemanden mit Forsters Referenzen benötigen, um Banks zu umgehen und die Pflanze zum König zu bringen. Sie müssen ein Abkommen getroffen haben, um das Geschäft gemeinsam abzuwickeln. Forsters Beziehungen im Austausch gegen Cooks Bericht.«

Masson begriff. »Wenn es Forster gelänge, dem König die Blume zu überreichen, würde ihm dies zugleich die nötige Glaubwürdigkeit verleihen, um Cooks Bericht zu widerlegen. So könnte er eine Katastrophe in einen Triumph verwandeln. Allerdings müssten sie das Ganze noch vor Cooks Rückkehr erledigen.«

»Aber wie passt Burnette ins Bild?«

Masson überlegte kurz. »Burnette ist Botaniker. Wahrscheinlich wollte Schelling jemanden dabeihaben, dem er zutraut, die Pflanzen am Leben zu erhalten.«

»Nun, das klingt alles außerordentlich faszinierend«, unterbrach Pieterszoon, »aber falls Sie beiden Dummköpfe es nicht bemerkt haben sollten – es ist verdammt früh, und es gibt andere Dinge, die ich lieber täte. Da wir gerade davon sprechen – äh, sagen Sie mal, Thunberg …« Er hielt inne und räusperte sich. »Könnte ich noch ein wenig von diesem Zeug bekommen, das Sie mir für – äh, Sie wissen schon – gegeben haben?« Erneut räusperte er sich und blickte Thunberg bedeutungsvoll an, der kurz zögerte, bevor er den alten Mann rettete.

»Oh, das *Anthericum*? Aber natürlich! Sehr gern, mein lieber Hendrik. Wir wollen doch, dass Sie Ihre Pflichten erfüllen können, nicht wahr?«

Thunberg verschwand und kehrte mit einem kleinen Glasbehälter mit einem bräunlichen Pulver aus seinem Zimmer zurück. Er hockte sich vor Pieterszoon hin, bis sie auf Augenhöhe waren, und hielt das Glas gerade eben außerhalb der

Reichweite seiner gierig danach greifenden Hände. »Nun, Hendrik, das ist der letzte Rest meines Vorrates. Ich könnte mehr bekommen, allerdings würde ich dafür etwas brauchen …«

»Was denn?«, fragte der Landdrost und hielt immer noch die Hand nach dem Gefäß ausgestreckt.

»Ich bräuchte einen Passierschein für den Osten für meinen Freund Mr Masson, der eingewilligt hat, sämtliche Muster zu zeichnen, die ich sammle.«

»Ja, ja, selbstverständlich. Ich stelle sofort einen aus!«

»Außerdem brauchen wir ein oder zwei Dinge für die Expedition. Sie wissen schon, Vorräte und Ochsen. Ach nein, wenn ich darüber nachdenke, wären Pferde besser – wir werden Schellings Gruppe nie einholen, wenn wir Ochsen nehmen. Außerdem brauchen wir ein Fuhrwerk. Das, welches Sie letzte Woche aus Kapstadt mitgebracht haben, wäre perfekt.«

Thunberg reichte dem alten Mann das Glasgefäß, der es an die Brust drückte, als handele es sich um einen Schatz. »Sie können alles haben außer dem Wagen!«, meinte Pieterszoon. »Wie ich bereits gesagt habe – nur ein Dummkopf reist mit Pferden ins Grenzland, und nach dem, was Sie letztes Mal getan haben, wäre ich ein Dummkopf, wenn ich Ihnen den Wagen leihen würde. Ausgeschlossen, Thunberg, auch nicht für alle Liebestränke dieser Welt!«

# 25. Kapitel

Als die Sonne über den Hottentot-Holland-Bergen aufging und die Bauernhöfe und Weinberge des Stellenbosch-Tals in goldenes Licht tauchte, das vom Morgennebel reflektiert wurde, ritten Thunberg und Masson hinter Eulaeus her, der auf dem Kutschbock von Pieterszoons brandneuem Wagen saß. Ein Paar feine Zugpferde trabte vor dem Gefährt, an dessen Heck ein Paar Ersatzpferde mit leichtem Gepäck gebunden war.

»Es gibt zwei Routen nach Two Rivers«, brach Thunberg das Schweigen. »Diejenige, die Schelling wahrscheinlich einschlagen wird, verläuft an der Küste entlang, wo es größtenteils jede Menge frisches Wasser und Weiden für die Pferde gibt. Außerdem befinden sich dort zahlreiche Gehöfte, wo er sich für die Nächte einquartieren und seine Vorräte auffüllen kann. Das Problem für uns besteht darin, dass er, wenn es uns gelingt, ihn zu überholen, Wind von uns bekommen wird, entweder von anderen Reisenden oder von den Farmern entlang der Route – wir können schließlich nicht allen aus dem Weg gehen. Unsere einzige Chance besteht darin, uns so lange zurückzuhalten, bis wir uns Two Rivers nähern. Dann können wir ins Landesinnere abbiegen, einen Bogen schlagen und ihn überholen, um so vor ihm am Ziel einzutreffen.«

Masson dachte über den Vorschlag nach. »Gibt es keine schnellere Route?«

Thunberg schüttelte den Kopf. »Das letzte Mal, als ich die Reise unternahm, hatten wir sechs Ochsen dabei und brauchten für Hin- und Rückweg fast vier Monate. Mit den Pferden ließe sich die Zeit womöglich auf die Hälfte reduzieren, aber nur unter der Voraussetzung, dass ...«

»Ich weiß, ich weiß«, fiel Masson ihm müde ins Wort, »nur unter der Voraussetzung, dass wir nicht auf Banden entflohener Krimineller, auf wilde Tiere, marodierende Khoikhoi oder entlaufene Sklaven stoßen.«

Thunberg grinste. »Ich glaube, Sie fangen an zu begreifen, wie die Dinge hier laufen.«

Schweigend ritten sie weiter. Als sie Stellenbosch gerade hinter sich gelassen hatten, rief Thunberg Eulaeus etwas zu, woraufhin dieser die Pferde auf einen Seitenweg lenkte. Sie folgten dem Weg, bis sie einen Bauernhof erreichten, wo Thunberg vom Pferd stieg.

»Was tun wir hier? Sollten wir nicht zusehen, dass wir weiterkommen?«, fragte Masson.

»Sie sind nicht der Einzige, der eine Aufmunterung gebrauchen kann. Es wird nicht lange dauern.«

Thunberg ging den Schotterweg entlang, der zur Haustür führte. Das Haus besaß eine eindrucksvolle, weiß getünchte Fassade und hatte die für den hiesigen Baustil charakteristischen Giebel auf dem Dach. Nachdem Thunberg gerufen und angeklopft hatte, betrat er das Gebäude und schloss die Tür hinter sich. Masson konnte seine Ungeduld kaum zügeln, während Eulaeus gelassen wartete und nach den Fliegen schlug, die um die Packpferde herumschwirrten.

Kurz darauf tauchte Thunberg in Begleitung mehrerer Bediensteter wieder auf. Verstohlen blickten sie sich um, während sie ein halbes Dutzend Holzkisten aus dem Haus schleppten und hinten auf den Wagen luden. Thunberg dankte den Männern für ihre Hilfe und winkte dem Farmer zu, der in der Tür stand. Als das Trio wieder aufbrach, war ein verräterisches Klirren aus den Holzkisten zu hören, während sie den Weg entlangrumpelten.

»Ist das etwa Wein in diesen Kisten?«, fragte Masson ungläubig.

»Nicht bloß irgendein Wein, Mr Masson. Das ist die Reserve der VOC von ihrem Landgut in Constantia. Falls man uns damit erwischen sollte, würden wir wahrscheinlich ausgepeitscht werden, aber unter den gegebenen Umständen können wir das Risiko wohl eingehen.«

»Und ich hatte mich schon auf das einfache Leben gefreut«, sagte Masson und versuchte, enttäuscht zu klingen.

»Es gibt einen schmalen Grat zwischen einfach und unerträglich. Ich stelle eine einzige Bedingung dafür, dass ich Sie auf dieser lächerlichen Mission begleite: Dieser Grat muss verwischt werden. Und das sollte unter dem Einfluss des besten Weines passieren, den die Kapregion zu bieten hat. Französische Hugenotten mussten der Unterdrückung entfliehen, damit sie hierherkommen und ihre Weinstöcke pflanzen konnten, um diesen Wein zu produzieren. Da ist es doch das Mindeste, dass wir uns, um ihren Mut und ihre Genialität zu würdigen, an den Früchten ihrer Mühen laben!«

Sie ritten nach Süden, bis sie schließlich am Nachmittag erneut die False Bay erreichten, wo sie auf den Hauptweg einbogen. Nachdem sie das Sklavendorf passiert hatten, beschrieb die Straße einen Bogen und lief auf die gewaltigen Hottentot-Holland-Berge zu, die hervorsprangen und die Ostflanke der Bucht bildeten.

Als der Weg deutlich anstieg, musterte Masson die steile Strecke, die vor ihnen lag. Einmal mehr wurde er von einer plötzlichen Angst übermannt, die inzwischen schon fast zu einem vertrauten Gefühl geworden war. Die Wegränder waren mit verrosteten und zerborstenen Trümmern zahlreicher Wagen und Karren übersät, die beim Aufstieg zur Passhöhe oder beim Abstieg verunglückt waren.

Thunberg fing Massons Blick auf und wollte ihn beruhigen. »Ich würde mir nicht zu viele Sorgen machen. Es heißt, dass die Hälfte der Gefährte es fast ohne Einbußen schafft.«

Masson und Thunberg saßen ab, und während Masson mit seinem und Thunbergs Pferd am Zügel voranging, führten Thunberg und Eulaeus die widerstrebenden Zugpferde zu Fuß zur Passhöhe hinauf.

Schweißüberströmt kämpften Thunberg und Eulaeus gegen die Steigung und die Halsstarrigkeit der Packpferde an.

»Denken Sie daran, das ist die schnellere Route!«, rief Thunberg Masson zu.

Masson fragte sich allmählich, ob es nicht vielleicht einfacher wäre, die rund tausend Kilometer nach Two Rivers zu Fuß zu gehen.

Nachdem sie endlich die Passhöhe erreicht hatten, hielten sie kurz inne, um ihre Leistung zu begutachten. Jenseits des tückischen Aufstiegs, der von oben noch viel schlimmer wirkte als von unten, breitete sich die gesamte False Bay vor Massons Blick aus – von der Sonne, die eben hinter den Bergen der Kap-Halbinsel unterging, bis hin zu der Ansammlung der Sklavenhütten am Fuße des Passes.

Masson hatte den größten Teil seines Lebens in den Southern Downs gelebt und war noch nie zuvor in einer derartigen Höhe gewesen. Er war nicht daran gewöhnt, so viel Landschaft auf einmal vor sich zu sehen. Erschöpft vom Aufstieg und überwältigt von der unglaublichen Aussicht und dem damit einhergehenden Schwindelgefühl, setzte er sich auf einen Felsblock und schloss die Augen. Er hegte die Hoffnung, dass sein Gleichgewichtsgefühl zurückkehren würde, wenn er sich näher am Boden befand.

Als er die Augen wieder aufschlug, war die Sonne untergegangen und die Nacht hereingebrochen. Der Mond ließ noch auf sich warten. Abgesehen von den winzigen, stecknadelkopfgroßen Lichtpunkten, die von den Fenstern der Häuser im Dorf unten stammten, hatte es den Anschein, als wäre ein riesiges, schwarzes Tuch vom Himmel gefallen und hätte die Landschaft ausgelöscht.

Masson richtete den Blick himmelwärts und stellte fest, dass zum ersten Mal seit seiner Ankunft hier keine einzige Wolke am Himmel zu entdecken war. Die Dunkelheit, die sich über das Land gesenkt hatte, enthüllte unzählige Sterne. Etwas Vergleichbares hatte er noch nie gesehen.

Doch neben Ehrfurcht und Staunen empfand er zugleich auch ein deutliches Gefühl der Verwirrung. Der ihm vertraute Himmel war durch ein fremdes Firmament ersetzt worden, ohne die Sternenkonstellationen, die er so gut kannte und ohne die er weder Ost von West noch Nord von Süd unterscheiden konnte.

Verunsichert und desorientiert musste er unwillkürlich wieder an Schellings Worte denken: Ein Mann allein kann in Afrika nicht überleben. Er wandte sich von der tintenschwarzen Dunkelheit ab, die die Bucht verschluckt hatte, und begab sich zu dem Lager, das Thunberg und Eulaeus neben dem Weg aufgeschlagen hatten. Und als er sich dem warmen Schein des kleinen, vor sich hin prasselnden Feuers näherte, schwanden nach und nach die Zweifel, die an ihm genagt hatten. Sie wurden von Hoffnung verdrängt, als er begriff, dass er eben nicht allein war.

# 26. Kapitel

Als Masson am Morgen erwachte, zeugten die Schmerzen am ganzen Körper von den Anstrengungen des Aufstiegs zum Kloof-Pass am Vortag.

Im ersten Licht des neuen Tages fand er sich am östlichen Rand eines Talkessels mit einem Durchmesser von rund sechzehn Kilometer wieder, der auf allen Seiten von bröckeligem, hellgrauem Sandstein begrenzt wurde. Der Talkessel bestand aus einer grünen, sanft gewellten Ebene, in der verwitterte Felsbrocken aus demselben Material verstreut lagen, das auch die Umrandung bildete.

Zebras und kleine Herden verschiedener Antilopenarten trotzten stoisch dem starken Wind, der über den seewärts gelegenen Rand der Ebene wehte und über die niedrigen, verkümmerten Sträucher strich, die den Boden wie ein Teppich überzogen.

Während sich der Wagen über den felsigen Weg mühte, ritten Masson und Thunberg auf eine Anhöhe, um zu sehen, ob sie Schellings Reisegruppe erspähen konnten. Da dies nicht der Fall war, drängte Masson zu höherer Geschwindigkeit. Thunberg konnte ihn jedoch davon überzeugen, dass es besser wäre, mit ihren Kräften hauszuhalten – nichts wäre gewonnen, wenn sie die Pferde und den Wagen zu sehr beanspruchen würden.

»Wir sind nicht so schwer beladen wie sie, und sie haben höchstens einen Tag Vorsprung. Die Herausforderung liegt nicht darin, sie einzuholen, sondern darin, gerade so weit hinter ihnen zurückzubleiben, dass sie uns nicht bemerken«, erklärte Thunberg und beendete damit die Debatte.

Da nichts zu sehen war außer der undeutlichen Linie der Wagenspur, die sich zum Horizont schlängelte, schlug Thunberg vor, Eulaeus in seiner eigenen Geschwindigkeit weiterfahren zu lassen.

Nachdem Masson gezwungenermaßen akzeptiert hatte, dass er die Reisegeschwindigkeit – zumindest momentan – nicht beeinflussen konnte, hielt er nicht länger Ausschau nach Schellings Staubfahne. Und dann stellte er fest, dass ihm eine Welt zu Füßen lag, wie er sie noch nie gesehen hatte.

Bei seinem Marsch entlang der Küste der False Bay hatte er sich an das Studium der ihm so vertrauten Seiten seiner botanischen Fachbücher oder an eine Zusammenfassung der Pflanzen in den Beeten von Kew erinnert gefühlt, die er so gut kannte. Doch das Land, das er nun durchquerte, präsentierte sich ihm vollkommen anders.

Aus der Ferne wirkte die Vegetation einförmig und unspektakulär. Als sie allerdings wegen des starken Windes mit gebeugten Köpfen von dem westlichen Höhenrücken herunterstiegen und tiefer in die Ebene vordrangen, entdeckte Masson zwischen den Felsen und im Gestrüpp unzählige blühende Pflanzen, die er nicht kannte.

Thunberg zeigte ihm die Arten, die er schon gesammelt hatte, erklärte ihre jeweilige Verwendung und nannte die Namen, die die Einheimischen ihnen gegeben hatten. Allerdings war die Pflanzenvielfalt so groß, dass Thunberg eingestehen musste, viele noch nicht klassifiziert zu haben.

Immer wenn Masson glaubte, alles Interessante registriert zu haben, stellte er ein paar Schritte weiter fest, dass es so war, als hätte er nicht einmal angefangen. Er drehte sich zu Thunberg um, der gleichermaßen vertieft war, und rief über das

Rauschen des Windes hinweg: »Das muss der artenreichste Berg in ganz Afrika sein!«

»Das ist nur der Anfang«, erwiderte Thunberg, »aber bei dieser Sonne und dem Wind könnte es mit Ihnen bald zu Ende sein! Wir wollen doch nicht, dass Sie die ganze Strecke nach Two Rivers hinten auf dem Wagen liegen, weil ein Hitzschlag Sie niedergestreckt hat. Lassen Sie uns also ein wenig Schatten aufsuchen.«

Nachdem sie Eulaeus wieder eingeholt hatten, hielten sie an, damit sich die Pferde ausruhen konnten, und ließen sich selbst neben dem Wagen nieder. Sie teilten sich ein bescheidenes Mittagessen aus Keksen und getrockneten Aprikosen, die sie mit ein wenig Franschhoek-Wein hinunterspülten. Während Eulaeus den Lagerplatz aufräumte, pressten die beiden Männer ihre gesammelten Pflanzenmuster in den Notizbüchern, die Thunberg aus Stellenbosch mitgebracht hatte.

»Das ist ziemlich gut«, meinte Thunberg bewundernd zu einer Zeichnung, die Masson von einer Erika-Art angefertigt hatte.

»Ach, das ist doch nichts, das ist nur ein Hilfsmittel«, erwiderte Masson, plötzlich verlegen, und schlug das Buch zu.

»Es ist mehr als das, Mr Masson, Sie haben echtes Talent!«

»Ein Talent ist nur etwas wert, wenn es einem weiterhelfen kann.«

»Vielleicht haben Sie recht«, überlegte Thunberg. »Wenn ich es mir überlege, haben meine Zeichner auf früheren Expeditionen beide ihr Leben verloren. Einer verlor den Halt und stürzte in eine Schlucht, der andere wurde von einem Büffel überrannt, den er gerade zeichnen wollte.«

»Banks' Zeichner starb an Malaria. Glauben Sie, dass sich daraus ein Muster ableiten lässt?«, fragte Masson und rang sich ein Lächeln ab.

Nach einer Weile fragte Thunberg: »Was würden Sie davon halten, wenn wir heute Abend zu unserem Wein etwas Anständiges zu essen bekämen?«

Masson sah Thunberg an und folgte seinem Blick zu einem Grasfleck in einiger Entfernung, wo eine Reihe Buntböcke graste. Es handelte sich um eine Antilopenart mittlerer Größe mit schokoladenbraunem Fell, in dem sich leuchtend weiße Flecken abzeichneten.

»Eulaeus kocht ein ausgezeichnetes Buntbockragout. Kommen Sie, nehmen Sie das Ersatzgewehr hinten aus dem Wagen, wir gehen eine Runde schießen.«

»Ich fürchte, ich kann nicht schießen.«

»Sie scherzen wohl.«

»Leider nein.«

»Sie wollen mir tatsächlich erzählen, dass Sie nie ein Schießtraining absolviert haben?«

»Man braucht eigentlich kein Gewehr, wenn man in einem Gewächshaus arbeitet«, erwiderte Masson ohne jeden Sarkasmus.

»Nun, das hier ist kein Gewächshaus«, sagte Thunberg mit leisem Lachen, stieg von seinem Pferd und schlug den Ton eines Hauptfeldwebels an.

»Sie mögen zwar einen Stift gut führen, aber wenn Sie von Nutzen sein wollen, müssen Sie mehr können. Ich mache Ihnen einen Vorschlag: Ich bringe Ihnen das Schießen bei, und Sie lehren mich zu zeichnen. Ich möchte lernen, die Welt in all ihrer Pracht einzufangen.«

»Um sie dann in Schutt und Asche zu legen«, spöttelte Masson.

Thunberg schnappte sich ein Gewehr und etwas Munition vom Wagen, drehte sich zu seinem Schüler um und begann zu dozieren: »Sorgen Sie immer dafür, dass Ihr Schießpulver trocken bleibt. Feuchtigkeit ist Ihr Feind und sorgt für das Versagen Ihrer Waffe, oder, was noch schlimmer ist, das Pulver fängt an zu glimmen und es kommt zu einer unglücklichen Fehlzündung, die Sie Ihre Gliedmaßen kosten kann.«

»Also«, wiederholte Masson, als würde er sich Notizen machen, »trockenes Pulver bedeutet: keine verlorenen Gliedmaßen.«

Ernst und konzentriert beobachtete er, wie Thunberg mit den Zähnen den oberen Teil der Papierpatrone aufriss und ausspuckte, bevor er den Hahn spannte, der wunderschön gefertigt war und einem langhalsigen Vogel glich. Dann gab er etwas Pulver auf die Zündpfanne und klappte das Steinschloss zu – eine Metallplatte mit einem Scharnier, die die Zündpfanne bedeckte und das Pulver davor bewahrte, fortgeweht zu werden. Der Rest des Pulvers wurde nun in den Lauf geschüttet, bevor die Bleikugel zusammen mit dem Rest der Papierpatrone mit Hilfe eines Ladestocks ebenfalls tief in den Lauf befördert wurde.

Die ganze Aktion war in weniger als einer Minute erledigt, doch für Masson, der sich vorstellte, einem angreifenden Löwen gegenüberzustehen, schien sie eine Ewigkeit zu dauern.

Thunberg gab Masson das Gewehr, das mit dem nur halb gespannten Hahn noch gesichert war. Vorsichtig nahm Masson die Waffe in Empfang, hob den Schaft an die Schulter und zielte auf einen großen Felsblock in rund zwanzig Schritt Entfernung.

»Sie müssen die Waffe ruhig halten und den Schuss behutsam abgeben, ohne zu zucken. Zwischen dem Aufprall des Zündsteins und der Zündung des Pulvers entsteht eine leichte Verzögerung, weshalb man sein Ziel fest im Blick behalten muss, selbst wenn man schon abgedrückt hat. Sie werden es auf jeden Fall mitbekommen, wenn der Schuss abgefeuert wurde, weil Ihnen das Gewehr die Schulter halb auskugeln und die Explosion Sie taub machen wird.«

»Sehr gut – abdrücken und auf Taubheit und Selbstverstümmelung warten«, erwiderte Masson trocken.

»Jetzt nehmen Sie Ihr Ziel ins Visier, und suchen Sie sich einen sicheren Stand. Ihre Füße sollten etwa hüftbreit auseinanderstehen. Wenn Sie bereit sind, spannen Sie den Hahn vollständig, atmen Sie ein, dann wieder aus, halten Sie die Luft an – und dann drücken Sie ab.«

Masson starrte den Lauf entlang auf den Felsbrocken und stellte sich vor, dieser wäre ein Löwe, der sich auf ihn stürzen wollte. Er spannte den Hahn, bis dieser mit einem Klicken einrastete, holte tief Luft, atmete langsam aus, hielt den Atem an und betätigte den Abzug.

Der Zündstein knallte gegen das Steinschloss, entzündete das Pulver in der Pfanne, das wiederum die Hauptladung im Lauf in Brand setzte. Für Masson war die darauf folgende Eruption von Rauch und Flammen mindestens genauso Furcht erregend wie der imaginäre Löwe, der jetzt vor seinem geistigen Auge tot vor ihm auf dem Boden lag. Sein Arm fühlte sich an, als wäre er ihm aus dem Schultergelenk gerissen worden, und in seinen Ohren rauschte es. Er drehte sich zu Thunberg um, der ihm aufmunternd die Schulter tätschelte.

»Hervorragend, Masson, hervorragend. Machen Sie sich keine Gedanken, der erste Schuss trifft fast nie. Lassen Sie sich nicht entmutigen, es ist viel auf einmal, aber wir haben jede Menge Zeit.«

Den Rest des Nachmittags verbrachten Masson und Thunberg mit Schießübungen, bis Massons Schulter schließlich taub wurde und der Fels mit Blei übersät war. Eulaeus folgte inzwischen mit dem Wagen den Spuren von Schellings Karawane, die rund einen Tag alt waren.

Nachdem Massons letzter Schuss sein Ziel getroffen hatte, klopfte Thunberg ihm freundschaftlich auf die Schulter und beglückwünschte ihn. »Na, wenigstens wissen wir jetzt, dass wir von Felsbrocken nichts zu befürchten haben!«

Nach den Schießübungen begaben sich die beiden Männer auf die Suche nach Jagdwild und stießen schon bald auf eine Ducker-Antilope, die, fern von der natürlichen Deckung der Büsche, auf einer Lichtung graste.

Nachdem Masson sein Gewehr geladen hatte, wies Thunberg ihn an, auf eine Stelle direkt hinter der Schulter zu zielen. Das Blut rauschte ihm in den Ohren, und der Busch schien zu verstummen, als Masson abdrückte. Der Gewehrschaft rammte sich in seine Schulter, und ein ohrenbetäubender Knall durchbrach die Stille.

Obwohl der aus dem Lauf aufsteigende Rauch Massons Blick vernebelte, konnte er erkennen, dass die nunmehr reglose Antilope fast sofort zusammengebrochen war.

Die beiden Männer liefen durch den Busch auf das gestürzte Tier zu. Im Näherkommen entdeckte Masson, dass er einen sauberen Schuss ins Herz gesetzt hatte, genau wie Thunberg ihn angewiesen hatte. Jetzt erklärte Thunberg ihm, dass die Khoi-San-Völker immer dem Geist des getöteten Tieres dankten, weil es so großzügig seinen Körper gegeben hatte, um die Menschen vor dem Verhungern zu bewahren.

»Ihr könnt es als Dankgebet betrachten«, meinte Thunberg, »und ich schätze, dass ein bisschen Dankbarkeit dafür, auf der Siegerseite zu stehen, nichts schaden kann – wenn man bedenkt, wie viele Tiere es hier gibt, die uns so leicht töten könnten.«

Nachdem Thunberg die Antilope ausgeweidet hatte, schnitt er die Leber heraus und tauchte seinen Daumen in das Blut. Dann strich er damit über Massons Stirn und erklärte ihm, dass er zwingend die rohe Leber essen musste, bevor er als richtiger afrikanischer Jäger betrachtet werden konnte.

Masson stimmte schließlich einem Kompromiss zu und schnitt eine dünne Scheibe des schleimigen Organs ab, die er vermutlich ohne zu kauen herunterschlucken konnte. Doch das Scheibchen blieb ihm in der Kehle stecken, und auch der letzte Rest von Würde ging verloren, als er verzweifelt würgte, ehe er das rohe Fleisch schließlich doch herunterbekam.

Als die Zeremonie abgeschlossen war, legte sich Masson den Kadaver über die Schultern und trug ihn zum Lager, wo Eulaeus ein Feuer entfacht hatte. Er blickte auf, als die Männer näher kamen, und sagte mit einem leichten Grinsen etwas zu Thunberg, als er den blutigen Strich auf Massons Stirn bemerkte.

»Was hat er gesagt?«, wollte Masson wissen.

»Er hat gesagt, dass Sie meine Scharte ausgewetzt haben. Wissen Sie, er denkt immer noch schlecht von mir, weil ich die Leber noch nie roh gegessen habe.«

* * *

Als sie an diesem Abend das von Eulaeus zubereitete Ragout aßen, blickte Masson versonnen in die Flammen und genoss die behagliche Mischung aus warmem Essen, Wein und Feuer. Schließlich fragte er: »Was sind Sie denn eigentlich, Holländer oder Schwede?«

»Holländer, *Mynheer!*«, antwortete Thunberg und salutierte.

»Ach.«

»Nein, in Wahrheit bin ich Schwede. Habe ich Sie getäuscht?«

»Ja, nein … Was?«, fragte Masson verwirrt. Allmählich

bedauerte er, dass sie inzwischen schon die zweite – wenn nicht gar die dritte – Flasche Wein geöffnet hatten.

»Aber wenn Sie der japanische Kaiser wären, hätte ich Sie bestimmt getäuscht«, fuhr Thunberg fort. Offenbar war er in tiefe Melancholie versunken. Als Masson sich in einen *Kaross* einwickelte, eine Pelzdecke im Patchworkstil, sah Thunberg in den wolkenlosen Himmel und setzte seine Unterhaltung mit den Sternen fort. »Ich habe alles getan, was möglich ist, um ein richtiger Niederländer zu werden. Ich rede wie sie, ich esse wie sie, ich kleide mich wie sie, ich tue praktisch alles wie sie – wenn Sie verstehen, was ich meine.«

Francis schloss die Augen, damit sich die Sterne nicht länger drehten, und fragte: »Warum wollen Sie denn unbedingt ein Holländer sein?«

»Das war Linnés Idee. Aber wir haben nicht mit van Plettenberg gerechnet. Er will mich einfach nicht als Holländer betrachten. Der alte Gockel erwartet, dass ich holländischer als holländisch bin. Sprache, Kleidung und Verhalten sind ihm offensichtlich noch nicht genug.«

Masson schlug die Augen wieder auf und versuchte, sich auf Thunberg zu konzentrieren. Dabei verfluchte er im Stillen die Hugenotten dafür, dass sie je einen Fuß in dieses verdammte Land gesetzt hatten und noch dazu ihre Weinstöcke mitbringen mussten.

»Linné hat Sie nach Afrika geschickt, um Holländer zu werden?«

»Nein, nein. Zuerst hat er mich nach Paris geschickt, um Arzt zu werden, damit ich dann nach Afrika reisen konnte, um Holländer zu werden.«

»Aber warum, um alles in der Welt?«

»Oh, eigentlich wegen nichts. Es geht nur um die großartigste Perspektive für jeden Botaniker in der heutigen Zeit –

um Japan!«, flüsterte Thunberg so laut, dass sogar die Pferde zusammenschraken. Masson war mittlerweile überzeugt, dass der Wein Thunberg vollkommen aus dem inneren Gleichgewicht gebracht hatte.

»Aber, Herr Doktor«, setzte Masson an.

»Bitte, nennen Sie mich doch Carl«, fiel Thunberg ihm ins Wort. Seine Augen funkelten.

»In Ordnung, Mr Thunberg. Was Sie da sagen, ergibt keinen Sinn. In Kew haben wir Pflanzen und Samen aus der ganzen Welt erhalten, aber niemals aus Japan – niemals. Niemand darf nach Japan einreisen.«

»Das stimmt, niemand. Außer einer kleinen Gruppe niederländischer Händler, sorgfältig ausgewählt von van Plettenberg, die jedes Jahr auf einem Schiff der Kompanie nach Japan reisen. Und auf diesem Schiff wird ein Arzt benötigt.« Masson nickte verstehend. »Also habe ich zwei Jahre in Paris und zwei weitere Jahre hier verbracht und alles in meiner Macht Stehende getan, um mir einen Platz auf dem Schiff zu verdienen. Alle hier mit Rang und Namen würden Ihnen versichern, dass ich Holländer bin. Aber nicht Baron Joachim van Plettenberg. O nein. In seinen Augen muss ich offenbar noch mehr tun.«

»Was denn zum Beispiel?«

»Genau das versuche ich seit zwei Jahren herauszufinden. Zwei Jahre, Masson. Das macht nun schon zwei Segler, die ohne mich abgelegt haben. Und jetzt sind Gerüchte im Umlauf, dass der japanische Kaiser selbst den Holländern die Einreise verwehren will.« Thunberg hob die Weinflasche an die Lippen, doch als er feststellte, dass sie leer war, warf er sie deprimiert in die Holzkiste. »Japan ... können Sie sich das vorstellen? Nicht nur, dass es dort einen unvorstellbaren Schatz an Blumen und Pflanzen gibt, auf die noch nie zuvor ein Europäer einen Blick geworfen hat – denken Sie bloß mal an die

Forschung, an das unglaubliche Wissen, das auf dieser kleinen Insel schlummern muss! Jahrtausende voller Experimente und Entdeckungen von Materialien, von deren Existenz wir nicht einmal etwas ahnen. Und niemand kann dorthin ... außer mir. Vielleicht.«

»Ich kann mir nicht vorstellen, dass es Ihrer Sache besonders zuträglich wäre, wenn man Sie zusammen mit einem englischen Spion erwischen würde.«

»Machen Sie sich meinetwegen keine Sorgen, Mr Masson. Das Einzige, was mich meine Zeit hier gelehrt hat, ist, dass sich irgendwann die passende Gelegenheit bieten wird, wenn man nur lange genug wartet.«

»Dann ist es also bloß eine Frage der Geduld?« Masson lächelte vor sich hin. »Wenn – falls – ich zurückkehre, möchte ich meine eigenen Bäume pflanzen. Falls ich die Blume mitbringe, erwartet mich eine Belohnung in Form eines Grundstücks.«

»Und in Form einer Eheschließung?«, hakte Thunberg nach.

»Ja, das auch.«

»Und ist es das, was Sie wollen – an ein Stück Land, eine Ehefrau und einen Sack voller Kinder gebunden zu sein?«

»Was ich möchte, hat nichts damit zu tun. Es ist einfach das, was getan werden muss.«

»Und Sie glauben nicht, dass Sie Ihren eigenen Weg wählen können?«

Masson schwieg.

»Ich bin der Tyrannei von Königen und Gärten immer aus dem Weg gegangen«, sinnierte Thunberg vor sich hin. »Eigentlich habe ich jegliche Art der Tyrannei stets gemieden. Und dennoch«, er blickte auf und machte eine Geste in Richtung Nachthimmel, »ist das hier auch eine Form davon. Es spielt anscheinend keine Rolle, wie weit wir reisen – es gibt immer einen neuen Horizont und weitere Entdeckungen. Die Suche ist endlos, nicht wahr? Masson?«

Thunberg warf einen Blick auf seinen Kameraden und stellte fest, dass Masson tief und fest schlief. Eulaeus hingegen hielt Wache; er hatte dem Feuer den Rücken zugekehrt, das inzwischen zu glühender Asche heruntergebrannt war und die letzte Wärme an die Weite der afrikanischen Nacht abgab.

## 27. Kapitel

21. November 1805, Kanada

*Der Wind rüttelte an den Fenstern, und winzige Schneeflocken wehten durch die Ritzen zwischen den Fensterbänken und den Holzrahmen. Sie schmolzen in der warmen Luft, noch bevor sie sich auf dem Dielenboden niederlassen konnten.*

*»Ich war so sehr mit der Suche nach der Blume für die Königin und mit den Hunderten von Pflanzen beschäftigt, die wir jeden Tag entdeckten, dass ich es versäumte, mir den Mann ein bisschen genauer anzusehen, mit dem wir unsere Reise teilten.*

*Es war mir kaum gelungen, mehr über Eulaeus zu erfahren als das Wenige, was Thunberg mir bereits erzählt hatte. Ob es nun an der Sprache lag oder daran, dass er wenig Grund hatte, direkt mit mir zu kommunizieren – jedenfalls sprach Eulaeus nur mit Thunberg. Er war weder verdrießlich noch unfreundlich, sondern befand sich ständig mehr oder weniger in einem Zustand des Gleichgewichtes zwischen beidem. Es wirkte beinahe so, als fürchtete er, dass jeder Ausdruck eines Gefühls der Erklärung oder Rechtfertigung bedurft hätte.*

*Thunbergs frühere Feststellung schien sich zu bestätigen, denn je weiter wir uns von Kapstadt entfernten, desto mehr hellte sich Eulaeus' Stimmung auf. Nach wie vor ging er seiner Arbeit klaglos und schweigend nach und schlug täglich das Lager auf, doch häufig sah ich den Nachglanz eines Lächelns auf seinem Gesicht, wenn wir beispielsweise eine Herde Antilopen passierten oder es ihm gelungen war, eine Affenbande zu vertreiben, die ihn von ihrem sicheren Rückzugsort in den Baumwipfeln beschimpfte.*

*Was Thunberg anging, so schien er sich in dieser Umgebung so wohl zu fühlen, als hätte er bereits sein ganzes Leben dort verbracht. Eulaeus und er unterhielten sich stundenlang über die Tiere und die Stämme des Landes. Dabei saugte Thunberg nicht nur alles in sich auf, was er hörte, sondern zog auch Kraft und Zuversicht aus den neuen Erkenntnissen – fast wie ein Baum, der seine Wurzeln tief in die Erde senkt, um Halt zu finden, damit er nicht vom Sturm umgeweht wird.*

*Thunbergs Begeisterung war ansteckend. Ich ließ mich täglich aufs Neue davon mitreißen, während ich ihm beibrachte zu zeichnen und er mich in den Jagdkünsten und den Sitten und Bräuchen der Xhosa, Khoikhoi, Attaquas, Damaquas, Gauriquas und unzähliger anderer Stämme unterwies, denen er auf seinen Reisen schon begegnet war.*

*Eigentlich hätte ich glücklich sein müssen. Ich war von unendlich vielen neuen Objekten umgeben, die zu zeichnen und zu katalogisieren waren. Für jemanden, der sein ganzes bisheriges Leben mit der Pflanzenwelt befasst gewesen war, hätte das eine unschätzbare und unglaubliche Erfahrung sein müssen, denn jeder neue Tag zeigte mir die Schatzkammer, die Banks mir versprochen hatte.*

*Doch wäre Thunberg nicht gewesen, hätte ich mich wahrscheinlich den gesamten Weg auf die Verfolgung Schellings konzentriert und keiner einzigen Pflanze und keinem einzigen Tier entlang des Weges Aufmerksamkeit geschenkt. Zu groß war meine Ungeduld, besagte Blume zu finden und so bald wie möglich mit ihr nach Hause zurückzukehren.*

*Obwohl ich jeden Tag weitere neue Pflanzen sammelte und zeichnete, war ich nie wirklich mit dem Herzen dabei. Es war immer bloß eine Ablenkung, die dafür sorgte, dass ich den Kopf senken konnte und nicht ständig nach der verräterischen Staubwolke am ansonsten endlosen, blauen Horizont Ausschau hielt.*

*Es war Thunberg, der mich immer zurückhielt, wenn wir Schellings Karawane auskundschafteten. Trotz seines übermäßigen Selbstbewusstseins, das sich immer hart an der Grenze zur Arroganz bewegte, war mir bewusst, dass ich dort draußen keine andere Wahl hatte, als mich auf sein Urteilsvermögen zu verlassen.*«

# 28. Kapitel

Der Wagen kam zum Stillstand, als sie eine Weggabelung erreichten.

Bis zu diesem Zeitpunkt war die nunmehr schon zwei Wochen andauernde Reise an die Ostgrenze der Kolonie ohne ernsthafte Zwischenfälle verlaufen. Thunberg und Masson hatten weiterhin Pflanzen jeglicher Art gesammelt und untersucht, während sie eine Landschaft durchquerten, die Masson an die Lektüre von Beschreibungen des nördlichen Mittelmeerraumes erinnerte. Der Hauptunterschied bestand darin, dass bei den Reiseberichten über die Nordküste des Mittelmeeres nie die Rede von der Todesangst gewesen war, in der jemand aufgrund der verschiedenartigen Bedrohungen, sei es durch Mensch oder Tier, ständig lebte.

Sie kamen an vielen Bauernhöfen und Siedlungen vorbei, und obwohl die Bewohner häufig sehr arm waren, boten sie ihnen von dem Wenigen an, das sie besaßen, ohne eine Gegenleistung zu erwarten. Es gab zudem jede Menge Kleinwild unterwegs, das sie durch Wurzeln und Früchte ergänzen konnten, die sie unterwegs sammelten.

Jedes Mal wenn sie auf frisches Wasser stießen, füllten sie die zunehmende Anzahl leerer Weinflaschen als Absicherung gegen die Möglichkeit, dass die nächste Wasserstelle entweder ausgetrocknet oder zu brackig war. Nun durchquerten sie einen seichten Wasserlauf, der aus einem großen Wald aus Assegai-Bäumen austrat, die so hießen, weil die Khoikhoi aus den Ästen die Schäfte ihrer Wurfspeere herstellten. Auf der anderen Seite des Baches gabelte sich der Weg; eine Route führte nach Osten Richtung Meer, die andere nach Norden ins Landesinnere.

»Das ist die Stelle«, erklärte Thunberg, nachdem er sich mit Eulaeus beraten hatte. »Hier werden wir ins Landesinnere abbiegen und sie überholen.«

Bisher hatten sie sich fast die ganze Zeit auf einer schmalen Ebene fortbewegt, die von einem Gebirge gesäumt wurde, das parallel zur Küste verlief. Als sie sich allmählich der Grenze näherten und immer noch kein Weg durch die Berge ins Inland zu erkennen war, war Masson schon besorgt gewesen, dass sich Thunberg vielleicht verspekuliert hatte und sie Schelling schließlich doch bis Two Rivers auf demselben Weg folgen mussten. Doch nun, wo noch drei oder vier Tage vor ihnen lagen, begriff Masson, dass er sich nicht hätte sorgen müssen. Die Berge, die so lange ihre Richtung bestimmt hatten, liefen nun aus und gingen in eine hügelige Küstenlandschaft über, die sie problemlos in nördlicher Richtung durchqueren konnten.

»Wir nehmen jetzt die nördliche Route ins Landesinnere und wenden uns später wieder nach Osten, bevor wir die nächste Bergkette erreichen«, erklärte Thunberg. »Dieser Weg ist ein wenig länger, aber mindestens genauso gut wie die Küstenroute. Wenn wir uns anstrengen, können wir die Zeit ohne weiteres gutmachen.«

Thunberg stieg vom Pferd und untersuchte die Spuren auf der Erde. Dabei beriet er sich mit Eulaeus, bevor er sich wieder erhob und nach Osten blickte, wo sich eine dünne Staubwolke zeigte. Das Land vor ihnen lag unter einem Hitzeschleier. »Schelling befindet sich auf dem Weg zu einem großen Xhosa-Dorf, das ein wenig weiter östlich liegt, dicht am Meer. Für den Rest der Strecke wird er wohl einen Führer brauchen. Hoffentlich halten ihn die Verhandlungen ein bisschen auf, damit wir mehr Zeit für unser Überholmanöver bekommen.«

»Aber benötigen wir denn nicht auch einen Führer?«, wollte Masson wissen.

»Oh, habe ich Ihnen das nicht erzählt?«, fragte Thunberg, während er sich plötzlich intensiv mit etwas beschäftigte, das unter seinen Fingernagel geraten war. Seine Aufmerksamkeit war davon so sehr gefesselt, dass er Masson nicht ansehen konnte. »Eulaeus stammt aus Two Rivers. Er kennt die Gegend besser als seine eigene Westentasche.«

Masson konnte kaum glauben, was er da zu hören bekam. »Sie haben das die ganze Zeit gewusst, habe ich recht?«

Thunberg wich seinem Blick aus. »So wie Sie es ausdrücken, hört es sich viel schlimmer an, als es in Wirklichkeit ist. Ich wollte nur nicht, dass Sie sich zu große Hoffnungen machen. Eulaeus sagt, dass er selbst die *Isigude* nie gesehen hat, aber er glaubt zu wissen, wo er danach suchen muss.«

»Und ich habe tatsächlich angefangen, Ihnen zu vertrauen«, erwiderte Masson kopfschüttelnd. »Was hatten Sie im Sinn? Ich glaube nicht, dass Sie mich wie Willmer im Stich gelassen hätten, das hätte gegen Ihren Ehrenkodex verstoßen, den Sie so hochhalten. Haben Sie gehofft, ich würde in der Wildnis sterben, damit Sie die Blume selbst an sich nehmen können?«

»Hören Sie«, sagte Thunberg in versöhnlichem Ton und nutzte bei seiner Wortwahl Massons Ängste bestmöglich aus, »wir verlieren Zeit. Jede Minute, die wir mit Diskutieren verbringen, könnten wir darauf verwenden, Schelling zu überholen. Wenn wir uns beeilen, können wir übermorgen in Two Rivers sein, vielleicht sogar einen ganzen Tag vor Schelling. Das wird uns genug Zeit geben, um die Blume aufzuspüren und dann sogleich nach Kapstadt zurückzukehren. Eulaeus wird dafür sorgen, dass der Stammesführer sie auf eine falsche Fährte lockt, und ehe Schelling begreift, was passiert ist, befinden wir uns bereits wieder auf halbem Wege nach Kapstadt.«

Masson runzelte die Stirn und atmete tief durch. Er spürte, dass die Blume zum Greifen nahe war, dennoch wusste er immer noch nicht genau, woran er mit Thunberg war. Erneut fragte er sich, was wohl noch alles auf ihn zukommen würde.

»Gut. Dann machen wir es so, wie Sie sagen. Aber keine weiteren Überraschungen.«

Als Thunberg die kleine Gruppe auf die nördliche Route führte, schenkte er Masson sein herzlichstes Lächeln und legte sich mit einer dramatischen Geste die Hand aufs Herz, als wolle er einen Eid schwören. »Keine weiteren Überraschungen, ich schwöre es!«

# 29. Kapitel

Für den Rest des Tages raste das Gespann mit seinen Begleitern über die Ebene. Während sie sich von der Küste entfernten und die Berge allmählich zurücktraten, eröffneten sich ihnen neue Ausblicke in alle Richtungen. Die Küstenwälder gingen in Grassavannen über, in denen zahlreiche Dornbüsche und struppige Sträucher wuchsen. Sie stießen immer wieder auf Wildtiere, die an Anzahl und Vielfalt alles übertrafen, was sie bisher gesehen hatten.

Sie entdeckten Elefanten und Nashörner wie auch ganze Herden von Zebras und deren braune Verwandte namens Quaggas, ganz zu schweigen von dem offenbar allgegenwärtigen Springbock. Zwar hatte Masson auf dem Weg die Küste entlang schon einzelne Exemplare dieser Tiere gesehen, doch nun erblickte er sie zum ersten Mal aus unmittelbarer Nähe und in dieser Menge. Immer wieder musste er sich selbst ermahnen, seine Reisebegleiter einzuholen, weil er ständig ungläubig anhielt, um die gewaltige Menge an Wild auf sich wirken zu lassen. Es machte ihn regelrecht sprachlos, wie fruchtbar dieses Land offenbar war, wenn es so vielen Lebewesen Nahrung bieten konnte.

Als der Nachmittag in den Abend überging, legten die Männer eine Rast ein, um sich zu stärken und die Pferde fressen zu lassen, bevor sie im Schutz der Dunkelheit weiterziehen wollten.

Es war während des Essens, als Masson vor Schreck beinahe seine Schale fallen ließ. Ein Geräusch war zu vernehmen, das ihm beinahe das Blut in den Adern gefrieren ließ. Anfangs war es noch so weit entfernt gewesen, dass er sich nicht viel dabei gedacht hatte, weil es sich in die Sinfonie der abendlichen Geräusche einfügte. Doch als es näher kam und deutlicher wurde, übernahm es nicht nur eine Führungsrolle im Abendkonzert, sondern brachte jedes andere Instrument zum Schweigen, bis es schließlich ganz allein in der schwarzen und ansonsten geräuschlosen Nacht zu hören war.

Als das Gebrüll erneut ertönte, schien es so nahe zu sein, dass Masson überzeugt war, ihr Abendessen und ihre gesamte Reise würden ein schnelles und blutiges Ende finden. Er sah jeden Moment ein Ungeheuer mit gelbem Fell und weißen Reißzähnen über sie herfallen. Nachdem er sein Essen auf dem Boden abgestellt hatte und zum Wagen geeilt war, um sich eines der geladenen Gewehre zu schnappen, stellte er verblüfft fest, dass Thunberg und Eulaeus sitzen geblieben waren und ihn mit amüsiertem Interesse beobachteten.

»Keine Sorge, Mr Masson, das Land hier ist flach, und bei diesem Wind wird der Schall über weite Strecken getragen. Höchstwahrscheinlich sind die Löwen meilenweit entfernt, und außerdem würde das Feuer sie uns vom Leib halten.« Thunbergs Worte beruhigten Masson nicht im Geringsten, vor allem nicht, als Thunberg beinahe munter fortfuhr: »Aber wahrscheinlich ist es trotzdem keine schlechte Idee, sich wieder auf den Weg zu machen.«

Nachdem sie zügig durch die Nacht gewandert waren und nur einmal kurz angehalten hatten, um eine Herde Elefanten vorbeiziehen zu lassen, die sich ebenfalls auf einem Nachtmarsch befanden, brach die Morgendämmerung an. Im Norden war am Horizont die zerklüftete Silhouette einer weiteren Bergkette zu erkennen, und sie hatten inzwischen einen flachen, langsam fließenden Fluss erreicht, dessen Bett sich tief in den Grund eingegraben hatte. Die Ufer lagen etwa zehn Meter höher und bestanden aus bröckeligem, rötlichem Lehm. Die Uferböschungen waren völlig vegetationslos und mit Rinnen und Furchen durchzogen, die das letzte Hochwasser hinterlassen hatte.

»Wahrscheinlich gibt es ein wenig weiter flussaufwärts eine Furt«, erklärte Thunberg, nachdem er Rücksprache mit Eulaeus gehalten hatte. »Auf der anderen Seite des Flusses teilt sich der Weg, und wir können auf die Hauptroute zurückkehren, die entlang der Küste verläuft. Da wir so gut vorangekommen sind, sollte Schelling mindestens einen halben Tagesritt hinter uns sein.«

Masson nickte gähnend. Thunberg drehte sich zu ihm um und schlug vor: »Sie können sich auf dem Wagen ausruhen, wenn Sie wollen.«

»In Anbetracht der Löwen und Ihrer Navigationskünste ist Schlafen wahrscheinlich das Letzte, was ich jetzt tun könnte.« Als sein Magen knurrte, fiel Masson ein, dass sie noch nicht gefrühstückt hatten. »Was gibt es zum Frühstück?«, wollte er wissen.

»Nun ja«, erwiderte Thunberg und versuchte, gut gelaunt zu klingen, »zum Jagen bleibt uns nicht mehr genug Zeit, aber wir haben noch ein paar Kekse und jede Menge Wasser. Und es gibt noch ein wenig Wein ...«

Eulaeus räusperte sich und sog die Luft durch die Zähne. Daraufhin runzelte Thunberg die Stirn und warf einen Blick auf den Wagen. Die restlichen Weinkisten enthielten keinen Wein mehr, sondern waren mit den Blumenzwiebeln, Samen und Zapfen gefüllt, die sie unterwegs gesammelt hatten.

»Na gut, dann also kein Wein. Aber wenigstens haben wir noch Pieterszoons Branntwein.«

Diesmal war es Masson, der den Kopf schüttelte, während

er eines der Gläser in die Höhe hielt, in denen sich allerlei Insekten, Reptilien und Amphibien befanden, die sie gefangen und in der hellbraunen Flüssigkeit konserviert hatten.

»Das ist nun wirklich ein Desaster – da können wir ja genauso gut auf der Stelle umkehren und nach Hause gehen«, murmelte Thunberg mürrisch. Er nahm Masson das Glas aus der Hand, öffnete es und schnupperte vorsichtig daran. Als Masson schon glaubte, er würde die Flüssigkeit gleich trinken, schüttelte Thunberg wehmütig den Kopf und verschloss das Glas wieder.

»Nun denn«, meinte er, »dann müssen wir uns eben mit Wasser und Keksen begnügen. Wenn wir gut in der Zeit liegen, können wir vielleicht zum Abendessen noch etwas erlegen.«

Eulaeus verteilte die Hartkekse und das Wasser, und nach einer kurzen Pause setzten sie ihren Weg fort, der nun dem Flusslauf folgte. Nach einigen Minuten starrte Masson in die Ferne und zeigte auf den Horizont. »Was ist das?«

Thunberg folgte der Richtung von Massons Zeigefinger und entdeckte zwei Giraffen, die sich an den dornigen Zweigen einer Akazie gütlich taten. »*Giraffa camelopardalis* natürlich«, erwiderte Thunberg. »Aber bestimmt sind Sie nicht so hungrig, oder etwa doch?«

»Nein. Das da!«

Jetzt blickte Thunberg an den Giraffen vorbei zum Horizont und sah über der Schlucht eine schwache, rostrote Staubwolke aufsteigen, die sich auf sie zu bewegte. Nach einigen Minuten zeigte sich, dass die Staubwolke von einer Karawane aus rund einem halben Dutzend Ochsenwagen aufgewirbelt wurde. Jeder Wagen wurde von sechs Ochsen gezogen, die sich ins Joch stemmten, während die staub- und schweißbedeckten Männer ihre *Sjamboks* knallen ließen und den Treck im hellen Morgenlicht antrieben.

»Treckburen!«, rief Thunberg, doch seine Begeisterung schlug schnell in Skepsis um. »Aber sie haben die falsche Richtung eingeschlagen. Ich spreche mal mit ihnen und bringe in Erfahrung, was los ist. Geben Sie mir etwas von dem Tabak, vielleicht können wir ihn gegen Branntwein eintauschen.«

Thunberg stopfte ein wenig Tabak in einen Beutel. »Sie warten hier mit Eulaeus.« Masson wollte protestieren, doch Thunberg fiel ihm ins Wort. »Nehmen Sie es nicht persönlich, aber diese Leute misstrauen den Engländern. Wissen Sie, wie sie Sie nennen?«

Masson schüttelte den Kopf. »Aber ich bin doch gar kein Engländer.«

*»Zoutpeel«*, fuhr Thunberg fort, ohne seinen Einwand zu beachten. »Das bedeutet Salzhaut. Denn ein Mann, der mit einem Fuß in Afrika und mit dem anderen in Europa steht, kann nicht verhindern, dass gewisse Teile seines Körpers im Meerwasser hängen.«

Thunberg ritt voraus und begrüßte munter den Mann, der den ersten Wagen lenkte. Nachdem sich die beiden eine Weile unterhalten hatten, kehrte Thunberg mit irritierter Miene zurück.

»Nun, es gibt eine gute und eine schlechte Nachricht. Und außerdem noch eine, die sich als gut oder als schlecht erweisen mag.«

Masson befürchtete das Schlimmste und wartete darauf, dass Thunberg weitersprach.

»Die gute Nachricht ist, dass die Furt gleich dort vorn ist. Außerdem ist es mir gelungen, den Tabak gegen ein wenig Dörrfleisch einzutauschen. Es ist zwar keine Giraffe, aber wenigstens wird es den Hunger stillen.«

»Aber das ist doch großartig!«, rief Masson, schnappte sich

den Beutel und zog ein Stück *Biltong* heraus, in das er die Zähne schlug, als wäre es seine letzte Mahlzeit.

»Ach ja, dann wäre da noch die schlechte Nachricht.«

Masson hörte auf zu kauen, während Thunberg tief Luft holte. »Offenbar ist es wegen des Weidelands zu einem Bruch der Beziehungen mit den Grenzstämmen gekommen. Die Treckburen behaupten, dass die Stämme ihnen ihr ganzes Vieh gestohlen und ihre Höfe niedergebrannt haben. Sie sagen, wer den Fluss überquert, ist dem sicheren Untergang geweiht. Deshalb befinden sie sich auf dem Weg nach Kapstadt, um van Plettenberg zu überreden, Truppen zum Aufbau einer Garnison herzuschicken.«

»Glauben Sie, sie sagen die Wahrheit?«, fragte Masson.

»Nicht ganz«, meinte Thunberg spöttisch. »Van Plettenberg ist das völlig egal, er ist an die Weisungen der Direktoren der Kompanie gebunden. Die unberechenbaren Treckburen, die täglich afrikanischer werden, interessieren ihn nicht. Nein, wahrscheinlich werden sie als Entschädigung irgendeinem Stamm im Inland das Vieh wegnehmen.«

»Wie beruhigend! Aber meine Frage bezog sich mehr auf den Teil mit dem Untergang.«

»Am besten ist es, sich an die Spitze zu wenden. Jeder Stammeshäuptling hat einen Hauptsitz, ein Dorf, wo er umgeben von seiner unmittelbaren Familie und seinen Beratern lebt. Um diese Jahreszeit befindet sich der Stammesfürst der Xhosa, Chief Chunga, in Two Rivers. Wir suchen ihn auf und nehmen das hier als Geschenk mit.« Thunberg klopfte auf eine der Weinkisten, in denen sie ihre Pflanzenmuster verstaut hatten.

»Sie wollen mir doch nicht erzählen, dass der Chief ebenfalls Botaniker ist?«, fragte Masson sarkastisch.

»Das nicht gerade; im Übrigen könnten wir ihnen ohnehin nichts über die Pflanzen hier beibringen. Aber das hier ist etwas anderes.« Thunberg hob den Deckel an und zeigte Masson die sauberen Bündel getrockneter Tabakblätter.

»Die Xhosa lieben Tabak, und wenn wir dem Chief dieses Geschenk überreichen, werden sie uns die Blume nur zu gern zeigen.«

Zögernd musste Masson zugeben, dass Thunberg offenbar an alles gedacht hatte. Allerdings blieb noch eine Frage offen. »Was ist denn mit der anderen Nachricht, die sich als gut oder schlecht erweisen könnte?«

»Nun ja, falls wir tatsächlich beschließen, nach Two Rivers weiterzureisen, müssen wir einen tückischen Bergpass überwinden, gegen den der Kloof-Pass in den Hottentot-Holland-Bergen an einen Spazierweg durch die Kompanie-Gärten erinnert. Ochsenwagen sind zu groß und müssen zerlegt werden, aber die Buren glauben, dass es mit unserem kleineren Wagen machbar sein könnte. Wenn wir den Pass erst mal hinter uns haben, müssen wir einen Landstrich durchqueren, in dem Wasser so knapp ist, dass man nur den Schweiß zu trinken hat, der sich zwischen den Zehen sammelt.«

Masson warf Thunberg einen fragenden Blick zu, doch der zuckte nur mit den Schultern und sagte: »Das waren die Worte der Treckburen, nicht meine.«

»Aber warum halten wir uns nicht einfach an unseren ursprünglichen Plan und kehren wieder zur Küstenroute zurück?«

»Eine ausgezeichnete Frage. Schließlich handelt es sich um einen stark frequentierten Weg, auf dem es jede Menge Wasser gibt, der mindestens einen Tag weniger Zeit kostet und der überdies viel sicherer ist. Wenn man nicht ...«

»Wenn man nicht was?«, hakte Masson nach und rechnete mit dem Schlimmsten.

»Wenn man nicht gerade dem Löwenrudel begegnet, das die

Anzahl dieser erfahrenen und gut bewaffneten Gruppe von Grenzbewohnern von sieben Wagen auf sechs reduziert hat.«

Masson spürte, wie er blass wurde. Die Urangst, selbst zur gejagten Beute zu werden, lag ihm schwer im Magen.

»Oh«, fügte Thunberg hinzu, »das Schlimmste habe ich jetzt beinahe vergessen.«

»Was denn?«, fragte Masson und war gespannt, was noch schlimmer sein konnte.

»Sie hatten auch keinen Branntwein mehr.«

## 30. Kapitel

Als sie den Anstieg zur Passhöhe schließlich erreichten, stellten sie fest, dass der Weg, dem sie den Vorzug vor den Löwen geben wollten, eher einem Bergsturz glich. Zwar war er frei von der dichten und dornigen Vegetation, die die Berge auf beiden Seiten überzog, doch dafür bestand er aus lauter faustgroßen roten Lehmklumpen, die von der Sonne gehärtet worden waren.

Sogar Masson erkannte, dass die pfeilgerade Narbe, die den Pfad bildete, schon am Tag schwierig zu bewältigen sein würde. Bei Nacht oder Regen allerdings, wenn das Wasser die tiefen Rinnen auf beiden Seiten herunterstürzen würde, wäre das Unterfangen gänzlich zum Scheitern verdammt.

Sie kamen überein, zuerst die Reitpferde hinaufzubringen, und dann, sobald die Pferde ebenen Boden unter den Füßen hatten, den Karren hinaufzuziehen. Nach dem Aufstieg, der statt einer Stunde dreimal so lang gedauert hatte, weil sie auf dem unsicheren Untergrund ständig rutschten und stolperten, erreichten sie schließlich die Passhöhe.

Ganz in der Nähe trafen sie auf die Überreste eines kleinen, vor Kurzem niedergebrannten Bauernhofs, von dem aus man einen hervorragenden Blick ins Tal hatte. Seit dem Überfall hatte es nicht mehr geregnet, wie sich an den zahllosen Abdrücken nackter Füße auf dem Boden ablesen ließ.

Das einzige Gebäude, das neben der verkohlten Ruine des einfachen Hauses noch stand, war ein kleiner Schuppen, der wie ein Hühnerstall aussah. In einiger Entfernung lag das unvollständige Skelett eines Pferdes. Es war von Hyänen und Geiern blank geputzt worden.

»Genau das, was ich mir immer schon gewünscht habe«, kommentierte Masson mit bemühter Heiterkeit. »Freundliche Nachbarn, eine schöne Umgebung und ein hübsches kleines Haus. Jetzt fehlen nur noch ein paar wild gewordene Schlangen.«

»Wer behauptet, dass sie fehlen?«, konterte Thunberg, nahm sein Gewehr zur Hand und blickte sich aufmerksam um.

Sie stiegen wieder nach unten, banden die Zugpferde an die Zugseile und widmeten sich der mühevollen Aufgabe, den Karren den steilen Abhang hinaufzuziehen. »Wir sollten bis zum Morgen warten«, meinte Thunberg nachdenklich, während er den Himmel musterte, an dem die Sonne schon allmählich sank. »Die Pferde sind erschöpft vom Aufstieg, und bald wird es dunkel werden.«

»Nein«, entgegnete Masson fest. »Wir haben schon genug Zeit verloren. Wenn wir bis morgen warten, setzen wir unseren Vorsprung vor Schelling aufs Spiel, und alles wäre umsonst gewesen.«

»Oh, das würde ich nicht so sehen«, antwortete Thunberg munter. »Meine Zeichnungen sind aufgrund Ihres hervorragenden Unterrichts wesentlich besser geworden, und Sie treffen inzwischen auch andere Ziele als Felsblöcke. Wie wäre es mit einer Rast unter einem schattigen Baum?«

»Verzeihen Sie, Mr Thunberg, aber wir können uns ausruhen, sobald wir Two Rivers erreicht haben. Die Blume ist meine einzige Rettung, und ich gedenke nicht, sie mir von Schelling vor der Nase wegschnappen zu lassen. Nicht, wenn wir dem Ziel schon so nahe sind.« Massons entschlossener Gesichtsausdruck verriet Thunberg, dass er sich diesmal auch durch schöne Worte nicht umstimmen lassen würde.

»Also gut«, seufzte Thunberg, »auch wenn gerade jetzt die perfekte Gelegenheit wäre, sich im Schatten eines Baumes niederzulassen.«

Noch bevor sie den Wagen die Hälfte des Anstiegs hinaufgezerrt hatten, war die Nacht hereingebrochen. Die Regenwolken, die von Südwesten herbeigezogen waren, verdeckten den Mond und brachten einen scharfen Wind mit. Schon bald verkündete ein fernes, von Blitzen begleitetes Donnern das Aufkommen eines Gewitters.

Der Regen kam nicht allmählich, sondern plötzlich. Es war, als hätte jemand an einem riesigen Hebel gezogen, der den gesamten Inhalt der Wolken auf einmal herunterprasseln ließ. Völlig durchnässt, ausgekühlt, fluchend und voller Angst, den Wagen zu verlieren, kämpften die Männer mit den müden Pferden und stemmten sich gegen ihre Rümpfe, um sie zu unterstützen. Doch die Mühe schien vergebens, als der Regen den Weg in nassen Lehm verwandelte und sich der Wagen immer wieder festfuhr.

Die Aufgabe wurde zusätzlich dadurch erschwert, dass die kleinen Rinnen, die sich durch den Regen bildeten, die Räder des Wagens wie magisch anzogen. Jedes Mal wenn der Karren in einer Furche stecken blieb, musste er wieder herausgehoben werden.

Als der Wagen zum vierten oder fünften Mal feststeckte, etwa auf halbem Weg zum höchsten Punkt, mussten Masson und Thunberg ihre ganze Kraft aufbringen, während Eulaeus die Pferde antrieb. Doch die beiden Männer wurden zur Seite geschleudert, als der Wagen sich unvermutet im Schlamm bewegte. Mit einem scheußlichen Knirschen brach die Hinterachse, gefolgt vom Klirren der Weinflaschen, die herunterrollten und auf dem Boden zerschellten.

In der mondlosen Finsternis, die nur gelegentlich von Blitzen aufgehellt wurde, hatten sie keine Chance, den Schaden zu begutachten. Also schirrten sie die Pferde aus und blickten sich suchend nach ein wenig Schutz um. Die einzige Möglichkeit war der Windschatten eines großen Eisenholzbaumes, den sie zuvor in der Nähe des Weges gesehen hatten. Doch da er weit oben in der Nähe der Bergkuppe stand, wirkte er auf Masson unheilverkündend. Sein Verdacht bestätigte sich kurz darauf, als der Baum von einem gleißenden Blitz getroffen wurde, auf den unmittelbar ein ohrenbetäubender Donnerschlag folgte, der die Erde erbeben ließ.

Die Zugpferde scheuten in Panik und gingen durch. Sie verschwanden in alle Richtungen in der pechschwarzen Nacht. Als der Regen noch stärker wurde, drehte Masson sich zu Thunberg um, zeigte den Weg hinauf und brüllte: »Hühnerstall!«

Thunberg schrie eine Antwort, die Masson jedoch über das Rauschen in seinen Ohren und den Lärm des Wolkenbruchs hinweg nicht verstehen konnte. Er lief einfach auf die Überreste des Hofes zu, erspähte das kleine Nebengebäude und stürmte darauf zu, während der Regen in Hagel überging.

Als Masson den Kopf einzog, um durch die Türöffnung zu gelangen, wurde er plötzlich von hinten gepackt und gewaltsam zurückgerissen. Er stürzte zu Boden und schlug mit ganzer Kraft wild um sich. Er traf mit dem Fuß auf etwas Weiches und hörte daraufhin ein lautes Heulen. Nachdem Masson sich aufgerappelt hatte, entdeckte er Thunberg, der sich auf dem Boden wälzte, laut fluchte und etwas rief, was Masson nicht richtig hören konnte.

Als Thunberg mühsam wieder auf die Beine gekommen war, packte er Masson wortlos am Arm und zog ihn zum Eingang des kleinen Gebäudes. Dann hob er einen großen Stein auf und warf ihn in das Häuschen, woraufhin sofort das ganze Dach einstürzte. Masson sah, dass das Dach aus scharfen Spitzen bestand, die das im Inneren Gefangene durchbohren sollten.

»Eine Hyänenfalle!«, schrie Thunberg, um das Gewitter zu übertönen. Masson wischte sich fassungslos und erschöpft den Regen aus dem Gesicht.

Die Männer suchten in den Ruinen des ausgebrannten Hauses Schutz und bauten sich ein provisorisches Dach mit Hilfe eines Wachstuchs, das Eulaeus zusammen mit einer Öllampe aus dem Wagen mitgenommen hatte. Der Karren steckte mitten am Abhang tief ihm Schlamm fest.

Während der Regen herunterprasselte, saßen die Männer mit vor Kälte klappernden Zähnen aneinandergedrängt in ihrem Unterschlupf. Jedes Mal wenn die schwache Flamme im Glaszylinder der Öllampe aufflackerte, hielt Masson den Atem an. Nachdem der Wagen beschädigt und die Pferde verschwunden waren, ahnte er, dass er kaum noch eine Chance hatte, die Blume als Erster zu finden, falls Schellings Reise nicht auch durch den Sturm gebremst worden war. Sollte Schelling ihm zuvorkommen, wäre für ihn alle Hoffnung auf Wiedergutmachung verloren.

# 31. Kapitel

Am folgenden Morgen stand Masson untröstlich zwischen den zerbrochenen Flaschen und sah zu, wie Eulaeus den Schaden an der Hinterachse des Wagens untersuchte.

Als Masson fragte, ob sie repariert werden könne, erhielt er ein unverbindliches Achselzucken als Antwort. Daraus schloss er, dass es zwar nicht unmöglich, aber auch nicht sonderlich wahrscheinlich war.

Entmutigt hielt Masson nach Thunberg Ausschau und sah ihn schließlich munter vor sich hin pfeifend mit mehreren Pferden am Zügel auf sich zukommen.

»Zwei Pferde wurden in der Nacht von Hyänen angefallen, aber diesen hier geht es verhältnismäßig gut«, erklärte Thunberg heiter.

»Ich nehme nicht an, dass Sie auch Wasser gefunden haben?«, wollte Masson wissen.

Thunberg hörte auf zu pfeifen. »Was meinen Sie damit?«

»Die meisten Weinflaschen sind kaputtgegangen, als die Achse brach. Und die, die ganz geblieben sind, waren leer. Wir haben nur noch einen halb vollen Trinkschlauch, das ist alles.«

»Wie sehr schwitzen Ihre Füße?«, fragte Thunberg in dem vergeblichen Versuch, Masson etwas aufzuheitern.

Masson ignorierte die Bemerkung. »Hatte der Hof keinen Brunnen?«, fragte er und blickte suchend zu der ausgebrannten Ruine hinüber.

»Wahrscheinlich ist er vergiftet«, erwiderte Thunberg verdrießlich.

»Aber es muss doch Wasser geben – letzte Nacht sind wir beinahe fortgespült worden!«

»Stimmt, aber abgesehen von einigen schlammigen Stellen ist der Boden staubtrocken. Es ist, als hätten wir das Ganze nur geträumt.«

Thunberg und Eulaeus berieten sich kurz, während Masson auf und ab lief und sein Pech verfluchte.

»Wir haben einen Plan«, sagte Thunberg schließlich vergnügt, »aber nur, falls es Sie interessiert.«

Masson zuckte bloß mit den Achseln und ließ ernüchtert die Arme hängen.

»Gemeinsam könnten wir es schaffen, den Wagen zu reparieren. Eulaeus glaubt, dass er mit dem Gefährt weniger als einen Tag bis zum Xhosa-Dorf brauchen würde, wenn er weiterhin dieser Route folgt. In der Zwischenzeit könnten wir beide querfeldein reiten und in wenigen Stunden am Ziel sein. Wir würden ein wenig Tabak mitnehmen und könnten so schon mal in die Verhandlung einsteigen. Den Rest der Belohnung würden wir dem Chief geben, wenn Eulaeus später am Abend mit dem Wagen eintrifft. Es wäre alles recht knapp, doch wahrscheinlich würden wir Schelling immer noch zuvorkommen. Was meinen Sie?«

»Obwohl der Bericht der Treckburen offenkundig der Wahrheit entspricht, soll unser großer Plan also darin bestehen, den Chief aufzusuchen und dann einfach darauf zu hoffen, dass ein bisschen Tabak ausreichen wird, um einen gigantischen Grenzstreit unter den Kalbsfellteppich zu kehren?«

»Natürlich besteht ein gewisses Risiko. Doch obwohl Chief Chungwa auf der Hut sein wird, nachdem er die Treckburen vertrieben hat, sollten wir uns keine Sorgen machen müssen, solange wir keine Bedrohung für ihn oder sein Vieh darstellen. Außerdem ist es schon des Öfteren vorgekommen, dass ein wenig geschenkter Tabak mehr bewirkt hat als ein bisschen Kehren.«

Masson ließ sich den Vorschlag durch den Kopf gehen und befand schließlich, dass sie unter diesen Umständen keine große Wahl hatten.

»Also gut, wir machen es auf Ihre Art. Abgesehen von der Möglichkeit, getötet zu werden, könnte es ohnehin kaum schlimmer werden.«

»Das ist die richtige Einstellung!«, erwiderte Thunberg trocken.

Die Reparaturarbeiten nahmen fast den ganzen Vormittag in Anspruch. Masson stellte fest, dass die körperliche Tätigkeit und die Aussicht auf ein nunmehr realistisch erscheinendes Ziel seinen Geist beschäftigt und somit dazu beigetragen hatten, die melancholische Stimmung zu vertreiben, die von ihm Besitz ergriffen hatte.

Nachdem der Wagen wieder einsatzbereit war, packten sie die umgestürzten Kisten ein und verstauten die Ausrüstung. Für den Ritt quer durch den Busch steckten sie sich ein wenig Proviant in einen Beutel. Thunberg nahm etwas Tabak aus der Kiste, wickelte ihn sorgfältig ein und steckte ihn in eine seiner Satteltaschen. Schließlich übergab er Eulaeus ein Gewehr mit der dazugehörigen Munition und lauschte aufmerksam der detaillierten Wegbeschreibung zum Lager von Chief Chungwa in Two Rivers.

Als Thunberg und Masson aufbruchsbereit waren, befand sich Masson in beinahe optimistischer Stimmung.

Nachdem sie sich von Eulaeus verabschiedet hatten, wandte sich Masson zu Thunberg um und fragte: »Sie sind sich doch sicher, was diese Abkürzung angeht, nicht wahr? Ich muss Sie wohl nicht daran erinnern, dass wir fast kein Wasser mehr und nur noch wenige Streifen Dörrfleisch haben.«

»Vertrauen Sie mir, Masson. Solange man den Xhosa gebührenden Respekt entgegenbringt und die richtigen Geschenke überreicht, sind sie für ihre Gastfreundschaft berühmt. Ich prophezeie Ihnen, dass Sie am Ende des Tages die Blume in den Händen halten werden. Und wenn es dann noch ein wenig Hirsebier und ein Stück frisch gebratenes Rindfleisch gibt, werden Sie der glücklichste Mann in ganz Afrika sein.«

# 32. Kapitel

»Ich verstehe das einfach nicht!« Thunberg war vom Pferd gestiegen und auf einen großen Stinkwood-Baum geklettert, um den bestmöglichen Überblick über die Umgebung zu haben.

Die beiden waren den ganzen Nachmittag hindurch geritten, und nun stand die Sonne bereits tief am westlichen Horizont. Die Pferde waren erschöpft, und ihre Reiter litten unter Müdigkeit, schlechter Laune und Durst.

»Wir haben uns doch nicht verirrt, oder?«, wollte Masson wissen.

»Es könnte schlimmer sein«, murmelte Thunberg vor sich hin, während er den Blick über den Horizont schweifen ließ.

»Ja, das könnte es vermutlich. Wir könnten zum Beispiel kein Wasser mehr haben. Oh, warten Sie mal, wir haben ja tatsächlich kein Wasser mehr, also kann es das nicht sein.«

»Ich habe mich genau an Eulaeus' Anweisungen gehalten«, fuhr Thunberg fort, der offenbar in eine Art Trance verfallen war. »Er hat ausdrücklich gesagt, dieser Höhenrücken würde in ein Tal münden, das uns direkt zum Lager führt. Doch von hier sieht es so aus, als würde sich der Höhenrücken noch meilenweit fortsetzen. Soweit ich es beurteilen kann, reicht er womöglich bis ans Meer.«

Er stieg wieder vom Baum und ging zu der Stelle, wo sich Massons Pferd an etwas Gras gütlich tat. »Es gibt eigentlich nur eine einzige Erklärung dafür, auch wenn sie mir unmöglich scheint.«

»Und die wäre?«

»Dass Eulaeus uns absichtlich in die falsche Richtung geschickt hat.«

»Ich nehme an, es wäre zu viel verlangt, eher an Ihrem Orientierungsvermögen als an Eulaeus' Loyalität zu zweifeln?«

»Still!« Thunbergs Kopf fuhr herum, weil er ein Geräusch aus dem dichten Dornbusch hörte, der ein wenig weiter unten am Abhang wuchs.

»Nehmen Sie es mir nicht übel, ich wollte bloß auf die Möglichkeit hinweisen …«, setzte Masson an.

»Pst!«, zischte Thunberg, der wie angewurzelt stehen geblieben war, um zu lauschen. Er verscheuchte nicht einmal die Fliegen, die um sein Gesicht schwirrten. Die beiden Pferde hatten aufgehört zu fressen und blickten mit gespitzten Ohren in dieselbe Richtung wie Thunberg. Ein tiefes Schnauben drang aus dem Busch, und schließlich entdeckte Masson ein großes, schwarzes Maul, das offenbar zu einer sehr großen Kuh gehörte.

»Masson?«, flüsterte Thunberg.

»Ja?«

»Wir sollten wohl besser die Flucht ergreifen.«

»Vor einer Kuh?«

»Das ist keine Kuh.«

Langsam trat das Tier aus den Büschen hervor. Außer dem schwarzen Maul sah Masson jetzt die scharfen, gebogenen Enden von zwei großen, eindrucksvollen Hörnern, die an der Stirn des Büffels zusammenliefen und einen Wulst bildeten. Wie Masson wusste, war dieser Wulst so dick und kräftig, dass er nicht einmal von einer Kugel durchdrungen werden konnte.

Das Tier gab weiterhin kurze, explosive Grunzlaute von sich, die nach und nach zu einem tiefen, grollenden Brummen wurden. Ein Rotschnabel-Madenhacker saß auf einem Horn und musterte die Männer aus einem Auge, das von einem auffälligen gelben Ring umgeben war, bevor er sich dem Hals des Büffels zuwandte. Masson war sich nicht sicher, ob er mit seinem Picken nach Ungeziefer suchte oder den Büffel ermunterte, doch endlich anzugreifen.

Der Koloss machte einen Schritt auf die beiden Männer zu, blieb stehen und warf den mächtigen Kopf zurück. Dampf drang aus seinen Nüstern. Jetzt tauchten Dutzende weitere Tiere auf, und Masson begriff, dass es sich um eine ganze Herde handeln musste.

Mittlerweile ging Thunberg langsam rückwärts auf sein Pferd zu, wobei er die immer weiter vorrückenden Büffel nicht eine Sekunde lang aus den Augen ließ. Sie waren noch ungefähr zwanzig Meter von ihnen entfernt.

Als der vorderste Büffel in der Herde besonders laut und bedrohlich schnaubte, begann Massons Pferd vor Furcht und Entsetzen laut zu wiehern. Es bäumte sich auf und schlug wild mit den Vorderhufen in die Luft. Dabei hatte Masson größte Mühe, sich im Sattel zu halten. Das wiederum schien das Signal zu sein, auf das die Büffel gewartet hatten, denn nun stürmten sie los. Ihre gewaltigen Körper beschleunigten so schnell, dass es unrealistisch wirkte.

Während Masson darum kämpfte, sein Reittier unter Kontrolle zu behalten, beobachtete er aus dem Augenwinkel, wie Thunberg mit einem großen Satz auf sein Pferd sprang. Er versuchte nicht einmal, die Füße in die Steigbügel zu bekommen, sondern fasste sofort nach den Zügeln und wandte sein Pferd auf der Hinterhand, während er ihm gleichzeitig auf die Flanke schlug, damit es sich umgehend in Bewegung setzte. Dann rasten die beiden Pferde in die entgegengesetzte Richtung davon und stürmten die Anhöhe hinunter.

Masson hielt sich nur mit Mühe im Sattel, während er seinem Partner hinterherjagte. Er musste sich nicht umdrehen, um zu sehen, ob die Büffel sie verfolgten, denn das Donnern der Hufe der tonnenschweren Kolosse, die alles auf ihrem Weg niedertrampelten, verriet, dass es um Leben und Tod ging. Während sie den Abhang hinuntergaloppierten, achteten sie nicht auf die Zweige, die ihnen schmerzhaft ins Gesicht schlugen und ihnen die Kleidung zerrissen. Ihre einzige Angst bestand darin, dass ihre Pferde stolpern oder stürzen könnten, denn dann würden sie mit Sicherheit zu Tode getrampelt werden.

Nachdem sie den Fuß der Anhöhe erreicht hatten, wurde das Gelände flacher, und der Busch ging in Grasland über. Masson und Thunberg wussten, dass ihre Reittiere von dem Tagesritt erschöpft waren und das Tempo nicht mehr lange durchhalten konnten. Thunberg änderte die Richtung und ritt nun parallel zu dem Höhenrücken, statt die Grasfläche zu überqueren und die mit Büschen bewachsene Anhöhe auf der anderen Seite in Angriff zu nehmen.

Auf ebenem Grund, ungehindert durch Büsche und Bäume, machte das Paar gegenüber den Büffeln deutlich Boden gut. Als sie sich schließlich umsahen, stellten sie fest, dass die Herde die Verfolgung aufgegeben hatte. Dennoch änderten sie vorsichtshalber ein weiteres Mal die Richtung und ritten bergauf ins Buschland. Sie hielten erst an, als sie den nächsten Höhenrücken erreicht hatten.

Beide Männer waren sprachlos und außer Atem. Im abendlichen Dämmerlicht erkannten sie, dass die aus Hunderten von Tieren bestehende Herde inzwischen ruhig und friedlich im Tal unten graste. Als die Sonne hinter dem Bergkamm unterging, war es für Masson der schönste Anblick, den er sich vorstellen konnte – vor allem, da er kurz zuvor noch überzeugt gewesen war, nie wieder einen Sonnenuntergang zu erleben.

Als die Geräusche der Nacht sich auf sie herabsenkten, sattelten sie ihre Pferde ab und schlugen ihr Lager auf, indem sie die Sättel als behelfsmäßige Kopfkissen auf den Boden legten. Nachdem Thunberg ein kleines Feuer geschürt hatte, kamen sie überein, abwechselnd mit dem geladenen Gewehr in Griffweite Wache zu halten, damit das Feuer die ganze Nacht hindurch weiterbrannte.

Masson, der müde, durstig und hungrig war, hatte keine Mühe, wach zu bleiben. Allerdings war das Wacheschieben eine regelrechte Tortur, denn sein Mund war trocken, sein Magen knurrte und die Geräusche aus dem Busch versetzten ihn in Angst und Schrecken. Allmählich fragte er sich, was ihn wohl als Erstes töten würde – wilde Tiere, Durst, Hunger oder Angst.

Ob es nun daran lag, dass sie der Situation hilflos ausgeliefert waren oder aber dass er sich im Unbewussten auf den Tod einstellte – jedenfalls nahm seine Furcht im Laufe der Nacht ab, und er konnte ihre missliche Lage besser akzeptieren. Dennoch zuckte er weiterhin bei jedem Zikadenzirpen oder dem Rascheln einer durchs Unterholz huschenden Maus zusammen. Mehr als einmal hätte er fast eines der Pferde erschossen, wenn es schnaubte oder sein Gewicht allzu geräuschvoll verlagerte. Doch er stellte fest, dass er diese Schrecken nicht mehr als persönliche Kränkung betrachtete. Ja, er war verängstigt, allerdings verspürte er nicht mehr das Bedürfnis, jemanden dafür verantwortlich zu machen.

Nun ging ihm auf, dass er in den vergangenen zwei Wochen, die er sich auf afrikanischem Boden befand, immer das Gefühl gehabt hatte, die ganze Welt hätte sich gegen ihn verschworen. Hier und jetzt neben dem Feuer und allein unter Tausenden von Sternen, die ihm mittlerweile nicht mehr ganz so fremd waren, fing er an, über sich selbst nachzudenken.

Er grübelte darüber nach, wer er bisher gewesen war, und er dachte an die Bücher, die in seinem Zimmer im Cottage seiner Mutter säuberlich aufgereiht auf dem Regal über seinem Pult standen. Sie hatte keine Mühen gescheut, ihm sein Zimmer freizuhalten, für den Fall, dass er beschließen sollte, wieder nach Leeds Castle zu ziehen und zu Hause zu wohnen. Er dachte an Constance, die sehnsüchtig auf ihn wartete, an ihre Hochzeit und die Zukunft, die sie miteinander teilen würden, an seine Pläne, eine Gärtnerei mit Baumschule zu gründen, von der er sich Unabhängigkeit und Freiheit erhofft hatte. Es wäre eine sichere, berechenbare und verlässliche Existenz, die ihm helfen würde, seine Furcht und die Unsicherheit, die ihn seit dem Tod seines Vaters ständig gequält hatten, ein für alle Mal zu besiegen.

Dann verglich er diese Version seiner selbst mit dem Mann, der er noch am Tag zuvor gewesen war, als er die heiße Sonne auf dem Rücken gespürt hatte, während er durch wilden Kampfer, Steppensalbei und Konfetti-Büsche gestapft war. Er hatte Schätze gesehen, die er zwar wahrscheinlich nicht als erster Mensch entdeckt hatte, doch er war als Erster in der Lage, ihren Platz im Lexikon der Naturwissenschaften zu bestimmen. Doch zu seiner Überraschung sah er noch mehr als das: Er sah einen Mann, der dem Unbekannten auf Augenhöhe entgegensah. Zum ersten Mal seit seiner Ankunft in Afrika fühlte Masson sich lebendig.

Er hatte nicht viel Zeit, sich mit dieser neuen Empfindung oder ihren Ursachen auseinanderzusetzen, denn Thunberg erwachte und löste ihn zur letzten Schicht ab. Masson deckte sich mit seinem Mantel zu und legte den Kopf auf den Sattel. Er hatte keine Probleme, augenblicklich in einen tiefen und seltsam zufriedenen Schlaf zu sinken.

# 33. Kapitel

## 21. November 1805, Kanada

*»Glauben Sie, dass sich Dr. Thunberg auch gefürchtet hat, Mr Masson?«, wollte Robert wissen, den die Erzählung immer noch fesselte. Seine Augen waren groß wie Untertassen geworden, während er die Verfolgung durch die Büffel in seiner Fantasie miterlebte.*

*»Sei nicht albern, Robert«, mischte sich sein älterer Bruder spöttisch ein. »Ein Mann wie er hat keine Angst. Er ist zu sehr damit beschäftigt, in die Zukunft zu blicken und an die Rolle zu denken, die er einmal einnehmen wird. Nein, Robert, Männer wie Dr. Thunberg kennen keine Furcht, sie handeln stattdessen. Und wenn sie handeln, so tun sie das gemäß ihren eigenen Überzeugungen von Recht und Unrecht, Gut und Böse. Dabei lassen sie sich niemals durch die Schwächen von anderen aufhalten, und sie gehen auch keine Kompromisse ein. Ist es nicht so, Mr Masson?«*

*»Nun, Mr Thunberg besaß in der Tat Abenteurergeist, aber ich bin mir nicht sicher, ob er sich selbst als den Idealisten betrachtete, als den Sie ihn beschreiben.«*

*»Aber verstehen Sie denn nicht? Er war ein Idealist im wahrsten Sinne des Wortes. Warum sonst hätte er Ihnen geholfen, wenn es nicht den Idealen der Wissenschaft gedient hätte?«*

*Masson überlegte kurz, bevor er Jacks Frage beantwortete. »Ich muss zugeben, dass ich ihn zu Beginn unserer gemeinsamen Reise für verrückt gehalten hatte. Doch nach und nach begriff ich, dass es sich in Wahrheit um einen unstillbaren Durst nach Abenteuern handelte, gepaart mit der völligen Missach-*

*tung jeglicher Vorsicht. Vermutlich war die Blume für die Königin für ihn einfach ein Mittel zum Zweck, eine weitere Eskapade auf seiner Suche nach dem Ruhm, nach dem er sich so sehr sehnte.«*

*Jack wollte protestieren, doch Masson fuhr fort. »Die Erlebnisse hatten mich nachhaltig beeinflusst, und während ich allmählich mit mir selbst ins Reine kam, änderte sich auch mein Bild von Mr Thunberg ein wenig. Obwohl ich ihm dankbar für seine Hilfe und seine Unterstützung war und auch seine Kompetenz und sein Wissen schätzte, hatte ich immer noch Zweifel hinsichtlich seiner Motive.*

*Ich hätte nie vermutet, dass sich der Argwohn, den ich seit unserer Begegnung in der False Bay hegte und den ich so lange unter einer Oberfläche unbeschwerten Geplänkels verbarg, so bald entladen würde. Und damit sollte sich alles ändern.«*

# 34. Kapitel

Der Morgen war feucht und kühl. Als Masson den Kopf hob, sah er Thunberg unter einem kleinen Baum in der Nähe ihres Lagers in der Erde graben. Das Feuer war heruntergebrannt, und der Geruch des schwelenden Olivenholzes überzog alles, von seiner zerrissenen Kleidung bis hin zu seiner ausgedörrten Kehle.

»Ich dachte, man sollte bei Gefahr auf einen Baum klettern und nicht darunter graben.«

»Cussonia«, sagte Thunberg, ohne seine Arbeit zu unterbrechen. Mit bloßen Händen kratzte er die steinige Erde unter dem Baum weg, der etwa so hoch wie Masson war und große, fleischige, gefiederte Blätter besaß. Der Stamm des Baumes war etwa so dick wie sein Arm. »Wenn wir es schaffen, an die Wurzeln zu gelangen, können wir sie schaben und ein wenig Wasser herausquetschen. Es wird nicht viel sein, aber es kann uns vor dem Verdursten bewahren.«

Masson kniete sich neben Thunberg auf den Boden und begann ebenfalls zu graben. Mit vereinten Kräften legten sie bald die dicken, knolligen Wurzeln frei. Thunberg zog sein Messer hervor und schabte an den Wurzeln, bis er eine Hand voll Raspel zusammenhatte. Anschließend hielt er sich die Späne über den Mund, streckte den Daumen wie eine Tülle aus und drückte zu.

Eine trübe Flüssigkeit drang aus seiner geballten Faust, lief seinen Daumen herunter und tropfte ihm in den Mund.

»Meine Güte, ist das gut! Hier, Sie sind dran.« Er gab das

Messer an Masson weiter, der seinem Beispiel folgte und bald ebenfalls die Flüssigkeit genoss, deren Geschmack ein wenig an eine dünne Gemüsebrühe erinnerte. Abwechselnd schabten und tranken sie nun, bis ihre Hände wund wurden und ihr Durst gelöscht war.

»Ich habe nachgedacht«, sagte Masson, während er sich die Hände an der Hose abwischte und feststellte, dass sie jetzt noch schmutziger war als zuvor. »Ohne Vorräte und Munition zwischen den Löwen, Büffeln und Xhosa sehe ich keine Möglichkeit, unser Vorhaben fortzusetzen. Wir sollten umkehren, je früher, desto besser.«

Thunberg musterte Masson und erkannte die Enttäuschung unter dem Schmutz in seinem Gesicht. »Das ist doch sicherlich ein Scherz.«

Masson schüttelte den Kopf. »Nein, Mr Thunberg. Ich glaube, wir sind am Ende angelangt.«

»Sie haben kalte Füße bekommen, stimmt's?«

»Wie bitte?«

»Das habe ich schon oft erlebt. Jemand steht unmittelbar vor dem, wonach er gestrebt und wofür er gelitten hat, und wenn er schließlich nur noch die Hand danach ausstrecken muss, macht er einen Rückzieher, weil er Angst vor dem hat, was ihm noch bleibt, nachdem er sein Ziel erreicht hat.«

»Und Sie, der großartige Dr. Carl Peter Thunberg, Botaniker, Arzt und unvergleichlicher Glücksritter? Bitte verzeihen Sie, dass ich dem neuen Abenteuer, mit dem Sie Ihre Freunde im fernen Stockholm zu unterhalten gedenken, ein vorzeitiges Ende bereite! Aber ich bin zur Vernunft gekommen und habe begriffen, dass keine Blume auf der Welt es wert ist, für sie zu sterben.«

»Vielleicht haben Sie in anderer Hinsicht kalte Füße bekommen? Wenn Sie die Blume nicht finden, bekommen Sie kein

Land. Kein Land, keine Hochzeit. Ist es das? Versuchen Sie, einer lästigen Verbindung aus dem Weg zu gehen? Falls ja, so fielen mir da deutlich einfachere Lösungen ein!«

»Wie können Sie es wagen, Sir! Nicht, dass es Sie etwas angeht, aber zufällig bedeutet mir Constance sehr viel!«

»Ja, sehr viel. Deshalb haben Sie auch ganze zwei Briefe an Ihre sogenannte Seelenverwandte geschrieben, seit wir Kapstadt verlassen haben. In einem haben Sie die Blumen beschrieben, die wir gesammelt haben, und in dem anderen haben Sie sich über das schöne Wetter hier ausgelassen. Nicht gerade der Stoff, mit dem man das Herz einer Lady zum Glühen bringt, würde ich sagen!«

Schlagartig löste sich Massons Selbstbeherrschung in Luft auf. Er stürzte sich auf Thunberg, rammte ihm die Schulter in die Magengrube und schleuderte ihn gegen den Baum. Thunberg schnappte nach Luft, war aber nicht außer Gefecht gesetzt. Als Masson zurücktrat, um einen neuen Anlauf zu unternehmen, riss Thunberg das Knie hoch und traf seinen Kontrahenten mitten ins Gesicht. Masson taumelte rückwärts, drückte sich die Hände gegen die Nase und beobachtete ungläubig, wie das Blut zwischen seinen Fingern hervorströmte.

Mit einem Wutschrei stürzte er sich erneut auf Thunberg, umklammerte ihn und hob ihn hoch, bis beide zu Boden fielen. Dort prügelten und traten sie nach einander, ohne sich an irgendwelche Regeln der Fairness zu halten.

Als sie schließlich wieder auf die Füße kamen und sich gegenüberstanden, war nicht zu erkennen, wer von ihnen mehr blaue Flecken und Platzwunden davongetragen hatte. Massons Augen schwollen wegen des Treffers auf die Nase zu, während Thunberg heftige Schläge gegen Ohren und Kiefer kassiert hatte. Seine vorsichtigen Bewegungen legten nahe, dass auch seine Rippen den Kampf nicht unbeschadet überstanden hatten.

»Sie sind ein Feigling«, stieß Thunberg hervor und schnappte nach Luft. »Sie hatten von dem Moment an Angst, als Sie den Fuß auf diesen Kontinent gesetzt haben. Und nachdem Sie jetzt die Nase voll haben, glauben Sie, Sie könnten einfach nach Hause flüchten!«

»Sie sind nicht nur ein Dreckskerl, der so weit gesunken ist, dass er die private Post eines anderen Mannes liest, sondern Sie sind zudem ein rücksichtsloser Idiot, der nur an seinen eigenen Ruhm denkt!«, erwiderte Masson in blinder Wut. »Glauben Sie wirklich, ich wüsste nicht, dass Sie die erstbeste Gelegenheit ergreifen würden, sich die Blume selbst unter den Nagel zu reißen, sobald wir sie gefunden haben? Vielleicht könnten Sie mit der Blume Ihr Ziel erreichen, nach Japan zu reisen. Aber es ist mir mittlerweile gleichgültig, meinetwegen können Sie sie haben. Allerdings nicht, bevor ich Ihnen diese hier verpasst habe!«

Damit holte Masson erneut aus, doch Thunberg parierte den Schlag. Wieder hielten sich die Männer in wilder Rangelei umklammert, ehe sie irgendwann erschöpft zu Boden sanken. Schließlich lösten sie sich voneinander und rollten jeweils zur Seite. Beide blinzelten in den hellen Himmel und atmeten in kurzen, schmerzhaften Zügen.

»Fühlen Sie sich jetzt besser?«, erkundigte sich Thunberg.

»Viel besser«, keuchte Masson.

»Sie haben nur in einer Sache recht«, erklärte Thunberg und stand mühsam auf.

»Die Blume?«

»Nein, da liegen Sie falsch. Ich bin nicht hergekommen, um Ihnen Ihre Blume wegzunehmen, sondern weil ich etwas von Schelling will.«

»Dann sind Sie ein rücksichtsloser Idiot, der nur an seinen eigenen Ruhm denkt?«

»Nein, auch da haben Sie unrecht. Obwohl wir uns diesbezüglich wahrscheinlich nicht einigen könnten.«

»Ich kann mich nicht erinnern, welcher Punkt jetzt noch übrigbleibt«, murmelte Masson.

»Die Briefe. Sie haben recht, es war nicht richtig von mir, und ich verdiene Ihre Verachtung. Aber zu meiner Verteidigung muss ich sagen, dass ich nur zufällig darüber gestolpert bin. Eigentlich habe ich nach einem der Exemplare gesucht, die wir gesammelt haben.«

»Aber die Briefe waren zusammengefaltet, und ich habe sie im hinteren Umschlag eines der Notizbücher verstaut.«

»Was soll ich sagen? Meine Suche war eben gründlich. Auf jeden Fall waren sie nicht versiegelt, und so, wie sie geschrieben waren, dachte ich, es handele sich um eine Landschaftsbeschreibung. Ich möchte mich dafür entschuldigen.«

»Ich weiß nicht – sehen Sie uns doch bloß an. Sind wir wirklich in der Lage, irgendetwas zu bewirken?«

Thunberg hatte Schmerzen, als er lachte, weshalb er schnell wieder damit aufhörte. »Wahrscheinlich nicht.«

»Wenigstens haben wir es versucht«, erwiderte Masson.

»Das haben wir auf jeden Fall getan«, pflichtete Thunberg ihm bei.

»Eine Sache noch«, begann Masson.

»Hmm?«, erwiderte Thunberg mit geschlossenen Augen, während er sich ein paar letzte Tropfen Cussonia-Wasser in den Mund presste und den flüssigen Nektar genoss.

»Wo sind die Pferde?«

»Gleich dort drüben.« Ohne sich umzudrehen, deutete Thunberg mit der freien Hand über die Schulter auf einen leeren Fleck plattgedrückten Grases.

Als Thunberg die Augen öffnete, schüttelte Masson den Kopf. Der Schwede fuhr herum. Fassungslos betrachtete er die Stelle, an der die Pferde hätten sein sollen.

»Nun ja, entweder haben die Tiere Wasser gerochen, oder sie haben die Witterung von ein paar verrückten Männern aufgenommen. Ich hoffe bloß, es ist Ersteres«, murmelte Thunberg vor sich hin, während er sich mühsam durchs Gebüsch schob.

Sie marschierten weit länger als eine Stunde und entdeckten ihre Reittiere schließlich in der Ferne, bevor diese sich wieder in den Schutz der Büsche schlugen. »Hier sind wir also, ohne Gewehre, ohne Essen und ohne Wasser, und jagen zwei Tieren nach, die uns problemlos davonlaufen können. Ja, sie wittern eindeutig Männer, die verrückt sind.« Gegen seinen Willen musste Masson lachen, woraufhin Thunberg fluchte, weil er überzeugt war, dass Masson jetzt endgültig den Verstand verloren hatte. Mit entlaufenen Pferden konnte er umgehen, aber ein Mann, der den Verstand verloren hatte, war doch eine ganz andere Sache.

Die Pferde führten sie über zwei weitere Höhenrücken, bevor sie sich einem steilen Abhang näherten, der sie in eine schmale Spalte zwischen zwei Bergen hinunterleitete. Während die Tiere mühelos zwischen den größtenteils niedrigen immergrünen Sträuchern und Büschen hindurchliefen, hatten die Männer ihre Schwierigkeiten, die Vegetation zu passieren. Sie mussten sich entweder in geduckter Haltung fortbewegen oder sich um Äste und Dickicht herumschlängeln. Die von ihrer Prügelei herrührenden Verletzungen erleichterten ihnen ihre Aufgabe auch nicht gerade, außerdem stolperten sie ständig über Termitenhügel, traten in Erdferkelhöhlen und mussten auf Schlangen und Skorpione achtgeben, die im Gestrüpp versteckt sein konnten.

Der Abhang wurde zunehmend steiler, und man konnte erkennen, an welcher Stelle die Pferde abgerutscht waren. Weil die Männer es so eilig hatten, unterschätzten sie das Gefälle. Sie rutschten durchs Gestrüpp, bis sie schließlich strauchelten und abstürzten. Verzweifelt griffen sie nach allem, was ihren rasanten Abstieg zu bremsen vermochte.

Schließlich landeten sie noch übler zugerichtet, zerschrammt und schmutzig am Grund der Felsspalte, die etwa drei Schritte breit war. Ihr Fall war durch den gegenüberliegenden, noch steileren Hang aufgehalten worden. Als sie wieder auf die Beine gekommen waren und sich umsahen, um herauszufinden, in welche Richtung die Pferde gelaufen waren, streckte Thunberg einen Arm aus und packte Masson am Jackenaufschlag. »Sehen Sie mal, Masson! Schwertlilien, Gladiolen ...«

Die beiden Männer starrten auf die leuchtend bunten Blumen, die nicht weit von ihnen entfernt büschelweise wuchsen. Dann drehten sie sich zueinander hin und riefen einstimmig aus: »Wasser!«

Als sie der Spur der Pferde folgten, die den Talboden entlanggelaufen waren, stellten sie tatsächlich mit Erleichterung fest, dass die Luft feuchter und der Boden nasser wurde. Schließlich erzeugten ihre Schritte schmatzende Geräusche. Quellwasser stieg aus dem Boden auf und hinterließ in den Vertiefungen ihrer Fußabdrücke kleine Pfützen.

Vorsichtig, um ihre Pferde nicht zu erschrecken, setzten sie ihren Weg fort, bis sie sie schließlich entdeckten. Sie standen mit gesenkten Köpfen an einem flachen Tümpel, der sich hinter einer gewaltigen Granitbarriere gebildet hatte, und stillten ihren Durst.

Der Ort war beinahe überirdisch in seiner Beschaulichkeit. Gelegentlich flogen ein Fliegenschnäpper oder ein Buschwürger vorüber, die perfekt mit dem funkelnden Sonnenlicht und dem leisen Tröpfeln des Wassers harmonierten. Ein Bächlein ergoss sich über den Rand des Teiches und floss in die Schlucht hinunter.

Masson und Thunberg näherten sich den Pferden und ergriffen sie am Halfter, bevor sie sich selbst auf die Knie sinken ließen und gierig von dem kühlen Quellwasser tranken.

Masson war so sehr darauf konzentriert, seinen Durst zu löschen, dass er die Spiegelung auf der leicht gekräuselten Wasseroberfläche zunächst gar nicht beachtete. Erst nachdem er den Kopf gehoben und sich den Staub aus den Augen gewaschen hatte, nahm er wahr, was sich die ganze Zeit schon vor ihm befunden hatte. Er fragte sich, ob er vielleicht Wahnvorstellungen hatte, und wollte Thunberg ansprechen, doch er brachte kein Wort heraus. Er war sich nicht einmal mehr sicher, ob er noch atmete.

Aus Angst, dass sich das Bild vor seinen Augen in Luft auflösen würde, sobald er auch nur zwinkerte, versuchte Masson, Thunbergs Aufmerksamkeit zu erlangen, indem er ihn mit der freien Hand anspritzte.

»Haben Sie den Verstand verloren, Mann? Sie erschrecken die Pferde!« Aber Thunberg schluckte seinen Protest herunter, als er aufblickte und entdeckte, was Masson auf der gegenüberliegenden Seite des Teichs anstarrte.

An einem sonnenbeschienenen Fleck – wie im Scheinwerferlicht einer begrünten Bühne – erhob sich ein Büschel grüner Pflanzenstiele aus dem Boden, die, riesigen, grünen Speerspitzen gleich, in breiten, fleischigen Blättern endeten. Einige der Stängel ragten noch höher hinaus, als wollten sie nach der Sonne greifen, bevor sie in Blüten von leuchtend orangefarbener Pracht explodierten – schöner als alles, was Masson je gesehen hatte.

Sie besaßen eine derartig magische Ausstrahlung, dass Masson überzeugt war, sie würden sich gleich in die Lüfte erheben und niemals zurückkehren, als eine leichte Brise die Schlucht hinunterwehte und die Blumen erzittern ließ. Er brauchte Banks' Zeichnung nicht, um zu überprüfen, ob es dieses Exemplar war, wonach er gesucht hatte. Es konnte gar nichts anderes sein: Er hatte die Blume für die Königin gefunden.

Seine Entdeckung nahm ihn so sehr in Anspruch, dass er wortlos sein Notizbuch aus der Satteltasche nahm und anfing, die Blume zu zeichnen. Doch diesmal wollte er mehr als ein säuberliches Abbild oder eine zweidimensionale Kopie der Formen der Einzelteile erzielen, die das Auge eines Wissenschaftlers erfreuen würden. Nein, er hatte vor, das gesamte Erlebnis einzufangen und auf Papier zu bannen – jene nicht greifbaren Gefühle der Erleichterung, der Hoffnung und der Freude, denen auf einen Schlag Furcht und Verdrossenheit gewichen waren, die zu seinen ständigen Begleitern geworden waren. Er wollte etwas mit nach Hause nehmen, mit dem er all das mitteilen konnte, was Worte nicht auszudrücken vermochten. Er wollte in der Lage sein zu zeigen, wie es sich anfühlte, wenn man, halb tot vor Durst, Angst und Verzweiflung, endlich die Erlösung fand.

Doch obwohl er versuchte, seine Hand von der Tyrannei der perspektivischen Geometrie zu befreien und die Augen zu schließen, um in sein Innerstes zu blicken, spürte er, wie die vertrauten Zweifel und Ängste durch die unbewachten Gassen seines Unbewussten schlichen. Letztlich wurde seine Hand immer gebremst. Mit jeder akkuraten Linie und jedem sorgfältig überlegten Pinselstrich wuchs seine Enttäuschung. Niedergeschlagen riss er jede neue Seite aus dem Notizbuch und warf sie weg. Die leichte Brise ließ die Blätter in den Teich flattern, wo sie mit der Strömung davontrieben, bis sie schließlich zusammen mit dem Wasser über den felsigen Rand getragen wurden.

Die Anstrengung, die er auf sich genommen hatte, um die Blume zu finden, war nichts im Vergleich zu dem Kampf, den er jetzt mit sich selbst ausfocht. Als ihm schließlich die Tinte ausging, betrachtete er die Zeichnung, die er soeben angefertigt hatte, und wusste, dass er zwar die Pflanze gefunden, es jedoch nicht geschafft hatte, den Zauber des Augenblicks ihrer Entdeckung einzufangen.

»Sie haben die Blume gut getroffen«, kommentierte Thunberg. Der Klang seiner Stimme unterbrach die Stille, die sich über den Teich gesenkt hatte. »Wobei ich auch die Versuche eins, zwei und drei sehr gelungen fand. Jedenfalls verstehe ich jetzt, warum Banks diese Blume unbedingt haben will. Wer weiß, in welchem Rahmen sich eine Königin erkenntlich zeigt, wenn eine solche Schönheit nach ihr benannt wird. Oder wie dankbar wird ein König sein, wenn er derjenige ist, der diesen Traum wahr werden lässt?«

Masson umklammerte seine Schreibfeder und schwieg.

»Jetzt muss es uns nur noch gelingen, sie lebend nach Kapstadt zu bringen.«

»Thunberg!«, rief Masson ihm nach, als er zu den Pferden ging. »Ich weiß gar nicht, wie ich Ihnen danken ...«

Plötzlich blieb Thunberg abrupt stehen, drehte sich um und legte den Finger an die Lippen. Dann bedeutete er Masson, zu ihm zu kommen.

»Nein, wirklich, wenn Sie und Eulaeus nicht gewesen wären«, wollte Masson protestieren, als Thunberg ihn mit einer energischen Handbewegung zum Schweigen brachte. Er deutete auf ein Dickicht, das den Teich an der zur Schlucht gewandten Seite begrenzte. Masson jedoch konnte nichts Verdächtiges hören.

Als er sich schon wieder der Blume zuwenden wollte, packte Thunberg ihn am Ärmel und zog ihn mit sich. Auf Händen und

Knien arbeiteten sie sich durch das Gestrüpp und hielten bei jedem Knacken eines Zweiges inne. Schließlich hörte auch Masson, was Thunberg so nervös gemacht hatte. Dort waren Menschen – und zwar sehr viele Menschen.

# 35. Kapitel

Masson und Thunberg folgten dem Klang der Stimmen und krochen weiter durch das Dickicht, bis sie einen senkrechten Felssturz erreichten, der sie zum Anhalten zwang.

Zu ihrer Linken rann das Wasser aus dem Teich über eine Sandsteinklippe und traf auf weiteres Quellwasser, das zwischen den Felsen hervortrat. Wo das Wasser in einen viel größeren Teich herabstürzte, hinterließ es eine Spur aus Algen und Feuchtigkeit.

Immer noch vom Dickicht verborgen, folgten sie mit den Blicken dem Lauf des Wassers, das aus dem Teich unter ihnen durch die Schlucht floss, bevor es sich in einen schmalen, seichten Bach ergoss. Der Bach wiederum wand sich durch eine flache Grasebene und mündete schließlich in einen größeren Wasserlauf, der entlang des Fußes des gegenüberliegenden Berges verlief und sich tief in Erde und Felsen gegraben hatte.

In der Nähe des Sees am Fuße der Klippen am östlichen Hang der Schlucht lag ein Dorf mit etwa zwei Dutzend Hütten, die wie Bienenkörbe geformt waren. Sie waren der aufgehenden Sonne zugewandt und standen in der Nähe der Kammlinie – hoch genug gelegen, um immer trocken zu bleiben, jedoch weit genug unten, um Schutz vor den Winden zu finden. Die Hütten bestanden aus einem Gerüst aus Zweigen, das mit Lehm und Kuhdung verputzt war, und die Dächer hatte man mit langem Gras gedeckt. Die Behausungen waren in einem Halbkreis angeordnet und bildeten zusammen mit einer Reihe dorniger Mimosensträucher eine große Einfriedung mit einem einzigen

Gatter. Innerhalb dieser Einfriedung hüteten Xhosa-Männer Rinder mit kunstvoll geschwungenen Hörnern und geflecktem Fell. Sie wurden gerade durch das Gatter hinausgetrieben, damit sie auf dem Weideland grasen konnten.

Weiter unten am Hang und näher am Wasser befanden sich große Gärten, die auf allen Seiten von den gleichen Dornbüschen umgeben waren, die auch das Vieh einpferchten. Dort hatte man Mais, Schlangenbohnen, Zuckerrohr und Kürbisse sowie Melonen und Hirse angepflanzt. Allerdings war noch nichts davon erntereif. Die Kinder, die die Gatter zu den Gärten bewachten, schwatzten miteinander oder warfen mit Steinen nach Vögeln, die sich gelegentlich zwischen den Nutzpflanzen niederlassen wollten.

Doch was Masson vor allem ins Auge sprang, waren die Blumen. Hunderte und Aberhunderte Exemplare der Blume der Königin wuchsen am Grund der Schlucht und an den Ufern des Flusses. Dutzende von Xhosa-Frauen, die normalerweise in den Gemüsegärten gearbeitet hätten, waren dazu abgeordnet worden, die Blumen entlang des Flusses zu ernten. Vorsichtig gruben sie sie aus und setzten sie in feuchte Säcke, die mit Erde gefüllt waren.

Thunberg stieß Masson leicht an und zeigte auf ein kahles Stück Land unmittelbar neben der Stelle, an der der Bach in den Fluss mündete – rund dreihundert Meter entfernt. Dort war ein kleines Lager aufgeschlagen worden, und einige Zweimannzelte standen vor drei Planwagen. Vor zwei der Wagen hatte man bereits je vier Zugpferde gespannt.

Eines der Gefährte war offenbar schon vollständig mit Lattenkisten beladen worden, in die man die Pflanzen gepackt hatte. Anscheinend wurden gerade letzte Vorbereitungen für die Rückreise nach Kapstadt getroffen, denn Schellings Sklaven zurrten große, mit frischem Flusswasser gefüllte Fässer fest.

Masson kniff die Augen gegen die gleißende Sonne zusammen und beugte sich weiter vor, um einen besseren Blick auf das Lager zu erhaschen. Er sah Schelling Pfeife rauchend im Schatten eines Sonnenschirms stehen und der Blumenernte zusehen. Um ihn herum befanden sich einige Leute, unter ihnen auch der Chief mit seinem Leopardenfellumhang und einer Halskette aus roten Perlen sowie einige weitere Stammesangehörige. Schelling stützte einen Fuß auf eine offene Kiste, aus der er nun ein Gewehr zog, das noch in Wachspapier eingepackt war. Er wickelte die Waffe aus und führte sie dem Anführer vor, indem er so tat, als würde er auf die Sklaven zielen, die die Planwagen beluden – sehr zur Belustigung des Häuptlings und seiner Gefolgsleute.

»Was in Gottes Namen hat das denn zu bedeuten?«, flüsterte Thunberg entsetzt.

»Großartig. Wir haben ein wenig Tabak anzubieten, und Schelling bringt ihnen Gewehre mit. Ich glaube nicht, dass wir uns jetzt noch große Hoffnungen auf ein Festessen mit Rindfleisch und Bier machen können!«

»Nein, Sie Idiot, *dort drüben!*«

Masson folgte mit seinem Blick der Richtung von Thunbergs Zeigefinger. An Schellings Seite war eine unglaublich schöne Frau mit feinen Gesichtszügen aufgetaucht, die in etwa die gleiche Kleidung wie Masson und Thunberg trug – allerdings in erheblich besserem Zustand. Sie hielt ein durchweichtes Blatt Papier in den Händen und schien mit Schelling zu streiten, der es ihr daraufhin aus der Hand riss. Daraufhin stürmte die Frau auf eines der Zelte zu. Als sie den Eingang erreichte, drehte sie sich um und blickte genau in Massons und Thunbergs Richtung. Instinktiv zogen die beiden die Köpfe ein. Als sie kurz darauf wieder einen Blick riskierten, sahen sie nur noch, wie sich die Zeltklappe in der Brise hin und her bewegte.

»Verdammt! Sie hat uns entdeckt«, schimpfte Thunberg.

»Das kann nicht sein, nicht aus dieser Entfernung«, widersprach Masson ohne große Überzeugung.

»Der alte Pieterszoon wird wohl allmählich senil. Wie kann ihm eine solche Schönheit entgangen sein?«, wunderte sich Thunberg.

Als sie erneut ins Tal spähten, sahen sie Schelling in Gesellschaft des Chiefs und eines weiteren Mannes, den sie zuerst für einen von Schellings Sklaven gehalten hatten. Doch nachdem Masson genauer hingesehen hatte, kamen ihm die Körperhaltung und das Auftreten des Mannes bekannt vor, obwohl sein Gesicht abgewandt war. »Eulaeus.«

Noch bevor Thunberg Zeit für eine Antwort hatte, donnerte hinter dem Dickicht eine vertraute Stimme: »So, ihr beiden. Jetzt kommt schön langsam da heraus, und wenn ihr auch nur ein Lüftchen bewegt, befördere ich euch mit Glanz und Gloria ins Jenseits.«

Masson und Thunberg drängten sich durch das Gestrüpp. Bevor sie wieder ganz herausgeschlüpft waren, wurden sie von zwei Sklaven halb gestoßen, halb gezerrt. Die beiden Männer hielten *Sjamboks* in den Händen und schubsten Masson und Thunberg schließlich auf die Lichtung, wo sie von dem Geräusch zweier Pistolen begrüßt wurden, die jemand gleichzeitig spannte. Ein selbstzufriedenes Feixen lag auf dem Gesicht des Mannes, der die beiden Waffen auf sie gerichtet hielt.

»Mr Willmer!«, begrüßte Thunberg ihn gespielt aufgeräumt, »was für eine durch und durch unangenehme Überraschung!«

# 36. Kapitel

»Aber, aber, Willmer. Gewaltanwendung ist völlig unnötig, schließlich sind wir Wissenschaftler«, sagte Thunberg ungezwungen, während er sich Blätter und Zweige von den Ärmeln fegte.

»Wissenschaftler?«, höhnte Willmer. »Jedes Mal wenn wir uns treffen, scheinen Sie mit Ihrem Hintern in einem Busch zu stecken.«

»Thunberg hat recht, Mr Willmer, bestimmt können wir das auf gütlichem Weg regeln, indem wir darüber reden wie Gentlemen.«

»Sie müssen mich mit jemandem verwechseln«, entgegnete Willmer.

Massons aufgesetztes Lächeln verschwand. Willmer lachte leise. »Nun machen Sie sich nicht gleich in die Hose, Masson. Sie können alles, was Sie wünschen, mit Mr Schelling besprechen. Er erwartet Sie schon, nachdem Sie so freundlich waren, Ihre Ankunft zu verkünden.« Einer von Willmers Leuten hielt ein weggeworfenes Blatt Papier in die Höhe, auf dem noch schwach die Umrisse der Blume zu erkennen waren.

Willmer grinste verschlagen und bedeutete den Männern mit seinen Pistolen, den holprigen Pfad einzuschlagen, der um das Dickicht herum und dann seitlich am Hang entlangführte. Sie kamen am Xhosa-Dorf vorbei, wo alle innehielten und sie anstarrten. Dann gingen sie am Bach entlang und an den Frauen vorbei, die immer noch Blumen ernteten.

»Wenn man bedenkt, dass behauptet wird, jenseits der Ostgrenze gäbe es keine zivilisierten Menschen«, sagte Schelling triefend vor Ironie, als Masson und Thunberg, die in ihrem ramponierten Zustand alles andere als zivilisiert wirkten, das Lager erreichten. »Ich freue mich sehr, dass Sie kommen konnten, allmählich hatte ich schon meine Zweifel. Eulaeus kennen Sie ja bereits, aber darf ich Ihnen den herausragenden Chief Chungwa vorstellen, der liebenswürdigerweise zugestimmt hat, uns in unseren Bemühungen zu unterstützen. Es ist verblüffend, wie viel Unterstützung man mit ein paar Schusswaffen kaufen kann. Offenbar ist der Häuptling zu Unrecht durch einen rivalisierenden Stamm im Osten von seinen Winterweiden vertrieben worden. Unsere dringend benötigten Geschenke werden ihm helfen, die Waage der Gerechtigkeit wieder ins Gleichgewicht zu bringen.«

»Sie wissen doch ganz genau, gegen wen diese Waffen zum Einsatz kommen werden«, sagte Thunberg.

»Ich habe keine Ahnung, was Sie meinen, Herr Doktor. Chief Chungwa befindet sich jenseits der Grenzlinie, daher gilt hier das Verbot nicht, Waffen an Einheimische zu verkaufen.«

»Das trifft im Moment zu«, konterte Thunberg. »Im Winter allerdings wird er die Grenze wieder überqueren. Dort sind keine rivalisierenden Stämme, nur Treckburen. Und Sie unterstützen damit den Ausbruch eines Krieges.«

Schelling grinste. »Seien Sie vorsichtig, Herr Doktor. Ihre Kenntnisse der örtlichen Gegebenheiten sind nicht so gut, wie Sie glauben. Es gibt weiter im Osten tatsächlich einen Stamm, der von Chief Ndlambe beherrscht wird. Er steht auf gutem Fuß mit den Treckburen und hat gemeinsam mit ihnen Chief Chungwa von seinen Weiden vertrieben. Aber dieser Pakt zwischen Xhosa und Treckburen wird kaum Bestand haben, daher betrachte ich es einfach als meine Pflicht, etwas zu unterstützen, was ohnehin passieren wird.«

»Sie hoffen, einen Krieg zwischen den Stämmen anzuzetteln? Es könnte keinen besseren Weg geben, die Kompanie mit hineinzuziehen. Die Xhosa werden alle Gewehre kaufen oder stehlen, die sie in die Finger bekommen können. Und wenn sie genug Waffen haben, wird der Gouverneur irgendwann gezwungen sein, Truppen zu schicken – und dann ist es nur noch eine Frage der Zeit, bis es Krieg gibt.«

»Sie nennen es Krieg, Doktor, ich nenne es Weiterentwicklung. Weiterentwicklung ist unausweichlich, und es stellt sich nur eine einzige Frage: Kann man sie zu seinem Vorteil nutzen? Angesichts Ihrer botanischen und pharmazeutischen Hexerei hätte ich von Ihrer Seite mit ein wenig mehr Unterstützung gerechnet. Die Verletzten werden mit Sicherheit Hilfe und Linderung brauchen. Für einen Mann mit Weitblick springt dabei wahrscheinlich ein ordentlicher Gewinn heraus.«

Thunberg schüttelte den Kopf. »Dann muss ich wohl blind sein, denn ich sehe bloß einen blutsaugenden Parasiten.«

»Das sagen Sie. Aber ich bevorzuge eine andere Sichtweise: Ich ziehe einen Vorteil aus einer vielversprechenden Situation.«

Thunberg musterte zuerst Eulaeus, der seinem Blick auswich, und dann den Chief, der Thunberg und Masson nur finster anstarrte, als wären sie elende Kreaturen, die man aus einem stinkenden Loch gezogen hatte. In Anbetracht der Zeit, die seit ihrer letzten Wäsche vergangen war, kam diese Einschätzung der Wahrheit vermutlich ziemlich nahe.

»Woher wussten Sie es?«, mischte Masson sich ein.

»Wusste ich was, Mr Masson? Dass Sie mir den ganzen Weg seit Kapstadt folgen? Um welche Blume es sich handelt, nach der Sie gesucht haben? Oder wo Ihre kostbare Blume zu finden ist?« Beim Aufzählen seiner rhetorischen Fragen kostete Schelling seinen Augenblick des Triumphes aus. »Habe ich

Ihnen nicht gesagt«, fuhr er fort, während sein Grinsen noch breiter wurde, »dass ein Mann allein in Afrika nicht überleben kann? Nun, ich hätte hinzufügen können, dass er auch keinen Erfolg haben wird, wenn er seinen Freunden sofort alles erzählt. Alles zu seiner Zeit.«

»Sie sind der Meinung, wir sind Freunde?«, fragte Masson mit zusammengebissenen Zähnen.

»Wäre es Ihnen lieber, wir wären Feinde?«, konterte Schelling und ließ die Maske der vorgetäuschten Jovialität schlagartig fallen.

Er griff in eine grün gestrichene Holzkiste und zog Massons Tagebuch heraus. »›Mr Massons botanische Reisen ans Kap der Guten Hoffnung‹ – nun, Mr Masson, Ihre Reisen sind noch nicht vorüber. Ich bin sicher, dass Gouverneur van Plettenberg mich mit Belohnungen überhäufen wird, wenn ich ihm einen englischen Spion ausliefere. Das wird die Kosten, Sie bis Kapstadt am Leben zu erhalten, bei Weitem aufwiegen.«

»Bevor Sie meinem Leben ein Ende setzen, Mr Schelling, wäre ich Ihnen höchst dankbar, wenn Sie mir wenigstens erklären könnten, warum Sie es für angebracht halten, es zu zerstören.«

»Ach, du meine Güte!«, rief Schelling mit gespielter Ergriffenheit, »ich glaube tatsächlich, dass das Grenzland Sie zu einem Melodrama inspiriert hat! Das ist keinesfalls der ruhige und ernsthafte junge Mann, an den ich mich erinnere. Andererseits heißt es ja immer, dass die Grenze einen Mann verändert. Nicht wahr, Mr Willmer?«

»Für mich sieht er immer noch wie derselbe *Zoutpeel* aus, Mr Schelling«, erwiderte Willmer, der eindeutig gelangweilt war. Er drehte sich um und schlenderte zum ersten Fuhrwerk, um dem Fahrer letzte Anweisungen zu erteilen, bevor er über die Ebene Richtung Küste aufbrach.

»Ich sage Ihnen eines: Chief Chungwa hat mir versichert, dass sein Stamm außer dieser Schlucht keinen anderen Ort kennt, an dem diese Blume wächst. Natürlich haben wir nur sein Wort, und wer weiß, was es wert ist. Aber wenigstens können Sie sich damit trösten, einer der wenigen weißen Männer zu sein, die diese Blume an ihrem natürlichen Standort gesehen haben. Nach dem heutigen Tag wird es nicht mehr viele Menschen geben, die darauf Anspruch erheben können.

Sobald Mr Forster die Blume nach England gebracht und der König seiner tiefen Dankbarkeit großzügig Ausdruck verliehen hat, wird es nicht mehr lange dauern, bis man diese Pflanze in sämtlichen botanischen Gärten Europas bewundern kann. Wenn sich die Dinge ändern, was zweifellos passieren wird, und die Marine schließlich die Macht über die Kapregion übernimmt – wer weiß, vielleicht sind dann ja mit Blumen gute Geschäfte zu machen. Mr Burnette war jedenfalls äußerst beeindruckt von der Vielfalt und Pracht, die einem hier begegnet. Allmählich frage ich mich, ob dieses verdammte Land vielleicht doch etwas zu bieten hat. Ich bin kein Botaniker und kein Mitglied der Royal Society wie Mr Forster, doch ich erkenne ein einträgliches Geschäft auf Anhieb – und diese Blume ist reines Gold wert.«

»Gewehre und Blumen sind fraglos eine originelle Kombination – das muss man Ihnen lassen. Wo ist eigentlich der bemerkenswerte Mr Burnette? Oder haben Sie ihn ebenfalls der Wildnis überantwortet?«, fragte Masson.

Schelling ignorierte den Seitenhieb einfach. »Was Sie angeht, Dr. Thunberg, so bin ich sicher, dass die Kompanie mir ebenfalls dankbar sein wird, wenn ich Sie in ihren warmen Schoß zurückbringe. Ohne Zweifel wird Ihr Wunsch, ein Schiff zu besteigen, bald erfüllt werden. Allerdings vermute ich, dass der verwahrloste Abschaum, dem Sie auf Robben Island begegnen werden, weit entfernt ist von dem, was Sie sich vom Orient erhofft haben.«

»Ich weiß nicht recht«, erwiderte Thunberg spitz, »aber nachdem ich den ganzen Weg zurück zum Kap in Ihrer Gesellschaft und der von Mr Willmer verbracht haben werde, wird mir die Aussicht auf ein Leben auf Robben Island ganz sicher herrlich erscheinen.«

Schelling presste die Lippen zusammen. »Nun, dazu kann ich nur sagen, dass wir unser Bestes geben werden, um Ihre hohen Erwartungen zu erfüllen.«

Schelling wandte sich an Willmer, der zusah, wie der erste Wagen rumpelnd in der Ferne verschwand. »Mr Willmer, wären Sie so freundlich, sich um Mr Masson und Dr. Thunberg zu kümmern, damit wir unsere Arbeit abschließen und uns auf den Weg machen können?«

Willmer nickte und lächelte. »Sie können ganz hinten auf der Ladefläche des zweiten Wagens untergebracht werden. Auf diese Weise haben möglicherweise angreifende Löwen etwas zu beißen und lassen die Blumen in Ruhe. Los, bewegt euch!«

Nachdem die Xhosa den zweiten Wagen fertig beladen hatten, wurden Masson und Thunberg gefesselt und auf den Wagen dirigiert. Von dort aus hatten sie einen Ausblick auf die Schlucht, das Dorf und den Teich am Fuße des Abhangs. Sie hatten noch nichts von der Frau oder von Burnette gesehen. Willmer marschierte leise lachend davon und brüllte Schellings Sklaven Befehle zu, die daraufhin begannen, das Lager abzubauen und die Zelte und die Ausrüstung in den zweiten und dritten Wagen einzuladen, einschließlich der grünen Kiste, in der sich Massons Tagebuch befand.

Allerdings war die Ladung wohl umfangreicher als erwartet, denn schon bald ächzten die Achsen des dritten Gefährts unter der Last, obwohl einige Kisten und Vorräte noch gar nicht eingeladen waren.

Zu Thunbergs und Massons Leidwesen wurden diese Dinge nun auf den zweiten Wagen geworfen, sodass die beiden inmitten all der Säcke und Kisten beinahe zerquetscht wurden. Die Rückfahrt nach Kapstadt würde ihnen noch sehr lang werden.

Masson fragte sich, wie viel Zeit wohl vergehen würde, bis Schelling begriff – falls dies noch nicht der Fall sein sollte –, dass er sie genauso gut tot abliefern konnte. Wahrscheinlich wäre es für ihn bequemer und angenehmer, sie beide nicht durchfüttern und Thunbergs Spott nicht länger ertragen zu müssen.

Als er zurückblickte, sah er, dass Schelling den Sklaven brennende Holzscheite aus dem Lagerfeuer übergeben hatte. Jetzt marschierten sie damit die Schlucht entlang und steckten kleine Holzstapel in Brand, die um die verbleibenden Blumen aufgehäuft worden waren. Xhosa-Männer standen mit grünen Mimosenästen bereit, um Flammen auszuschlagen, die auf die Gärten oder das Weideland überzugreifen drohten.

Entsetzt beobachteten Thunberg und Masson, wie ein Feuer nach dem anderen angezündet wurde. Die Flammen breiteten sich in der ganzen Schlucht aus und verschlangen die Pflanzen, die nicht abgeerntet worden waren. Auch über dem Felsvorsprung stieg Rauch auf, ein sicheres Zeichen dafür, dass sogar die erste Blume, die Masson entdeckt hatte, Schellings Fackel nicht entgangen war.

Es brach Masson das Herz, als er die einfache, aber teuflische Logik von Schellings Plan begriff. Indem er alle Exemplare der Pflanze in ihrer natürlichen Umgebung zerstörte, würde er sich selbst ein Monopol schaffen. Doch was wäre, wenn die Blumen die Reise zum Kap nicht überlebten? Was, wenn sie sich fern von ihrer Heimaterde und dem gewohnten Klima nicht vermehren konnten? Manche der Samen, die von überall auf der Welt nach Kew geschickt worden waren, hatte man nie zum Keimen bringen können. Jeder vergebliche Versuch war eine vertane Chance und ein Schritt zum endgültigen Verlust der Pflanze.

Innerlich kochte er vor Wut über die Dummheit und die reine Habgier, die dahinter steckten. Er schrie, dass sie damit aufhören sollten, doch sein Flehen ging in den Rufen der Brandstifter, der Bewacher des Feuers und der aufgeregten Dorfbewohner unter. Schließlich konnte er nur hilflos zusehen, wie die Flammen an den Büschen und Sträuchern leckten und sich gierig hangaufwärts fraßen, um auch die letzten der farbenprächtigen Sterne zu verschlingen.

Selbst aus dieser Entfernung spürte Masson die Hitze der Flammen und erkannte voller Verzweiflung, dass wohl keine der Pflanzen dem Feuer entkommen würde.

Erst am Vortag hatte er die Hoffnung aufgegeben, die Blume je zu finden, und sich damit abgefunden, mit leeren Händen nach England zurückzukehren und sich den Konsequenzen zu stellen, die ihn dort erwarteten. Jetzt allerdings, als er die Feuer wüten sah, wurde ihm klar, dass er nicht einfach aufgeben konnte. Zwar hatte er keinen Plan, aber er wusste, dass der erste Schritt die Flucht sein musste.

Er platzierte seine Hände so, dass er den Strick bearbeiten konnte, mit dem seine Handgelenke zusammengebunden waren. Vorsichtig rieb er sie an der Kante einer Schaufel hin und her, die einer der Sklaven hastig neben ihn gelegt hatte.

Gerade als es ihm gelungen war, seine Hände loszuschneiden, gab es einen Ruck, und der Wagen begann sich zu bewegen. Doch irgendetwas stimmte nicht. Willmer hatte keinen Startbefehl gegeben, und Schelling, der die Sklaven an den

Feuern herumdirigierte, schien gar nicht zu bemerken, dass der Wagen losfuhr.

Er ruckelte und schwankte, während er in dem unwegsamen Gelände allmählich an Fahrt gewann. Der Fahrer knallte wie wild mit der Peitsche und fluchte, dass die Balken krachten, bis das Gespann schließlich zügig dahinfuhr.

Als Masson einen Blick zurückwarf, sah er, dass Schelling und Willmer inzwischen aufmerksam geworden waren und laut schrien und herumgestikulierten. Daraufhin ließen die Sklaven ihre brennenden Holzscheite fallen und rannten dem Wagen hinterher. Laute Rufe erschollen, manche auf Niederländisch und einige auf Xhosa, während die Sklaven die Verfolgung aufnahmen und die Dorfbewohner die neuen Feuer löschten, die durch die zu Boden geworfenen Holzscheite entstanden waren.

Masson band seine Fußknöchel los, was sich durch die Bewegungen des Gefährts ungemein schwierig gestaltete. Der Wagen raste über die Grasebene, die mitnichten so flach und eben war, wie sie von Weitem gewirkt hatte.

Als Nächstes band Masson Thunberg los und versuchte dann, über das Gepäck nach vorn zu klettern. Auch das war alles andere als einfach, weil der Wagen wie wild hüpfte und schlingerte. Da Masson jedoch davon überzeugt war, dass das Gefährt jeden Moment umkippen konnte, biss er die Zähne zusammen, klammerte sich fest und kroch weiter nach vorn. Mehrmals schrie er dem Fahrer zu: »Fahren Sie langsamer, sonst bringen Sie uns alle um!«

Da seine Proteste auf taube Ohren stießen, blieb ihm nichts anderes übrig, als dem Wahnsinnigen die Zügel zu entreißen. Masson gelang es, bis zu der Plane zu gelangen, die die Kutschbank von dem hinteren Teil des Wagens abtrennte. Als er die Plane zur Seite schob, fiel sein Blick auf die Frau, die sie vorher an Schellings Seite gesehen hatten.

Als Masson völlig verblüfft innehielt, eine Hand am Kutschsitz, die andere an der Plane, drehte sie den Kopf und lächelte, ehe sie ihm mit dem Holzgriff ihres *Sjamboks* einen kräftigen Schlag gegen das Kinn versetzte. Daraufhin fiel er der Länge nach in den rückwärtigen Teil des Karrens.

# 37. Kapitel

»Schließen Sie gerade Freundschaft?«, rief Thunberg über das Donnern der Pferdehufe und der Räder hinweg, während Masson sich langsam wieder erholte. Er rieb sich das Kinn und hatte fast das Gefühl, es gleich in der Hand zu halten.

Sie hatten den Tag mit einem Gegner begonnen, der ihnen klargemacht hatte, dass er sie einem langen und schmerzhaften Tod ausliefern wollte. Und jetzt befanden sie sich in der Gewalt eines weiteren Widersachers, der – trotz seines unübersehbaren Charmes – wild entschlossen war, sie alle umzubringen. Die Tatsache, dass sie außerdem ins Kreuzfeuer der Auseinandersetzung geraten waren, die zwischen den beiden Kampfhähnen tobte, machte die Sache umso gefährlicher. Die einzige Frage lautete offenbar, ob sie durch die Hand eines der beiden oder im Rahmen des Konflikts, in den sie nun tief mit hineingezogen worden waren, durch eine grausame Laune des Schicksals sterben würden.

Ein lauter Knall ertönte, auf den das Pfeifen einer Kugel folgte, die direkt über ihren Köpfen in die Plane einschlug. Als Masson sich umwandte, sah er Willmer rund zweihundert Meter hinter ihnen auf seinem Pferd näherpreschen, dicht gefolgt von einem Sklaven auf einem weiteren Pferd. Die beiden galoppierten in voller Geschwindigkeit und holten zügig auf.

Der Wagen schwankte so heftig, dass Masson und Thunberg auf die Holzplanken stürzten und einige Kisten mit Pflanzen hinten hinausfielen. Doch dann wurde die Fahrt ruhiger. Masson bemerkte, dass sie die Grasebene verlassen hatten und sich nun wieder auf dem Weg befanden, wo die Pferdehufe und Wagenräder jede Menge rostfarbenen Staub aufwirbelten und den Verfolgern die Sicht erschwerten.

Durch die Staubwolke konnte Masson erkennen, wie Willmer das abgefeuerte Gewehr dem Sklaven übergab und ein anderes aus dem Halfter an seinem Sattel zog. Die beiden Reiter holten immer noch auf, obwohl das Gespann mit den sechs Pferden sich auf dem nunmehr ebenen Untergrund deutlich leichtertat.

»Wir müssen Gewicht loswerden!«, rief Thunberg und stand auf, um die Stricke zu lösen, mit denen die großen Wasserfässer an beiden Seiten des Wagens gesichert waren.

Sobald er das erledigt hatte, arbeiteten Thunberg und Masson zusammen und schafften es, eines der Fässer von der Ladefläche zu stoßen. Es fiel auf den Weg, wo es zerschellte. Das Wasser ergoss sich auf den Weg. Die Ladung des Wagens war bereits deutlich leichter geworden. Willmer wich dem Fass geschickt aus, doch der Sklave hatte weniger Glück, denn er stürzte, als sich sein Pferd aufbäumte und davongaloppierte. Der Mann blieb benommen neben dem Fahrweg sitzen.

Als der Weg einen steilen Anstieg hinaufführte, neigte sich der Wagenboden gefährlich nach hinten. Bevor Thunberg und Masson das zweite Fass losbanden, sahen sie, dass sich zu ihrer Rechten eine schroffe Böschung bildete, die schnell zu einem Abgrund wurde.

Nachdem Willmer auch dem zweiten Fass ausgewichen war, arbeiteten sie hektisch daran, die gesamte Ladung hinauszubefördern. Gegenstände, die zu schwer waren, schoben sie einfach hinunter, wohingegen sie die leichteren Sachen zielgerichtet auf Pferd und Reiter warfen. Zuerst entledigten sie sich der

Säcke mit Getreide und der Kleidertruhen, dann waren die Zelte und die Ausrüstung an der Reihe.

Als nichts davon Wirkung zeigte und Willmer nur noch einen Steinwurf weit entfernt war, wandten sie sich den Kisten mit den Blumen zu, die beim Aufprall auf den Weg zersplitterten und in alle Richtungen Erde spritzen ließen, die jede Spur von Orange oder Blau auslöschte.

Als nur noch eine einzige Blumenkiste übrig war, sah Masson Thunberg an. Seine stumme Frage war ihm im vom Schweiß überströmten Gesicht abzulesen. »Die nutzen uns nichts, wenn wir tot sind!«, rief Thunberg.

Masson nickte zustimmend, und gemeinsam hievten sie die Kiste in die Höhe und warfen sie mit vereinten Kräften hinaus. Im selben Augenblick hüpfte der Wagen heftig in die Höhe, als die Vorderachse einen Termitenhügel berührte. Als Thunberg und Masson die Kiste losließen, wurden sie beinahe mit hinausgeschleudert. Es gelang ihnen gerade eben noch, sich an der Plane festzuklammern.

Doch durch die heftige Bodenwelle und die Kraft der beiden Männer, die diese letzte, verzweifelte Anstrengung unternahmen, flog die Holzkiste höher und weiter, als Willmer angenommen hatte. Sie verfehlte knapp den Kopf des Pferdes und traf stattdessen Willmer mit solcher Wucht mitten auf die Brust, dass er sofort aus dem Sattel geworfen wurde und mit der Kiste zusammen den Hang hinunterstürzte, um dort im Busch zu verschwinden.

Masson und Thunberg waren außer sich vor Erregung und wollten gerade erleichtert aufjubeln, als ihre Welt in einem Durcheinander aus zerborstenen Balken, wiehernden Pferden und den Schreien einer Frau zusammenbrach.

# 38. Kapitel

Masson blinzelte in die Spätnachmittagssonne, die durch die sich langsam auf den zertrümmerten Wagen senkenden Staubwolken schien.

Sein Mund war trocken, und er spürte Übelkeit in sich aufsteigen. Als er sich erhob und prüfend die Unfallstelle musterte, schoss ihm mit jedem Atemzug ein heftiger Schmerz in die Seite. Es war nicht schwierig, eins und eins zusammenzuzählen und zu begreifen, was geschehen war.

Ihr Wagen war so schnell gefahren, dass er auf den anderen aufgelaufen war, der das Lager wenige Minuten früher verlassen hatte. Bei dem Überholversuch auf dem schmalen Weg waren sie zu nahe an den Hang geraten und kurzzeitig auf zwei Rädern gefahren, bevor ihr Wagen seitlich in das andere Gefährt gekracht war.

Die beiden Pferdegespanne hatten sich ineinander verkeilt, und die Zugriemen waren gerissen. Als die Pferde davongaloppiert waren, war der voll beladene erste Wagen von der Geschwindigkeit und dem Schwung des Gefährts, auf dem sich die drei Flüchtlinge befanden, angeschoben worden, sodass er über den Rand des Abgrunds in die Schlucht gestürzt war.

Nachdem der Lärm und der Staub sich gelegt hatten, war von dem ersten Fuhrwerk nichts weiter übrig geblieben als ein kaputtes Rad, das mitten auf dem Weg lag. Die Ladung war bei dem Absturz herausgeschleudert worden – der Abhang war mit zerbrochenen Kisten und Blütenblättern übersät. Wäre der Zusammenstoß nicht so heftig gewesen, wäre Massons

Wagen wohl ebenfalls in den Abgrund gestürzt, doch unter den gegebenen Umständen war er nur umgekippt und lag nun beschädigt auf der Seite. Ein intaktes Rad drehte sich immer noch in der Luft.

Dem entsetzten Sklaven, der auf dem Kutschbock gesessen hatte, war es gelungen, sich vor dem Unfall mit einem Sprung in Sicherheit zu bringen. Er flüchtete und rannte den Pferden nach, die inzwischen hinter einer Hügelkuppe verschwunden waren.

Masson humpelte zu dem benommenen, jedoch nicht allzu schwer verletzten Thunberg hinüber und half ihm auf die Beine.

»Ist alles in Ordnung mit Ihnen?«, fragte Thunberg.

»Mir ging's nie besser«, erwiderte Masson, der sich langsam vom Schock des Unfalls erholte und sich gleichzeitig von seinen Träumen verabschiedete, die wie ein Konfettiregen auf dem Berghang verstreut lagen.

Ein gedämpftes Stöhnen erregte ihre Aufmerksamkeit. Erst jetzt entdeckten sie den Körper der Fahrerin, die kaum bei Bewusstsein war und von den Fetzen der Dachplane halb verdeckt wurde, die um sie herum verstreut lagen.

Thunberg beugte sich zu ihr hinunter und überprüfte ihre Atmung und ihren Puls. »Sie fährt in nächster Zeit bestimmt keine Wagen mehr, aber sie wird es überleben.«

»Nun, dann gibt es ja wenigstens eine positive Nachricht«, entgegnete Masson. Er war abgelenkt, weil ihm etwas ins Auge gefallen war. Willmers Pferd stand reiterlos ungefähr fünfzig Meter weiter unten auf dem Weg. Es wirkte nervös und wieherte leise, als wüsste es nicht, wohin es sich wenden sollte.

Langsam ging Masson auf das Tier zu, sprach mit leiser Stimme beruhigend auf es ein und ergriff es schließlich an den

Zügeln. Sanft führte er es zu der Stelle, an der Thunberg sich um die Frau kümmerte.

»Tja, mit nur einem Pferd können wir nicht viel anfangen. Unsere einzige Hoffnung besteht darin, Schelling das dritte Fuhrwerk abzunehmen oder unseren eigenen Wagen zu finden. Er kann nicht weit weg sein«, meinte Thunberg.

»Ich kann mir nicht vorstellen, dass wir gegen Schelling und seine Gewehre eine Chance haben«, überlegte Masson.

»Es ist auf jeden Fall einen Versuch wert, und selbst wenn wir nur ein paar weitere Pferde erbeuten, wäre es schon besser als das, was wir haben. Aber eins nach dem anderen, jetzt müssen wir erst mal von hier weg. Die Frau sollte an einen schattigen Platz gebracht werden, wo sie uns nicht finden. Wenn sie das dritte Fuhrwerk angespannt haben, werden sie bald hier sein. Lassen Sie uns eine provisorische Trage bauen, dann machen wir uns querfeldein auf den Weg Richtung Norden und wandern flussaufwärts. Hoffentlich finden wir einen Ort, an dem Sie beide sich über Nacht niederlassen können, während ich zurückkehre und versuche, Pferde und Vorräte zu beschaffen.«

»Und wenn es Ihnen nicht gelingt?«

»Warum konzentrieren wir uns nicht jeweils auf die naheliegende lebensbedrohliche Situation?«

Masson nickte lächelnd. Dann schickte er sich an, aus Teilen des zerbrochenen Fuhrwerks eine Trage zu bauen, während Thunberg auf das Pferd stieg und losritt, um Dinge einzusammeln, die ihnen von Nutzen sein könnten. Bei seiner Suche nach Material für die Trage stieß Masson auf zwei Gewehre und eine Kiste mit Munition, die unter dem Kutschbock verstaut gewesen waren.

»Sie hatten Glück, dass sie Ihnen nur einen Schlag aufs Kinn verpasst hat, sie hätte Ihnen auch den Schädel wegpusten können«, scherzte Thunberg, als er einige Minuten später mit einem Zelt, einigen Decken, einem Trinkschlauch und einem Beutel mit Proviant zurückkehrte.

Gemeinsam griffen sie die Trage. Sie hatten vor, den Weg bis zu der Stelle zurückzugehen, wo die Abhänge auf beiden Seiten ein wenig flacher wurden.

Als sie die Frau auf die Trage hoben, war Masson erneut verblüfft von der Tatsache, dass sie Männerkleidung trug. Ihr langes, dunkles Haar war voller kleiner Zweige und außerdem blutverkrustet, weil sie über dem linken Auge einen tiefen, hässlichen Schnitt hatte. Obwohl sie ihn beinahe bewusstlos geschlagen und danach versucht hatte, ihn mit dem Fuhrwerk umzubringen, kam er nicht umhin zu bemerken, dass ihr Gesicht – nun, da ihr Temperament vorübergehend ausgeschaltet war – im völligen Widerspruch zum Rest ihrer Erscheinung stand. Sie war das schönste Wesen, das er je gesehen hatte. Zwar hatte er sofort ein schlechtes Gewissen, aber Constance war so weit weg, und diese Frau, wer auch immer sie sein mochte, war atemberaubend nahe. Als er sie behutsam auf die Trage legte, hatte er beinahe Angst, sie zu zerbrechen.

»Ist alles in Ordnung mit Ihnen?«, fragte Thunberg augenzwinkernd.

»Das fragen Sie mich jetzt bereits zum zweiten Mal.«

»Und es ist auch das zweite Mal, dass Sie nicht antworten. Wenn ich Sie nicht besser kennen würde, könnte ich auf den Gedanken kommen, dass Sie sich bereitmachen, sie zu zeichnen.«

»Ich habe es Ihnen doch schon gesagt«, entgegnete Masson. »Ich zeichne nur Pflanzen.«

# 39. Kapitel

Nachdem sie stundenlang durch den schwer durchdringbaren, dornigen Busch gewandert waren, stiegen sie schließlich einen steilen Hang hinunter und erreichten am Fuß einer Sandsteinfelswand ein kleines Wäldchen aus Bäumen und dichten Sträuchern. Erstaunt sah Masson hier zum ersten Mal Schmetterlinge, die um die Assegai-Bäume tanzten. Er betrachtete dies als gutes Omen.

Thunberg und Masson blieben stehen, hoben die Trage von den Schultern und trugen sie dann einen Wildwechsel entlang tiefer zwischen die Bäume. Dort entfernten sie das niedrige Gebüsch, bis sie eine Lichtung geschaffen hatten, die groß genug für das Zelt war.

Sobald das Zelt aufgebaut war, trugen sie die Frau hinein. »Ich muss untersuchen, ob sie Knochenbrüche hat. Dazu muss ich sie ausziehen«, erklärte Thunberg.

Masson wartete standhaft darauf, dass Thunberg ihn wissen ließ, was er tun sollte. Er war sich nicht sicher, ob es richtig war, eine ohnmächtige Frau zu entkleiden, aber schließlich war Thunberg Arzt.

»Ähm«, räusperte sich Thunberg und zog eine Augenbraue hoch. Seine Stimme hatte einen berufsmäßigen Tonfall angenommen. »Wenn Sie einfach draußen warten würden, damit ich Sie rufen kann, falls es erforderlich sein sollte.«

»Ja, ja, selbstverständlich. Unbedingt.« Masson lächelte verlegen und zog sich hastig aus dem Zelt zurück, aber nicht bevor sich seine Wangen und sein Nacken tiefrot gefärbt hatten.

Nach einigen Minuten verließ Thunberg das Zelt und stellte sich neben Masson, der inzwischen ein kleines Feuer angezündet hatte. »Es ist nichts gebrochen. Sie hat einen heftigen Schlag auf den Kopf abbekommen, aber ich glaube nicht, dass es ernst ist. Decken Sie sie gut mit den Decken zu und wecken Sie sie jede Stunde auf, damit sie zumindest ein wenig Wasser trinkt. Sie wird durstig sein, wenn sie wieder zu sich kommt, also sollten Sie selbst nur wenig trinken. Ich kehre so schnell wie möglich zurück, hoffentlich mit mehr Lebensmitteln und Wasser, aber einen Tag lang sollten Sie mit dem hier auskommen.«

Thunberg fuhr fort, Masson Anweisungen zu erteilen, während er das Pferd vorbereitete. Er befestigte ein Gewehr am Sattel und stopfte sich die Taschen mit Patronen voll. »Halten Sie das Feuer klein, nur eben so groß, dass es die Tiere fernhält, und löschen Sie es auf jeden Fall vor Tagesanbruch – wir wollen schließlich nicht, dass jemand den Rauch entdeckt.«

Als sie sich zum Abschied die Hände schüttelten, überraschte Masson Thunberg damit, dass er dessen Hand mit erstaunlich festem Griff packte. »Sie kommen doch zurück, nicht wahr?«

Thunberg lächelte und schüttelte den Kopf. »Ich habe keine andere Wahl. – Sie wissen doch ganz genau, dass ein Mann allein in Afrika nicht überleben kann.«

Ohne ein weiteres Wort stieg Thunberg auf Willmers Pferd, winkte kurz und verschwand in der Dämmerung.

* * *

Masson schlief nicht. Er saß mit griffbereitem Gewehr am Feuer, starrte in die Flammen und versuchte, nicht an die ausweglose Situation zu denken, in der er sich befand. Von Zeit zu Zeit sah er nach der Frau und vergewisserte sich, dass sie nicht fror oder die Decken von sich geworfen hatte. Gemäß Thunbergs Anweisungen flößte er ihr etwas zu trinken ein, indem er sanft ihren Kopf anhob und ihr den Trinkschlauch vorsichtig an die aufgesprungenen Lippen hielt. Sie trank, ohne die Augen aufzuschlagen, und murmelte dabei zusammenhanglos etwas vor sich hin.

Die Frau sprach weiterhin im Schlaf, und obwohl nichts davon für Masson einen Sinn ergab, lenkte es ihn doch zumindest von den nächtlichen Geräuschen ab, die jeden Zentimeter des Waldes durchdrangen.

Irgendwann in der Nacht bekam sie leichtes Fieber, woraufhin Masson ein Stück Stoff von seinem Hemd abriss, um es als Waschlappen zu benutzen. Er wischte ihr den Schmutz aus dem Gesicht und tupfte ihr Gesicht und Hals ab, um die Haut zu kühlen, die sich heiß anfühlte. Schon bald klang das Fieber ab, und sie fiel in einen tiefen und ungestörten Schlaf. Während Masson beobachtete, wie sich ihre Brust unter der Decke sanft hob und senkte, schmerzte sein Kiefer und erinnerte ihn daran, dass sie zwar im Schlaf sehr hübsch sein mochte, er aber trotzdem gut daran tat, auf der Hut zu sein.

Als der Himmel am nächsten Morgen allmählich heller wurde, löschte Masson das Feuer. Danach öffnete er den Proviantbeutel, den Thunberg mitgebracht hatte, und bereitete aus Keksen und Ananas ein Frühstück vor.

»Wenn doch nur die Unterkunft so gut wäre wie das Essen.« Als Masson die verschlafene Stimme hörte, die aus dem Zelt drang, drehte er sich um. Sie klang seidig und weiblich, und irgendetwas an den abgehackten Vokalen und dem Akzent kam ihm vertraut vor. Die Frau hatte auf das Anziehen ihrer

Stiefel verzichtet und stand in Strümpfen vor dem Zelt, eingewickelt in ihre Decke. Ihr dunkles, welliges Haar hatte sie zurückgebunden, und die Wunde an ihrer Stirn stellte den einzigen Makel in ihrem Gesicht dar.

»Sie sind Engländerin«, stellte Masson fest und bot ihr von den Früchten an.

»Und Sie sind Schotte«, erwiderte sie mit einem Lächeln.

»Wie fühlen Sie sich?«, fragte er, als sie in die Ananas biss.

»Besser, als ich aussehe. Bestimmt.« Sie hielt inne und sah sich um, als suchte sie etwas. »Wo ist das Fuhrwerk? Wir sollten uns besser auf den Weg machen, wenn wir vor Schelling in Kapstadt sein wollen.«

Masson traute seinen Ohren kaum.

»Erinnern Sie sich nicht an den Unfall? Es war ein Wunder, dass wir nicht alle ums Leben gekommen sind. Dr. Thunberg versucht gerade, ein paar Vorräte und einen Wagen zu organisieren, oder wenigstens weitere Pferde, damit wir überhaupt zum Kap zurückkehren können.«

Sie runzelte die Stirn, während sie kopfschüttelnd versuchte, die Informationen zu verarbeiten. Das Kopfschütteln ging in Nicken über, als Massons Worte ihre Erinnerung weckten und die Ereignisse des Vortages auf einen Schlag wieder präsent waren. »Das stimmt, ich erinnere mich wieder. Ihr Freund und Sie waren hinten auf dem Fuhrwerk. Sie waren schuld daran, dass ich die Kontrolle verloren habe. Hätten Sie nicht das Gewicht der Ladung verändert, hätte ich die Kurve nicht falsch eingeschätzt!«

Masson war sprachlos. Er öffnete und schloss den Mund wie ein Goldfisch auf dem Trockenen, brachte jedoch keinen Ton heraus. »Jetzt machen Sie aber mal einen Punkt!«, sagte er schließlich, als er die Sprache wiedergefunden hatte. »Wir haben Sie gerettet! Wenn irgendjemand irgendetwas zerstört hat, dann waren Sie es, gnädiges Fräulein. Es ist Ihnen gelungen, im Alleingang zu Ende zu führen, was Schelling begonnen hat. Sie haben mich der letzten Chance beraubt, diese Blume nach England zu bringen, und damit auch meine Zukunft zerstört.«

Im Eifer des Gefechts hatte sie die Decke zu Boden fallen lassen. Vielleicht war es die kunstvolle, grüne Stickerei auf den rehfarbenen Kniehosen, die Masson am Vortag übersehen hatte, oder die dunkelblaue Weste, die nun nicht zugeknöpft war und den Blick auf ein ehemals weißes, gestärktes Hemd freigab – bei Masson machte es jedenfalls Klick.

»Der Affe!«, platzte er heraus.

Sie erwiderte seinen Blick, ohne mit der Wimper zu zucken.

»Und dann – der Engel, der mir die Zeichnung zurückgab ... als ich Fieber hatte ... Ich dachte, ich hätte mir das eingebildet, aber das habe ich gar nicht, stimmt's? Das waren Sie. Sie haben mir die Zeichnung zurückgegeben. Burnette!«

Als Masson das volle Ausmaß der Wahrheit zu dämmern begann, konnte er förmlich spüren, wie die Zahnräder und Hebel seiner Vorstellungskraft sich in Bewegung setzten und zu arbeiten begannen. »Die Skizze – Sie haben sie gesehen. Sie wussten, wie die Blume aussieht. Deshalb hat Schelling mich nicht gebraucht. Er hatte ja Sie.«

Als er aufblickte, stellte er fest, dass die Herausforderung und der Trotz in ihren Augen nicht nachgelassen hatten, sondern sogar noch heller leuchteten. Er war nicht sicher, was ihn mehr aufbrachte – ihr Verrat oder ihre offensichtlich fehlende Reue. Ihr andauerndes Schweigen schürte seine Wut noch zusätzlich. Mitten im afrikanischen Busch stand er nun der Person gegenüber, die sogar noch mehr als Schelling für seine

Mühsal und all die Schwierigkeiten verantwortlich war. Endlich fand er ein Ventil für die Qual und die Enttäuschung, die sich in ihm aufgestaut hatten.

»Wussten Sie, dass man mich hier draußen dem Tode überlassen wollte, nachdem man mir mein Tagebuch gestohlen hatte? War das auch Ihre Idee?«

Diesmal blinzelte sie. Plötzlich wirkte sie nicht mehr ganz so selbstbewusst.

»Und was ist mit dem Feuer? Welcher Botaniker würde ein solches Ausmaß an Zerstörung gutheißen? Sind Sie überhaupt eine Botanikerin, oder ist das auch nur Teil der Scharade, so wie Ihre Kleidung? Was springt für Sie bei der ganzen Aktion heraus? Was hat Schelling Ihnen versprochen, dass Sie so tief sinken konnten?«

Ihr Kinn begann zu zittern, und ihre Augen füllten sich mit Tränen, als Masson auf sie zustürmte und nur wenige Zentimeter vor ihr stehen blieb. Ihre Augen waren eindeutig feucht, aber trotz seiner bedrohlichen Nähe war keine Furcht in ihnen zu erkennen.

Sofort wurde ihm klar, dass er zu weit gegangen war. Als die erste Träne floss, blieb ihr kaum Zeit, die Wange hinunterzurinnen, als sie auch schon von einer zur Faust geballten Hand energisch weggewischt wurde.

»Glauben Sie, Sie sind der Einzige, der etwas zu verlieren hat?«, fuhr die Frau Masson an.

Ihre Tränen flossen jetzt ungehindert, doch Masson konnte nicht erkennen, ob es sich um Tränen der Scham, der Trauer, der Wut oder um eine Mischung aus allen dreien handelte. Je mehr sie weinte, desto wütender wurde sie. Masson sah, wie sie die Hände öffnete und wieder zur Faust ballte, als wäre sie bereit zu einer Schlägerei. Als er sich daran erinnerte, wie sie ihn mit der Peitsche geschlagen hatte, fragte er sich plötzlich, ob es nicht besser wäre, ihr ein wenig Freiraum zu lassen.

Doch als er den Abstand zwischen ihnen vergrößern wollte, folgte sie ihm mit noch immer geballten Fäusten. »Sie glauben, Sie wüssten alles, dabei verstehen Sie nichts, rein gar nichts. Alles, was Sie sehen, sind Sie selbst im Mittelpunkt Ihrer eigenen, winzigen Welt.«

Er wich noch weiter vor ihr zurück, aber dann strauchelte er und fiel der Länge nach auf den Rücken. Schnell nahm er schützend die Hände vors Gesicht, als sie vorsprang und einen Hagel von Schlägen auf ihn niederprasseln ließ. Zwar waren ihre Fäuste klein und wirkten zerbrechlich, doch Masson spürte, dass die Frau sich eher jeden Knochen ihrer Hände brechen würde, als das Trommelfeuer einzustellen.

In seiner Verwirrung hatten ihn seine eigene Enttäuschung und seine Wut derart geblendet, dass er ihre missliche Lage vollkommen übersehen hatte.

Sie schlug immer weiter auf ihn ein in dem Versuch, seine Abwehr zu durchdringen. Da er fürchtete, dass sie ihn oder sich selbst verletzen könnte, ließ er schließlich die Arme sinken. Nachdem sie ein paar Schläge auf seine Brust gesetzt hatte, gelang es ihm, sie an sich zu ziehen und in einer Umarmung zu fesseln.

Zuerst ließ sie das noch härter kämpfen, weil sie sich gegen seine Umklammerung wehren wollte. Doch schließlich wich ihre Wut einem tiefen, schluchzenden Wehklagen – sei es aus Resignation oder vor Erschöpfung.

Als sie endlich aufhörte zu weinen, ließ er die Arme sinken. Sie löste sich von ihm, setzte sich unter den Assegai-Baum ins Gras und stützte den Kopf auf die Hände auf. Nach einer Weile hob sie den Kopf und wandte ihm das Gesicht zu. Obwohl sie erschöpft und müde wirkte, sagte ihm das eiskalte

Glitzern in ihren Augen, dass sie sich keineswegs geschlagen gab.

»Ich heiße Lady Jane Sommerton«, sagte sie langsam, »und ich wäre nicht hier, hätte ich mich nicht törichterweise in Sir Joseph Banks verliebt.«

# 40. Kapitel

Lady Jane Sommerton verschwand wieder im Zelt und schloss die Zeltklappe hinter sich. Zuerst glaubte Masson, sie hätte nach all den Strapazen einfach das Bedürfnis, ein wenig allein zu sein. Doch schon bald tauchte sie wieder auf. Jetzt trug sie Stiefel und Jacke und hatte sich alle Tränenspuren aus dem Gesicht gewischt.

Masson saß auf dem Boden und lehnte mit dem Rücken am Stamm eines Assegai-Baumes. Nachdem sie eine Decke auf dem struppigen Gras ausgebreitet hatte, setzte sie sich ihm gegenüber – nur die Reste des erloschenen Feuers lagen zwischen ihnen.

Sie atmete tief durch und machte Anstalten, etwas zu sagen. Es war, als stünde sie am Rand eines Sees und testete mit einer Zehe die Wassertemperatur. Als sich das Wasser als kalt erwies, zuckte sie zurück und holte tief Luft, bevor sie sich mit geschlossenen Augen hineinstürzte und auf den Schock wartete. »Ich war die Erste, der Joseph diese Skizze zeigte; das jedenfalls hat er behauptet.« Als sie feststellte, dass der Schock nicht so schlimm war wie erwartet, atmete sie aus und watete weiter hinaus. Ihre Schwimmzüge wurden länger, während sie das Gewicht der Vergangenheit abwarf.

»Wir lernten uns bei einer dieser albernen Soirees kennen, bei denen sich Frauen entweder einen Ehemann angeln oder aber vor einem Ehemann flüchten wollen. Die Männer hingegen trinken nur und haben meistens keine Ahnung, warum sie überhaupt dort sind.

Ich war an meinen üblichen Rückzugsort geflüchtet, einen Kräutergarten, den ich auf dem Grundstück meines Elternhauses angelegt hatte. Er lag weit genug entfernt, um der Langeweile höflicher Konversation zu entfliehen, jedoch noch nahe genug, um nicht der Ungeselligkeit bezichtigt zu werden.

Plötzlich tauchte er auf und wirkte aufrichtig beeindruckt von der Vielfalt der Pflanzenarten, die ich angebaut hatte. Er gratulierte mir zum guten Gedeihen meines Gartens. Als ich ihm erklärte, dass ich mich nicht nur um die Bepflanzung des Kräutergartens, sondern um das gesamte Anwesen kümmerte, besaß er den Anstand, sich für seine herablassende Haltung zu entschuldigen. Dann bestand er darauf, dass ich ihn durch die Gärten führte. Heute weiß ich, dass alles nur Berechnung war, aber damals freute ich mich darüber, dass ein Mann Interesse an etwas zeigte, was mich faszinierte. Bisher war es immer nur andersherum gewesen.

Schon bald wurden wir Freunde, verglichen unsere Pflanzensammlungen und diskutierten über Linné oder Miller. Obwohl mir bewusst war, dass eine junge, unverheiratete Frau, die ein freundschaftliches Verhältnis zu einem der begehrtesten Junggesellen Englands pflegte, unter einem gewissen Erwartungsdruck stand, ignorierte ich sowohl meine Instinkte als auch die Berge von Ratschlägen, die meine arme Mutter mir geben wollte. Stattdessen war ich der Meinung, dass unsere Beziehung anders war und auf Wissenschaft und nicht auf Gefühlen basierte. Es war unser gemeinsames Interesse für die Pflanzenwelt, das uns zusammenschweißte, nicht so etwas Gewöhnliches wie Verliebtheit.

Natürlich geschah das Unvermeidbare, und wir verfielen in diesen jämmerlichen Zustand der Ohnmacht, für den ich all meine Freundinnen, denen Ähnliches passiert war, so sehr verachtet hatte. Wir schrieben uns zuckersüße Briefe in einer komplizierten Sprache und versuchten, uns verzweifelt einzureden, dass unsere Liebe sich auf einer höheren Ebene bewegte, obwohl sie in Wahrheit so schrecklich normal war. Bald wurden unsere botanischen Ausflüge zu Gärten überall im Land zu einem Vorwand für Wochenend-Rendezvous, denen man auf diese Weise einen Anstrich von Ehrbarkeit verleihen konnte.

Als er mir keinen Heiratsantrag machte, überzeugte ich mich selbst davon, dass kein Anlass zur Sorge bestand. Ich war ohnehin eine Gegnerin der Eheschließung, nicht zuletzt deshalb, weil ich darin nur eine gesellschaftliche Maßnahme sah, eine Frau in ihre Schranken zu weisen. Noch nie hatte ich erlebt, dass etwas Gutes dabei herausgekommen war – und ich war überzeugt, dass Joseph und ich zu Höherem bestimmt waren.

Selbst als ich die Ankündigung seiner Hochzeit in der Zeitung las, gelang es mir noch, die Augen vor der Wirklichkeit zu verschließen. Er hatte mich vorgewarnt und mir erklärt, dass es sich um kaum mehr als einen Geschäftsabschluss handelte. Da es um das Wohl seiner Familie und sein Vermögen gehe, sei er dazu gezwungen gewesen, doch dies würde nichts zwischen uns ändern.

Als Beweis dafür erzählte er mir von seinen Plänen hinsichtlich der *Resolution*. Er würde eine zweite Reise rund um die Welt unternehmen, und ich sollte ihn begleiten. Wir besuchten sogar den Hafen, wo er mir zeigte, welche Veränderungen an dem Schiff geplant waren, und mir das zusätzliche Deck beschrieb, auf dem wir unsere eigene Kabinenflucht haben würden.

Er hatte alles bis ins kleinste Detail durchgeplant. Ich fuhr nach Madeira voraus, wo ich als junger Botaniker namens Burnette auftrat. Von Madeira aus reiste ich weiter auf die Kapverden, wo ich dann auf die Ankunft der *Resolution* warten und mich Joseph als sein Assistent anschließen sollte. Er hatte erklärt, dass die Verkleidung nur dazu diene, mir Zutritt zu verschaffen. Wäre ich erst einmal an Bord, würde er Kapitän Cook reinen Wein einschenken und ihn überreden, dass ich bleiben durfte.

Um einer Auseinandersetzung mit meiner Familie aus dem Weg zu gehen, die auf jeden Fall versucht hätte, mich aufzuhalten, gab ich vor, eine Tante in Kent besuchen zu wollen. Bevor ich in Portsmouth an Bord ging, schickte ich meiner Familie einen Brief, in dem ich alles erklärte. Damit ich keinen Argwohn erweckte, nahm ich neben den finanziellen Mitteln, die Joseph mir für die Reise zu den Kapverden hatte zukommen lassen, nur wenig eigenes Geld mit.

Nachdem ich zwei Seereisen allein durchgestanden und zwei Wochen in der brütenden Hitze am Kap Verde gewartet hatte, können Sie sich sicherlich meine Überraschung vorstellen, als eine viel kleinere *Resolution* auftauchte, ohne die geringste Nachricht von dem großartigen Sir Joseph Banks, der nirgendwo zu sehen war.

Da ich nur noch wenig Geld hatte und monatelang keine Schiffe nach England segeln würden, hatte ich weder ausreichende Mittel, um meinen Lebensunterhalt zu bestreiten, noch konnte ich nach Hause zurückkehren. Also hatte ich keine andere Wahl, als den ursprünglichen Plan in abgewandelter Version beizubehalten. Obwohl ich glaube, dass Kapitän Cook die Wahrheit von Anfang an ahnte, war er so freundlich, mich nach Kapstadt mitzunehmen. Meine Mutter ist Niederländerin, weshalb ich die Sprache beherrsche, und daher dachte ich mir, dass ich in Kapstadt wohl besser zurechtkäme als am Kap Verde. Außerdem bedeutete die zweimonatige Reise, dass für meine Unterkunft und Verpflegung gesorgt sein würde. Cook gab mir sogar Ihre Kabine, sodass ich beste Möglichkeiten hatte, meine wahre Identität zu verbergen. Falls er jemandem von meiner Tarnung erzählt haben sollte, so ist es mir nie zu Ohren gekommen.

In der Kabine entdeckte ich die Skizze und erkannte die Blume sofort wieder. Joseph hatte sie mir gezeigt und mir versprochen, die Blume nach mir zu benennen, wenn wir sie nach England brächten.

Bis dahin klammerte ich mich törichterweise an die Hoffnung, dass etwas geschehen sein musste, auf das er keinen Einfluss gehabt hatte – etwas, das ihn gezwungen hatte, seine Pläne aufzugeben. In dem Fall war ich vielleicht nur ein unfreiwilliges Opfer der Umstände.

Als Sie in meine Kabine gestürmt sind, war ich, sagen wir mal, nicht verkleidet. Mein erster Gedanke war, dass Sie jetzt dem ganzen Schiff mein Geheimnis verraten würden. Doch bald wurde mir klar, dass Sie in Ihrem Zustand nicht in der Lage waren, irgendetwas zu enthüllen. Als Sie immer wieder etwas von der Blume vor sich hingemurmelt haben, wusste ich, hinter was Sie her sind.

Glücklicherweise sind Sie dann ohnmächtig geworden. Ich konnte mich schnell ankleiden, bevor ich um Hilfe rief und Sie wieder in Ihre Hängematte verfrachtet wurden. Danach habe ich die Kabine während der noch verbleibenden Reisezeit nach Kapstadt nicht mehr verlassen.

Ich habe Mr Schelling am Abend der Feier in den Gärten der Kompanie kennengelernt. Solange die *Resolution* noch im Hafen lag, hielt ich es für weise, meine Verkleidung als Burnette beizubehalten, während ich mich umsah, wie ich mir eine Passage nach England verdienen könnte. Zuvor hatte ich gehört, wie Kapitän Cook von Schelling als jemandem gesprochen hatte, der solche Dinge erleichtern könnte. Also habe ich ein Treffen arrangiert und ihm erklärt, dass bei der Planung der Expedition etwas schiefgelaufen sei und ein weiterer Botaniker nicht benötigt werde. Ich sagte ihm, dass Sir Joseph ihn reichlich entschädigen werde, wenn er meine Rückreise nach England sicherstellen würde.«

Sie hielt inne und biss sich auf die Lippe. »Aber er lehnte ab. Er sagte, dass er mir ohne einen von Sir Joseph persönlich unterzeichneten Kreditbrief kein Geld leihen könne. Allerdings bot er mir eine Passage als Gegenleistung für meine botanischen Dienste an. Er erzählte mir, dass ihm sehr daran gelegen sei, eine Blume zu finden, nach der der König verlange, und erkundigte sich, ob ich etwas darüber wisse.

Als ich ihn befragte, erklärte er mir, dass ein schottischer Gärtner verraten habe, er sei auf Geheiß von Sir Joseph Banks hier, um eine bestimmte Blume zu suchen, die der König nach der Königin benennen wolle. Schelling fügte hinzu, dass er sich keinen Grund vorstellen könne, warum eine andere Person, die die Blume als Erste fand, nicht auch entlohnt werden sollte.

Spätestens da wurde mir klar, was geschehen sein musste. Es war kein Zufall, dass Banks mich sitzen gelassen hatte, und ich konnte mich keiner Täuschung mehr hingeben: Ich bedeutete Joseph nichts mehr, wahrscheinlich sogar weniger, als die »Blumen«, die er auf Tahiti zurückgelassen hatte.

Schelling hatte bereits einen Partner – Reinhold Forster –, der seine Verbindungen zur Royal Society nutzen würde, um in London als Schellings Vertreter zu agieren. Doch Schelling brauchte jemanden, der sicherstellen konnte, dass die Blume den Rückweg überlebte. Die Gärtner in Kapstadt kamen nicht in Frage, weil sie allesamt Angestellte der VOC waren.

Eulaeus informierte Schelling darüber, dass er das Gebiet kannte, wo die Blume wuchs, dass er uns aber nur helfen würde, wenn Schelling dem örtlichen Stammeshäuptling Gewehre schenkte. Außerdem verlangte er seine Freiheit, da er hoffte, von seinem Stamm wieder aufgenommen zu werden, nachdem er ihm die Waffen besorgt hatte.

Schelling erklärte, dass das ein hoher Preis sei, weil der Arbeitsvertrag von Eulaeus noch einige Jahre liefe. Er würde den Bedingungen nur zustimmen, falls Eulaeus ihm den genauen Standort der Blumen nennen könne.

Eulaeus bestand darauf, unser Führer zu sein, doch Schelling hatte nicht die Absicht, ihm seine Freiheit wiederzugeben, und sagte, wir würden auf eigene Faust losziehen – er wollte nur den Ort erfahren. Ich glaube, Eulaeus wusste, dass Schelling ihn hereinlegen wollte, doch er hatte keine andere Wahl; also erzählte er Schelling von Two Rivers.

Ich sah ihn erst in Two Rivers wieder, aber bis dahin war viel passiert.

An Bord der *Resolution* war es mir gelungen, für mich zu bleiben, doch ein Wagentreck war etwas ganz anderes. Es gab keine Kabine, in der ich mich verstecken konnte. Zwar bestand ich darauf, ein eigenes Zelt zu bekommen, aber trotzdem war es nur eine Frage der Zeit, bis ich auffliegen würde – auch wenn ich über bessere botanische Kenntnisse verfügte als die meisten Männer und es kein Problem darstellte, diesen Teil der Tarnung aufrechtzuerhalten.«

Wieder schwieg sie kurz, und zum ersten Mal, seit sie mit ihrer Erzählung begonnen hatte, schien ihre Fassade ein wenig zu bröckeln. Doch kurz darauf straffte sie die Schultern, ihr Blick wurde wieder scharf, und sie setzte ihren Bericht fort.

»Nach wenigen Tagen trieb Schelling mich eines Abends nach dem Essen in die Enge und sagte mir klar und deutlich, dass er an meiner Darstellung zweifele. Da ich nur sehr wenig

Handlungsspielraum besaß, blieb mir nichts anderes übrig, als ihm alles zu beichten. Als er fragte, ob ich wirklich Botaniker wäre, erklärte ich ihm, woher meine botanischen Kenntnisse stammten. Und ich berichtete ihm, woher ich wusste, dass es Sir Joseph nicht gelungen war, die Blume aus dem Samen zu ziehen – weil ich seine Geliebte war.

Zuerst war Schelling aufgebracht, doch bald erkannte er, dass sich eigentlich nichts geändert hatte, abgesehen von der Tatsache, dass statt eines Mannes eine Frau an der Expedition teilnahm. Ich war nach wie vor die Einzige, die wusste, wie man die Blume lebendig nach Kapstadt bringen konnte.

Danach machte es keinen großen Sinn mehr, die Verkleidung fortzusetzen. Ich war ein wenig überrascht, wie wenig Aufmerksamkeit die Menschen, denen wir unterwegs begegneten, mir schenkten. Gleichgültig, ob es sich um Bauern, Treckburen, Xhosa oder Khoikhoi handelte – alle fanden es vollkommen normal, dass eine Frau Teil eines Wagentrecks war.

Doch bald wurde klar, dass Schelling fand, er hätte mehr als nur eine Blume dafür verdient, mir die Rückfahrt nach England zu ermöglichen. Ich konnte ihn abwehren, indem ich sagte, dass ich seinem Wunsch erst entsprechen würde, wenn wir die Blume gefunden hätten. Außerdem würde ich das Geheimnis, wie die Blume am Leben erhalten werden konnte, nur enthüllen, wenn er mir versprach, Forster aus der Sache herauszunehmen, sodass ich diejenige sein würde, die dem König die Blume übergab.«

»Aber es gibt doch gar kein Geheimnis, jeder ordentliche Gärtner könnte das tun«, wandte Masson ein.

»Das weiß ich, aber anders konnte ich Schelling nicht davon abhalten, mich anzufassen. Doch er stimmte zu und versprach mir alles Mögliche. Aber ich glaube, er misstraute mir, und ich konnte es mir nicht leisten, das Risiko einzugehen. Ich brauchte einen neuen Plan, und das Beste, was mir einfiel, war zu flüchten.

Ziemlich bald nach unserem Aufbruch kehrte Willmer von einer Erkundungstour zurück und berichtete, dass wir verfolgt wurden. Am nächsten Tag setzten wir unsere Reise fort, während er einen Bogen schlug und Sie drei entdeckte. Schelling meinte, wir könnten nichts anderes tun, als zuerst in Two Rivers anzukommen. Also ritt Willmer von da an mehrfach zurück, um Ihr Weiterkommen zu kontrollieren und auszuschließen, dass Sie einen Überholversuch unternahmen.

Doch kurz vor unserer Ankunft im Xhosa-Dorf, wo wir einen Führer nach Two Rivers auftreiben wollten, meldete Willmer, dass Sie in Richtung Norden abgebogen wären, um uns den Weg abzuschneiden. Sofort brachen wir wieder auf und legten keine Pause mehr ein, bis wir Two Rivers erreichten. Der Xhosa-Führer warnte Schelling immer wieder vor Löwen, die sich in der Gegend aufhielten und Gefallen daran gefunden hatten, Menschen zu jagen, doch Schelling wollte nicht pausieren, sondern bestand auf der Weiterreise.

Als wir schließlich in Two Rivers eintrafen, war Eulaeus bereits dort und hatte dem Chief die Bedingungen der Vereinbarung erläutert. Nachdem die Blume nun in Reichweite war, konnte Schelling sein Wort auf keinen Fall brechen, und er gewährte Eulaeus an Ort und Stelle Freiheit – wenn auch nur sehr widerwillig.

Er fragte Eulaeus, was mit Ihnen passiert sei, doch er erhielt nur zur Antwort, dass Ihre Zugpferde lahmten. Als Sie beschlossen hätten umzukehren, sei er weggelaufen und zu Fuß nach Two Rivers gekommen.

Dann fand Willmer Ihre Zeichnung im Bach und brach auf, um Sie gefangen zu nehmen. Mir wurde klar, dass meine Chance gekommen war. Als die Feuer gelegt wurden, hielt ich das für den perfekten Zeitpunkt für meine Flucht. Allerdings rechnete ich nicht mit zwei blinden Passagieren.«

»Aber«, fiel Masson ihr ins Wort, »es handelte sich um eine einmonatige Reise durch Terrain, das – gelinde ausgedrückt – heimtückisch sein kann!«

»Und vermutlich wollen Sie mir jetzt sagen, dass ein Mann allein in Afrika nicht überleben kann?«, ahmte sie Schelling nach, bevor sie verächtlich schnaubte. »Sie wollen mir doch nicht ernsthaft weismachen, dass Sie diesem Geschwätz Glauben schenken?« Doch seine Miene verriet ihr, dass dem so war. »Und vermutlich glauben Sie auch tatsächlich, dass Ihr Dr. Thunberg sein Leben riskieren wird, um uns zu holen?«

Langsam wurde Masson wütend. Nicht, weil sie den guten Namen seines Freundes beschmutzt hatte, sondern weil ihm bewusst wurde, dass er insgeheim bereits denselben Verdacht gehegt hatte.

»Und was ist mit Löwen oder Büffeln? Haben Sie mit denen auch Sonderkonditionen ausgehandelt?«, fragte er spitz.

Daraufhin zeigte sie auf das Gewehr, das am Stamm eines Assegai-Baumes lehnte. »Ich denke, damit komme ich zurecht.«

Ungläubig schüttelte Masson den Kopf.

»Nun, immerhin bin ich schon bis hierhin gekommen, oder etwa nicht?«, konterte sie. »Obwohl ich anfangs absolut mittellos und verlassen auf den Kapverden saß und kein Wort von Banks gehört hatte, nicht einmal ein ›Liebe Jane, es tut mir schrecklich leid, wie die Dinge gelaufen sind! Hochachtungsvoll, Dein Sir Joseph-Mistkerl-Banks.‹ Ich finde, ich habe mich bisher ziemlich wacker geschlagen. Erst als Sie und Ihr Hanswurst von einem Doktor aufgetaucht sind, ist alles schiefgelaufen!«

»Wenigstens kenne ich jetzt Ihren Namen, was sich als praktisch erweisen könnte. Denn wenn mein Hanswurst von einem Doktor und ich nicht zufällig vorbeigekommen wären, stünde auf Ihrem Grabstein jetzt folgende Inschrift: ›Hier, mitten im Nirgendwo, ruhen die kläglichen Überreste von Mr Burnette, zum Teil Botaniker, zum Teil Wahnsinniger und außerdem ein trauriger Beweis für die Tatsache, dass auch eine Frau nicht allein in Afrika überleben kann!‹«

Der Blick, den Jane Masson daraufhin zuwarf, war wirkungsvoller als jeder Schlag mit ihren Fäusten. Ihre Augen wurden schwarz vor Wut, ehe sie auf dem Absatz kehrtmachte und in den Busch davonstürmte. Dabei schlug sie förmlich eine Schneise durch das Blattwerk.

# 41. Kapitel

»Masson! Wo sind Sie?«, rief Thunberg. Er war den größten Teil der Nacht durchgeritten und stand nun allein mitten auf dem verlassenen Lagerplatz. Es war noch nicht einmal Mittag, und Thunberg war nicht gerade nachsichtiger Laune. Nachdem er das Zelt leer vorgefunden hatte, entdeckte er eine Spur aus niedergetretenem Gras, die unter den Bäumen verschwand.

Vor sich hin fluchend, weil Masson seine Anweisungen nicht beherzigt hatte und nicht bis zu seiner Rückkehr im Lager geblieben war, folgte er dem Trampelpfad, bis er seinen Kameraden schließlich fand.

»Da sind Sie ja. Ich dachte schon, Sie hätten vielleicht beschlossen, ohne mich nach Kapstadt zurückzukehren«, scherzte Thunberg.

Beim Klang von Thunbergs Stimme wirbelte Masson herum. »Und ich dachte schon, Sie hätten uns im Stich gelassen.«

»Im Stich gelassen?«, wiederholte Thunberg. »Glauben Sie, ich würde Sie mit der schönsten Frau auf dieser Seite der Ostgrenze einfach so allein lassen? Ich hätte nicht mit dem Wissen leben können, sie solch langweiliger Gesellschaft ausgeliefert zu haben.« Thunberg zwinkerte ihm zu, als sie sich die Hände schüttelten.

»Es tut gut, Sie zu sehen«, sagte Masson etwas zu ernst. Thunberg witterte sogleich Schwierigkeiten.

»Was ist geschehen? Hat sie Sie wieder geschlagen?«

»Noch schlimmer – sie ist davongelaufen.«

»Davongelaufen? Aber wohin denn?«, verlangte Thunberg fassungslos zu wissen.

»Oh, nicht weit. Sie sitzt dort oben. Wir haben uns gestritten, und ich habe sie wohl gekränkt.« Masson zeigte auf die einsame Gestalt, die im Schatten einiger Wolfsmilchgewächse auf einer Felsplatte saß, von der aus man einen großartigen Panoramablick auf das Tal hatte.

»Oh, très galant, Mr Masson. Nun, wir haben jetzt keine Zeit für Auseinandersetzungen unter Liebenden, wir haben viel zu tun.«

»Sie haben die Pferde gefunden?«

»Noch viel besser, ich habe vielleicht die gesamte Lage gerettet!« Thunberg strahlte über das ganze Gesicht. »Ich werde alles erklären, nachdem ich mit Miss Hochnäsig in ihrem Elfenbeinturm gesprochen habe. Aber vorher möchte ich Ihnen noch etwas geben, das wohl Ihnen gehört. Ich habe es unter den Trümmern des Planwagens gefunden.« Er reichte Masson ein kleines Päckchen, das in Öltuch eingeschlagen war. »Versuchen Sie bitte, diesmal besser darauf aufzupassen.«

Masson wickelte das Öltuch auseinander und hielt sein Tagebuch in den Händen. Wie sein Besitzer war es von außen böse zugerichtet und zerkratzt, und als Masson es aufschlug und darin blätterte, stellte er fest, dass nur noch die Skizzen für seinen Garten und die Notizen, die er an Bord der *Resolution* geschrieben hatte, darin enthalten waren. Die Seiten, auf denen er seine Vorstellungen von der Blume für die Königin festgehalten hatte, die Karten von der False Bay sowie seine Notizen dazu waren herausgerissen worden. Und als er nach Cooks Bericht suchte, fand er das Versteck im hinteren Umschlag leer vor.

»Ich weiß nicht, wie ich Ihnen danken soll.«

»Sie können mir danken, indem Sie es mit weiteren Zeichnungen der Pflanzen füllen, die ich auf dem Rückweg nach Kapstadt zu finden beabsichtige. Und es gibt eine bestimmte Pflanze, an der Sie möglicherweise interessiert sein könnten.«

Sein letzter Kommentar wurde vom Winde verweht, weil Thunberg sich schon halb auf dem Weg zu Jane befand, die sich nicht von ihrem Platz gerührt hatte.

Masson blickte ihm nach, und da er das Gefühl hatte zu stören, drehte er sich um und marschierte zum Lager zurück, wo er noch einmal die verbleibenden Seiten seines Tagebuchs durchblätterte.

Während er an der grauen Asche des erloschenen Lagerfeuers saß, gab er sich der Enttäuschung hin, dass seine früheren Skizzen der Blume verloren waren. Gleichzeitig war er jedoch erleichtert, dass die Seiten, die ihm zum Verhängnis hätten werden können, ebenfalls verschwunden waren. Ohne das vollständige Tagebuch würde nun seine Aussage gegen die Schellings stehen.

Als er schließlich Schritte hörte, setzte er ohne aufzublicken zu der Entschuldigung an, die er schon fast den ganzen Vormittag im Geiste vorbereitet hatte.

»Bevor wir uns weiterstreiten, Lady Sommerton, möchte ich Ihnen sagen, dass mir das Ganze aufrichtig leidtut.« Er hatte mit Thunberg und Jane gerechnet, doch als er aufsah, fand er sich Auge in Auge mit Eulaeus wieder. Der zog ein finsteres Gesicht und sah mit seiner angekohlten Kleidung und dem rußgeschwärzten Gesicht wie ein gerade der Hölle entflohener Geist aus.

Masson regte sich nicht, doch sein Blick suchte das Gewehr, das immer noch an dem Baum lehnte. Er war näher daran als Eulaeus, doch als er gerade über seine Chancen nachdachte, es zu ergreifen und abzufeuern, bevor Eulaeus sich auf ihn stürzen konnte, hörte er Thunberg und Jane auf das Lager zukommen. Ihr angeregtes Plaudern war deutlich zu vernehmen.

»Thunberg!«, schrie Masson, ließ das Tagebuch fallen und spurtete zu dem Gewehr.

Sobald er den Baum erreicht hatte, ergriff er es und hob es in einer einzigen fließenden Bewegung an die Schulter. Dann wirbelte er herum, um Eulaeus ins Visier zu nehmen, wobei er fest damit rechnete, dass der Mann sich jeden Moment auf ihn stürzen würde. Doch Eulaeus hatte sich nicht vom Fleck gerührt, sondern starrte ihn weiterhin finster an. Masson korrigierte seinen Anschlag ein wenig, richtete den Lauf auf Eulaeus' Brust und schickte sich an abzudrücken.

»Masson, nein, warten Sie!« Thunberg rannte auf die Lichtung und sprang mit erhobenen Händen zwischen Masson und Eulaeus.

»Senken Sie das Gewehr, Masson, bitte.«

Langsam ließ Masson die Waffe sinken. Thunberg trat auf ihn zu und nahm sie ihm aus den Händen.

»Ah, genau wie ich es mir dachte, es war nur halb gespannt«, äußerte Thunberg missbilligend, nachdem er das Gewehr kontrolliert hatte. »Ich hatte gehofft, dass Sie Ihre Lektion besser gelernt hätten, Masson. Schließlich hätten Sie sich in einer lebensbedrohlichen Situation befinden können!«

»Es reicht, Thunberg! Würden Sie so freundlich sein, mir zu erklären, was zum Teufel hier eigentlich gespielt wird? Warum halten Sie mich davon ab, die Person zu erschießen, die uns zuerst einer Herde Büffel ausgeliefert hat, durch die wir beinahe zu Tode getrampelt wurden, und uns dann verkaufen wollte, um die eigene Haut zu retten?«

»Gut, vermutlich wäre eine Erklärung angebracht. Aber können wir uns nicht vorher darauf einigen, einen Waffenstillstand zwischen allen gegnerischen Parteien zu schließen?«

Sowohl Masson als auch Jane blieben irritiert stehen, während Eulaeus weiterhin eine finstere Miene zur Schau trug, die sich anscheinend in sein Gesicht gebrannt hatte.

»Ich betrachte das allgemeine Schweigen als Zustimmung. Ausgezeichnet!«, säuselte Thunberg.

»Was ist mit ihm?«, fragte Masson gereizt.

»Eulaeus hat mich gebeten, in seinem Namen aufrichtig um Verzeihung zu bitten, weil er uns im Stich gelassen hat. Er räumt seine schwere Fehleinschätzung der Situation ein, ist jedoch der Meinung, dass er mildernde Umstände verdient hat. Wenn Sie gestatten, würde ich Ihnen diese jetzt gern darlegen.«

Thunberg drehte sich zu Eulaeus um, als suchte er seine Zustimmung, um fortzufahren, und Eulaeus nickte mit ernster Miene. Eine erwartungsvolle Stille lag in der Luft, als Thunberg sich räusperte und wieder zu reden begann.

»Als Erstes müssen Sie wissen, dass wir uns in Kürze mitten in einem Krieg zwischen den Stämmen der Xhosa und allen europäischen Siedlern in der Kapregion wiederfinden werden.«

Masson fiel die Kinnlade herunter. »Und Sie wollen behaupten, dass das die Situation retten wird?«

Thunberg hob eine Hand, um Masson Einhalt zu gebieten, und ein wissendes Grinsen umspielte seine Lippen. »Doch dank Eulaeus' Hilfe wird es uns nicht nur gelingen, dem Mahlstrom zu entgehen, der das Grenzgebiet jeden Moment erfassen kann, sondern wir werden auch all das erlangen, was Ihr Herz begehrt.«

Thunberg breitete die Arme aus und präsentierte sein Husarenstück in Erwartung von Bewunderung, wenn nicht gar einer Lobeshymne: »Die Blume, mein lieber Masson, die Blume!«

# 42. Kapitel

»Haben Sie den Verstand verloren?«, fragte Masson zur offenkundigen Enttäuschung Thunbergs, der immer noch mit ausgestreckten Armen dastand wie ein Messias, der sein Volk aus dem finsteren Tal des Todes zu retten verhieß.

»Carl hat recht. Falls die Blume noch da ist«, überlegte Jane laut, »dann müssen Sie sie sich jetzt holen. Denn wer weiß, ob sich je wieder eine Gelegenheit dazu bietet, wenn tatsächlich ein Krieg ausbricht.«

»Hat er Ihnen auf dem Weg hier herunter irgendein einheimisches Kraut verabreicht, oder bin ich der Einzige, der sich noch einen Rest gesunden Menschenverstand bewahrt hat? Vielleicht leiden Sie ja beide an einer seltsam verdrehten Wahnvorstellung, die von zu viel Adrenalin und zu wenig baden hervorgerufen wurde?« Masson holte tief Luft und fügte noch hinzu: »Und wann ist er in Ihrer Achtung so stark gestiegen, dass er den glücklichen Wandel vom ›Hanswurst‹ zu ›Carl‹ durchlaufen hat?«

Thunberg wirkte überrascht und warf Jane einen gekränkten Blick zu, woraufhin diese verlegen mit den Schultern zuckte.

»Sollen wir nicht Vergangenes ruhen lassen?«

Thunberg verbeugte sich gnädig und richtete seine Aufmerksamkeit wieder auf Masson. »Lady Sommerton hat die Lage genau erkannt, Masson.«

»Oh, nennen Sie mich doch bitte Jane. Oder Hanswurst, wenn Ihnen das lieber ist«, sagte Jane und errötete, als Thunberg sich noch tiefer verbeugte.

»Auf jeden Fall ist das, wie Jane schon gesagt hat, Ihre letzte Chance. Was bleibt Ihnen denn noch, wohin Sie zurückkehren können? Selbst wenn Ihnen das Gefängnis erspart bliebe, wollen Sie wirklich mit leeren Händen nach England zurückkehren? Ich bezweifle, dass Sir Joseph davon begeistert sein wird. Wer weiß, welche Meinung er über eine Expedition haben wird, die eigentlich zwei Jahre lang dauern sollte und nun auf wenige Wochen verkürzt wurde?«

Masson erkannte, dass er ausmanövriert und überstimmt worden war. Als sich zwei Augenpaare fragend auf ihn richteten und auch Eulaeus ihn immer noch unverwandt anblickte, fühlte er sich ausweglos in die Enge getrieben.

»Gut, gut! Wenn ich dazu verdammt bin, bei der Suche nach dieser verfluchten Blume zu sterben, dann soll es wohl so sein.«

»Ausgezeichnet!«, rief Thunberg aus und klatschte in die Hände.

»Es gibt allerdings etwas, das ich gern noch wissen möchte.«

»Was immer es ist, sprechen Sie es aus.«

»Könnten Sie mir bitte erklären, warum unsere Flucht, wie stümperhaft sie auch gewesen sein mag, einen Grenzkrieg ausgelöst haben soll?«

»Die Feuer, die Schelling anzünden ließ, sind außer Kontrolle geraten. Sie fraßen sich durch das Weideland und zerstörten auch einen großen Teil der Gärten und das Dorf. Chungwa ist überzeugt, dass Schelling das mit Absicht getan hat, und gibt Eulaeus die ganze Schuld. Schließlich war er es, der uns alle nach Two Rivers gebracht hat.«

Eulaeus erschauderte sichtlich bei der Erwähnung des Namens Chungwa, und während Thunberg fortfuhr, schien auch der letzte Rest Energie den Schwarzen zu verlassen. Er sank zu Boden und ließ den Kopf zwischen die Knie sinken.

»Wie Jane Ihnen wahrscheinlich schon erzählt hat, wollte Eulaeus seinen Platz in seinem Stamm zurückerobern, doch stattdessen ist er jetzt gänzlich gebrandmarkt. Er ist bereit, uns zu der Blume zu bringen, damit wir ihn später nach Kapstadt mitnehmen. Er zieht ein Leben als Vertragssklave einem Leben auf der Flucht in seinem eigenen Land vor.«

»Aber was wird Schelling mit ihm machen? Bestimmt will er keine Zeugen für das haben, was hier vorgefallen ist«, hakte Masson nach.

»Ich bin mir nicht sicher, ob Schelling es aus dem Tal herausschafft, ganz zu schweigen von einer Rückkehr nach Two Rivers«, erwiderte Thunberg mit grimmiger Miene.

»Wie wollen wir denn zurückkommen, wenn Chungwa den noch intakten Planwagen hat? Schließlich haben wir nur das eine Pferd, und nicht einmal Sie können so optimistisch sein zu glauben, dass wir zu Fuß weit kommen.«

Thunberg fing an zu grinsen. »Als ich Eulaeus fand, brachte er unseren Wagen gerade an die Stelle zurück, an der wir beinahe davongeschwemmt worden sind. Er hatte ihn versteckt, bevor er nach Two Rivers lief – für den Fall, dass man ihn nicht willkommen heißen würde oder er den Wagen für die Verhandlungen mit Chungwa brauchen würde. Wir haben ihn auf der anderen Seite dieses Hügels stehen lassen. Wenn nun alle einverstanden sind, schlage ich vor, dass wir aufbrechen.«

Die Gruppe murmelte ihre Zustimmung. Nachdem sie das Lager aufgelöst hatten, marschierten sie schweigend durch den Busch über den Hügel zu der Stelle, an der Thunberg und Eulaeus den Wagen versteckt hatten.

Als sie den höchsten Punkt des Hügels erreichten, warf Masson einen letzten Blick auf die Ansammlung von Assegai-Bäumen, die ihnen Zuflucht geboten hatten. Er suchte nach den

Schmetterlingen vom Vortag, die ihm solche Hoffnung gegeben hatten. Zwar entdeckte er sie auch heute, doch sie waren nicht allein. Eine Schar Krähen mit dunklem, glänzendem Gefieder saß auf den obersten Zweigen und pickte nach den Insekten, die um die Baumblüten flogen und tanzten, ohne die Gefahr zu bemerken.

Masson hätte sich nicht sorgen müssen, dass Eulaeus sie ein zweites Mal hintergehen würde. Nachdem sie ihren Wagen geholt hatten, führte er sie in weniger als einer Stunde an einen Ort, der aussah wie der Garten Eden.

Eine natürliche Quelle sprudelte an die Oberfläche, von allen Seiten umgeben von falschen Horsewood- und Guarri-Bäumen. Die Stelle war von der Außenwelt perfekt abgeschirmt. Löffelenten und Krickenten tauchten in dem klaren Quellwasser, das einen Tümpel mit einem Durchmesser von rund fünfzig Meter bildete, nach Futter. Er bot einen geschützten Lebensraum für Wasserpflanzen, Vögel und Insekten. Eine Explosion in Violett und Gelb breitete sich auf dem Wasser aus, das mit grünen Seerosenblättern übersät war, aus denen zahlreiche Blüten emporwuchsen. Sie wetteiferten mit den rosafarbenen Sumpflilien, die die Ufer säumten, um die Aufmerksamkeit der Libellen.

Zu seiner großen Erleichterung entdeckte Masson am gegenüberliegenden Ufer des kleinen Sees einen Bereich, der mit Hunderten großer, grüner Stängel bewachsen war. Die Blume für die Königin, die *Isigude*, badete im nachmittäglichen Sonnenlicht wie ein träger Monarch, der die letzte Wärme des Tages genoss.

Die vier machten sich daran, so viele Pflanzen zu sammeln, wie auf der Ladefläche des Wagens Platz fanden. Thunberg bot an, die anderen Holzkisten mit den Pflanzenexemplaren abzuladen, die Masson und er auf dem Hinweg gemeinsam gesammelt hatten, aber Masson wollte Thunberg nicht seiner Beute berauben. Also blieben die Pflanzen, wo sie waren.

»Ich habe Ihnen eine für Ihr Herbarium mitgebracht«, sagte Jane und reichte Masson eine Blume, die sie abgeschnitten hatte. »Wollen wir Waffenstillstand schließen – zumindest, bis wir Kapstadt erreicht haben?«

»Wie könnten Sie solch ein liebenswürdiges Angebot, man könnte es auch poetisch nennen, ablehnen?«, mischte sich Thunberg mit einem listigen Lächeln ein.

Masson hielt die Blume in der Hand, als rechnete er damit, dass sie wie ein verängstigter Vogel jeden Augenblick davonfliegen könnte.

»Sie haben schon mitbekommen, dass sie Sie als Hanswurst bezeichnet hat?«, fragte Masson boshaft, um den Moment zwischen Thunberg und Jane zu zerstören. »Waffenstillstand also, nun gut. Ich nehme das Angebot an und danke Ihnen.« Masson nahm sein Tagebuch und legte die Blume mitten hinein, um sie zwischen den Seiten zu pressen.

Nachdem sie ihre Sammeltätigkeit abgeschlossen, ihre Ausrüstung aufgeladen und alle Trinkwasserschläuche gefüllt hatten, ließen sie die Lichtung hinter sich und brachen in den Sonnenuntergang hinein auf.

Masson nahm das Pferd und folgte dem Wagen, während Thunberg sich neben Eulaeus gesetzt hatte, um zu helfen, das Gespann anzutreiben und auf den Fahrweg nach Kapstadt zurückzuleiten.

Jane hatte sich hinten auf dem Wagen zwischen den Blumen zusammengerollt und schlief tief und fest.

# 43. Kapitel

Der Vollmond, der ihren Weg beleuchtete, kam Masson heller vor als die schwache Wintersonne, die sich immer mühsam durch das morgendliche Grau in den Downlands gekämpft hatte, wenn er nach Leeds Castle zur Arbeit gewandert war. Er ertappte sich dabei, wie er immer öfter an Zuhause dachte. Was ihn daran überraschte, war die Tatsache, dass er sich nicht mit Sehnsucht an die Kalksteinhügel und die übersichtlich angeordneten Felder und Wege erinnerte. Nein, er betrachtete seine Heimat mit einer gewissen Distanz, als handele es sich um ein Bild oder ein Gemälde, das jemand anderes gemalt hatte.

Allmählich fragte er sich, ob ihn die afrikanische Nacht verhext hatte, denn in seinem Kopf schwirrten seltsame Fantasien umher. Sie befassten sich damit, wie er seinen Namen reinwaschen konnte, um hierzubleiben und seinen Zweijahresvertrag zu erfüllen. Jane könnte die Blume zu Banks nach England bringen, zusammen mit einem Brief, aus dem deutlich hervorging, dass Jane und er die Pflanze gemeinsam gefunden hatten. Auf die Weise bekäme Masson sein Stück Land, und Janes Ehre wäre wiederhergestellt. Zweifellos wäre Banks wütend, doch die Zeit und die zahlreichen Pflanzenmuster, die Masson ihm zu schicken beabsichtigte, würden ihn allmählich besänftigen. Vielleicht würde er Masson sogar eine Sondervergütung zukommen lassen, weil er dem König und seinem Land über seine Pflicht hinaus wertvolle Dienste geleistet hatte.

»Sie wissen schon, dass es unhöflich ist, jemanden anzustarren«, flüsterte Thunberg, als er vom Kutschbock sprang, um sich zu recken und zu strecken. Er schlenderte zu Masson, der direkt hinter dem Wagen angehalten hatte. Masson wurde bewusst, dass er tatsächlich Janes schlafendes Gesicht angestarrt hatte.

»Ich habe nicht gestarrt, ich habe bloß, ähm, nachgedacht«, stammelte Masson und wandte hastig den Blick ab.

»Nun, das kann nur zu Schwierigkeiten führen«, meinte Thunberg und reichte Masson einen Trinkschlauch. »Also, welchen Weg sollen wir einschlagen?«

Masson sah ihn verständnislos an. »Was meinen Sie?«

»Den Weg, Masson, den Weg.« Zuerst glaubte Masson, dass Thunberg in philosophische Fantasien verfallen wäre, doch dann bemerkte er die Weggabelung. Eine Fahrspur führte nach Süden in Richtung Küste, die andere weiter nach Norden auf die Wüste zu, die direkt hinter dem Faltengebirge am nördlichen Horizont lag. »Eulaeus und ich sind geteilter Meinung. Er findet, wir sollten uns nach Norden wenden und die Berge überqueren, um dann die ruhige Straße zu nehmen, die sich am Rande der Wüste auf der anderen Seite erstreckt. Ich bin der Meinung, wir sollten die Küstenroute wählen. Zwar ist dort das Risiko höher, von den Xhosa entdeckt zu werden, aber sie ist schneller, und es gibt mehr Bauernhöfe am Wegrand, wo man sich mit Vorräten oder neuen Pferden versorgen könnte.«

»Aber da sind auch die Löwen«, warf Masson ernst ein.

»Ja, das stimmt«, entgegnete Thunberg beiläufig, als ließe er eine Bemerkung über das Gras fallen und nicht über die Gefahr, einem grausamen Tod ins Auge zu blicken. »Allerdings hatten Schellings Leute auf dem Hinweg offenbar keine Schwierigkeiten mit ihnen. Vielleicht sind sie schon weitergezogen, oder die Treckburen hatten einfach nur Pech.«

»Was ist mit Jane, hat sie kein Stimmrecht?«, fragte Masson.

Dabei ging es ihm eher darum, Zeit zu gewinnen, als um echte Demokratie.

»Oh, sie hat mir schon gesagt, dass sie dafür ist, den Weg nach Süden einzuschlagen. Aber ich dachte mir, ich sollte Sie auch fragen, falls wir ein Unentschieden abwenden müssten.« Unwillkürlich fragte Masson sich, was sie wohl sonst noch besprochen haben mochten.

»Dann wenden wir uns nach Süden«, erwiderte Masson mit Nachdruck.

»Das ist die richtige Einstellung! In dem Fall«, sagte Thunberg, während er zum Wagen ging, um eines der Gewehre zu holen, »brauchen Sie das hier vielleicht. Wollen Sie lieber vorneweg reiten oder die Nachhut bilden?«

Die Küstenroute unterschied sich deutlich von dem Weg, den sie zuvor gewählt hatten. Während die Landschaft vorher durch undurchdringlichen Busch, dichtes Blätterwerk und spröden, steinigen Boden gekennzeichnet gewesen war, umgab sie nun sanft hügeliges Weideland, das im Süden von gewaltigen Küstensanddünen begrenzt wurde. Sie waren so hoch, dass man das Meer dahinter zwar riechen, allerdings nicht sehen konnte.

Der Weg war in einem besseren Zustand, und Wasser stand in Hülle und Fülle zur Verfügung, weil zahlreiche Bäche mit frischem Wasser aus den Bergen durch die Ebenen strömten, bevor sie sich ins Meer ergossen. Obwohl der Wagen schwerer beladen war als zuvor, kamen sie gut voran. Als die Sonne am Tag nach der Blumenernte den Zenit erreichte, schätzten sie, dass sie sich weniger als eine halbe Tagesreise von der südlichen Furt durch den Fluss entfernt befanden, wo sie den Treckburen begegnet waren.

Zwar war Masson durch den Schlafmangel erschöpft, doch

er wollte unbedingt den Fluss überqueren und außer Reichweite der Löwen und der Xhosa gelangen. Dennoch kamen sie überein, dass es nicht weise wäre, die Pferde so früh schon zu sehr zu beanspruchen – schließlich lagen noch drei bis vier harte Reisewochen vor ihnen. Thunberg war auch erpicht darauf, das offene Land zu verlassen, damit man sie nicht entdeckte. Daher beschlossen sie, den Rest des Nachmittags zu rasten und, in Anbetracht des mühelosen Vorankommens, bei Nacht weiterzuziehen, wenigstens, bis sie den Fluss überquert und wieder Kompanie-Territorium erreicht hatten.

Sie hielten an einem schmalen Bachlauf an und verließen dann die Anhöhe, um Unterschlupf unter einer kleinen Gruppe dorniger Birnbäume zu suchen, zwischen denen Beifuß wuchs. Dort waren sie vor der Sonne geschützt, und die frische Brise vom Meer her bot ihnen Abkühlung.

Masson hatte sich größte Mühe gegeben, nicht jedes Mal dichter an den Wagen heranzureiten, wenn Thunberg sich umdrehte, um etwas zu Jane zu sagen. Noch mehr hatte er sich angestrengt, nicht immer zusammenzuzucken, wenn sie über einen von Thunbergs Scherzen lachte. Als er die beiden in ein Gespräch vertieft sah, fragte er sich, ob sie Thunberg dieselbe Geschichte wie ihm erzählte, oder ob sie ihm vielleicht eine andere Version präsentierte.

Sobald sie anhielten und Jane sich außer Hörweite befand, fragte Thunberg Masson: »Hat sie Ihnen auch alles erzählt?«

Masson erwiderte nur mürrisch: »Ich weiß wirklich nicht, was Sie meinen, Thunberg. Ich finde, dass ihr Leben nur sie etwas angeht. Das Einzige, was jetzt eine Rolle spielt, ist unsere Rückkehr nach Kapstadt. Daran wird nichts, was in der Vergangenheit passiert oder nicht passiert ist, etwas ändern, nicht wahr?«

Thunberg sah gekränkt aus, doch er beruhigte sich schnell

wieder und legte Masson eine Hand auf die Schulter. »Masson, man nennt es Ritterlichkeit, wenn man eine hilflose Person schützt. Aber unter uns gesagt, ich glaube, diese Lady kann sehr gut auf sich selbst aufpassen.«

Masson wechselte schnell das Thema, als Jane sich ihnen näherte. »Wahrscheinlich sollten wir die Gewehre überprüfen, um sicherzugehen, dass die Visiere noch richtig eingestellt sind.« Und zu Jane gewandt, fragte er: »Können Sie schießen? Falls nicht, können wir es Ihnen vielleicht beibringen.« Während er das sagte, gab sich Masson vergeblich Mühe, nicht herablassend zu klingen.

Als Antwort auf seine Frage beugte sich Jane über die Seitenwand des Wagens und nahm ein Gewehr heraus. Sie wog es in den Händen, um ein Gefühl dafür zu bekommen, dann lud sie es fachmännisch, zielte und schoss auf ein kleines Bäumchen in rund zehn Metern Entfernung. Der ganze Vorgang war so schnell und routiniert abgelaufen, dass er wahrscheinlich weniger als zwanzig Sekunden gedauert hatte. Trotzdem war es lange genug, dass Masson sich wünschte, die Erde möge sich auftun und ihn verschlucken. Als der Rauch sich verzogen hatte, war seine Schmach perfekt, denn alle konnten sehen, dass sich der Schuss mitten in das dünne Stämmchen gebohrt hatte.

»Ich glaube, dieses Gewehr zielt ein wenig zu hoch, Sie sollten das überprüfen«, meinte Jane, als sie Thunberg die Waffe reichte. Thunberg zog den Hut vor ihrer Fertigkeit, bevor er sich an Masson wandte und leise fragte: »Und, hegen Sie immer noch ritterliche Gefühle?«

Die kleine Gruppe aß etwas und rastete für den Rest des Nachmittags. Masson legte sich hin und schlief tief und fest. Als der staubige Geruch der Abenddämmerung sich über das Lager senkte, wachte er verwirrt und orientierungslos aus seinen Träumen auf und fragte sich, warum die Sonne unter- und nicht aufging. Er begab sich an das Feuer, das Eulaeus geschürt hatte, schenkte sich etwas von dem dünnen Rooibos-Tee ein, den es ständig gab, und half anschließend dabei, die Pferde wieder anzuschirren.

Doch die Pferde sträubten sich ungebärdig. Sie warfen die Köpfe zurück und scharrten unruhig mit den Hufen, während sie nervös wieherten, als wollten sie sich gegen das Anschirren wehren. Eulaeus drehte sich um und rief etwas, das wie ein Fluch klang. Er musterte den Weg zum Fluss, bevor er ins Feuer griff und einen brennenden Ast herauszog, um damit die Dunkelheit zu erhellen.

»Was ist denn los?«, fragte Jane.

»Er ist sich nicht sicher; er meint, direkt hinter diesen Bäumen ist irgendetwas«, antwortete Thunberg. Er griff nach einem Gewehr, lud es und reichte es dann halb gespannt an Masson weiter. Sofort nahm er die nächste Waffe, um sie ebenfalls zu laden, während Jane nervös in Richtung Fluss starrte. Noch bevor Thunberg fertig war, tauchte plötzlich Willmer aus dem Schatten hinter ihnen auf und richtete sein Gewehr auf Massons Brust.

Alle außer Eulaeus, der nach wie vor Richtung Fluss blickte, wirbelten herum und sahen, wie hinter Willmer auch Schelling hervortrat, ein spöttisches Grinsen im unrasierten Gesicht. Die beiden Männer waren mit Dreck bedeckt und wirkten, als hätten sie seit Tagen nicht mehr geschlafen. Ihre Augen waren blutunterlaufen, und Schellings elegante Kleidung war verschmutzt und zerrissen. Das verlieh seinem normalerweise aalglatten Auftreten einen animalischen Anstrich. Er hob ebenfalls sein Gewehr und zielte auf Thunberg. Als er den Finger auf den Abzug legte, schnappte der Hahn mit einem wohl geölten, metallischen Klicken in die voll gespannte Position.

Thunberg hob beide Hände und ließ sein Gewehr zu Boden fallen. Der Ladestock steckte noch im Lauf.

»Guten Abend, meine Herren«, sagte Schelling kalt, bevor er sich an Jane wandte. »Ich würde ja ›Dame‹ sagen, allerdings kenne ich keine einzige Dame, die Pferde und Wagen stiehlt.«

Als Jane etwas erwidern wollte, stieß Thunberg sie an und bedeutete ihr zu schweigen. Schelling behielt seine Waffe im Anschlag, während er langsam das Feuer umrundete. Mit dem Rücken zum Fluss ergriff er Massons Gewehr und nahm Eulaeus ebenfalls in sein Schussfeld. »Wissen Sie, in den vergangenen ein, zwei Tagen, in denen ich durch diese verdammte Landschaft geritten bin, dachte ich, ich wäre vielleicht etwas zu hart gewesen. Statt Sie einem langsamen, schmerzhaften Tod durch die Hand der Behörden der Kapregion ausliefern zu wollen, hätte ich mich für die viel einfachere und gnädigere Lösung entscheiden sollen – ich hätte Sie in der Schlucht an Ort und Stelle erschießen sollen.«

Masson sah zu Eulaeus hinüber und bemerkte, dass der immer noch mit hervorquellenden Augen zum Fluss starrte.

»Kommen Sie schon, mein lieber Masson. Hat es Ihnen die Sprache verschlagen?« Doch Massons ganze Aufmerksamkeit war auf Eulaeus gerichtet, der dem Zusammenbruch nahe schien. Offenbar hatte er etwas äußerst Beunruhigendes unten am Fluss entdeckt. »Nun ja, ich habe immer schon gedacht, dass letzte Worte überbewertet werden.«

Schelling wollte gerade abdrücken, als vom Fluss her ein ohrenbetäubendes Gebrüll erscholl.

Alle fuhren herum und sahen voller Entsetzen, wie eine schemenhafte Gestalt auf sie zugeschlichen kam. Das Brüllen wurde zu einem unheilvollen, kehligen Knurren. Die Bewegungen waren fließend und wirkten gemächlich, und doch hatte das Wesen im Handumdrehen die Distanz zwischen dem

Rand des Feuerscheins und dem Lager überbrückt. Als das Licht der Flammen die Erscheinung erreichte, verwandelte sie sich von einem einzelnen geisterhaften Ungeheuer in drei junge Löwenmännchen.

Der Anblick ihrer kurzen, struppigen Mähnen trug nicht dazu bei, die Wildheit ihres Äußeren abzumildern. Im Gegenteil, diejenigen in der Gruppe, die sich damit auskannten, fürchteten sich umso mehr. Denn sie wussten, dass diese drei jungen Löwenmännchen von ihrem Rudel verstoßen worden waren und nun die Gegend durchstreiften, um alles zu fangen, was sie erwischen konnten. Außerdem fraßen sie die Reste von dem, was ihre stolzen Cousins übriggelassen hatten. In ihrem ausgehungerten und verzweifelten Zustand hatten sie Geschmack an Menschenfleisch gefunden. Gleichzeitig war ihnen der angeborene Respekt vor Feuer abhandengekommen, weil sie es stattdessen als Wegweiser zu einer schnell und bequem zu beschaffenden Mahlzeit betrachteten.

Willmer schoss als Erster und ließ sich unmittelbar danach auf ein Knie fallen, um nachzuladen, während einer der Löwen vor Schmerz aufheulte.

Schelling war wie gelähmt vor Furcht und bewegte sich langsam rückwärts. Dabei stolperte er jedoch und stürzte nach hinten, wobei sein kostbarer Schuss nutzlos in den Nachthimmel abgefeuert wurde. Das andere Gewehr ließ er auf den Boden fallen, während er rückwärts auf die trügerische Sicherheit des Feuers zukroch, um den vorrückenden Raubtieren zu entkommen.

Masson schluckte seine Angst hinunter und trat vor, um sich sein geladenes Gewehr, das Schelling fallen gelassen hatte, zurückzuholen. Er packte es am Lauf und zerrte es über den Boden in Richtung Wagen. In der Zwischenzeit hatte Thunberg Jane am Ellbogen ergriffen und auf die Ladefläche des

Wagens gehoben. Danach bückte er sich und hob Schellings Gewehr auf, um es mit hektischen Bewegungen neu zu laden. Jetzt wurde auch Eulaeus munter. Er sprang über das Feuer, stieg auf den Kutschbock und griff nach den Zügeln, während Willmer seinen zweiten Schuss abfeuerte und den Löwen tötete, den er zuvor verwundet hatte. Noch bevor der Rauch sich verzogen hatte, lud Willmer die Waffe erneut und gönnte dem zusammenbrechenden Löwen, dem die Zunge seitlich aus dem Maul hing, nicht einmal mehr einen Blick.

Die anderen beiden Bestien, die von den Schüssen und dem anschließenden Fall eines ihrer Gefährten überrascht waren, zogen sich vorübergehend in den Schatten zurück. Danach teilten sie sich auf, um einen breiteren Angriffswinkel zu schaffen und das Lager aus zwei verschiedenen Richtungen anzugreifen. Diesmal schlichen sie nicht auf die Gruppe zu, sondern stürmten mit einer Geschwindigkeit vorwärts, die ihre Größe vergessen ließ. Dabei gingen sie derart zielbewusst zur Sache, dass man auf eine ausgeprägte Klugheit schließen konnte. Sie konzentrierten sich auf die Gestalt, die sie als größte Bedrohung wahrnahmen.

Die Löwen legten die Entfernung bis zu der Stelle, an der Willmer kniete, in weniger Zeit zurück, als Masson brauchte, um sein Gewehr zu heben und zu zielen. Bis er den Hahn voll gespannt und abgedrückt hatte, waren sie bereits aus seiner Schusslinie und stürzten sich auf Willmer. Zuerst brachten sie ihn zu Fall, als Nächstes packte das größere Tier ihn am Genick und brach es mit einem einzigen Schütteln seines gewaltigen Kopfes. Willmers schlaffer, lebloser Körper wurde in die Dunkelheit des Busches geschleift. Der kleinere der beiden Löwen blieb wütend und frustriert zurück und wandte sich dem unglückseligen Schelling zu, der vor Furcht und Ungläubigkeit wie erstarrt war.

In seiner Panik, dem Tier zu entkommen, stolperte er blindlings ins Feuer und schrie vor Schmerz auf, als die Glut in einem Funkenregen auf ihn niederging. Sein Missgeschick ließ den Löwen glücklicherweise zurückschrecken, doch auch seine Mähne und sein Fell wurden von der Glut angesengt. Wütend heulte das Raubtier auf, während es sich im Staub wälzte. Dann sprang es wieder auf und suchte nach einem leichteren Ziel. Sofort richteten sich seine goldgefleckten Augen auf Masson. Mit gesenktem Kopf schätzte der Löwe den Abstand zu seinem auserkorenen Opfer ab.

Nachdem seine Waffe nicht mehr geladen war und ihm auch keine Zeit mehr zum Nachladen blieb, hatte Masson keine andere Wahl, als sich dem Angreifer zu stellen. Mit beiden Händen umklammerte er den Gewehrlauf und erwartete den Sprung des Tieres, um ihm den Kolben wie eine Keule auf den Kopf zu schlagen.

Doch dazu bekam er keine Gelegenheit. Erst spürte und dann hörte er, wie eine Kugel dicht an seiner Wange vorbeiflog. Er hätte schwören können, dass sie ihn gestreift hatte. Thunberg hatte vom Wagen aus gefeuert und die Bestie an der Schulter erwischt. Sie sprang zurück und brüllte wütend auf. Doch der Schuss hatte nicht richtig getroffen und nur eine Fleischwunde verursacht, die den Löwen vor Wut rasend machte.

Jane sprang im selben Moment vom Wagen, als das Tier sich auf Masson stürzte. Seine Geschwindigkeit wurde durch die Schulterwunde nicht beeinträchtigt. Wieder reckte Masson sein Gewehr wie eine Streitaxt in die Höhe und hoffte gleichzeitig, dass seine Mühe umsonst war – dann war sein Tod wenigstens schnell und schmerzlos.

Als die Vorderpranken des Löwen den Boden verließen, holte Masson aus, doch dann ertönte direkt neben seinem Kopf ein weiterer Schuss, dessen Knall ihn beinahe taub machte. Er hörte einen seltsamen, metallischen Klang, bevor er vom Gewicht des Tieres fast erdrückt wurde.

Er bekam keine Luft mehr und kämpfte sich unter dem Kadaver des Löwen hervor. Als er davonkroch, warf er einen Blick zurück und sah den Ladestock von Thunbergs Gewehr, das er bei Willmers und Schellings Auftauchen hatte zu Boden fallen lassen, wie einen Stahlpfeil aus dem Löwenkopf hervorragen.

Kaum fünf Meter von der Stelle entfernt, an der die Bestie ihn angefallen hatte, stand Jane und zielte mit dem rauchenden Gewehr immer noch auf das gefallene Tier.

»Um Himmels willen, springt auf!«, brüllte Thunberg vom Wagen herunter. Eulaeus schaffte es kaum noch, die Pferde in Zaum zu halten.

Masson brauchte keine weitere Einladung, als er sah, dass der dritte Löwe, der Willmer weggeschleift hatte, wieder zurückgekehrt war und jetzt auf sie zustürmte.

Es gelang ihm, sich mit sicherem Griff am Wagen festzuhalten, doch als er sich hinaufziehen wollte, knallte etwas gegen seine Seite und ließ ihn zu Boden stürzen. Es war Schelling, der Masson weggestoßen hatte und jetzt selbst versuchte hinaufzuklettern.

Masson sprang auf und griff nach Schellings Jacke, allerdings fiel dieser jetzt auf ihn, und beide Männer taumelten dem Löwen direkt vor die Füße. Masson hörte, wie Eulaeus die Bremse betätigte. Die Pferde waren inzwischen wie von Sinnen vor Furcht.

Masson war sich sicher, dass sie beide erledigt waren, doch die Sekunden vergingen, und das erwartete Knirschen der Reißzähne auf Knochen blieb aus. Als er aufblickte, stellte er fest, dass der Angreifer abgelenkt worden war. Doch seine Erleichterung schlug schnell in Grauen um.

Während Schelling neben ihm wimmerte, fing Masson den schwachen Gestank nach Aas auf, ehe er das unheilvolle Kichern von mindestens einem halben Dutzend Teufeln vernahm. Die riesigen, pechschwarzen Augen glitzerten im Feuerschein, als sie die Gruppe umkreisten, die Köpfe senkten, um die Witterung der Schwachen oder Verwundeten aufzunehmen, und sich mit schnaubenden und keuchenden Lauten verständigten. Langsam zogen die schattenhaften Gestalten den Kreis enger und enger, bis der Geruch nach siedender Seife unverkennbar wurde. Da wusste Masson, dass sie von einem Rudel Hyänen eingeschlossen waren.

Gefangen zwischen dem Löwen und den Boten der Hölle blieb Masson nichts anderes übrig, als auf sein Ende zu warten und zu hoffen, dass es rasch und schmerzfrei kam.

Der schwebende Zustand wurde unterbrochen, als eine Hyäne sich unvermittelt auf eines der entsetzten Pferde stürzte. Der Löwe wollte seine Beute verteidigen und fuhr dazwischen, indem er sie mit einem einzigen Hieb seiner fürchterlichen Pranke zur Seite beförderte. Doch der Triumph war nur von kurzer Dauer. Die anderen Hyänen schlossen sich zusammen, korrigierten ihre Positionen und richteten ihre Aufmerksamkeit nun von den Zugpferden weg auf den einzelnen Löwen. Das Unterfangen besaß in seiner Ausführung durchaus Ähnlichkeit mit einer Militäroperation.

Der Löwe reagierte darauf, indem er Scheinangriffe startete und so tat, als wolle er sich auf jeden seiner neuen Gegner stürzen. Wann immer eine der kichernden Kreaturen sich aus der Gefahrenzone zurückgezogen hatte, hielt das mächtige Tier inne.

Schelling war außer Gefecht gesetzt und lag leise stöhnend am Boden. Masson hingegen nutzte den Vorteil, dass der Löwe abgelenkt war, und bewegte sich kriechend auf den Wagen zu, den Eulaeus nur noch mit Mühe gegen die vereinte Kraft der beiden Pferde zurückhalten konnte.

Thunberg und Jane streckten die Hände nach Masson aus, packten ihn an den Armen und zerrten ihn hinauf. Als Eulaeus die Bremse löste und die Pferde mit aller Macht antrieb, fielen die drei Passagiere übereinander. Masson landete zuunterst und knallte mit dem Kopf gegen eine Holzkiste.

Während er das Bewusstsein verlor, raste das Gespann unter dem hellen, sternenklaren Himmel über die Ebene und ließ das Heulen des verwundeten Löwen und das rasende Schreien der Hyänen hinter sich, die sich ein tödliches Duell mit ihrem Gegner lieferten. Doch in dem Chaos des grausamen Kampfes der wilden Tiere war das Letzte, was sich in Massons Gedächtnis einbrannte, der Klang der Stimme von Schelling, der darum flehte, nicht zurückgelassen zu werden.

## 44. Kapitel

21. November 1805, Kanada

*In Pointe-Claire war die Nacht hereingebrochen. Das Feuer im Herd der Sommerküche beleuchtete die Gesichter aller, die zusammensaßen und immer noch lauschten. Der alte Mann sah sich suchend um und zog die Decke noch weiter herauf, obwohl er dem Feuer am nächsten saß. Sein Gesicht hatte wieder Farbe bekommen, und seine Erzählung schien wie ein Jungbrunnen auf ihn zu wirken.*

*Die ganze Familie war zurückgekehrt, und der junge Robert Grant hörte mit offenem Mund zu, trotz der Tatsache, dass seine Mutter, auf deren Schoß er saß, ihm mit beiden Händen die Ohren zuhielt. Damit wollte sie ihm die letzten grausamen Einzelheiten der Schilderung ersparen.*

*George Grant warf von der Tür aus einen Blick in den Raum und sah, dass sein älterer Sohn sich eifrig Notizen machte. Als Jack seinen Blick auffing, runzelte er bloß die Stirn und ignorierte seinen Vater.*

*Plötzlich wurde der Besucher von einem starken Hustenanfall geschüttelt. Er wandte sich von den besorgten Blicken der Familie Grant ab und drückte sich ein Taschentuch gegen den Mund.*

*Danach verbarg er das Taschentuch, auf dem sich dunkelrote Flecken abzeichneten, in den Falten seiner Decke und atmete tief durch, bevor er sich wieder seinen Zuhörern zuwandte.*

*»Wenngleich wir den Löwen und den Hyänen entkommen waren, konnten wir uns keineswegs sicher sein, die Rückreise*

*zum Kap zu überleben. Wir hatten keine Ersatzpferde mehr und liefen Gefahr, dass die überanstrengten Zugpferde lahm wurden. Allerdings konnten wir es uns nicht leisten, die Geschwindigkeit zu verlangsamen, weil sich die Xhosa auf dem Kriegspfad befanden.*

*Thunbergs Herangehensweise bestand wie immer darin, sich in das Abenteuer zu stürzen. Jeden Tag unternahm er mit Eulaeus Erkundungsritte, um sicherzustellen, dass wir nicht verfolgt wurden. Nach seiner Rückkehr überredete er Jane und mich dazu, mit ihm gemeinsam Pflanzen zu sammeln, während Eulaeus vorausfuhr und mit dem Wagen die Geschwindigkeit vorgab.*

*Anfangs konnte ich es nicht ertragen, die Blume für die Königin mehr als wenige Minuten allein zu lassen, und ritt immer wieder zum Wagen. Dort überprüfte ich, ob Eulaeus auch nicht vergessen hatte, die Position der Holzkisten auf der Ladefläche nach einem rotierenden System zu verändern, damit jede Blume ausreichend Sonnenlicht abbekam.*

*Thunberg wies mich zurecht, weil ich mich angeblich vor meinen Pflichten drückte, und warf mir vor, die Pflanzen zu bemuttern. Aber Jane sagte immer, dass ich mich ruhig darum kümmern sollte, weil Thunberg und sie dann mehr Zeit miteinander verbringen könnten. Anfangs nahm ich ihr das auch ab. Schließlich hatten wir nicht den besten Einstieg erwischt; außerdem stammten die beiden aus derselben privilegierten, gebildeten Welt, wohingegen ich nur ein einfacher Gärtner war.*

*Aber nach und nach beobachtete ich, wie wir uns alle veränderten. Was mich anging, so fasste ich Vertrauen zu Eulaeus und überließ ihm die Pflege der Blumen; er seinerseits sah nicht mehr ganz so finster aus. Oft hörte ich, wie er leise eine sanfte Melodie aus Klicklauten vor sich hin flüsterte. Ich beherrschte seine Sprache noch nicht gut genug, um alle Einzelheiten zu verstehen, aber ich begriff, dass er die Blumen ermunterte, stark zu sein, weil sie die letzten ihrer Art seien. Zudem wären sie es ihren Artgenossen schuldig zu überleben und zu gedeihen, damit sie vielleicht eines Tages in das Flusstal zurückkehren konnten, in ihr gemeinsames Zuhause, das jetzt jedoch verbrannt und schwarz war.*

*Anfangs verbrachten Jane und Thunberg ganze Nachmittage zusammen, sammelten Pflanzen, die ich zeichnen sollte, und stritten sich darüber, wie sie zu klassifizieren seien. Doch als ich nicht mehr so viel Zeit mit der Pflege der Blumen verbrachte, spürte ich, wie wir allmählich zu einer Gemeinschaft zusammenwuchsen. Während Thunberg sich in Bezug auf die Klassifizierungslehre niemals dem Urteil anderer anschloss, machte Jane mich immer zum Schiedsrichter, wenn Thunberg und sie sich nicht einigen konnten.*

*Thunberg war von der Klassifizierung und den praktischen Einsatzmöglichkeiten der Pflanzen wie besessen. Doch vielleicht weil ich Gärtner war und Jane ihr Wissen von Gärtnern und Botanikern erlangt hatte, drehte sich unser Interesse eher um die Frage, wie sich die Pflanzen vermehren ließen und was sie brauchten, um zu gedeihen. Irgendwann langweilte Thunberg sich und spazierte davon, um weitere neue Arten für sein Herbarium zu suchen. Jane und ich hingegen konnten ganze Tage mit Diskussionen darüber verbringen, wie ein neuer Fund am besten gehegt und gepflegt werden sollte.*

*Die Landschaft, an der ich auf dem Weg nach Two Rivers vorbeigerast war und der ich in meiner engstirnigen Jagd nach der Blume kaum Beachtung geschenkt hatte, offenbarte sich mir jetzt mit ihrer ungezähmten Wildnis im Überfluss. Jede Spalte und jede Ritze beherbergte eine Fülle an Leben, das krabbelte, hüpfte, glitt, grunzte, pfiff, zirpte oder schrie, um das*

*Leben zu feiern. Dieses Leben war nicht eingezäunt oder so organisiert worden, dass es einen Zweck oder Nutzen hatte – es war Leben mit keinem anderen Ziel, als lebendig zu sein.*

*Mitten in den Stinkwood-Wäldern oder bis zu den Oberschenkeln im Sweetveld stapfend, das Herden aller möglichen Arten von Tieren anzog, die dort in der saftigen Üppigkeit grasten oder fraßen, konnte ich die Tatsache nicht mehr ignorieren, dass ich genau von dem umgeben war, dem ich mein ganzes Leben hatte aus dem Weg gehen wollen. Es war berauschend. Und mitten drin war Jane.*

*Vielleicht war der Grund, warum ich immer weniger Zeit mit den Blumen verbrachte, nicht die Geschicklichkeit von Eulaeus, sondern die Tatsache, dass mich die Pflanzen an zu Hause, an meine Mutter und an Constance erinnerten. Wenn ich dagegen mit Jane unterwegs war, fiel es mir leicht zu vergessen, dass es eine Welt voller Verpflichtungen und Aufgaben gab, die auf meine Rückkehr wartete.*

*Es wurde sogar noch leichter, als ich im Laufe der Zeit zu meinem Erstaunen spürte, dass Jane meine Aufmerksamkeiten denen Thunbergs vorzog. Ich versuchte mich von der Vorstellung zu befreien, dass eine Frau wie Jane Freude an der Gesellschaft eines einfachen Gärtners finden könnte. Dennoch waren die Anzeichen deutlich zu erkennen, wenn man sie nur sehen wollte: zum Beispiel die Hand, die sie beim Überqueren eines Baches ausstreckte, obwohl sie trittsicherer war als die flinkste Antilope.*

*Ich wusste, als ich mich in diesem Land voller Leben aufhielt, dass es wahr werden konnte und ich nichts weiter tun musste, als meine Gefühle zu erklären. Damit würde ich die Fesseln sprengen, die mein Herz bislang an ein Leben banden, das nur zur Erfüllung von Pflichten führte und nicht zum Ausdruck von Liebe, die auf einmal unausweichlich zu sein schien.*

*Doch ich konnte nicht. An jedem Tag, an dem die Sonne aufging und eine Landschaft beschien, die nie gleich war, blieb meine Angst bestehen. Ich konnte nicht aussprechen, was mir auf der Zunge lag, weil ich die Furcht nicht zu überwinden vermochte, dass alles möglicherweise ein Fehler war – eine letzte grausame Täuschung eines Landes, in dem der Tod genauso gegenwärtig war wie das Leben und mindestens genauso intensiv.*

*Ich hatte zahlreichen Gefahren ins Auge geblickt, und es war mir gelungen, Tausende von Meilen zu reisen, um eine Blume zu finden, deren Existenz nicht einmal sicher gewesen war. Dennoch schaffte ich es nicht, die Worte auszusprechen, für die sich das Ganze gelohnt hätte: dass ich Jane liebte.«*

*Der betagte Herr nippte an seinem Tee und schüttelte reumütig den Kopf. Sogar Jack unterbrach seine Notizen. Es war, als würde der ganze Raum den Atem anhalten.*

*»Und dann«, fuhr der Gast fort, »war es zu spät. Ich sah es in ihren Augen, als wir den großen Talkessel passierten, bevor wir den Kloof-Pass erreichten. Ihre Miene kündete nicht von Vorfreude oder von Erleichterung, dass wir überlebt hatten und bald wieder im warmen Schoß einer sicheren und zivilisierten Welt landen würden, sondern war von Enttäuschung und Kummer geprägt.«*

# 45. Kapitel

## 30. Dezember 1772, Stellenbosch

Nachdem das Trio spät am Abend in Stellenbosch eingetroffen war, erfuhr es, dass Pieterszoon sich geschäftlich in Kapstadt aufhielt. Daher konnten sie sich ungestört waschen, bevor sie in Ruhe aßen, ohne eine Befragung befürchten zu müssen.

Als sie am folgenden Morgen erwachten, wurden sie von einem klaren, strahlenden Sommertag begrüßt und genossen das erste anständige Frühstück seit Monaten. »Ich dachte mir, ich könnte nach Kapstadt fahren und mich erkundigen, wann das nächste Schiff nach England ablegt«, schlug Thunberg heiter vor.

Masson und Jane sahen sich über den Tisch hinweg an. Keiner von ihnen wollte derjenige sein, der das Thema anschnitt, das während der dreiwöchigen Rückreise ungeklärt geblieben war.

Schließlich war es Masson, der als Erster sprach: »Warum bringen wir die Blume nicht gemeinsam zurück? Der Kreditbrief, den ich von Sir Joseph bekam, deckt die Kosten für eine Kabine. Außerdem könnte ich Ihre Hilfe bei der Pflege der Pflanzen brauchen. Auf diese Weise böte sich Ihnen eine Passage nach England.«

Jane war anscheinend nicht überzeugt. Da Masson annahm, die Ursache für ihr Zögern läge in der geteilten Kabine, beeilte er sich, sie zu beruhigen. »Wir könnten als Ehepaar reisen – nur offiziell natürlich. Dann würde ich in einer Hängematte schlafen, während Sie sich mit den Blumen die Kabine teilen.«

»Ich habe Ihnen schon einmal Ihre Kabine weggenommen. Zudem würde ein verheiratetes Paar, das auf einem Schiff die Kabine nicht teilt, Anlass zu unangenehmen Fragen geben«, entgegnete Jane.

»Mit Verlaub«, unterbrach Thunberg, »ich halte Massons Plan für gut. Wenn Sie länger als notwendig hier am Kap bleiben, könnte das zu noch unangenehmeren Fragen führen.«

Thunberg erhob sich vom Tisch. »Ich lasse Sie beide die Details ausarbeiten, aber in der Zwischenzeit müssen Sie sich von Kapstadt fernhalten. Überlassen Sie einfach mir den Rest.«

»Ich sollte mit Ihnen kommen – um sicherzugehen, dass das Schiff für die Blumen geeignet ist«, wandte Masson hartnäckig ein.

»Nein«, antwortete Thunberg, »das ist zu riskant. Was wäre, wenn Forster Sie in die Enge treibt und fragt, wo Sie gewesen sind und was aus Schelling geworden ist? Und wir können auch nicht sicher sein, ob Schelling nicht ihm oder sonst jemandem das Tagebuch gezeigt hat. Nein, für Sie ist es am wichtigsten, so schnell und so unauffällig wie möglich hier wegzukommen – sei es mit Blumen oder ohne.«

Als er merkte, dass er Masson noch nicht überzeugt hatte, fuhr er fort: »Ich muss auf jeden Fall in die Stadt, um van Plettenberg vor der Möglichkeit eines Xhosa-Aufstandes zu warnen. So etwas könnte den Ruf eines Mannes beschädigen, wenn es nicht richtig bewerkstelligt wird ...«

»Ganz zu schweigen von seinen Chancen auf eine Reise nach Japan inklusive aller Ausgaben«, warf Masson ein.

»Richtig«, konterte Thunberg. »Jedenfalls werde ich auch herausfinden, ob er irgendetwas über das Tagebuch weiß. In ein paar Tagen bin ich wieder zurück, und danach können wir entscheiden, wie wir vorgehen.«

Nachdem Thunberg nach Kapstadt aufgebrochen war, blieben Masson und Jane sich selbst überlassen. Masson zog sich in die Scheune zurück, wo er sich der Zeichnung der Pflanzenexemplare widmete, die er gesammelt hatte. Doch Jane wirkte rastlos und vermochte nirgendwo länger als ein paar Minuten zu verweilen.

Am Abend aßen sie allein in dem riesigen Speisezimmer mit den großen Schiebefenstern, die offen standen, damit die kühlende Brise hereinwehen konnte. Selbst während des Essens arbeitete Masson weiter an seinen Zeichnungen; er benutzte sie als Schutzschild gegen die Gefühle und Emotionen, die ihn zu überkommen drohten.

»Es gibt etwas, über das wir noch nicht gesprochen haben«, sagte Jane schließlich. »Was passiert, wenn wir wieder in England sind?«

»Daran habe ich noch kaum gedacht«, log Masson.

»Nun, und was denken Sie jetzt?« Sie schob ihren Stuhl zurück und kam auf ihn zu. Ein schwacher Duft nach Lavendel und Jasmin umwehte sie.

Masson hatte sich während der vergangenen vier Wochen eben diese Frage gestellt und ständig eine Ausrede gefunden, die Antwort aufzuschieben. Jetzt konnte er keine Ausflüchte mehr machen.

»So einfach ist das nicht. Alles hat sich verändert.« Er wusste, was er Jane gern gesagt hätte, doch die Worte wollten ihm nicht über die Lippen kommen.

»Was denn zum Beispiel?«, hakte sie nach und hielt seinen Blick fest.

»Zum Beispiel die Tatsache, dass ich noch vor kaum mehr als sechs Wochen nur ein einfacher Gärtner war – mit bescheidenen Ambitionen und einer echten Chance, sie zu verwirklichen. Jetzt werde ich der Spionage verdächtigt und war, ob es mir nun passt oder nicht, am Ausbruch eines Krieges beteiligt. Und wozu das Ganze? Damit ein König, der rein gar nichts von Pflanzen versteht, eine Blume nach der Königin benennen kann, die nie auch nur einen Fuß auf den Boden gesetzt hat, woher die Pflanze stammt. Ganz zu schweigen von dem Land, das ihr das Leben geschenkt hat.«

In der Ferne brannte über der kleinen Stadt Stellenbosch ein Silvesterfeuerwerk ab. Nach dem Feuerwerk hörte man leises Singen und Applaus von den Menschen in der Stadt, die das neue Jahr begrüßten.

Jane blickte auf seine Zeichnungen hinunter, dann klappte sie sein Tagebuch zu. »Wie kommt es bloß, dass Sie Pflanzen so klar sehen und mit solcher Präzision zeichnen können, während sie sich vor Ihren eigenen Gefühlen gänzlich verstecken?«

Sie war ihm so nahe, dass er durch die dünne Schicht Luft, die sie voneinander trennte, beinahe ihre weiche Haut spüren konnte. Sie hatte ihm das perfekte Stichwort gegeben, aber er zögerte immer noch. Schon war der Augenblick vorüber. Ohne ein weiteres Wort drehte sie sich um, lief aus dem Speiseraum und ließ Masson allein mit seinem Tagebuch zurück, dessen Deckblatt ihn zu verspotten schien.

# 46. Kapitel

Die Nacht verging für Masson mit quälender Langsamkeit. Die Blüten des Nachtjasmins, der sich an den Spalieren vor seinem Fenster hinaufrankte, störten mit ihrem starken Duft seinen Schlaf. Ausgestreckt lag er auf dem Feldbett und schwitzte in der hochsommerlichen Hitze.

Kein Lufthauch regte sich, und sogar die Grillen und die Zikaden schwiegen, überwältigt von der Hitze. Nur die Frösche quakten in dem Teich, der sich weiter unten in Pieterszoons ausgedehntem Garten befand.

Da er nicht schlafen konnte, spielte Masson gegen seinen Willen den Moment immer wieder durch, in dem Jane sich über ihn gebeugt und ihm die Gelegenheit geboten hatte, die er selbst nicht hatte herbeiführen können. Jedes Mal versuchte er, ein anderes, befriedigenderes Ende zu erfinden, aber diese Fantasien verflüchtigten sich in der Hitze und Stille der Nacht.

Nachdem er sich damit abgefunden hatte, dass er in dieser Nacht nicht mehr würde schlafen können, erhob er sich und zog sich an. Bewehrt mit seinem Tagebuch, den Rohrfedern und einer Laterne begab er sich zur Scheune, um sich die Zeit mit Zeichnen zu vertreiben.

Auf diese Weise beschäftigt, gelang es ihm zumindest, die Stunden zu füllen, wenngleich die Qual unvermindert anhielt. Als der letzte Rest Öl in der Lampe zu flackern begann, sickerte das erste Tageslicht durch einen Spalt neben dem großen Holztor. Masson packte zusammen, nahm seine Sachen und machte sich auf den Rückweg zum Haus.

Um Jane nicht aufzuwecken, mied er den Kiesweg, der auf direktem Weg zum Haus führte, und schlug stattdessen einen Umweg am Teich vorbei ein. Von dort aus wollte er quer über die Wiese gehen, ohne befürchten zu müssen, Jane oder die Bediensteten aufzuschrecken.

Als er sich dem Teich näherte, schickte sich die Sonne gerade an, über der gezackten Linie der Hottentot-Holland-Berge aufzugehen. Die Berghänge waren von feinem Dunst umhüllt, der sich langsam in den wärmenden Strahlen der Sonne auflöste.

Die Wasseroberfläche sah aus wie Glas. Am Ufer stand Jane, die Masson nicht zu bemerken schien, und betrachtete den Sonnenaufgang. Das lange Haar fiel ihr lose über die Schultern, und als sich das Licht darin fing, wurde ihr dem Himmel zugewandtes Gesicht von goldenen und kupferfarbenen Glanzlichtern umrahmt.

Ohne nachzudenken zückte Masson seine Rohrfeder und begann zu zeichnen. Er wählte die erste leere Seite, auf die er stieß – sie lag der gepressten Blume gegenüber, die Jane ihm gegeben hatte. Die Feder huschte wie von selbst über das Papier und versuchte verzweifelt, den Augenblick festzuhalten.

Als ihm die Tinte ausging, öffnete er das Kästchen mit den Wasserfarben und benutzte den Tau auf dem Gras, um seinen Pinsel zu befeuchten. Schließlich hielt er inne und betrachtete das Bild, das er gemalt hatte. Obwohl es einfach, ja beinahe schon primitiv war, wirkte es atemberaubend lebensecht. Es war so anders als alle Zeichnungen, die er je angefertigt hatte. Wären da nicht die Tintenflecken an seinen Fingern gewesen, hätte er selbst nicht geglaubt, dass es von seiner Hand stammte.

»Es ist wunderschön.« Masson war so hingerissen von seinem Werk, dass er nicht gemerkt hatte, wie Jane neben ihn getreten war. »Ich dachte, Sie zeichnen bloß Pflanzen«, sagte sie lächelnd. Ihre sanfte Stimme war in der Stille der Morgendämmerung kaum zu hören.

»Na ja, ich wollte noch die Lilien hinzufügen, aber ich hatte keine Tinte mehr«, erwiderte er. »Außerdem ist es mir gelungen, das festzuhalten, auf das ich es abgesehen hatte.«

»Und nachdem Sie es nun haben, gefällt es Ihnen?«, fragte sie.

Er schwieg kurz, bevor er es wagte, ihrem Blick zu begegnen. »Mehr als alles andere.«

Sie versanken in den Augen des jeweils anderen, und ihr Kuss wurde vom Sonnenaufgang und der Sinfonie der Vogelstimmen angekündigt, die den beginnenden Tag feierten. Einen Moment lang vergaß Masson alles, was gewesen war, und alles, was kommen würde. Er gab sich Jane hin, Afrika, dieser Freiheit, deren Geschmack – wie er nun entdeckte – berauschend war, weil diese Freiheit bedingungslos, grenzenlos und vollkommen richtig war.

Sie hielten sich in den Armen und versuchten, den Augenblick festzuhalten, doch als die Sonne über die Berge stieg, mussten sie sich in die Scheune zurückziehen.

Jane schob ihn von sich weg und blickte ihm unmittelbar ins Gesicht. Dabei kniff sie die Augen leicht zusammen, um im Dämmerlicht der Scheune zu erkennen, was hinter seinen Augen vor sich ging.

Masson erwiderte ihren Blick und wusste, dass er es ihr jetzt sagen musste, ungeachtet aller Konsequenzen.

»Wenn wir nach England zurückkehren …«

Doch bevor er seinen Satz beenden konnte, flog die Tür der Scheune auf. Da das Sonnenlicht plötzlich hereinströmte, war das Paar vorübergehend geblendet, sodass es die missgestaltete Silhouette eines Mannes im Gegenlicht zuerst nicht erkennen konnte. Masson spürte, wie sich Jane verkrampfte, als die Gestalt langsam auf sie zu humpelte.

Nachdem ihre Augen sich an die Helligkeit gewöhnt hatten, sahen sie ein grausam entstelltes Gesicht, verzerrt von Hass und Schmerz.

Es war Schelling, der nun vor ihnen stand, übel zugerichtet, aber lebendig. Er stand nach vorn gebeugt und trug einen Arm, der dick bandagiert war, in einer Schlinge. Der Verband war zerfetzt und schmutzig, und der Gestank war unbeschreiblich. Auch war der Arm, um den er gewickelt war, viel kürzer, als er hätte sein sollen. In Schellings Gürtel steckten zwei Pistolen, die offenbar geladen waren, und in der unverletzten Hand hielt er eine dritte Pistole. Sie war gespannt und zeigte direkt auf Jane.

# 47. Kapitel

»Es heißt, dass manche die Schwelle des Todes aus purem Lebenswillen nicht überschreiten, doch in meinem Fall hat wohl der Wille, andere zuerst sterben zu sehen, dieselbe Wirkung«, sagte Schelling mit einem bösen Lachen und verzog sein entstelltes Gesicht zu einem Grinsen.

Als Masson sich schützend vor Jane stellte, hustete Schelling rasselnd und spuckte auf den Schuppenboden aus. »Ich weiß nicht, wo Sie die Blumen gefunden haben«, krächzte Schelling und deutete dabei auf die Holzkisten, die an der Seite aufgereiht waren, »aber sie sollten auf jeden Fall meine Schmerzen ein wenig lindern.«

Als Masson hörte, wie der Zündstein gegen das Schloss prallte, blieb er ruhig stehen und schloss die Augen. Im Geiste sah er das kurze Aufblitzen, als das Pulver entzündet wurde, gefolgt von der Feuerzunge, die aus der Mündung der Pistole schoss. Der Knall klang in der Scheune wie ein Kanonenschlag.

Masson machte sich auf den Einschlag der Kugel gefasst, die gleich seinen Körper durchdringen würde, und atmete tief den Duft nach Lavendel und Jasmin ein. Er war überzeugt, dass dies die letzte Wahrnehmung war, die er je empfinden würde.

Doch Masson spürte nur Janes weichen Körper, der sich gegen seinen presste. Weil er glaubte, dass Schelling ihn verfehlt, oder, schlimmer noch, Jane getroffen hatte, schlug er die Augen wieder auf und bereitete sich darauf vor, sich auf seinen

Gegner zu stürzen, bevor der die nächste Pistole aus dem Gürtel ziehen konnte.

Aber Schelling griff nach keiner Waffe. Stattdessen starrte er Jane und Masson in stummer Verwunderung an, bevor er auf die Knie sank. Seine Augen verschwanden in ihren Höhlen, und mit dem Gesicht voran fiel er in das Stroh, das den Boden bedeckte.

Eine weitere Gestalt tauchte im Türrahmen auf. Eulaeus ließ sein rauchendes Gewehr sinken und warf es auf den Boden. Halb abgewandt blieb er kurz stehen und gab eine letzte Erklärung, ohne die beiden noch einmal anzusehen. Sein Akzent war stark und ließ die englischen Worte wie unerwünschte Besucher in seinem Mund klingen, aber seine Stimme war so klar wie die Überzeugung, die darin lag.

»Ich habe ihm gesagt, wo die Blumen wachsen, weil er mir Freiheit versprochen hat. Dann hat er die Felder und mein Dorf niedergebrannt. Mein Volk wird mir die Schuld dafür geben, und es hat recht. Ich hatte Angst, doch jetzt kann ich zurückkehren. Wenn ein Krieg ausbricht, brauchen sie mich. Wenn nicht, werde ich jede Strafe annehmen, die sie mir auferlegen.«

Als Masson und Jane die Tür erreichten, saß Eulaeus bereits auf Schellings Pferd und galoppierte davon. Aus der Gegenrichtung kam Thunberg geritten. Er zügelte sein Pferd und grüßte Eulaeus, der nur die Hand hob und dann einfach weiterritt. Thunberg blickte ihm verwundert nach.

# 48. Kapitel

Nachdem das Trio Schellings Leiche mit einem Tuch bedeckt und die Scheunentür zugesperrt hatte, kehrte es zum Haus zurück und nahm an dem Gelbholztisch Platz, wo Thunberg gierig etwas aß.

»Gute Nachrichten«, sagte Thunberg zwischen zwei Bissen, »es ist mir gelungen, eine Kabine zu buchen, die groß genug für zwei Männer und die Blumen ist.«

Masson und Jane wechselten einen Blick und sahen Thunberg an. »Was meinen Sie mit ›zwei Männer‹?«, fragte Masson.

»Da es sich um ein Marineschiff handelt, gelten strenge Regeln. Keine Frauen an Bord.« Thunberg redete und aß jetzt gleichzeitig. »Also habe ich Kojen für Mr Burnette und Mr Masson gebucht, die als Botaniker unterwegs sind und mit Fracht nach England zurückkehren. Die Sache hat nur einen kleinen Haken: Sie müssen sich eine Kabine teilen. Wäre das ein Problem?«

Jane und Masson sahen sich wieder an, aber Thunberg bemerkte den Blick nicht und redete weiter.

»Außerdem gibt es eine kleine Komplikation: Forster hat praktisch sein Lager im Hafen aufgeschlagen. Er überprüft persönlich alles und jeden, der an Bord eines Schiffes geht. Offenbar hat Schelling ihm eine Nachricht zukommen lassen. Doch wir müssen ihn nur lange genug ablenken, damit Sie die Ladung verfrachten und selbst an Bord gehen können. Das sollte eigentlich nicht so schwierig sein. Oh, das hier hätte ich beinahe vergessen.« Thunberg griff in eine der Satteltaschen, die er mitgebracht hatte, und gab sowohl Masson als auch Jane einen Brief.

»Die haben beim Zollhaus auf Sie gewartet.«

Masson versuchte, seine Besorgnis zu verbergen, als er auf den ersten Blick die Handschrift auf dem Umschlag erkannte. Er sah zu Jane hin und bemerkte, dass sie es ebenfalls nicht eilig hatte, ihr Schreiben zu öffnen.

»Und? Wollen Sie sie nicht lesen?«, fragte Thunberg.

Masson betrachtete den Brief in seinen Händen. Er bestand nur aus einer einzigen Seite, die so gefaltet worden war, dass sie einen Umschlag bildete. Auf der Innenseite war mit derselben weiblichen Handschrift, die auch seinen Namen und die Adresse geschrieben hatte, eine kurze Nachricht verfasst worden.

Er nahm den Brief und ging in den Garten hinaus, um ihn allein zu lesen. Er erbrach das Siegel und stieß auf einen zweiten Brief, der mit einer weniger ruhigen Hand geschrieben worden war. Als er ins Speisezimmer zurückkehrte, hatte Jane gerade einen Wutanfall, während Thunberg unbeholfen versuchte, sie zu trösten. Ihr Brief lag vor ihr auf dem Tisch.

»Er ist von meinem Vater«, erklärte sie zornig. »Er droht damit, mich zu enterben, wenn ich nicht sofort nach England zurückkehre. Und er hat eine Überfahrt auf der *Swallow* für mich reserviert, die in zwei Wochen in Kapstadt eintreffen wird. Wenn ich in Plymouth ankomme, soll ich mich mit meiner Familie treffen und dann mit ihnen ein Schiff in die Karibik nehmen, wo mein Vater eine Zuckerrohrplantage aufbauen will. Er schreibt, dass der Skandal meiner Affäre mit Joseph eine Katastrophe für meine Familie wäre und ich ihnen keine andere Wahl gelassen hätte.«

Flehend sah sie Masson an. »Hätte ich das gestern und nicht heute erfahren, wäre ich erleichtert gewesen. Aber jetzt?«

Masson ließ sich auf einen Stuhl sinken. Die Freude und die Begeisterung, die er noch am Morgen empfunden hatte, waren verschwunden. An ihre Stelle war die fürchterliche Gewissheit dessen getreten, was jetzt auf ihn zukommen würde.

»Vielleicht ist es so am besten«, sagte er ausdruckslos.

Wenn ihm schon der Brief das Herz gebrochen hatte, so sorgte nun Janes Blick dafür, dass es in tausend Stücke zersprang.

»Was meinst du?«, fragte sie.

»Ich meine, was bleibt dir anderes übrig?«, erwiderte er.

Ohne ein weiteres Wort drehte Jane sich um und lief davon.

»Masson – was zum Teufel ...?« Thunberg war völlig entgeistert.

Masson hielt die Briefe in die Höhe. »Es sind Neuigkeiten von zu Hause. Meine Mutter ist gestorben.«

»Es tut mir so leid«, sagte Thunberg.

»Nicht so leid wie mir. Kurz vor ihrem Tod hat sie mir eine Mitteilung geschrieben, in der sie mich bittet, so bald wie möglich nach Hause zurückzukehren, damit ...« Masson brach ab und blickte sehnsüchtig zur Tür, durch die Jane wenige Augenblicke zuvor verschwunden war, »... damit ich das Versprechen einlösen kann, das ich vor meiner Abreise gegeben habe. Ich muss Constance heiraten.«

»Aber was ist mit Jane?«

»Für sie ist es besser so. Was für eine Zukunft hätte ich ihr bieten können? Eine Gärtnerei und ein Cottage?«

»Vielleicht will sie nur das, was Sie ihr bereits gegeben haben.«

»Aber welchen Sinn hat eine Vergangenheit ohne Zukunft?«

# 49. Kapitel

Masson wurde noch vor Sonnenaufgang von einem Klopfen an seiner Tür geweckt. Thunberg, der bereits vollständig angekleidet war, hatte für sie beide Frühstück vorbereitet, das sie nun schweigend zu sich nahmen. Danach beluden sie den Wagen, den Masson am Vortag organisiert hatte, mit den Blumen und den anderen Pflanzen. Als sie den Rest ihres Gepäcks verstaut hatten, wurde der Himmel am östlichen Horizont allmählich heller. Thunberg reichte Masson einen in ein Öltuch eingeschlagenen Umschlag, der mit einer Hanfschnur umwickelt und mit Wachs versiegelt war, um ihn wasserdicht zu machen.

»Betrachten Sie das als mein Abschiedsgeschenk. Ich habe die Sachen nach dem Unfall gefunden, als ich mich um den Wagen gekümmert habe. Wäre ich ein echter Patriot, würde ich sie behalten, aber ich nehme an, dass ich wohl doch noch kein echter Holländer geworden bin.«

»Was ist das?« Masson nahm den Umschlag und ertastete die Form eines Notizbuchs durch das grobe Öltuch.

»Die fehlenden Seiten aus Ihrem Tagebuch. Ich würde sie in einer der Blumenkisten verstecken, damit die Männer vom Zoll sie nicht finden. Nach all den Schwierigkeiten, die sie Ihnen bereitet haben, würde ich meinen, dass das der beste Platz ist. Die Ölhaut und das Wachs werden die Seiten schützen, bis Sie England erreicht haben.«

»Ich weiß nicht, was ich sagen soll, außer danke – für alles.« Die beiden Männer schüttelten einander die Hände, bevor

Masson vorsichtig den Inhalt der kleinsten Blumenkiste herausnahm und das Päckchen auf den Boden legte. Danach bedeckte er es sorgfältig mit Erde und setzte die Pflanze wieder ein.

»Ich reite voraus und überbringe Mr Forster die Nachricht von Schellings Tod«, verkündete Thunberg. »Ich werde ihm deutlich zu verstehen geben, dass er besser daran täte, Sie in Frieden zu lassen. Außerdem werde ich ihm mitteilen, dass ich – um seine Enttäuschung zu besänftigen – Erkundigungen eingezogen habe. Dabei ist es mir gelungen, ihm eine Stellung in den Gärten der Kompanie zu beschaffen. Das Gehalt ist nicht üppig, aber wenn er klug damit umgeht, sollte er genug sparen können, um eine Passage nach England zu bezahlen, bevor die *Resolution* von ihrer Reise zurückkommt.«

»Um welche Stellung handelt es sich?«, erkundigte sich Masson, als Thunberg sich auf sein Pferd schwang.

»Um die des Gehilfen des einfachen Gärtners«, erwiderte Thunberg spitzbübisch, trieb sein Pferd an und galoppierte in Richtung Kapstadt davon.

Masson sah zum Haus hin und hoffte, einen letzten Blick auf Jane zu erhaschen, die sich in ihr Zimmer zurückgezogen hatte und nicht herauskommen wollte. Doch entweder verbarg sie sich hinter dem großen Fenster, oder sie hatte nicht die Absicht, ihre Qual durch einen letzten Abschiedsgruß zu verlängern. Also setzte er die Pferde in Bewegung, gerade als die ersten Sonnenstrahlen über den Bergen hervorblitzten und die endlosen Rebreihen anstrahlten, die das Dörfchen Stellenbosch umgaben.

Mit dem Sonnenaufgang kam ein frischer Wind auf und fegte alle Wolken vom Himmel. Es sah aus, als würde erneut ein perfekter Tag am Kap anbrechen.

# 50. Kapitel

Masson traf gegen Mittag am Hafen ein und begab sich zum Zollhaus, wo er den Schreiber des Kapitäns vorfand, der offenbar verärgert war, derart kurzfristig noch einen nicht arbeitenden Passagier unterbringen zu müssen. Allerdings besänftigten ihn Massons Kreditbrief und das von Sir Joseph Banks unterzeichnete Empfehlungsschreiben. Nachdem er die Holzkisten inspiziert hatte, trug er die Einzelheiten der Ladung in sein Ladungsverzeichnis ein.

Die Zollbeamten achteten vor allem darauf, dass kein Wein geschmuggelt wurde, und interessierten sich nicht im Geringsten für die Pflanzen, die sie folglich nur sehr oberflächlich kontrollierten.

Die Träger trugen eine Kiste nach der anderen zu einer wartenden Barkasse. Als ungefähr die Hälfte eingeladen war, hörten sie auf einmal Schreie hinter sich. Der rundliche und schwitzende Forster kam auf sie zugerannt, so schnell es sein dicklicher Körper erlaubte, fuchtelte mit den Armen und rief zwischen keuchenden Atemzügen: »Halt! Ein Dieb!«

Die Zollbeamten blickten in die Richtung, in die der Naturforscher wies, und sahen, wie Masson langsam zur Barkasse schritt. Als er erkannte, dass er sie nicht rechtzeitig erreichen würde, beschloss er, seinen Mann zu stehen. Als der Aufruhr sich gelegt hatte, waren nur noch Forsters keuchende Luftzüge zu hören.

»Das ist unerhört«, protestierte Masson, doch Forster fiel ihm sofort ins Wort.

»Was unerhört ist, Sir, ist die Tatsache, dass Sie sich mit den botanischen Exemplaren, die von Mr Schelling zum Kap transportiert wurden, aus dem Staub machen wollen! Sie sind Mr Schellings Eigentum, und er hat mir die Aufgabe übertragen, sie nach England zu bringen.«

Der Zollvorsteher kam aus seinem Büro, als er den Aufruhr draußen hörte. »Mr Forster, es tut mir leid, aber die Ladung ist bereits ins Ladungsverzeichnis des Schiffes aufgenommen worden und hat die Zollkontrolle passiert.«

»Aber das ist Diebstahl!«, schrie Forster, bevor er die Stimme verschwörerisch senkte. »Ich bin sicher, Mr Schelling wird sich Ihnen gegenüber gern erkenntlich zeigen, wenn Sie dafür sorgen könnten, dass der Eintrag abgeändert wird. Schließlich hat die Ladung noch nicht einmal das Dock verlassen.«

Das Gesicht des Zollvorstehers lief rot an, als er den Trägern mit einer Geste bedeutete, den Ladevorgang fortzusetzen. »Ungeachtet dessen, was Sie vielleicht glauben, handelt es sich hier nicht um einen Außenposten am Ende der Welt. Dieses Frachtgut gehört jetzt zur Ladung des Schiffes, auf das es gleich gebracht wird. Jede Meinungsverschiedenheit über das rechtmäßige Eigentum muss im Ausschiffungshafen geklärt werden. Ich wünsche Ihnen noch einen guten Tag, Sir!«

Forster fluchte, als sich die anderen Zöllner wieder ihrer Arbeit zuwandten und die übrigen Güter auf dem Dock inspizierten. Ohne Vorwarnung stürzte er sich auf die kleinste Kiste, die die Tagebuchseiten und Cooks Bericht enthielt. Aber Masson fing ihn ab, und bald waren die beiden atemlos in eine Art Tauziehen verwickelt.

»Lassen Sie mein Eigentum los!«, schimpfte Forster, während der Zollvorsteher und seine Männer in amüsiertem Schweigen zusahen.

»Meine Herren!«, dröhnte plötzlich eine tiefe und gebieterische Stimme.

Die Menge teilte sich und gewährte Baron Joachim van Plettenberg Durchgang, der mit großen Schritten das Dock betrat. Dicht hinter ihm folgte mit ernster Miene Thunberg. Alle blieben stehen, um die Situation zu beobachten. Thunberg näherte sich van Plettenberg und flüsterte ihm etwas ins Ohr. Dann trat er zurück, verschränkte die Hände hinter dem Rücken und starrte auf seine staubigen Schuhe. Sorgfältig vermied er jeden Blickkontakt mit Masson.

Van Plettenberg zog ein finsteres Gesicht, als er sich an die versammelte Gruppe wandte: »Wo liegt das Problem?«

Forster ließ die Holzkiste los, nahm den Hut ab und tupfte sich den Schweiß von der Stirn. Schließlich richtete er das Wort an den Gouverneur. »Eure Exzellenz. Bitte erlaubt mir, die Situation zu erklären.«

»Ich bitte darum, Mr Forster. Meine Zöllner haben Wichtigeres zu tun, als Streitigkeiten am Dock beizulegen.«

»Sehr wohl. Nun, ich entschuldige mich für das ungehörige Benehmen, aber Mr Masson hier hat mir keine andere Wahl gelassen. Seht, diese Pflanzen sind eigentlich mein Eigentum, und ich versuchte nur, das wiederzuerlangen, was Mr Masson mir gestohlen hat.«

»Gibt es jemanden, der für Ihre Version der Ereignisse bürgen kann?«

»Ich, Eure Exzellenz.« Alle Augen richteten sich auf Thunberg. »Ich kann bezeugen, dass diese Kisten in der Tat das Eigentum von Mr Forster sind und er allein für ihren Inhalt verantwortlich ist.«

»Aber Thunberg!«, schrie Masson auf. In seinem Gesicht stand blankes Entsetzen angesichts dieses Verrats.

»Es tut mir leid, Mr Masson. Aber das ist die Wahrheit, und

das wissen Sie. Die Blumen gehören Mr Forster, und ich sehe keinen Grund, warum Sie ihm nicht geben sollten, was ihm rechtmäßig zusteht.«

Ob es nun an dem verschlagenen Lächeln lag, das über Forsters Gesicht huschte, oder an dem Schmerz darüber, so kurz vor dem Ziel seines Preises beraubt zu werden – jedenfalls kochte Massons Frustration über, und er schleuderte die Kiste in seinen Händen auf den Boden.

Das Holz zersplitterte, und der Inhalt verteilte sich auf dem Pflaster des Docks. Zerstörte Blütenblätter vermischten sich mit Klumpen aus feuchter Erde und bedeckten die Füße der Zuschauer. Doch dann sah Masson, dass Forsters Blick auf die Ecke des kleinen Päckchens gefallen war, das unter einem Stück der zersplitterten Kiste verborgen war. Als Forster es gerade aufheben wollte, dröhnte die Stimme des Gouverneurs durch die Menge und setzte dem Trubel ein Ende.

»Was haben Sie da, Mr Forster?«

Forsters Gesicht und Nacken liefen rot an, und ausnahmsweise fehlten ihm die Worte. »Es ist nichts, Euer Exzellenz. Nur ein paar persönliche Papiere, die ich zur sicheren Verwahrung in diese Kiste gelegt habe. Ich versichere Euch, dass sie nicht von Interesse für die VOC sind.«

»Wenn Sie gestatten, so bin ich es, der darüber bestimmt, was im Interesse der VOC liegt, Mr Forster. Wenn Sie jetzt so freundlich wären, mir das da zu geben.«

Forster schlurfte zum Gouverneur und reichte ihm das kleine Bündel. Der Gouverneur schnippte mit den Fingern, und einen Moment später hielt er ein Messer in der Hand und schlitzte das Ölpapier auf. Die Dokumente kamen zum Vorschein.

»›Zu Händen von Earl Sandwich, Erster Lord der Admiralität‹«, las er laut die Adresse vor, die Cook auf seinen versiegelten Bericht geschrieben hatte. Inzwischen nahm die Zahl der Zuhörer von Minute zu Minute zu.

»Ich versichere Euch, Eure Exzellenz, ich kann das erklären. Ihr müsst wissen, dass der Grund, warum ich die *Resolution* verließ, ein anderer war, als ich Euch ursprünglich erklärt habe. Es lag nicht ausschließlich an einer unterschiedlichen Auffassung in wissenschaftlicher Hinsicht, sondern es ging um grundlegendere Fragen.« Die Art und Weise, wie Forster sich voller Unbehagen herauszuwinden versuchte, ließ darauf schließen, dass niemand am Kap die wahren Gründe für Forsters Ausschiffung kannte.

»Alles, was ich weiß, Mr Forster, ist das hier«, sagte der Gouverneur, während er die Seiten aus Massons Tagebuch auseinanderfaltete, die mit Cooks versiegeltem Bericht zusammengeschnürt worden waren. Er nahm sich Zeit, den Inhalt zu überfliegen, bevor er den zitternden Forster finster anstarrte. »Sie haben unsere Gastfreundschaft missbraucht, um sich Angelegenheiten zu widmen, die mit Wissenschaft nichts zu tun haben.« Er hielt die Seiten in die Höhe, damit die Zuschauer sie sehen konnten. »Das Ganze betrifft die Sicherheit unserer geliebten Heimat!«

Forsters Gesicht war ein einziges Fragezeichen, während er den Bericht, der ihn beim ersten Lord der Admiralität in Verruf brachte, mit den Blättern in Einklang zu bringen versuchte, mit denen der Gouverneur jetzt herumfuchtelte. »Es tut mir leid, Eure Exzellenz, aber ich verstehe nicht ... Wollt Ihr damit andeuten ...«

»... dass Sie die Befestigungsanlagen hier am Cap ausspioniert haben?«, beendete der Gouverneur Forsters Frage. »Ich will es nicht nur andeuten, Mr Forster, diese Seiten sind der Beweis dafür!«

Allmählich erkannte Forster den Ernst seiner Lage und

suchte nach einem Weg, um sich zu retten. Sein panischer Blick fiel auf Masson, der fassungslos verfolgte, wie sich die Ereignisse vor seinen Augen entwickelten.

»Aber ich habe diese Seiten noch nie in meinem Leben gesehen. Sie gehören Mr Masson. Er wurde von Banks geschickt, um zu plündern und zu spionieren.«

Der Gouverneur warf Masson einen kurzen Blick zu und drückte die Dokumente mit beiden Händen an die Brust, während er sich mühte, seiner Entrüstung Herr zu werden.

»Ich glaube, dass es sich hier um Verrat auf höchstem Niveau handelt. Es ist keine Kleinigkeit, wenn eine ausländische Macht Spione an unsere Küsten schickt, und zwar in der Absicht, unsere Verteidigung auszukundschaften, um uns abzusetzen und sich das zu eigen zu machen, was wir über Generationen hinweg aufgebaut haben. Durch derartige Handlungen werden nicht nur wir und unsere Landsleute stark geschädigt, sondern auch das Andenken unserer Vorfahren in den Schmutz gezogen. Sie haben sich abgequält, hart gearbeitet, manche von ihnen sind sogar gestorben, um die Zivilisation hier herzubringen, wo es vorher nur Wildnis gab.

Glücklicherweise ist es uns dank der patriotischen Gesinnung unseres Freundes Dr. Thunberg gelungen, den Schaden abzuwenden, der uns durch diesen niederträchtigen Verrat hätte drohen können. Dr. Thunberg ist, wie ich meine, im Geiste, wenn auch nicht kraft Geburt, ein echter Niederländer.

Was den Verräter angeht, so fällt mir keine Bestrafung ein, die angesichts derart abscheulicher Machenschaften streng genug wäre. In diesen schweren Zeiten müssen wir uns nicht nur an unseren eigenen Gesetzen orientieren, sondern auch an jenen, die im Heiligen Buch niedergeschrieben sind.«

Die Menge rief »Amen« und »Hört, hört!«.

Während die Zuhörer ihm zujubelten, richtete van Plettenberg den Blick gen Himmel und wartete auf ein göttliches Zeichen, das ihm die angemessenste Strafe vorgeben würde. Er schloss die Augen und nickte, als wäre ihm die erwartete Botschaft übermittelt worden – laut und deutlich.

»Wenn wir einen Verräter in unserer Mitte haben, wäre es dann nicht am besten, ihn zur Warnung für andere an einen Ort zu bringen, wo ihn alle sehen können? Doch haben wir nicht zugleich auch die Pflicht, ihm die Gelegenheit zur Reue zu geben, damit er seine Fehler erkennen und Erlösung in der Gnade unseres Herrn finden kann?«

»Amen!«, ertönte die vielstimmige Antwort.

»Dann, meine Brüder und Schwestern vor Gott, lasst uns dieses falsche Spiel in eine Lektion umwandeln. Der Sünder ist angeblich ein Mann der Wissenschaft, und außerdem, diesen Dokumenten nach zu urteilen, an der Geografie unseres Landes interessiert. Ich glaube daher, dass es richtig ist, ihm die Gelegenheit zu geben, seine Talente auf eine Art und Weise einzusetzen, die zu seiner Erlösung führt und anderen als Warnung dient.«

Van Plettenberg blickte zum Horizont, streckte den Arm aus und zeigte auf eine von der Sonne ausgedörrte, karge Felseninsel, die vor der Küste der Tafelbucht lag. »Schicken wir ihn nach Robben Island, auf dass er den Rest seiner Tage damit verbringe, die Geografie dieses verlassenen Eilands zu studieren. Lassen wir ihn mit den Felsen als Papier und dem Meißel als Feder Steine brechen und über das Unrecht nachdenken, das er begangen hat. Gleichzeitig ist er immer in der Lage, unsere Küsten zu betrachten und zu sehen, dass wir durch seine Handlungen nicht geschwächt, sondern gestärkt wurden.«

Die Menge jubelte ihre Zustimmung, doch van Plettenberg

bat um Ruhe, bevor er seine Kopfbedeckung abnahm und erneut die Augen schloss. »Kraft meines Amtes als Gouverneur dieser guten Kolonie und als Oberster Richter ihrer Bewohner verurteile ich Sie, Reinhold Forster, wegen Hochverrates zu lebenslanger Haft mit Zwangsarbeit. Die Strafe ist auf Robben Island zu vollziehen.«

# 51. Kapitel

Als Forster unter Unschuldsbekundungen abgeführt wurde, verwickelte der Schreiber des Kapitäns van Plettenberg in eine geflüsterte Unterhaltung, in der er beteuerte, absolut nichts von den Papieren gewusst zu haben. Hätte er Kenntnis davon gehabt, hätte er niemals zugestimmt, die Ladung an Bord zu nehmen. Van Plettenberg stand da und hörte ihm zu. Dann musterte er Masson abwägend, während der Kapitän eine letzte Sache erwähnte und dann zu einer wartenden Barkasse ging.

Van Plettenberg glättete seinen Schnurrbart wie eine Katze, die sich nach einer Mahlzeit putzt, bevor er sich Masson näherte. »Ich bitte um Verzeihung, falls dieser schreckliche Vorfall Sie in Bedrängnis gebracht haben sollte, Mr Masson. Es ist unglaublich, wie weit manche Leute gehen, um die Wahrheit zu verbergen, nicht wahr, Dr. Thunberg?«

»Ja, Herr Gouverneur«, antwortete Thunberg, trat vor und verbeugte sich leicht. »Ich hoffe nur, dass Mr Forster Zeit haben wird, darüber nachzudenken, bevor die Sonne ihm den Verstand raubt.«

»In der Tat. Obwohl ich zugeben muss, dass sich mir der Sinn einiger Einzelheiten nicht vollkommen erschließt, war der Beweis dennoch erdrückend. Ich begreife nicht, wie ein in der Wissenschaft hoch angesehener Mann so schamlos sein kann, einen derartigen Verrat zu begehen.«

»Ich denke, es ist einfacher, als Ihr es Euch vorzustellen vermögt, Herr Gouverneur«, sagte Thunberg und sah Masson mit übertriebenem Ernst an.

»Dennoch«, meinte van Plettenberg grübelnd, während er zusah, wie die Menschen sich zerstreuten. Er richtete seine wässrig blauen Augen auf Masson und sagte in einem Ton, der allenfalls den Hauch einer Drohung enthielt: »Obwohl Ihre Regierung sich für einen unsauberen Weg entschieden hat, gibt es keinen Grund, warum wir Vergeltung üben sollten. Allerdings halte ich es im Interesse aller Beteiligten für das Beste, wenn sämtliche ausländischen Botaniker die Kolonie umgehend verlassen. Daher können Sie mit einer Kiste dieser außergewöhnlichen Blumen als Zeichen meines Wohlwollens abreisen.«

»Aber Eure Exzellenz, die Chancen, dass Blumen überleben, sind äußerst gering, wenn ich nur eine einzige Kiste mitnehme.« Masson war sich bewusst, dass er sein Glück herausforderte, doch er wusste auch, dass die salzige Luft und die Bedingungen an Bord des Schiffes die Wahrscheinlichkeit, die Blumen erfolgreich zu überbringen, stark verminderten.

»Wäre ich an Ihrer Stelle, Mr Masson, würde ich jede noch so kleine Chance nutzen. Meine Entscheidung ist gefallen, und jetzt wünsche ich Ihnen einen guten Tag, leben Sie wohl. Eine sichere Reise, Mr Masson, und bitte überbringen Sie Ihrer Admiralität meine besten Wünsche.«

Der Gouverneur setzte seinen Hut auf, drehte sich um und spazierte davon. Er folgte der Menschenmenge, die sich langsam auf das Fort zubewegte. In ihrer Mitte befand sich Forster, der immer noch lautstark protestierte.

Sobald sich der Gouverneur außer Hörweite befand, breitete sich ein selbstzufriedenes Grinsen auf Thunbergs Gesicht aus. »Ich war mir nicht ganz sicher, ob es klappen würde. Bitte, urteilen Sie nicht zu hart über mich, Masson. Der König wird seine Blume bekommen, und Sie Ihr Land. Der einzige Verlierer ist die englische Admiralität. Allerdings glaube ich, dass sie es verkraften kann.«

»Und was ist mit Forster? Verdient er es, auf diesen gottverlassenen Felsen verbannt zu werden und dort zu versauern?«

»Das hat er sich selbst zuzuschreiben. Ich habe ihm nur das Seil gereicht, mit dem er sich erhängen wollte. Hätte er nicht versucht, Sie zu hintergehen, wäre er jetzt nicht auf dem Weg zum Fort. Abgesehen davon – wäre es Ihnen lieber, Sie wären an seiner Stelle?«

»Mir wäre es lieber gewesen, wir hätten uns an den vereinbarten Plan gehalten, statt die Idioten in einem Drama zu geben, das Sie sich nur ausgedacht haben, um sich einen Platz auf einem Schiff nach Japan zu sichern.«

»Verzeihen Sie, Masson, aber Sie sollten nicht vergessen, dass Sie Ihre Blume ohne mich gar nicht gefunden hätten.«

»Sie wollen es einfach nicht verstehen, nicht wahr?«, fauchte ihn Masson an. »Diese Blume ist mir völlig egal.«

Plötzlich begriff Thunberg und wurde blass. »Es tut mir leid, Masson. Ich hatte keine Ahnung.«

»Ich auch nicht. Jedenfalls nicht bis jetzt.«

»Gibt es irgendetwas, was ich tun kann ...?«

Masson nahm sein Tagebuch aus der Tasche und schlug es an der Stelle auf, an der sich die Blume und Janes Portrait befanden. »Geben Sie ihr diese Blume und richten Sie ihr aus, dass es mir leidtut, ich aber keine andere Wahl hatte. Und bitte sorgen Sie auch dafür, dass ihr nichts zustößt und sie sicher auf dieses verfluchte Schiff gelangt. Sie hat mehr gelitten als alle anderen, und jetzt behält sie noch weniger zurück als wir.«

Thunberg nickte. »Ich gebe Ihnen mein Wort.«

Masson schüttelte Thunberg die Hand und kletterte in die Barkasse, die umgehend die Leinen löste und zügig auf das wartende Schiff zusteuerte.

Nachdem Thunberg verfolgt hatte, wie die Barkasse immer kleiner wurde, warf er einen Blick zum Lion's Head, jenem gewaltigen Felsvorsprung, der die Flanke des Tafelbergs bewachte, und entdeckte Janes einsame Gestalt oben auf dem höchsten Punkt.

Er ritt zu ihr hin, und nachdem er ihr die Blume übergeben hatte, beobachteten sie gemeinsam, wie Massons Schiff am Horizont hinter den Wellen verschwand.

# 52. Kapitel

21. November 1805, Kanada

*»Da Thunberg nun mal Thunberg war, verwandelte er die ganze Angelegenheit in ein großes Abenteuer und rückte in den Mittelpunkt der Aufmerksamkeit von Kapstadt. Als Held der Stunde trug sein hoher Status unter der Elite der Kolonie dazu bei, dass die Waage zu seinen Gunsten ausschlug. Endlich musste van Plettenberg eingestehen, dass Thunberg holländisch genug war, um als Schiffsarzt auf einem Schiff mitzureisen. Er konnte sich seinen Lebenstraum erfüllen und reiste nach Japan, wodurch er zur führenden Kapazität auf dem Gebiet der japanischen Pflanzenwelt wurde.«*

*»Und welche neuen Welten hat er erobert, nachdem er Japan verlassen hat? Hat er sich der Politik gewidmet?«*

*»Leider nicht«, setzte Masson an, bevor er von Jack unterbrochen wurde.*

*»Aber ein Mann wie er war doch gewiss zu Höherem bestimmt!«*

*»Jack!«, mischte sich George Grant von der Tür aus ein.*

*»Aber Vater, verstehst du denn nicht? Dr. Thunberg ist genau die Art Mensch, für die ich mich interessiere. Ein Mann mit Idealen! Ein Mann, der sich nicht mit Kompromissen zufriedengibt. Er weiß, was wichtig ist, und zieht es dem Angenehmen oder Komfortablen vor. Ich möchte nicht respektlos gegenüber Mr Masson sein, doch Dr. Thunberg war nicht der Typ Mann, der einfach nach Hause zu seinem Garten zurückkehrt. Er hatte eindeutig noch wichtige Dinge vor, Dinge, die es möglicherweise wert sind, darüber zu schreiben.«*

*Der alte Herr war offenbar hin und her gerissen. Seine bisherige Begeisterung war abgeflaut, und obwohl er erpicht darauf gewesen war, seine Lebensgeschichte zu erzählen, zögerte er nun, sie zu Ende zu bringen.*

*Er seufzte tief auf und zog die Decke enger um sich, als wollte er sich gegen einen frostigen Wind aus seiner Vergangenheit schützen. Dann sah er nicht Jack an, sondern suchte stattdessen mit den Augen nach George Grant, der sich am anderen Ende des Raumes befand. Die Blicke der beiden Männer trafen sich einen Moment lang in gegenseitigem Verständnis.*

*»Vielleicht können Sie mir wenigstens erzählen, auf welchem Teil der Erdkugel er sich jetzt aufhält und welches sein nächstes Reiseziel ist, damit ich ihm möglicherweise schreiben kann?«*

*»Er befindet sich in Schweden, in Uppsala. Seit über fünfundzwanzig Jahren hat er sein Haus nicht mehr verlassen, und ich bezweifle, dass er es je wieder tun wird.«*

*»Ans Haus gebunden? Thunberg?«, fragte Jack fassungslos. »Aber das kann doch nicht stimmen! Ein Mann wie er verzweifelt doch nicht am Leben oder gibt auf! Er reißt sich los, oder nicht?«*

*Die Verwirrung in Jacks Augen wich einem Ausdruck des Flehens. Der alte Mann konnte nur hoffen, dass das Nachfolgende den Jungen nicht überfordern würde.*

# 53. Kapitel

März 1779, Stockholm

»Dr. Carl Peter Thunberg!«, verkündete der Lakai vor der vergoldeten Tür zum Vorraum des königlichen Empfangsraums mit lauter Stimme.

Thunberg blieb stehen, um sich zu sammeln, und schritt dann durch die Tür in den Prunksaal, wo er vom jungen König Gustav III. von Schweden herzlich begrüßt wurde.

»Dr. Thunberg«, sprach der König, »wir sind stolz, Sie nach neunjähriger Abwesenheit wieder in Schweden begrüßen zu dürfen. Während dieser langen Zeit haben wir Ihre Reisen und Ihre Verdienste mit großem Interesse verfolgt. Die neuen und seltenen Pflanzenarten, die Sie von Ihren Reisen mitgebracht haben, sind weitere Beispiele für den unendlichen Reichtum der Natur. Ihre herausragende Arbeit trägt nicht nur in erheblichem Maße zur Entwicklung der Naturwissenschaften bei, sondern erhöht auch unser Ansehen.«

Thunberg verbeugte sich tief und antwortete: »Ich bin voller Dank für die durchgängige Unterstützung, die ich seitens Eurer Majestät erfuhr und die es mir ermöglichte, diesen bescheidenen Beitrag für die Wissenschaft zu leisten.«

»Seien Sie versichert, Dr. Thunberg, dass Ihnen diese Unterstützung bei jedem Unterfangen, das Sie planen, erneut zuteilwerden wird – sei es im Bereich der Botanik oder im Staatsdienst. Männer wie Sie brauchen wir zu Hause und im Ausland. Haben Sie bereits eine Vorstellung von Ihren nächsten Projekten?«

Thunberg zögerte kurz, bevor er antwortete: »Eure Majestät, wenn ich mich für eine Weile verabschieden dürfte, um über Eure Bitte nachzudenken, würde ich meinen sehr geschätzten Mentor Dr. Linné zurate ziehen.«

Ein unbehagliches Schweigen senkte sich über den Raum. Die Höflinge und Diener wechselten betretene Blicke.

»Ich bedauere zutiefst, Dr. Thunberg. Hat Ihnen niemand Bescheid gesagt?«

Thunberg starrte den König verständnislos an, seine Verwirrung war offensichtlich.

Der König sah sich hilflos im Raum um, und seine Höflinge und Diener gaben sich große Mühe, seinem anklagenden Blick auszuweichen. »Dr. Linné hat sein Leben vor einigen Monaten gegen ein besseres Dasein ausgetauscht. Ich kann Ihnen versichern, dass er die Beisetzung erhalten hat, die ihm aufgrund seiner hervorragenden Verdienste gebührt. Sie finden sein Grab in Uppsala.«

Thunberg hatte das Gefühl, dass die Wände mit den Freskenmalereien und die vergoldeten Decken, die ihm vor wenigen Augenblicken noch so weitläufig vorgekommen waren, plötzlich auf klaustrophobische Proportionen geschrumpft waren.

»Würden Eure Majestät meine Eile verzeihen, mit der ich um Eure Erlaubnis ersuche zu gehen … um einem … einem höchst … einem herausragenden und großzügigen Mentor … die letzte Ehre zu erweisen?«

Thunberg entfernte sich mit gesenktem Kopf rückwärts aus dem Prunksaal, um sowohl die Blicke der Zuschauer zu meiden als auch dem König seinen Respekt zu erweisen. Ein anschwellendes Gemurmel und ein erstauntes Flüstern folgten ihm über die Schwelle, wo er sich augenblicklich umdrehte und die Haupttreppe hinunterhastete. Seine Schritte hallten auf den polierten Granitstufen und wurden als Echo von den

Gewölbedecken zurückgeworfen. Noch bevor er die unterste Stufe erreicht hatte, rief er den Wachen zu, sie mögen die riesigen gusseisernen Eingangstore öffnen.

Als er draußen war, lief er weiter, obwohl seine feinen Seidenschuhe vom Schnee durchnässt wurden. Er rannte aus dem inneren Hof hinaus an den langen, geschwungenen Flügeln des Palastes mit den Bogengängen vorbei, die wie die Arme eines Riesen wirkten, die ihn zurückhalten wollten.

Erst als er die Tore des Palastes weit hinter sich gelassen hatte, wurde er langsamer und sank im Schnee auf die Knie. Die Kälte, die ihm das Leben aus den Lungen saugte, hatte ihn völlig erschöpft.

Später an jenem Abend redete man in ganz Stockholm – angefangen vom Bankettsaal des Königs bis hin zu den bescheidensten, biernassen Tischen in den Hafentavernen – über einen Mann, dessen Trauer so tief war, dass er gewiss den ganzen Weg bis nach Uppsala gelaufen wäre, hätten die Tränen in seinen Augen ihn nicht blind gemacht.

## 54. Kapitel

April 1779, Uppsala

An einem kalten, feuchten Frühlingsmorgen entstieg Thunberg seiner Kutsche und näherte sich einem hohen, schmiedeeisernen Tor, das mit dem Wappen der Universität von Uppsala verziert war.

An einer der moosbewachsenen Säulen neben dem Tor hing ein einfaches Holzschild, auf dem ein einziges Wort geschrieben stand: LINNÉ. Die einfachen, römischen Buchstaben waren in das Holz gebrannt und dann geschwärzt worden. Der weiße Hintergrund war an manchen Stellen bereits abgeblättert. Unter dem Schild hatte jemand die Flechten abgekratzt und zwei Worte in den rissigen, bröckligen Stein geritzt: PRINCEPS BOTANICUS.

Unmittelbar hinter dem Tor befanden sich drei Teiche, die einst den prachtvollen Zugang zur Hauptallee des Parks geschmückt hatten. Jetzt allerdings waren sie nur teilweise mit Brackwasser gefüllt und von Stechmücken umschwärmt. Die Allee unterteilte den Garten in zwei Hauptbereiche, die jeweils von verwilderten Hecken umsäumt waren. Dazwischen lagen die beiden Hälften des legendären botanischen Gartens von Linné – überflutet und vollkommen zerstört.

In dem Versuch, ihn zu öffnen, lehnte Thunberg sich an einen Torflügel, doch dieser war mit einer rostigen Kette versperrt. Er folgte dem Zaun bis zu der Stelle, an der er an einem zweistöckigen, baufälligen Steinhaus endete, das neben der Straße stand. Zwischen der Hausmauer und dem Zaun fand er ein Loch, durch das er hindurchsteigen konnte.

Im Park ging er die nassen Wege entlang und blieb immer wieder stehen, um zu sehen, was aus den Tausenden von Stauden und Blumen geworden war, die liebevoll gesammelt, beschriftet und dann entsprechend ihrer Gruppenzugehörigkeit hier gepflanzt worden waren. Er kniete sich hin, um die geknickten und verfaulenden Pflanzen zu untersuchen und festzustellen, ob sie noch Lebenszeichen aufwiesen. Die meisten Holzstäbe, auf denen die Namen der Pflanzen notiert worden waren, lagen verrottet und unlesbar im Schmutz. Schnecken und Unkraut hatten alles erobert.

Danach begutachtete er den Rest des Gartens und kam zu dem Schluss, dass das Ausmaß des Schadens zu groß war, um noch etwas zu retten. Wenn er doch nur früher zurückgekehrt wäre! Mit gesenktem Kopf ging er zu dem Loch im Zaun zurück, doch diesmal wählte er den längeren Weg, der an der Orangerie vorbeiführte.

Und da sah er sie.

Eine Blüte so weiß, dass sie aus dem vorherrschenden Grün deutlich hervorstach. Irgendwie hatte die Blume in einer Ecke des Gewächshauses überlebt, zwischen dem zerbrochenen Glas und nahezu erstickt von dornigem Unkraut.

Thunberg kniete erneut nieder und entfernte vorsichtig das Unkraut. Als er fertig war, erkannte er, dass es sich um sein Juwel aus Paarl handelte. Zwischen all der Zerstörung hatte allein diese Blume überlebt. Jetzt entdeckte er das Holzschildchen, das zwischen den Trümmern lag. Es war neuer als die anderen, und nachdem Thunberg es von Erde gesäubert hatte, las er den Namen, den Linné eigenhändig darauf geschrieben hatte: *Gardenia Thunbergia*.

In diesem Augenblick spürte der Forscher, wie eine Träne sein Herz öffnete. Seine vor Kälte klammen Finger schienen mehr als nur eine Blume zu halten. Plötzlich berührten sie etwas noch Leichteres, noch Zarteres: die Vorstellung von einer ganz neuen Welt.

Thunberg steckte das Schildchen in den Blumentopf, nahm die Pflanze und verließ die Orangerie. Ein letztes Mal blieb er stehen, um den Garten zu betrachten, dieses riesige Meer zerbrochener Stängel und Neuanfänge.

# 55. Kapitel

## 21. November 1805, Kanada

*»Während die Überschwemmungen und die Vernachlässigung den Linné-Garten unrettbar zerstört hatten, ließen sich viele einzelne Pflanzen wieder zum Leben erwecken. Thunberg überredete den König, seinen eigenen privaten Garten als Ersatz bereitzustellen, und schickte sich an, den Linné-Garten dort wiederherzustellen – als Vermächtnis des besten Botanikers, der je gelebt hatte. Zugleich war es jedoch auch eine Huldigung an den Mann, der für Thunberg wie ein Vater gewesen war.*

*Thunbergs größter Wunsch hatte nicht darin bestanden, seine Abenteuerlust zu befriedigen oder seiner Bestimmung zu folgen. Er hatte sich einfach nach der Anerkennung des Mannes gesehnt, den er mehr als alle anderen Menschen bewunderte. Es war Linné gewesen, der ihn nach Paris geschickt hatte, um Arzt zu werden. Er war es, der Thunberg nach Kapstadt geschickt hatte, damit er als Niederländer durchging und folglich nach Japan reisen konnte. Linné war an jeder bedeutsamen Entscheidung in Thunbergs Leben beteiligt gewesen. Als er als Held von seinen Reisen heimkehrte, strebte er nicht danach, in der Bewunderung des Königs und der Öffentlichkeit zu baden, sondern er wollte einfach nur die warme Umarmung eines stolzen Lächelns und einen festen Händedruck spüren, begleitet von einem väterlichen ›Gut gemacht!‹.*

*Er fand seine wahre Berufung schließlich darin, die Arbeit, die Linné begonnen hatte, fortzusetzen und den Garten Stein um Stein, Blume um Blume und Blatt um Blatt wieder aufzubauen. Fortan widmete er sich dem Fortbestand von Linnés*

*Vermächtnis. Königreiche werden von Generation zu Generation weitergereicht, doch irgendwann versinken sie in der Geschichte. Thunbergs Vermächtnis jedoch und das Wissen, das wir aus den Pflanzen um uns herum gewonnen haben, wird alle Zeiten überdauern.«*

*Stille legte sich über den Raum, nur der Wind rüttelte an den Fenstern.*

*»Ist das hilfreich für Ihren Artikel, Jack?«, wollte der alte Mann wissen.*

*Alle Blicke richteten sich auf Jack, der aufgehört hatte zu schreiben und nun wehmütig aus dem Fenster starrte.*

*»Wenn du etwas schreibst, dann wirst du doch den Löwen nicht vergessen, nicht wahr?«, fragte Robert besorgt.*

*Jack lächelte schief, bevor er seinem jüngeren Bruder antwortete: »Offenbar sind die Löwen das Einzige, über das es sich zu schreiben lohnt.«*

*»Aber, aber, Jack. So schlimm ist es nun auch wieder nicht!« George Grant kam näher, stellte sich neben seinen Sohn und legte ihm die Hand auf die Schulter. »Weißt du, manchmal muss man eine Erzählung einfach so schreiben, wie sie ist. Vielleicht entspricht sie nicht dem, was man hören wollte, aber das kommt ohnehin nur selten vor, nicht wahr?«*

*»Aber was ist mit der Blume passiert, Mr Masson? Haben Sie sie nach England gebracht? Und haben Sie den König kennengelernt? Haben Sie ihm von den Löwen erzählt? Und was ist aus Ihrem Garten geworden?«, fragte Robert eifrig.*

*»Die Welt der Wissenschaft hat ihr Versprechen gehalten und die Blume zu Ehren unserer Königin Charlotte von Mecklenburg-Strelitz* Strelitzia reginae *genannt, die Königin-Strelitzie. Und auch Banks hat sein Wort gehalten. Ich habe alles bekommen, was man mir versprochen hatte«, erwiderte er mit einem wehmütigen Lächeln.*

## 56. Kapitel

Juni 1773, Sussex, England

Die Fiederzwenke war bereits gelb geworden, verbrannt von einer erbarmungslosen Sommersonne und ausgedörrt durch einen Himmel, der sich weigerte, das Erdreich mit Regen zu beglücken. Doch nun versprachen die sich am Horizont bedrohlich zusammenballenden Wolken einen starken Regenguss, der die Trockenperiode endlich beenden würde.

Ein grober Zaun aus Holzpfählen und Seilen markierte ein Grundstück, auf dem sich Männer und Frauen versammelt hatten und sich fröhlich unterhielten. Sie saßen an behelfsmäßigen Tischen, die mit Kuchen und Tee bestückt waren. Kinder spielten in ihrer Sonntagskleidung und kosteten den Tag aus, bevor der Regen sie ins Haus verbannen würde.

Ein hastig gemaltes Schild lehnte an einem Zaunpfahl, der sich in der Nähe der Straße befand. Darauf stand: ›Massons Gärtnerei‹. Im Mittelpunkt der Versammlung stand Francis Masson. Von jedem Gast wurde er mit Lob und Gratulationen sowohl zu seinen Leistungen in Übersee als auch zu seiner bevorstehenden Hochzeit überschüttet. Seine Verlobte Constance Everidge strahlte vor Stolz und wich nicht einen Moment von seiner Seite.

Masson hatte eine Woche zuvor wieder englischen Boden betreten. In Hollingbourne war er erst am Vortag eingetroffen. Bislang hatte er kaum Zeit gehabt, um seine Mutter zu trauern, denn gleich für den folgenden Tag hatten Constance und ihre Mutter ein Überraschungsfest angesetzt, um seine Rückkehr zu feiern. Nun war er von Familienangehörigen und Freunden umgeben. Er war jetzt reich, sein Gartentraum war wahr geworden, und nach drei Monaten auf See war er endlich wieder zu Hause. Und dennoch hatte er sich noch nie in seinem Leben so fehl am Platz gefühlt.

Constance war vollkommen außer Atem, weil sie mit allen Gästen plauderte. Sie war außer sich vor Freude, die Frau der Stunde zu sein, und schwebte von Gruppe zu Gruppe. Ihren widerstrebenden Verlobten zog sie hinter sich her. Er hingegen hatte das Gefühl, in ein gänzlich misslungenes Theaterstück hineingeraten zu sein.

Seine Aufmerksamkeit schweifte immer wieder von dem pausenlosen Geplapper ab und wandte sich den ordentlich eingeteilten Feldern und Weiden seiner Heimat zu. Am Kap war er davon beeindruckt gewesen, dass man immer irgendwo ein Stück Wildnis sehen konnte. Dort wurde ein ständiger Kampf geführt, um die Erde zu zähmen. Unterbrach man seine Bemühungen nur kurzzeitig, so eroberte die Wildnis sich sofort zurück, was man ihr entrissen hatte.

Selbst in diesem verdorrten Zustand unterschied sich die englische Landschaft stark von jener, die er erst vor Kurzem hinter sich gelassen hatte. Hier gab es die kreidehaltigen, bröckeligen Felsen, die an den Hügeln stellenweise zu sehen waren. Sie nährten die Ebenen und verliehen ihnen Leuchtkraft und Vielfalt, während sie sich harmonisch in das Land einfügten. Dagegen hatten die gewaltigen Schichtgebirge aus Sandstein in der Kapregion immer den Eindruck vermittelt, sich einen gigantischen Kampf mit den Elementen zu liefern. Nichts überließen sie dem Land freiwillig, nur das, was man ihnen mit Gewalt entrissen hatte. Alles war dort wesentlich größer und weiter – das Land, der Himmel und das Leben an sich.

Die Klarheit des Bildes an jenem letzten Tag in Kapstadt, das er in seinem Kopf bewahrt hatte, war nur dem Schmerz ebenbürtig, der ihm die Brust zerriss und jede Zelle seines Körpers durchdrang, sobald er daran dachte. Die Erinnerung an Jane hatte sein ganzes Wesen erfasst. Jener Sonnenaufgang, die Berührung, ihre Lippen. Wie konnte eine Erinnerung so mächtig, so real sein? Traurigkeit und Jubelstimmung vereinigten sich zu einer melancholischen Mischung, die er Constance zuliebe zu verbergen versuchte.

Als Constances Mutter ihre Tochter zur Seite nahm, um die Hochzeitsplanung zu besprechen, entschuldigte sich Masson und ging zu einem nahegelegenen Wäldchen, wo er sich auf einem großen Eichenstumpf im Schatten einer Hainbuche eine Atempause gönnte.

Seit er Kapstadt verlassen hatte, trug er sein Tagebuch immer bei sich. Sicher vor der Neugier von Constance und ihren Gästen, zog er es nun aus der Tasche und öffnete es auf der Seite, auf der er Janes Portrait skizziert hatte. Jedes Mal wenn er es betrachtete, zerriss es ihm das Herz.

Am Morgen hatte Masson einen Brief von Thunberg erhalten, den dieser einem VOC-Schiff, der *Jonge Thomas*, mitgegeben hatte. Das Schiff hatte eine Woche nach Masson in Kapstadt abgelegt, war jedoch durch einen Sturmschaden im Golf von Biskaya aufgehalten worden. Thunberg teilte Masson mit, dass Jane eine Passage auf einem englischen Handelsschiff namens *The Swallow* erhalten hatte. Unter Berücksichtigung der Verzögerung der *Jonge Thomas* und unter der Voraussetzung, dass die *Swallow* von keinem Missgeschick ereilt werde, ging Masson davon aus, dass Jane innerhalb einer Woche in Plymouth von Bord gehen würde.

Als er mit den Fingern die schwarzen Linien nachzog, konnte er noch jetzt das Gewicht der Feder in seiner Hand und das Papier spüren, während sich dieser letzte Sonnenaufgang in Janes Gesicht widergespiegelt und seine Hand gelöst hatte, die frei und mühelos über das Blatt gehuscht war.

Panik überfiel ihn und ließ ihn aufkeuchen, als er feststellte, dass die Tinte bereits blasser wurde. Doch was nicht verblasste, sondern so klar und deutlich blieb, als wäre die Zeit stehengeblieben, war die Intensität seiner Gefühle, die er empfunden hatte, während seine Hand die Linien ihres Gesichts festgehalten hatte. Nicht sein Wille, sondern sein Herz hatte ihm die Feder geführt.

Aus Angst, von seinen Gefühlen überwältigt zu werden, legte er das Tagebuch auf den Eichenstumpf und ging aus dem kühlen Schatten der Buche heraus ein paar Schritte in die Wärme der Sonne. Wie er es schon zahllose Male seit seiner Abreise aus Kapstadt getan hatte, schloss er die Augen und ließ den Abglanz der Zeichnung mit seiner Erinnerung verschmelzen, bis vor seinem inneren Auge ein perfektes Bild jener Frau entstand, die er zurückgelassen hatte.

»Francis? Francis?«

Constance riss Masson aus seinen Träumereien. Sie stand neben dem Baumstumpf, wo die Schatten der Buchenzweige Sprenkel auf ihr Gesicht malten. Die Gäste der Feier waren guter Stimmung, und das junge Paar stand nicht länger im Mittelpunkt des allgemeinen Interesses. Einige der Bauern, die dem örtlichen Apfelwein ordentlich zugesprochen hatten, sorgten mit ihren Possen für Heiterkeit.

Als Constance mit Massons Tagebuch in der Hand auf ihn zutrat, bemerkte er, dass es noch aufgeschlagen war und Janes Portrait sie beide anblickte. Mit erstarrter Miene fragte sie ihn: »Gab es auf deiner Reise viele solcher Blumen?«

Er zögerte kurz mit seiner Antwort. »Nein, nur diese eine«, sagte er so leise, dass es über das schwache Rauschen des Windes hinweg kaum zu verstehen war.

Doch Constance hatte seine Worte gehört. Sie wandte ihm den Rücken zu und wischte sich die Tränen ab, die über ihr Gesicht strömten. Masson konnte sich nicht rühren. Er war hin und her gerissen zwischen dem instinktiven Wunsch, Constance zu trösten, und der Ahnung, dass er damit eine Lüge unterstützen würde. Eine Lüge, die nicht dem Wunsch nach Glück oder Erfüllung entsprang, sondern seiner Furcht, seine Mutter zu enttäuschen und damit in die Fußstapfen seines Vaters zu treten, den er zu früh als rücksichtslos verurteilt hatte.

»Wird es andere geben?«, fragte sie.

Bevor er antworten konnte, sah er die Wahrheit plötzlich mit aller Klarheit vor sich.

»Nein«, erwiderte er mit einer Gewissheit, die ihn beinahe umwarf. Bisher hatte er es als Fluch des Schicksals betrachtet, nach Kapstadt geschickt worden zu sein, doch jetzt erkannte er plötzlich ohne den leisesten Hauch eines Zweifels, dass es kein Fluch, sondern ein Geschenk gewesen war. Und er hatte sein Glück mit Füßen getreten.

Constance straffte die Schultern, schob das Kinn vor, klappte das Tagebuch zu und legte es wieder auf den Baumstumpf. »Nun denn«, sagte sie mit einer Stimme, die mit jedem Atemzug an Festigkeit gewann, »dann gibt es ja keinen Grund, weiter darüber zu reden, nicht wahr?«

Masson wusste, dass genau dies der Moment war, da er sich entscheiden musste zwischen einem Leben, das andere für ihn geplant hatten, oder einer Zukunft, in der er seinem Herzen folgte.

Die Zurückweisung Janes war der größte Fehler seines Lebens gewesen. Und nun bot ihm das Schicksal eine zweite Chance, wenn Jane in wenigen Tagen in Plymouth eintreffen würde.

»Bevor ich abgereist bin, hat Mr Boulton etwas zu mir

gesagt, das ich damals nicht verstanden hatte«, erklärte er. »Sinngemäß meinte er, nicht in Afrika würde man erkennen, was für ein Mensch man sei, sondern nach der Rückkehr von dort.« Er machte eine Pause, in der das strahlende Lächeln auf Constances Gesicht allmählich verblasste und einer irritierten Miene wich. »Eine derartige Reise … verändert einen Menschen. Und wenn man zurückkommt …« Seine Stimme verklang, während er die nötige Kraft sammelte für jene Worte, die endlich gesagt werden mussten.

»Ich möchte das Richtige tun, Constance. Ich möchte dich nicht verletzen, aber ich … Ich kann dich nicht heiraten.« Er sah sie an und wartete auf die unausweichliche Reaktion, aber es kam nichts. Es war, als hätte Constance ihn nicht gehört. Eine Spur des Begreifens drückte sich in einem leichten Kopfschütteln aus, als würde sie die Bedeutung seiner Worte erst allmählich verstehen.

»Aber«, fuhr er schnell fort, weil er alles loswerden musste, bevor es zu spät war, »aber ich möchte trotzdem, dass du das Land und das Cottage meiner Mutter bekommst. Das ist alles, was ich auf dieser Welt besitze, und es wird aus dir eine wohlhabende Frau machen und dir hoffentlich Glück bringen.«

Constance kämpfte gegen die Tränen an, als sie sich umdrehte und zum Haus lief. Masson blieb allein zurück, während sich am Himmel Wolken zusammenballten und den Sonnenschein verdrängten. In der Ferne grollte der Donner.

Als die Wolken schließlich ihre Schleusen öffneten und der Regen herabströmte, um den Durst des Bodens zu stillen, suchte Masson Schutz unter der Hainbuche und verabschiedete sich von Hollingbourne. Nachdenklich sah er zu, wie das Wasser in die staubtrockene Erde eindrang.

## 57. Kapitel

21. November 1805, Kanada

*Im Raum herrschte Stille. Nur das friedliche Atmen von Robert war zu hören, der auf dem Schoß seiner Mutter eingeschlafen war. Draußen klimperten in der Ferne Eiszapfen im sanften Abendwind. Als der alte Mann weitersprach, klang seine Stimme seltsam – so ungemein heiter, dass sie beinahe jugendlich wirkte.*

*»Ich bin sogleich nach Plymouth aufgebrochen. Ich hatte nur das Geld bei mir, das ich für die Blume erhalten hatte. Erleichtert stellte ich fest, dass die* Swallow *noch nicht eingelaufen war. Jeden Tag ging ich vor Sonnenuntergang zum Hafen und wartete an der Mole darauf, dass das Schiff in Sicht kam. Dabei unterhielt ich mich mit den Fischern und hoffte, dass sie mir frühzeitig die Ankunft der* Swallow *mitteilen würden. Die übrige Zeit verbrachte ich damit, Skizzen und Zeichnungen des Hafenlebens anzufertigen.*

*Schließlich hörte ich, dass die* Swallow *am südlichen Eingang des Ärmelkanals gesichtet worden war und im Laufe des Tages den Hafen von Plymouth erreichen würde. Um einen guten Eindruck zu erwecken, begab ich mich in die Stadt und kleidete mich neu ein. Außerdem traf ich Vorbereitungen, um am Stadtrand zwei benachbarte Cottages mit Blick auf die Bucht zu mieten.*

*Ich kann gar nicht beschreiben, wie aufgeregt ich war, als ich die Segel der* Swallow *endlich erspähte, die aus dem Kanal in den Hafen einlief. Ich hatte eine kleine Schaluppe gemietet und alle frischen Schnittblumen aufgekauft, die im Hafen zu bekommen waren. Dann war ich hinausgesegelt, um das Schiff zusammen mit allen anderen Booten, die beim Entladen helfen würden, willkommen zu heißen.*

*Welch einen Anblick ich für diese zähen Seeleute und Hafenarbeiter geboten haben muss, wie ich herausgeputzt in meinem neuen Anzug, von Kopf bis Fuß sauber geschrubbt, am Bug eines mit Blumen gefüllten Segelbootes stand. Aber all das war mir völlig egal. Zum ersten Mal in meinem Leben hatte ich alle Bedenken über Bord geworfen, um mich einem Schicksal zu stellen, das ich mir selbst erwählt hatte. Ich war so aufgeregt, dass ich mich bremsen musste, um nicht ins Wasser zu springen und die letzten Meter zu schwimmen.*

*Wir näherten uns dem gewaltigen Schiffsrumpf, dessen Seiten mit Seepocken überzogen und voller kleiner Löcher waren, wo Schiffsbohrwürmer sich oberhalb der Wasserlinie in die Planken gefressen hatten. Ich suchte unter den Matrosen und den Passagieren, die an der Reling standen, nach ihrem Gesicht, aber ich konnte es nirgendwo entdecken. Laut rief ich ihren Namen und rechnete jeden Augenblick damit zu sehen, wie sie vor Verlegenheit errötete, nachdem sie mich entdeckt hatte. Doch sie tauchte nicht auf. Ich erregte so viel Aufsehen, dass mich schließlich der Kapitän höchstpersönlich begrüßte und nach meinem Ansinnen fragte.*

*Als ich zurückrief, dass ich die Dame suche, die sich seit Kapstadt als Passagierin auf seinem Schiff befinde, lud er mich ein, an Bord zu kommen. Nachdem er mich in seine Kabine geführt hatte, erklärte er mir, dass er meine Leidenschaft gut verstehen könne, denn er habe Jane als entzückende und wunderbare Lady kennengelernt; wäre er nicht bereits verheiratet, so hätte es ihn noch mehr verärgert, sich in Lissabon von ihr verabschieden zu müssen. Vor einigen Wochen habe sie dort das Schiff verlassen, als sie sich mit neuen Vorräten eingedeckt hatten.«*

*»Sie war fort?«, fragte Jack ungläubig.*

*»Ich konnte es selbst kaum glauben, aber so war es.« Der alte Mann hielt inne und holte tief Luft. Alle sahen die tiefe Traurigkeit in seinen Augen, bevor er den Blick senkte.*

*»Doch dann erhielt ich einen Brief von Banks, in dem er mich fragte, ob ich bereit sei, eine weitere Expedition zu unternehmen, diesmal nach Portugal. Ich fand, dass das kein Zufall sein konnte, sondern ein Wink des Schicksals sein musste, eine klare und unmissverständliche Botschaft: Ich hatte meinen Weg gewählt und musste ihm bis zum Ende folgen.*

*Also nahm ich Banks' Angebot an und traf einige Wochen später in Lissabon ein, wo ich erfuhr, dass Jane bereits mit einem in die Karibik fahrenden Schiff weitergereist war. Im Laufe der folgenden Monate erledigte ich pflichtgetreu die Aufgaben, mit denen Banks mich betraut hatte. Gleichzeitig versuchte ich herauszufinden, wo genau sich Jane jetzt aufhielt. Mit einer großen Pflanzensammlung kehrte ich nach England zurück; sonst hatte ich nichts vorzuweisen. Als ich Banks bat, mich nach Westen zu schicken, stimmte er zu.*

*Und so ging es weiter. Ich folgte Janes Spur, und unterwegs erforschte und sammelte ich Blumen.*

*Am Anfang wollte ich nicht wahrhaben, dass meine Suche hoffnungslos war. Auf Grenada verlor sich dann ihre Spur. Als ich gerade aufgeben wollte, wurde ich von den Franzosen gefangen genommen, die die Insel eroberten. Ich kam erst wieder frei, nachdem sich Banks für mich eingesetzt hatte, doch ich verlor meine gesamte Pflanzensammlung. Mir blieb nichts anderes übrig, als die mit Banks vereinbarte Route fortzusetzen. So reiste ich als Nächstes nach St. Lucia, wo ich zu meiner Erleichterung herausfand, dass sich Jane hier eine Weile niedergelassen hatte, bevor sie den Weg nach Norden zum amerikanischen Festland einschlug. Aber als ich ihr folgen wollte, geschah eine Katastrophe. Meine neue Sammlung und meine gesamte Ausrüstung wurden in einem Hurrikan zerstört. Ich hatte Glück, dass ich überlebte. Beim Versuch, mein Tagebuch zu retten, wäre ich beinahe ertrunken.*

*Danach war ich gezwungen, nach England zurückzukehren. Trotz Banks' Einflusses und seiner persönlichen Freundschaft mit Benjamin Franklin hatten die zu jener Zeit zwischen Amerika und England herrschenden Spannungen zur Folge, dass ich meine Suche einstweilen aufgeben musste. Doch da es eine Blume gewesen war, die mich ursprünglich zu Jane geführt hatte, folgerte ich, dass ich sie eines Tages wiederfinden würde, wenn ich nur weiter Pflanzen sammelte.«*

*Wieder legte der alte Herr eine Pause ein. Dabei ließ er seinen Blick auf seinen Tagebüchern ruhen. Schließlich fuhr er flüsternd fort:*

*»In meinem Leben habe ich über eintausendfünfhundert verschiedene Pflanzenarten gesammelt. Sie stammten allesamt aus fernen Ländern, und die meisten Blumen waren der Wissenschaft im Westen bis dahin unbekannt. Viele von ihnen wurden von Künstlern und bedeutenden Persönlichkeiten bewundert. Und dennoch bin ich immer noch auf der Suche nach der einen Blume, die mir an jenem Tag in der Tafelbucht entglitten ist.«*

*Gespannt lauschten alle Anwesenden seinen Worten.*

*»Thunberg hatte recht. In der Kapregion wehte bald ein anderer Wind, und nachdem die Engländer das Land eingenommen hatten, kehrte ich zurück und verbrachte viele Jahre damit, auf denselben Pfaden zu wandern, die Jane und ich damals gemeinsam zurückgelegt hatten. Wann immer ich die orangefarbenen Blütenblätter einer Drachenbaum-Agave entdeckte oder den durchdringenden Duft von Nachtjasmin roch, wurden die Erinnerungen wieder wach, die dennoch von Jahr*

*zu Jahr verblassten – wie auch die Tinte der Zeichnung in meinem Tagebuch. Doch trotz der vielen vergangenen Jahre war ich mir sicher, mit jeder neuen Entdeckung meinem Ziel, sie wiederzufinden, einen Schritt näher zu kommen.*

*Schließlich wurde ich nach Kew in England zurückgerufen. Aber dort waren keine Neuentdeckungen mehr zu machen. Ich verbrachte die Zeit also damit, die Funde anderer Blumenjäger zu sichten. Doch mein Aufenthalt in Kew hatte auch einen positiven Aspekt: Ich konnte mit Sammlern auf der ganzen Welt korrespondieren und schrieb viele Briefe, in denen ich fragte, ob jemand einer Botanikerin mit einem Talent zur Löwenjagd begegnet sei.*

*Ich hörte nichts, bis ich eines Tages einen Brief von Thunberg erhielt. Er erzählte mir von einem Freund, der eine Teegesellschaft in einem Haus in Montreal besucht hatte, wo er zu seiner Überraschung eine frisch geschnittene* Strelitzia reginae *als Tischdekoration vorfand. Irgendwie hatte die Blume für die Königin den Weg nach Kanada gefunden.*

*Auf seine Frage, wie es dem Gastgeber gelungen sei, eine derart exotische Blume aufzutreiben, hatte er zur Antwort bekommen, dass die Haushälterin des Gastgebers ein Händchen für Pflanzen besitze und die Blumen im Gewächshaus zum Blühen gebracht habe.*

*Trotz meines Alters und des fadenscheinigen Vorwands willigte Banks ein, mich auf eine letzte Expedition zu schicken. Als ich in Kanada eintraf, suchte ich als Erstes die Adresse auf, die man mir gegeben hatte, einen Landsitz in Saint-Hyacinthe. Allerdings musste ich feststellen, dass das Haus verkauft und das Gewächshaus abgerissen worden war. Die neuen Bewohner waren Mieter, die fast nichts über die Vorbesitzer oder die mysteriöse Haushälterin wussten. Leider bin ich während der Zeit, die mir hier noch verblieb, auf keine weiteren Informa-*

*tionen gestoßen. Mein Schiff sollte sich eigentlich bereits auf dem Weg nach England befinden, doch dann wurde es wegen schlechten Wetters und der Furcht vor Eis einige Tage länger in Montreal festgehalten. Ich beschloss, die Zeit zu nutzen und mich auf die Suche nach einer letzten Pflanze zu begeben. Und gerade als ich damit fertig war, kam es zu unserer unheilvollen Begegnung auf der Straße.*

*Es ist höchst seltsam, nicht wahr, dass dieser flüchtige Moment, der so lange zurückliegt, nach einem so langen, ereignisreichen Leben noch so viel Platz in meinem Herzen beansprucht.«*

*Er betrachtete die aufgeschlagenen Seiten seines Tagebuches. Das verblasste Portrait einer schönen, jungen Frau befand sich gegenüber einer mittels einer Art Wasserfarbenzeichnung festgehaltenen vogelähnlichen Gestalt. Als Jack genauer hinsah, erkannte er, dass die Zeichnung und das Portrait im Laufe der Zeit durch Feuchtigkeit, die vielleicht daher stammte, dass der alte Mann das Tagebuch ständig dicht am Herzen trug, ineinander übergegangen waren. Es ließ sich kaum sagen, wo die eine begann und das andere endete.*

*»Armer Jack. Sie wollten Helden, und stattdessen habe ich Ihnen einen alten Esel gegeben, der sein Leben damit verbracht hat, einem Augenblick nachzujagen.« Sanft strich er ein letztes Mal über die Umrisse des Portraits, bevor er das Buch zuklappte. Danach wandte er sich an Jacks Mutter: »Es tut mir leid, dass Ihre Gäste beschlossen haben, nicht zu kommen, Mrs Grant. Meiner bescheidenen Meinung nach haben sie sich einen schlechten Dienst erwiesen, indem sie auf eine Wärme und Gastfreundschaft verzichtet haben, wie ich sie auf meinen zahlreichen Reisen nur selten erlebt habe.«*

*»Wir sind es, die Ihnen dankbar sein sollten, Mr Masson. Es tut mir nur leid, dass Ihre Lebensgeschichte kein glücklicheres Ende gefunden hat«, erwiderte Mary Grant.*

*»Sie sind wirklich zu freundlich. Aber dennoch habe ich das Gefühl, Ihre Gastfreundschaft überstrapaziert zu haben. Mittlerweile fühle ich mich wieder viel besser, und ich frage mich, ob es zu viel verlangt wäre, Sie um Ihren Wagen zu bitten. Meine Unterkunft befindet sich auf der anderen Seite von Pointe-Claire.«*

*Doch dann war aus einer vergessenen Ecke des Raumes eine Stimme zu vernehmen: »Mr Masson wird hierbleiben.«*

*Die alte Dame hatte zum ersten Mal in der ganzen Zeit etwas gesagt. Der Reaktion ihrer Familie nach zu urteilen war es vielleicht sogar die erste Wortmeldung seit längerer Zeit, denn die Blicke aller richteten sich auf sie.*

*Aus ihrer schattigen Ecke starrte sie mit feuchten Augen zum Fenster. Lag es am Alter, oder waren es Tränen – oder vielleicht beides? Ihre sehnigen Hände hatten ihre Tätigkeit eingestellt, hielten aber noch einen einzelnen, goldenen Seidenfaden fest, der zu dem weißen, in einen runden Stickrahmen gespannten Leinenstoff lief.*

*Als sich die alte Dame vom Fenster abwandte, rutschte der Stickrahmen von ihrem Schoß und rollte über den Boden, bis er von Jacks Fuß aufgehalten wurde. Er beugte sich hinunter, um ihn aufzuheben, doch dann stockte ihm der Atem.*

*In dem ringförmigen Holzrahmen vor dem reinweißen Hintergrund des Leinenstoffs war ein Muster zu sehen, das ihn, wie ihm plötzlich bewusst wurde, fast sein ganzes Leben lang begleitet hatte. Dasselbe Muster war auf jede Ecke jeder Serviette im Haushalt Grant gestickt, es war in den großen Bronze-Türklopfer an der Haustür geprägt, den jeder Gast und jeder Besucher benutzte, um seine Ankunft mitzuteilen. Außerdem war es Teil der Buntglasfenster des Ballsaals im ersten Stock, die nach Süden blickten, sodass die Umrisse und Farben nachmittags vom Sonnenlicht auf die breiten Kiefernholzdielen geworfen wurden.*

*Mit einem Seidenfaden in einem tiefen Smaragdgrün war ein einzelner, schmaler Stängel aus dem Gedächtnis gestickt worden, ohne irgendeine Mustervorlage. Am Ende des Stängels öffnete sich wie eine ausgestreckte Mädchenhand eine Krone aus zierlichen Blüten- und Kelchblättern, wie Tränen aus flüssigem Gold zwischen mitternachtsblauen Strahlen. Die Blütenblätter waren wie die Federn an den Flügeln eines Adlers angeordnet und schienen in Vorfreude auf den Flug zu beben. In diesem Augenblick erkannte Jack, dass das Muster, das seine Großmutter in jedes Material rund um ihr Leben eingebettet hatte, aus derselben Quelle stammte wie die Wasserfarbenzeichnung in Massons Tagebuch: Es war die* Strelitzia reginae, *die Blume der Königin.*

*»Eine sehr gute Arbeit, so ... so naturgetreu«, flüsterte der alte Mann. »Ich hätte nie zu träumen gewagt, dass meine afrikanische Blume in so kalten Breiten blühen könnte.«*

*Als sie lächelte, war es, als würde eine Wüstenblume nach langer Trockenheit mit Wasser benetzt. Ihr Gesicht, das zuvor abgehärmt und streng gewirkt hatte, wurde auf einmal weich, und ihre Stimme war so klar wie der anbrechende Tag. »Eine solche Blume kann man nicht so einfach vergessen, nicht wahr, Mr Masson?«*

*Ihre Blicke trafen sich, und als sie ineinander versanken, verstand jeder im Raum ohne ein weiteres Wort, dass der alte Mann nach all den Jahren und all den Reisen über Ozeane, durch Stürme und Tragödien endlich nach Hause gefunden hatte. Seine Schwäche war vergessen, als er sich aus seinem Sessel erhob, den Raum durchquerte und vor der alten Dame niederkniete. Er nahm ihre Hände und flüsterte mit einem sanften, zufriedenen Lächeln: »Unmöglich, Miss Burnette, unmöglich.«*

# Epilog

## Vierzig Jahre später – 24. Juni 1845, London

Jack Grant schenkte sich einen doppelten Scotch ein und stellte die Kristallkaraffe auf der polierten Walnusskonsole ab. Dabei sah er aus dem Fenster des mit Mahagoniholz getäfelten Büros und betrachtete das Gewimmel von Charing Cross, während er darauf wartete, dass sein Verleger Oswald Smythe sein Manuskript zu Ende las.

Das Messingpendel der Uhr schwang lautlos hin und her. Oswalds kurze, dicke Finger schlugen beim Umblättern auf jede Seite und erinnerten Jack an die Peitsche des Kutschers vor all den Jahren.

Endlich war Oswald fertig und setzte seine Brille ab, um sich die Augen zu reiben.

»All das ist tatsächlich geschehen«, sagte Jack, als würde er eine unausgesprochene Frage beantworten. »Nach Mr Massons Besuch habe ich alles in der Bibliothek der *Gazette* überprüft. Seine Tagebücher sind im Jahr 1776 in den *Philosophical Transactions* veröffentlicht worden, einer wissenschaftlichen Fachzeitschrift, die von der Royal Society in London herausgegeben wird. Darin sind sämtliche Einzelheiten zu finden – die Löwen, die Blumen, die Mission für den König, alles. Und meine Großmutter hat den Rest bestätigt.«

»Was ist aus Mr Masson geworden?«, wollte Oswald wissen.

Jack nahm einen kräftigen Schluck von seinem Drink und spürte, wie die Flüssigkeit in seiner Kehle brannte.

»Mr Masson ist nicht mehr nach England zurückgekehrt.

Seine letzten Tage hat er bei uns verbracht. Er ist einen Monat später am Heiligen Abend gestorben. Die meiste Zeit hat er sich mit Jane in der Sommerküche aufgehalten, wo die beiden saßen und versuchten, ein verlorenes Leben nachzuholen.«

»Ich kann mir vorstellen, dass sie sich sehr viel zu erzählen hatten«, meinte der Verleger und spielte mit dem Manuskript.

»Oh, sie haben nicht viel geredet. Massons Leben stand in seinem Tagebuch, auf den vielen Seiten voller Zeichnungen der mehr als fünfzehnhundert Pflanzen, die er gesammelt hatte – und auf der einen Seite, die alles verändert hatte.

Die letzten Blätter füllte er mit Bildern von Jane, aber nicht als die junge Blume, an die er sich aus jenem Sommer in der Kapregion erinnerte, sondern als den Schatz, den er in jenem eisigen Winter in Kanada gefunden hatte. Am Ende war ihre gemeinsame Zeit in Montreal genauso lang wie jene Wochen damals am Kap, fast auf den Tag genau. Der Unterschied bestand darin, dass, als sie sich zum zweiten Mal trennten, ihre Wiedervereinigung außer Zweifel stand.«

»Also, Jack«, seufzte Oswald. »Wie ich bereits sagte, möchten wir das Manuskript sehr gern herausgeben. Ein schwerfälliger Gärtner wird zum Spion, dann zum Freigeist und schließlich zum romantischen Helden – diese Geschichte weckt sofort Interesse. Natürlich müssen wir ein paar Veränderungen vornehmen. Es ist verständlich, dass Sie sich den Charakteren vielleicht emotional verbunden fühlen, aber Sie wissen ja, wie das ist: Wir müssen den Lesern das geben, was sie haben wollen.«

»Ich verstehe. Das Wichtigste ist, dass diese Geschichte erzählt wird. An welche Änderungen haben Sie gedacht?«

»Ich finde, der Teil, der in Afrika spielt, könnte ein wenig Ausschmückung vertragen.«

»Welcher Teil genau?«

»Sie wissen schon – der mit den Löwen und so weiter.«

Jack lächelte. Eine Woge bitter-süßer Nostalgie überflutete ihn, als er sich an Roberts Gesicht im Feuerschein in der Sommerküche erinnerte, ganz verzückt von Francis Massons Abenteuererzählungen. Jack, der in seine komplizierte Jugend verstrickt gewesen war, hatte damals nicht geahnt, dass diese Zeit eine der glücklichsten Phasen in seinem Leben war. Denn oft erkennt man erst am Lebensabend den Schatz, der in einigen Momenten verborgen ist: das einfache Wunder einer Familie, die Zeit miteinander verbringt; die nachhaltige Freude, die in einer gut erzählten Geschichte liegt; das zufällige Glück von Begegnungen mit Fremden, die mit wenigen tiefempfundenen Worten ganze Leben erhellen.

»Natürlich«, sagte Jack schließlich.

»Großartig«, rief Oswald. »Nun denn, wenn Sie mir die überarbeitete Fassung bis Ende Juni vorlegen würden, müssten wir das Buch eigentlich rechtzeitig zum Weihnachtsgeschäft herausbringen können. Ich schlage eine geringfügige Änderung des Titels vor, aber selbstverständlich liegt die endgültige Entscheidung bei Ihnen.«

Der Verleger steckte das Manuskript in seine Hülle zurück und reichte es Jack über den Schreibtisch. Als Jack einen Blick auf das Titelblatt warf, sah er, dass seine sauber getippte Überschrift durchgestrichen worden war. Darunter hatte Oswald in roter Tinte handschriftlich ergänzt: ›*EINE BLUME FÜR DIE KÖNIGIN – oder Die wundersamen Abenteuer von Mr Masson am Kap der Guten Hoffnung*‹.

Jack öffnete seine Aktentasche und steckte das Manuskript zu seinem Ledernotizbuch, schüttelte Oswald die Hand und trat in den mittäglichen Verkehr auf die Straße hinaus. Nach einem Blick auf seine Armbanduhr stellte er fest, dass er noch ein wenig Zeit hatte, und ging die wenigen Blocks zur *Strand* zu Fuß. Dabei kam er an der Royal Society vorbei, bevor er schließlich links in Richtung Covent Garden abbog.

Unter den unzähligen Farben und Düften der Blumen aus allen Ecken des Erdkreises, die von brüllenden Cockneys verkauft wurden, fand er, wonach er suchte.

»Ich nehme ein Dutzend davon, bitte«, sagte er und deutete auf die blau-orangefarbenen, sternförmigen Blumen.

»Ausgezeichnete Wahl, mein Herr«, antwortete der gut gelaunte junge Mann, der hinter seinem Verkaufstisch stand. »Wussten Sie, dass diese Blume ursprünglich aus Afrika stammt …«

Lächelnd hörte Jack ihm zu und verlor sich in der Erzählung des Blumenhändlers.

# Nachwort der Autoren

Eine Geschichte über zwei Küstendörfer

*Wo hat alles angefangen?*

CV: Alles begann in dem kleinen Dorf am Meer, wo ich seit Kindertagen meine Sommer verbringe. Ich erinnere mich, wie ich eines Morgens im Jahr 2010 in der Warteschlange beim örtlichen Fischhändler stand.

Eigentlich muss ich jedoch noch weiter zurückgehen – ehrlich gesagt findet sich der tatsächliche Anfang von *Eine Blume für die Königin* auf Seite 151 der Taschenbuchausgabe von Bill Brysons *Picknick mit Bären* über die Odyssee des leicht übergewichtigen Autors durch die amerikanische Wildnis. Obwohl das vielleicht ein seltsamer Ausgangspunkt für eine solche Erzählung sein mag, hat Bryson in seiner Selbstparodie über den Kampf eines Mannes gegen eine fremdartige Umgebung auch Irrungen und Wirrungen früher amerikanischer Pflanzensammler am Rande gestreift. Damit hat er bei mir irgendwie einen Nerv getroffen.

Von *Indiana Jones* bis hin zu R. L. Stevensons *Schatzinsel* haben mich Geschichten über verloren geglaubte Schätze immer schon in ihren Bann gezogen. Unsere Erzählung weist durchaus Ähnlichkeiten damit auf. Allerdings geht es hier nicht um Piraten oder Freibeuter auf der Jagd nach Goldbarren oder juwelenbesetzten Reliquien, sondern es handelt sich um deutlich vernünftigere Menschen, deren Preis etwas wesentlich Zarteres und Zerbrechlicheres war, was jedoch durch die Gegebenheiten jener Zeit genauso wertvoll wurde: Blumen.

Die Poesie dieser Suche nach einer raren neuen Pflanze erwies sich als unwiderstehlich, und als ich intensiver über die Zeit und die damals lebenden Menschen las, schien sich mir eine endlose Liste geeigneter, potenzieller Protagonisten aufzutun. Aber irgendwie waren sie alle zu bedeutend, zu offensichtlich zu Höherem bestimmt – entweder waren sie edler Abstammung oder vermögend.

Doch als ich Gefahr lief, mich endgültig in den Ruhmeshallen großer Pflanzensammler zu verlieren, stieß ich zufällig auf einen Burschen namens Francis Masson. Er war weder ein Botaniker noch ein Mann von Stand, sondern lediglich ein einfacher Gärtner. Bevor er zu einer Pflanzensammelexpedition nach Südafrika aufbrach, hatte er sein Geburtsland Großbritannien noch nie verlassen. Er war zu alt, zu unbeholfen, zu arm und allem Anschein nach einer der unglücklichsten Männer, die in den Geschichtsbüchern auftauchen. Und dennoch gelang es ihm – allen Widrigkeiten zum Trotz –, die Kew Gardens in London mit 1500 neuen Pflanzenarten zu bereichern, die er an einigen der abgelegensten, unwirtlichsten Orten der Welt gefunden hatte. Und habe ich schon erwähnt, dass er ein Spion wider Willen war? Francis Masson war ein ganz normaler Mensch, der ein ganz normales Leben führte. Ich wusste sofort, dass er der Mann war, über den ich schreiben wollte.

Ich hatte meinen Helden, doch die Geschichte, die ich erzählen wollte, entzog sich mir zunächst wieder. Bis zu jenem schönen Sommertag, an dem ich bei dem einzigen Fischhändler in einem kleinen Ort an der französischen Atlantikküste in der Schlange stand, um frisch gefangene Krabben zu erstehen.

Auf der Theke stand ein kleines, ziemlich unauffälliges Arrangement aus exotischen Blumen – im Grunde so unauffällig, dass ich wahrscheinlich die Einzige unter den wartenden Kunden war, die ihm überhaupt Beachtung schenkte. Aber mir ist es aufgefallen, weil sich unter den Blumen eine *Strelitzia reginae* befand – eine Paradiesvogelblume –, die von niemand Geringerem als Francis Masson entdeckt worden war.

Es mutete verrückt an, dass sich direkt vor unserer Nase das Ergebnis der fantastischen Odyssee eines Mannes befand, und doch schien niemand darauf zu achten – außer mir. In genau dem Moment wusste ich, dass ich diese Geschichte erzählen musste.

*Dann handelt es sich also um eine wahre Begebenheit?*

RvR: Sagen wir mal, dass das meiste sachlich richtig ist. Bei den Dingen, die es nicht sind, haben wir das Gefühl, dass sie wahr sein könnten – wenn nicht faktisch, so doch zumindest gedanklich.

Der echte Francis Masson wurde tatsächlich auf eine botanische Expedition ans Kap geschickt, und er war für diese Aufgabe eindeutig unterqualifiziert. Auch wenn es in den Geschichtsbüchern so dargestellt wird, als wäre er aus freien Stücken gereist, wissen wir, dass sich sonst niemand um den Posten beworben hatte. Im Hinblick auf das Thema Spionage waren sich die wenigen Historiker, die über ihn geschrieben haben, offenbar uneinig – hat er, oder hat er nicht? Man weiß es also nicht genau. Doch Sir Joseph Banks' Befehle hinsichtlich der False Bay existierten tatsächlich. Vielleicht hatte Francis Masson nicht unbedingt von einem prachtvollen Garten geträumt, doch dieser einfache Sohn von den Britischen Inseln wurde eindeutig heftig von Reiselust gepackt. Sicher ist, dass er auf seinen jahrzehntelangen und oft katastrophalen Reisen durch die ganze Welt eine Menge Blumen fand (und verlor). Und der Mangel an detaillierten Informationen in seinen Briefen und Berichten an Banks ließ uns viel Raum für Fantasie, um die Lücken zu füllen.

Ich könnte mir vorstellen, dass Carl Thunberg, dieser ehrgeizige Überflieger, der Märchen liebte, an der Lektüre über seinen Doppelgänger Gefallen gefunden hätte. Wir haben uns an seine Biografie gehalten und sie lediglich ein wenig ausgeschmückt. Er hat einfach alles gemacht: Er kartierte die südafrikanische Pflanzenwelt, er schlich sich unter dem Deckmantel eines holländischen Chirurgen in Japan ein, und vor allem setzte er seinem großen Mentor Carl von Linné ein eigenes, ergreifendes Denkmal. Der Linné-Garten, den sein berühmter Schüler über zwanzig Jahre hinweg mit aller Sorgfalt wieder aufgebaut hat, kann heute noch in Uppsala besichtigt werden.

Während es sich bei Jack und seiner Familie, Massons Mutter, Constance, Boulton, Simmons, Schelling, Willmer und Eulaeus allesamt um Figuren handelt, die unserer Fantasie entsprungen sind, bleiben unser James Cook, Joseph Banks, Georg Forster (der Jüngere) und Lord Sandwich den historischen Vorgaben absolut treu.

Wer sich wahrscheinlich im Grab umdrehen wird, ist der arme, alte Forster: In Wahrheit hat Kapitän Cook ihn nicht am Kap an Land gesetzt, und er wurde auch nie auf Robben Island gefangen gehalten. Stattdessen setzte er seine Entdeckungsreise rund um den Globus gemeinsam mit seinem Sohn auf der *Endeavour* fort. Jedoch werden die meisten Historiker zumindest in einem Punkt mit James Cook und Carl Thunberg übereinstimmen: Der ältere Forster war eine regelrechte Nervensäge, und Cook hätte unsere Version der Ereignisse wahrscheinlich besser gefallen.

*Wie kam es dazu, dass Sie beide dieses Buch gemeinsam geschrieben haben?*

CV: Wie sich gezeigt hat, ist mein Mann, der ebenfalls Schriftsteller ist, zufällig der einzige Südafrikaner in diesem Ort an der französischen Atlantikküste, was ein Glück ist.

*Also haben Sie Ihren Mann wegen seiner Ortskenntnis mit ins Boot geholt?*

RvR: Als Caroline mir zum ersten Mal von der Geschichte erzählt hat, konnte ich den Zufall kaum fassen. Der Ort, an dem Masson zum ersten Mal auf die Strelitzie stieß, liegt nur einen Steinwurf von dem kleinen Ort an der Ostküste des Kaps von Südafrika entfernt, wo ich als Kind meine Sommer verbracht habe. Ich wusste allerdings nicht, dass die Strelitzie in Südafrika heimisch ist – ein toller Experte!

Je mehr wir darüber gesprochen haben, desto mehr hat mich die Geschichte gefesselt, weil mir klar wurde, dass viel mehr dahintersteckt als nur Blumen. Südafrika hat eine einzigartige Geschichte, und gerade die Ostkapregion, die damals Grenzland war, ist reich an historisch bedeutsamen Ereignissen. Für Caroline war das Ganze eine Abenteuergeschichte über einen Schatz, für mich hingegen bot sich die Gelegenheit, in die Historie des Landes einzutauchen, das ich liebe, das ich jedoch mit meinem Umzug nach Europa hinter mir gelassen habe. Die Recherchearbeiten und das Schreiben des Buches boten mir die wunderbare Möglichkeit, Zeit an dem Ort zu verbringen, an den ich so gute Erinnerungen aus meiner Jugendzeit hege. Obwohl sich seit dem achtzehnten Jahrhundert viel verändert hat, wären Sie vielleicht überrascht zu erfahren, wie viel gleich geblieben ist, vor allem im Hinblick auf die Landschaft.

*Wie war es denn, gemeinsam an dem Buch zu arbeiten?*

CV: Sehr angenehm. Wenn die Rollen so klar verteilt sind und man die Verantwortung für bestimmte Teile der Arbeit übernehmen kann, ist die Zusammenarbeit einfach. Man ist sich sicher, dass der Rest gut erledigt wird. Ich nahm meine ursprüngliche Idee und entwickelte sie weiter, bis die Hauptthemen, die Charaktere und die Abfolge der Ereignisse klar abgesteckt waren.

RvR: Meine Rolle bestand darin, die Story, die zu jener Zeit größtenteils aus Dialogen bestand und rund hundert Seiten umfasste, auszuschmücken und die Beschreibungen einzuarbeiten, um die bestehende Struktur zu unterstützen. Dabei kam es vor, dass die Ereignisse sich veränderten oder Figuren gestrichen oder hinzugefügt wurden. Allerdings haben wir uns in solchen Fällen immer abgestimmt, um sicherzustellen, dass die neuen Teile zu den zugrunde liegenden Ideen der Originalgeschichte passten.

*Fiel Ihnen die Entscheidung schwer, welche Fakten beibehalten werden sollten?*

RvR: Das Faszinierende an Geschichte ist, dass es sich immer nur um eine Darstellungsvariante der historischen Ereignisse handelt; selbst die besten Historiker können unmöglich alle Details der jeweiligen Geschehnisse festhalten. Vermutlich lieben wir deshalb Artefakte so sehr, weil sie ein Stück Geschichte darstellen, das wir selbst sehen und berühren können, ohne uns auf die Beschreibung von anderen verlassen zu müssen. Während die Geschichte jener Zeit an sich interessant ist, weil sie von einer derart kleinen Personengruppe aus einem sehr europäischen Blickwinkel heraus beschrieben wurde, ist die Landschaft, in der der Roman spielt, beinahe wie ein einziges riesiges Artefakt: Wenn man den Tafelberg von der Tafelbucht aus betrachtet, sieht man mehr oder weniger denselben Berg, der schon zurzeit der VOC dort stand, auch wenn Kapstadt selbst sich ein wenig verändert hat! Was uns an dieser Abenteuergeschichte wirklich fasziniert hat, war die Chance, die Lücken zwischen den historisch überlieferten Fakten zu füllen und uns die Gegebenheiten insbesondere der Ostkapregion zunutze zu machen. Diese großartige Landschaft kann man heute noch genauso erleben, wie Masson und Thunberg das zu ihrer Zeit taten. Das Ergebnis ist, wie wir hoffen, ein

Roman, dem die reale Welt, in der er spielt, Lebendigkeit und Tiefe verleiht.

*Und was ist mit dem geheimnisvollen Mr Burnette?*

RvR: Diese Geschichte ist wahr. Jemand, der sich Mr Burnette nannte, traf mit einem Empfehlungsschreiben von Sir Joseph Banks in Madeira ein und wurde vom britischen Konsul als Gast aufgenommen, um die Ankunft des Seglers *Resolution* zu erwarten. Ein Zimmermädchen entdeckte durch Zufall die List: Mr Burnette war in Wahrheit eine Dame. Doch der Konsul verpflichtete das Zimmermädchen zur Verschwiegenheit. Wenige Tage, bevor die *Resolution* Madeira erreichte, traf die Nachricht ein, dass Banks sich nicht an Bord befinde. Fast sofort reiste »Mr« Burnette ab. Zurück blieb eine fantastische Geschichte, die durch Cooks Briefe überliefert wurde. Während die echte Frau nach England zurückkehrte, wird sie in unserer Version zu Lady Jane, einer freigeistigen Heldin, und der Blüte, die dem Herzen Massons am nächsten stand.

*Also ist Massons Liebesgeschichte nur erfunden?*

CV: Wer weiß? Nachdem er über dreißig Jahre lang Pflanzen gesammelt hatte, starb Francis Masson am 26. Dezember 1805 in Montreal. Soweit wir wissen, hat er nie geheiratet und auch keine Erben hinterlassen. Geblieben ist von ihm sein kurzes Tagebuch über seine Reisen zum Kap, in dem er mit großer Bescheidenheit von seiner Begegnung mit Löwen erzählt. Außerdem hat er großartige Zeichnungen von den Pflanzen angefertigt, die er entdeckt hatte.

Doch sein Vermächtnis beschränkt sich nicht nur auf die Dinge, die in verstaubten Archiven zu finden sind. Schließlich ist er bis ans Ende der Welt gereist, wodurch wir nun die erlesensten Schätze in unseren eigenen Gärten oder auf der Theke eines Fischladens finden können. Und er hat uns als Vermächtnis hinterlassen, dass wir uns ausmalen können, welche Träume er möglicherweise gehabt hat, während er neue Welten entdeckte und Geschichte schrieb.

Aber vor allem stellt er uns vor die Frage, welcher Teil des Lebens eines Mannes am kostbarsten ist, wenn dieses Leben zu einer Legende wurde und die Reise vom Gewöhnlichen zum Außergewöhnlichen führte. Er erinnert uns daran, dass bei allen Schlachten und Preisen, die man gewinnen kann, der einzige Preis, für den es sich zu sterben lohnt, so gewöhnlich und doch so schwer erreichbar sein kann – im Nu gewonnen oder zerronnen: die Liebe.

Juli 2013

Jetzt anmelden!
VOM
LESER ZUM
SCHRIFTSTELLER!
WEITERE INFORMATIONEN UNTER:
www.bastei-luebbe-academy.de